百年散文探索丛书／孙绍振 陈剑晖 主编／

王充闾 著

# 只缘胸次有江湖

## 王充闾谈散文

SPM
南方出版传媒
广东人民出版社
·广州·

图书在版编目（CIP）数据

只缘胸次有江湖：王充闾谈散文/王充闾著．—广州：广东人民出版社，2017.6
（百年散文探索丛书）
ISBN 978-7-218-11742-3

Ⅰ.①只… Ⅱ.①王… Ⅲ.①散文评论—中国—当代—文集 Ⅳ.①I207.67-53

中国版本图书馆CIP数据核字（2017）第092802号

Zhiyuan Xiongci You Jianghu : Wang Chonglü Tan Sanwen

## 只缘胸次有江湖：王充闾谈散文

王充闾　著

出 版 人：肖风华

责任编辑：古海阳
排　　版：友间文化
装帧设计：礼孩书衣坊
责任技编：吴彦斌

出版发行　广东人民出版社
地　　址：广州市大沙头四马路10号（邮政编码：510102）
电　　话：（020）83798714（总编室）
传　　真：（020）83780199
网　　址：http://www.gdpph.com
印　　刷：珠海市鹏腾宇印务有限公司
开　　本：787mm×1092mm　1/16
印　　张：21.5　插　页：1　字　数：289千
版　　次：2017年6月第1版　2017年6月第1次印刷
定　　价：45.00元

如发现印装质量问题，影响阅读，请与出版社（020-83795749）联系调换。
售书热线：（020）83795240

# 总　序

■ 孙绍振　陈剑晖

　　散文是"文体之母"，也是中华民族文化和精神的凝聚。在古代、"五四"时期，散文都取得了辉煌的成就。二十世纪九十年代以来，散文更是一路走红，成为最受出版商、读者尤其是大学生欢迎的文体。但与这种蓬勃态势极不相称的是散文理论的贫困，其学术积累，其受关注的程度，其对创作的影响，均远逊于诗歌、小说乃至戏剧。造成散文理论贫困的原因，在我们看来有如下几方面：其一，缺乏有较高认同度且具一定操作性的核心范畴；其二，缺乏流派思潮意识，更缺乏以流派思潮为标志的论争；其三，观念落后，理论陈旧，缺乏建构属于自己的散文理论话语的自觉；其四，一些散文研究者缺乏应有的自信，总觉得研究散文低人一等，而学界对散文研究有意或无意的贬低与漠视，又在一定程度上加重了这种自卑感。正是这几个方面的合力，导致了散文这种奇特的景观：一方面是创作红红火火，异彩纷呈；另一方面是理论冷冷清清，长期萎靡疲软、欲振乏力。当然，这是从总的方面，从与小说、诗歌等主流文体相较而言的。应该说，进入新世纪以后，在一批有志于振兴散文理论的中青年学者努力下，特别是随着一批原先研究小说、诗歌的著名老一辈学者的加盟，散文研究队伍不仅日渐发展壮大，而且提高了散文研究的起点，改变了以往只重收集整理资料，探讨散文创作技巧，尤其只重作家作品评论而轻理论建构的研究局面。散文研究开始由边缘向中心位移的标志是：一些散文研究者开始从学理上研究散文的概念范畴，试图建构散文的理论体系；一些研究者将研究中心从社会学、思想内容研究转向文体研究；甚至连一向不受重视的流派思潮研究，散文研究中的哲学问题、方法论问题也有学者关注。至于"大散文""纯散文""复调散文""文化散文""学者散文""小女子散文""艺术散文""生命散文""新散文""在场散文""原散文"等众多散文观念、主张或口号的提出，也从一个侧面反映了当下散文领域的热闹。总而言之，随着散文创作的繁荣，散文研究者主体意识的加强，以及研究者质疑精神、批判意识的觉醒，散文研究已告别了原先备受冷落歧视的尴尬境地，开始有了一些自信，开始引起了人们的关注，并逐渐拥有了属于自己的话语权。这是事实，也是我们必须明确的理论前提和总体判断。

不过，我们也必须清醒地看到：尽管散文研究与以往相比有了很大的改观，也提出了不少新的观念和主张，但迄今为止，相较于小说、诗歌研究，散文研究还是落后的，还远远未达到我们的期待。具体表现在：第一，散文理论、散文批评和散文理论史的研究虽进入众声喧哗的繁盛期，但由于在基本理念上缺乏共识，这样对散文成就的评价便缺乏统一尺度，常常陷入混乱、自相矛盾的困局。第二，新世纪以来虽有众多的散文理论，但大多是理论家各自的独白，并未获得散文研究者的普遍认可，作家似乎也不太买账。第三，时下的散文研究，基本上是各自为政，单兵作战，虽然发表了不少单篇评论和单本著作，但由于没有策划，宣传不到位，因而难以形成规模效应，在影响力上大打折扣。

有鉴于此，我们决定组成一个强大的作者阵容，出版"百年散文探索丛书"，从各个不同的角度和层次，对二十世纪至本世纪初期的散文进行全方位且具原创性的欣赏、梳理与阐释，同时建构起新的散文理论话语，最大可能地为散文立论、立法。我们认为，这样不仅能推动我国当代散文创作的发展，而且能在一定程度上结束散文缺乏共识、标准混乱的局面，从而提高散文研究的学术品位，使散文研究在人文学术领域有更大的影响。这是我们策划出版这套丛书的第一个想法。

我们策划出版这套丛书的第二个想法，也可以说是更深层的原因，是考虑到自"五四"以降，文学理论已发生了翻天覆地的变化。在我国古代，小说、戏剧理论十分薄弱，古代有关文章的理论，基本上都是散文理论，所以散文理论在古代可以说是正宗，享有很高的地位。但"五四"之后，随着小说、诗歌日渐占据上风，加之西方文学理论大规模涌入我国，并在理论建设和批评实践中完全压倒了传统的古典文论。如此一来，既没有西方现成理论可资借鉴，又没有思潮流派可以师承的散文研究自然成了弃儿，更不可能像小说、诗歌研究那样丰富多彩、风光无限。不过正所谓"寸有所长，尺有所短"，散文研究虽不似小说、诗歌研究那样有西方的理论资源作支撑，但它那份心定神闲，那份"任凭风吹雨打，我自闲庭信步"的气度，却是因过分追逐西方各种文学新潮和表现技巧而变得心浮气躁、"各领风骚三五天"的小说、诗歌研究所不及的。正因贫困，正因没有太多现成理论可依持，说不定散文研究的天地更加开阔，更有可能建构起带有原创性的东西。这样看来，散文研究不仅不是"白茫茫一片真干净"，事实上还是大有可为的。

我们策划出版这套丛书的第三个想法，是基于这样一种情况：目前国内尚无关于现当代散文研究和批评的丛书系列。因此，本丛书的成功出版，无疑填补了散文研究方面的空白，具有开拓与创新之功。若能好好经营，完全有可能成为一个有影响力的学术品牌。

最后，再简单说说本丛书的一些特色。第一，丛书体现创新性，强调学理性，又兼顾可读性。同时，为了让读者更好地了解散文，提高阅读兴趣，丛书将尽量回避过于"学院化"的表述，用生动优美的文字来探讨散文问题。第二，丛书以目前国内最重量级、最具名气、最有号召力的散文研究名家为作者群，旨在全面展现当代学者在这一领域所取得的学术创新成果，力求能够在学科内外产生较大的社会影响。第三，丛书不拘一格，系统论著、专题研究、文体解读、批评随笔皆可。关键是要有特色，有创新性，有可读性，尽量做到雅俗共赏。第四，我们力求把丛书打造成可持续的产品链。

一套丛书的出版，是一项复杂、系统的工程，也是一件不容易的事情。真诚地感谢广东人民出版社在当下急功近利之风盛行、学术著作出版困难之际，以不世的眼光和气魄，接纳了这套显然不会获利丰厚的丛书，为当代散文的创作和研究，为继承和发扬传统的文脉做出了卓越的贡献。还要感谢长期致力于散文研究的学者。他们甘于寂寞，享受冷遇。没有鲜花，没有掌声，没有大红大紫，但他们却安之若素，以纯正的精神去接近散文的精神，以炽热的心去拥抱散文的心。因此，"百年散文探索丛书"的出版，既是一个学术群体探索思考的展示，更是一种坚守精神的见证。但愿本丛书的出版，能吸引更多的人关注散文，并推动当代散文研究和批评更上一层楼。

# 自　序

　　接到纵谈散文创作的约稿电函，我便着手梳理过去二三十年的各类讲稿、文稿。尽管数量尚不算少，但置之芳菲文苑终究显得零碎而单薄，不免有"绿暗红稀"之感。

　　当然，也并非毫无足取，大体上具备三个特点：一是内容较为周赡。当前散文创作中遇到的诸多问题，以及散文园地里各种常见的品类，基本上都有所涉猎。二是讲述得比较实在。针对实际问题，立足于自身创作实践，言出有据，力避浮泛。三是体例上五色杂陈，举凡讲演、交谈、答问、对话、文评、漫议、论说、自述等等，可说是应有尽有。若讲本色自然、活泼通透，容或有之；而如按照《文心雕龙》所要求的"弥纶群言，研精一理"，"论如析薪，贵能破理"来衡量，则愧怍有加，特别是系统性、条理性、计划性，就更谈不上了。

　　至于功效如何，最后还是要由读者验证。从前听到过这样一个趣谈：街头一个小贩，叫卖治臭虫的"神奇药方"，声称"百试百验，十包一元；若是无效，如数退钱"。当时，人群如堵，抢售一空。买者回到家里，打开一看，所谓"神奇药方"，竟是"勤抓"二字，不禁大呼"上当"。气恼之下，转身去找卖药人退款；但行至半途，又自觉有些理亏——能说"勤抓"无效吗？联系到写作之事：文章千古事，得失寸心知。无论他人说得怎样活灵活现，即便是恰中肯綮，也无法代替一己的努力实践，最终都要落实到"勤"字上，像勤抓一样，勤学、勤思、勤练，是百试百验的。

　　鲁迅先生向来就不相信《小说作法》一类的书籍。他说，那

1

些东西"好象没有效，从'小说作法'中学出来的作家，我们至今还没有听到过"。当然，先生这么说，并非否认文学创作存在必要的法则；更不是一概否定研究、交流写作方法。他所反对的是那种脱离实际，夸夸其谈，穿凿造作，卖弄技巧。他曾告诫我们：写作之道，除了老老实实、勤勤恳恳下一番工夫，并无其他捷径。还说："文章应该怎样做，我说不出来，因为自己的作文，是由于多看和练习，此外并无心得或方法的"；"此后如要创作，第一须观察，第二要看别人的作品，但不可专看一个人的作品，以防被他束缚住，必须博采众家，取其所长，这才后来能够独立"；"凡是已有定评的大作家，他的作品全部说明着'应该怎样写'。这确是极有益处的学习法"。说到具体写作，先生强调反复修改，"写完后至少看两遍，竭力将可有可无的字、句、段删去，毫不可惜"；"'白描'却并没有秘诀。如果要说有，也不过是和障眼法反一调：有真意，去粉饰，少做作，勿卖弄而已"。在这里，鲁迅先生又分明是现身说法，反复、耐心地向我们传授创作经验。

文学是作家表达自己思想观念的方式，它的作用是"用艺术家体验的感情感染人"（列夫·托尔斯泰语）。这样，就有赖于感性认识与直接经验。"欲知山下路，须问过来人。"因此，听一听写作者的自白（只要不是虚无缥缈的"海客谈瀛"和光说不练的"天桥把式"），体味其甘辛，亲践其门径，总会比师心自用、闭门造车效果要好一些。

本书辑录三部分文字：关于散文创作的综合论述；选录一些专题谈片，就某方面谈些实际体会；回顾自身半个多世纪的散文写作历程。我作为过来人，以"野人献曝"之诚，提供一些正反两方面的经验。未必有当，聊供参考。

2016年岁杪

# 目录
contents

第 一 辑

## 散文作家要重视人文修养

说到人文修养，首先就联系到人文科学。按照现代学科的分类，人文科学主要包括语言、文学、历史、哲学、宗教、艺术等方面，它是研究关于人类价值和精神表现的学问。文学的真实情感，历史的集体记忆，哲学的聪明睿智，宗教的终极关怀，都是紧扣着人的存在、人的生存条件和生命意义的。从整体上说，人文修养关系到国民素质与民族精神；从个体上说，关乎每个人的世界观、人生观与价值观。而对一个作家特别是散文作家来说，则直接关系到创作的质量、品位与作品的生命力。鲁迅先生说得好：从喷泉里喷出来的是水，从血管中流出的是血。散文是作家生命、人格、信念的组成部分，是作家灵魂的曝光、内心的折射，是透明的心灵史。很难设想，一个缺乏人文精神与人文修养的作家，他会写出传世的作品来。

增强人文修养，渠道、环节很多，这里主要是强调学习与思考。上世纪80年代之初，中青年那种如饥似渴地争相阅读的场景，已成遥远的绝响。现在许多人，恐怕也包括一些写作者，虽然也看书，但层次不高：不读原著，满足于摘抄一些警句，或者寻找一些小感悟、小道理、小情趣的东西；缺乏计划性、目的性、连续性，顺手牵羊，零敲碎打，从兴趣出发，兴尽而止；最根本的，还是不善于动脑筋、想问题。有一种说法，作家靠生活积累，靠感悟，书读多了，理性过强，会壅塞灵感，就没有灵气了。这话似是而非。写作者在初始阶段，也许还能凭借某些灵性与生活积累舞弄一阵；若要再上新台阶，超越自我，不断创新，就会显出底气不足，功力欠缺了。王蒙先生提倡"作家学者化"，颇有道理，实为悟道之言。我想再补充半句：作家还要成为思想者。从知识分子的定义看，作家不仅要有知，还要有识，否则就不完全。西方定义知识分子，既要有专业知识，又要有社会批判精神——我们可以说是责任感、使命感，总之都是一种自我觉醒、自我意识。作为知识分子，作家被称为民族的灵魂，他们要创造理论，编造幻想，影响人心，提供美感，思想修养是必不可少的。

学者也好，思想者也好，都要依靠读书学习。借用诺贝尔奖得主普利高津提出的"耗散结构"理论，可以说，每个人都是一个开放系统，不断地同外界交换能量，需要不断地充实、提高自己。作家整天地向外输出，如果不能及时补给营养、更新知识，就无法维持自身的"稳定的有序结构"，内耗过甚，必然难以为继。

其实，何止是作家，学习、思考、求知，涉及每个人的基本需要。马斯洛讲五个层次，我把它简化为三个：生存的需要（吃饭、睡觉），享受的需要（精神、物质两方面），实现自我的需要（创造）。听音乐是享受，自己去演奏是实现自我；学习与思考，既是享受，又是创造。

不过，若是问我究竟应该怎样做，我又一片茫然。据说，爱因斯坦庆贺五十岁生日时，弗洛伊德发个贺信，说"你是一个幸运的老头"。爱氏不解地问：我搞科学研究，劳形苦心，刻苦勤奋，怎么能说是靠幸运得来呢？弗氏说，你这学科谁也不懂，你说啥是啥，怎么说怎么是，多幸运啊！我就不行了，研究精神分析学、人类心理学，谁都能说上几句，说东道西，指手画脚，老挨批评。人文修养，具体落实到学习、思考，也是如此，谁都有实际体验，谁都能说出个"一二三"，这还能讨好吗？况且，各人的情况差异很大，很难提供一种普适的经验。想来想去，还是从哲学、历史、文学、传统文化与国学以及创新思维这五个方面，分别地谈一谈。

## 一、学习哲学

如果说，喧嚣浮躁的世界需要安静的灵魂和深刻的思想，高品质的人生不能没有哲思的陪伴，健全的社会不能没有哲学理念的导引；那么，对于一个从事精神生产的散文作家来说，有没有哲学思维，就直接关系到精神产品的思想高度和心灵冲击力、震撼力问题。哲学有三个层面：一是能够启发我们的心智，点燃前进的灯火；二是像培根所说的，能够使我们思想深刻；三是使我们保持好奇的天性和渴望探询一切事物真相的生活态度。作为一个作家、一个知识分子，这些方面缺一不可。

人们通常说，学习是为了获取知识。这话当然不错。在知识经济时代，知识就是力量，知识决定高度，知识改变命运，知识是权力的基础和财富的源泉。不过，若是细致地分，应该包括三个层次：一是搜罗信息，二是获取知识，三是掌握规律、增长智慧。我们每天都接触媒体，捕捉信息。信息的特点是新鲜，只是待加工的原料；而知识是大量的事实与认识的矿粉投入熔炉之后，提炼、组合而成的可供使用的材料；最后还须进入更高级的阶段——探索规律，增长智慧。用个小例子来说明这三个层次：中国古代史书《战国策》上有这样一段话：仪狄作酒，禹饮而甘之，曰："后世必有以酒而亡国者。"仪狄造出酒来，这是信息。造酒技术很高超，味道十分甘美。这就有了知识含量。大禹喝了，慨叹说：后世君王肯定会有因嗜酒贪杯而致亡国者。这就是智慧了，带有高度的预见性。

我国发现哈雷彗星，始于殷商时代，春秋时期开始记录，一直到清末，两千余年从未间断，共计出现三十一次。这可称为世界唯一。但是，却不知道这出现了三十一次的彗星竟然是同一颗。就是说，这种记录只是停留在信息层面上。到了17世纪，英国天文学家哈雷依照牛顿的引力定律，算出了彗星的轨道，预言了它出现的周期——七十六年回到太阳身边一次。这就上升到了知识、规律的层面。还有一个实例。1935年，毕业于医学院的奥地利的洛伦兹，在继承祖业行医的同时，从事动物学研究。一天，他偶然发现，一只刚出世的小鹅总是跟随自己转，他推测这是因为小鹅出世后把第一眼看见的人当做了它的母亲。这种现象，只要生活在农村，都会见到，新生下的鸡雏，会跟定你不放。可是，又有多少人思考过其中的奥秘呢？而那位奥地利的医生洛伦兹，却根据这种现象做出推论：大多数动物在其生命的初始阶段，都会无须强化而本能地形成一种行为模式，而且一经形成便很难改变。从而，他创造出一门新的学问——现代动物行为学，获得了1953年的诺贝尔生理学或医学奖。

知识关乎事物，充其量只是学问；规律反映问题的实质，触及深层的底蕴；而智慧则关乎人生，属于哲学的层次。马克思把哲学比喻为"迎接黎明的高卢雄鸡"，意思是哲学是武装头脑的，是在前面指导人生的。黑格尔说，哲学是反思的科学，是事后的思索，因此，他把哲学喻为"黄昏时起飞的猫头鹰"。两位大师讲的都是关乎智慧、关乎人生的。智慧是哲学的生活化、实际化。知识的演变遵循进化论，而哲学智慧的历史演变，却不是进化论的。有人把古代哲学说成是萌芽状态的，朴素、低级的，这是把科学知识的概念移入到哲学智慧的评价。其实，《周易》之学，孔孟、老庄之学，直至两三千年之后的今天，仍然无法超越。古希腊哲人赫拉克利特说："博学不能使人智慧。"关键在于能否使知识由死变活。智性过剩，悟性不足，是一些搞学问的人的通病。

依我个人的体验，学习哲学有两个要领：一个叫做选择视角，一个叫做提出问题。

李泽厚先生说，哲学家只是提供一些观察人生的视角。其实，哲学研索本身就是一种视角的选择。视角不同，阐释出来的道理就完全不同。视角和眼光是联系着的。爱因斯坦看人看世界，用的是宇宙的眼光，因而能够跳出"人为中心"这个成见，得出"人不过是宇宙中的一粒尘埃——没有骄傲的理由"的结论。一部《红楼梦》，鲁迅说，单是命意，就因读者的眼光而有种种，经学家看见《易》，道学家看见淫，才子看见缠绵，革命家看见排满，流言家看见宫闱秘事……堂·吉诃德这个艺术形象，用目的论的眼光看他，觉得十分荒诞；用过程论的眼光看他，觉得他很伟大；用世故的眼光看他，觉得他是疯子；用少年儿童的眼光看他，觉得他和自己差不多，是个天真的赤子。有个笑话，说几个庄稼院老头儿闲聊：如果当了皇帝，怎么办？一个说，我会下令：村东头这条街上的粪全归咱们，不许其他人去捡；另一个说，要打一个金斧头，天天用金斧子去砍柴；第三个说，你们两个真有意思，都当皇帝了，还捡粪、砍柴？我若是当了皇帝，就天天坐在火炉旁吃烤红薯。可见，视角和立足点对于观察事物、判断问题是何等重要！

　　所谓提出问题，也就是我们常说的要有"问题意识"。无论是对于写作者，还是实际工作者，问题意识都是最要紧的。爱因斯坦就曾说过，他的"脑子里始终都装着问题"。理论是关于问题的理性思考；或者说，理论始于问题。过去学哲学有一个偏向，就是满足于背诵结论，而不善于以理论为指导去发现问题、研讨问题、解决问题。从一定意义上说，哲学不是知识学，而是问题学。这可以从两个角度来理解：一是，哲学的基本问题常解常新，是永不过时的，只能随着时代的发展，理解与阐释方式发生变化。它与科学不同，科学的问题一经找到答案，问题便成了知识，不再具有问题的性质。二是，如果说科学给人以知识，那么，哲学就是给人以智慧——提出问题本身就体现了哲学智慧。哲学家的贡献不在于他解决了多少实际事，而在于他提出了富有前瞻性、开创性的问题。问题是哲学的发展动力，问题开启了思维探索之门。

　　所有的学问，都离不开提出问题、设置疑问，历史也不例外。法国史学家费弗尔说过："提出问题是所有史学研究的开端和终结，没有问题便没有史学。"光这样抽象说，印象不深刻，可以用大家都熟悉的张学良将军作为实例。在张学良身上有两大谜团："九一八"为什么不抵抗？他为什么不回大陆？这里以后者为例加以分析：1993年，两岸正在举行"汪辜会谈"。老将军对此异常关注，寄予了深切期望，表示"晚年最大的愿望是希望中国和平统一，自己也可以回家乡看看"。但是，台湾当局根本没有统一诚意，因此，回乡愿望也就落空了。那么，为什么他非要等到两岸结束敌对状态才肯回来呢？这个问题很复杂，其间有着很深的考虑，说穿了也就是虑及自己身后的历史地位。他的深层意图，是滤除政治色彩，淡出两岸纷争，以中间状态出现，使自己成为一个超越意识形态、各方都能够接受的中华民族历史上的伟人。但是，这种中立状态的出发点，却又不是纯然为着个人，其中有着深远的意义在。原来，作为第二次国共合作的奠基人之一，他想在晚年再完成一项千秋伟业——期望能够通过自己的特殊身份，为实现国共第三次合作中再次发挥其独特作用，起码可以在沟通两岸关系方面充当一名使者，促进两岸和解，进而推动祖国统一。

提出问题不是目的，在于分析、说理。比如，人们经常会谈到"嫉妒"，这是人性中具有负面的心理活动。我在《成功者的劫难》一文中是这样剖析的：所谓"嫉妒"，实质上是一种鲜明的趋利性，一切嫉妒者瞄准的都是现实的功利，正像囊空如洗、衣衫褴褛的人不必担心遭劫被抢一样，那些穷途末路、潦倒终生的人向来也不忧虑遭人嫉妒。法国大作家罗曼·罗兰在其名著《约翰·克利斯朵夫》中说过："不结果的树是没人去摇的。唯有那些果实累累的才有人用石子去打。"嫉妒产生于相互比较，这就决定了当事者双方必然彼此熟悉，且又限于看得见、接触得到的范围之内。所以，就呈现出这样一种现象：嫉妒心理的强弱，与引其发作的对象的距离成正比。这和磁性引力有些相似，距离越近，力量越强。嫉妒的产生，有赖于相互比较的可能性，即"同辈的嫉妒"。诗人不会嫉妒科学家的发明，老年人也不可能去嫉妒"少壮派"，初试镜头的学员对于明星角色只能产生崇拜心理，三军统帅的地位在普通士兵眼中带有命定的性质。嫉妒的对象，一般多属同僚、对手或者邻人、朋友。

## 二、研究历史

喜欢历史文学，似乎是人们的共同爱好。当前，尽管有些历史散文作品不能尽如人意，有的借助史料的堆砌来救治作家心灵与精神的缺席，抹杀了散文表达个性、袒露自我的特长，把本应作为背景的史料当作文章的主体，见不到心灵的展示，但读者群仍然是很大的。这有点像历史题材的影视剧和一些历史小说，那么饱遭非议，观众、读者还是非常多。这又是为什么呢？对此，我做了一些思考，也曾向文友们求教。去年到台湾访问，我同当地一些作家、出版商（因为我在尔雅出版社和知本家文化事业有限公司出过散文集，结识了他们的老板），专门就这个问题进行过探讨。他们都讲，大陆在台湾出版的作品，历史小说、散文占有相当大的比重。综合多方面的认识，读者之所以欢迎，大致有五方面原因：

一是历史本身葆有一种独特的魅力。历史人物具有一种"原型属性"，经过时间的淘洗和历史的积淀，头上往往罩着神秘、奇异的光环。二是从审美的角度看，历史题材具有一种"间离效果"与"陌生化"作用。和现实题材比较起来，历史题材把读者与观众带到一个陌生化的时空当中，这样可以更好地进行审美观照。三是历史题材比现实题材更具有多义性、不确定性和更多的"空白"，因而具备一种文体张力。四是就作者而言，诗人、艺术家"特别喜爱从过去时代取材"，因为这可以"跳开现时的直接性"，"达到艺术所必有的对材料的概括化"。（黑格尔语）莱辛在《汉堡剧评》中也说："诗人需要历史，并不是因为它是曾经发生的事，而是因为它是以某种方式发生过的事。和这样发生的事相比较，使人很难虚构出更适合自己当前的目的的事情。偶尔在一件真实的史实中找到适合自己的心意的东西，那他对这个史实当然很欢迎。"五是从读者角度看，面对全球化的语境，加上西方现代主义人文科学的影响，读者们的主体意识、探索意识、批判意识大大增强，审美趣味发生变化，不再满足于一般性的消遣、娱乐，而是期待着通过文学阅读增长生命智慧，深入一步解悟人生。另外，处于社会转型期，现实生活中越来越多的人产生现代性的焦虑与深沉的失落感，他们也希望从历史的神秘中寻求可以称为永恒的东西。而文化散文较之轻灵、精致的抒情、写景的美文，有着更多的文化反省的意味，写得好可以提供较深的精神蕴涵。

不过，历史是一座取之不尽、用之不竭的精神富矿，真正着手探查，里面的文章可就多了。正像人们常说的，一部"二十四史"不知从何说起。当然，要说简单也很简单，无非一个是人，一个是事。相传波斯王即位时，要史官为他编写一部完整的世界史。几年过后，史书编成了，多达六千卷。年纪已经不轻的皇帝，日夜操劳国事，一直抽不出时间看，没办法，只好让史官加以缩写。经过几年刻苦劳作，缩编的史书完成了，而皇帝已经老迈不堪，连阅读缩写本的精力也没有了，便要史官作进一步的压缩。可是，没等编成，他就已经生命垂危了。史官赶到御榻前，对波斯王说，过去我们把世界史看得太复杂了，其实，说来十分简单，不过是一句话："他们生了，受了苦，死了。"这九个字，"他们"是人，"生了，受了苦，死了"是事。事是风云人是月，可看作是对历史的概括。

历史中，人是出发点与落脚点。人的存在意义、人的命运、人为什么活、怎样活，向来都是史家关注的焦点。著名历史学家钱穆先生反复多次强调："历史讲人事，人事该以人为主，事为副。没有人怎会有事？"联系到前面谈到的有些文化历史散文存在着史料堆砌，把本应作为背景的史料当作文章的主体，见不到心灵的展示的问题，主要也是忽略了人物的塑造、心灵的揭示。钱穆先生说："未通古人之心，焉知古代之史？"所以，必须写人通心，直抵古人心源，实现今人与古人的灵魂撞击、心灵对接、生命叩问。通心，首先应能设身处地地加以体察、理解，要把历史人物放在当时当地的历史情境中去进行察核，如同古人所说："观史如身在其中，见事之利害，时之祸患，必掩卷自思，使我遇此等事，当作何处之。"

研究历史，关键还在于实际应用。首先是对于历史人物、历史事件，如何运用史识、掌握史观加以分析的问题。过去我们争论较多的，是到底是人民创造历史，还是英雄创造历史。往往是各有所据，相持不下。后来读了恩格斯1890年致约·布洛赫的信，觉得茅塞顿开，豁然贯通。他提出的"合力说"认为，历史是这样创造的：最终的结果总是从许多单个的意志的相互冲突中产生的，而其中每一个意志，又是由许多特殊的生活条件促成。这样，就有无数相互交错的力量，有无数个力的平行四边形。由此而产生出一个结果，即历史事变。当然，在众多合力中有主导与辅助之分。还有，过去我们习惯于笼统地说某个历史人物几分好、几分坏。实际上，应该顾及人物的一生大节，根据不同情况划分不同阶段，结合其所处的历史大势逐段评价其功过是非。列宁评论普列汉诺夫就是这么做的。

除了坚持马克思主义唯物史观，对于法国年鉴派和美国新历史主义的研究，也使我获得许多新的启示。克罗齐指出："一切历史都是当代史。"失去了当下的语境，历史可能一无所用，甚至可能无法存在下去。新历史主义强调解释者的主体性，认为历史是叙述的结果，文本的解释者同时也是创造者，是今天"活着的人说着过去的事"，让过去的事情活在今天。从中我认识到，历史是精神的活动，精神活动永远是当下的，绝不是死掉了的过去，其间存在着主观性的深度介入。古今中外，不存在没有经过处理的史料。这里也包括阅读，由于文本是开放的，人们每一次阅读它，都是重新加以理解。这对于我创作历史文化散文帮助很大，我从历史文本解读中获取了巨大的自由空间，有助于解决历史文化散文的现实关怀这一重大课题。

### 三、学会借鉴

在我看来，散文作品应该植根于文化传统，同时又具有深刻的当代性；既坚持精神价值，存在不为时尚所动的定力，又能与时俱进，具备精神观念与艺术理念的现代性。现在有一个误区，一说创新，就必须与传统决裂。错误地把生物进化中那种后者不断淘汰前者的发展过程应用于文学创新的实践。这是"进化论"的美学观。墨西哥大诗人帕斯说："诗歌没有发展，只有变化。"散文亦然。我们不能认同那种"进化论"的美学观念，反对直线性的层层淘汰的所谓发展，而是提倡多维度的变化，即在不同维度上进行各自不同的创新。

散文创作面对三个传统：一是中国古代散文的大传统，二是五四以来三四十年代的新传统，三是域外的文学传统。需要找准切入点、结合点，将它们融会贯通，并且综合创新。既要对古今中外的文学传统作纵横交错的宏观了解，又要同这三个传统中的某些大家建立"点"的师承关系——这种师承关系应该建立在自己独特创作个性的基础之上，而不是脱离自我生命体验，一味追求时尚的花样翻新。早在七十多年前，鲁迅先生就曾明确地指出："采用外国的良规，加以发挥，使我们的作品更加丰满是一条路；择取中国的遗产，融合新机，使将来的作用别开生面也是一条路。"

在这方面，拉美文学有成功的经验。为了在南开大学中文系举办讲座，我曾在拉美地区住过一个时期，研究过魔幻现实主义传统的形成过程。拉美地区民族、种族构成最为复杂，他们能够以较少偏见吸纳其他民族的优秀文化传统、风俗习惯。影响所及，拉美作家群也长于学习和接受外来事物。早在19世纪初，拉美文学就曾跟踪法国古典主义，到了30年代又从古典主义向浪漫主义过渡，学习雨果、巴尔扎克、福楼拜、左拉。后来认识到，独立不仅是政治的、经济的，还应有文化的，必须找到拉美自己的声音。于是，他们在学习欧洲先锋派的同时，创造出有别于法国的拉美自己的艺术。他们向普鲁斯特、乔伊斯、卡夫卡等现代派作家学习，主要是着意于作品的结构和语言、潜意识、梦幻等方面的革新与开拓，而不是一切都生搬硬套，因为拉美和欧洲毕竟差异太大。他们是在吸纳民族传统文化精华，紧密联结本土现实生活的前提下，不断接受外来文学的滋养与刺激，以增强自身的活力，使现代意识和技巧在传统这棵古树上开花。

至于具体创作经验，我们也应该虚心借鉴外国文学。我经常听到有些文友说，散文的形象化、意象化，或者泛泛地说具有文采，这在写作抒情、写景、叙事散文时还可以做到；可是，如果写作思辨性散文，要做到有意象，有文采，就难以措手了。那么，下面我就举出两个典型范例，来看看外国优秀作家是如何作思辨性文章的。

一个是安徒生的《光荣的荆棘路》：

> 从前有一个古老的故事：一个叫做布鲁德的猎人，得到了无上的光荣和尊严，但是他却长时期遇到极大的困难和冒着生命的危险。……故事和真事没有什么很大的分界线。不过故事在我们这个世界里经常有一个愉快的结尾，而真事常常在今生没有结果，只好等到永恒的未来。

> 世界的历史像一个幻灯。它在现代的黑暗背景上，放映出明朗的片子，说明那些造福人类的善人和天才的殉道者在怎样走着荆棘路。这些光耀的图片，把各个时代、各个国家都反映给我们看。每张片子只映几秒钟，但是它却代表整个的一生——充满了斗争和胜利的一生。我们现在来看看这些殉道者行列中的人吧——除非这个世界本身遭到灭亡，这个行列是永远没有穷尽的。

这类作品，外表看是实写，实际上，饱含象征的意蕴和深刻的哲理。

另一个是美国女诗人狄金森的诗句：

> 要造就一片草原，
> 只需一株苜蓿草，
> 一只蜜蜂，
> 再加上白日梦。

这是诗，然而，确实又是一篇极为凝练简短、却又精彩异常的论述。白日梦，指清醒意识支配下的深思和有理智有情感的思维活动。实际上说的是艺术创造。这类作品的特点是，在寻常的生活情境中，发掘出耐人寻味的思想内涵，言简意赅，富于哲思。

当然，最根本也最便当的是向中国古代散文借鉴，这是当代散文作家绝对绕不开的课题。咱们就说《庄子》。它不仅是一部高妙、精深的伟大哲学名著，同时又是一本泽流万世、传之无穷的散文精品。鲁迅先生说："其文则汪洋辟阖，仪态万方，晚周诸子之作，莫能先也。"面对这部具有世界性意义的文化元典，宛如置身一座光华四射的幽邃迷宫，玄妙的哲理，雄辩的逻辑，超凡的意境，奇姿壮采的语言，令人颠倒迷离，眼花缭乱，意荡神摇，流连忘返，不禁叹为观止。"意出尘外，怪生笔端"，这是清代文学家刘熙载在《艺概·文概》中的评价。

说过了七万言的大部头的《庄子》，咱们再列举一篇只有八十八个字的短文——王安石的名篇《读孟尝君传》："世皆称孟尝君能得士，士以故归之，而卒赖其力，以脱于虎豹之秦。嗟乎！孟尝君特鸡鸣狗盗之雄耳，岂足以言得士？不然，擅齐之强，得一士焉，宜可以南面而制秦，尚何取鸡鸣狗盗之力哉？夫鸡鸣狗盗之出其门，此士之所以不至也。"

翻译成白话："世人都称孟尝君能够招贤纳士，贤士因为这个缘故归附他，而孟尝君终于依靠他们的力量，从虎豹一样凶残的秦国逃脱出来。唉！孟尝君只不过是一群鸡鸣狗盗的首领罢了，很难说得到了贤士！否则，拥有齐国强大的国力，只要得到一个贤士，成为天下霸主而制服秦国，还用得着鸡鸣狗盗之徒的力量吗？鸡鸣狗盗之徒出现在他的门庭上，这就是贤士不归附他的原因。" 作为一篇翻案性的论说文，它并没有冗长的引证，本该较长的议论，仅用四句话就完成了立论、论证、结论的全过程。这里有两个高明的叙述策略：一是抬高士的标准，颠覆"孟尝君能得士"的传统看法；二是采取以子之矛攻子之盾的论证手法，无可辩驳地把孟尝君推到"鸡鸣狗盗"之徒的行列。结构严谨，用词简练，气势非凡，被历代文论家誉为"文短气长"的思辨性散文的典范。

苏东坡的父亲、"唐宋八大家"之一的苏洵有一篇《高帝论》，也很短。说汉高祖早已觉察到，吕后险悍多智，存有异心，所以早作了防范准备。那么，为什么他不在去世前先把吕后除掉呢？苏洵分析认为："不去吕后，为惠帝计也。"惠帝即太子刘盈。吕后佐高祖定天下，久经征战，素为诸将所畏服。在"主少国疑"的情势下，即使有人图谋不轨，有吕后在，也足以镇伏、控制。高祖当时面临着两难尴尬：客观上确实存在着吕氏家族凭借吕后权势兴风作浪的险情；而迫于形势，又不能断然剪除吕后。怎么办？他采取了利用与限制相结合的策略。对此，苏洵有一个精辟的比喻："夫高帝之视吕后也，犹医者之视堇也，使其毒可以治病，而无至于杀人而已矣。"堇，俗称乌头，有毒。《三国演义》中华佗为关羽刮骨疗毒，那种毒即有乌头成分。而堇又是一种药材，可以用来治病，收以毒攻毒之效。在高祖眼中，吕后有如毒堇，既可利用其威慑作用，又须控制在不致动摇国本的限度内。比喻生动，论述有力，使人信服。

## 四、关于传统文化与国学

每当历史转折关头，人们总习惯于回归自己的文化源头，去寻找新的途径。这就是老子说的"反者道之动"——道的萌动总是从回归开始。这就牵涉到传统文化和国学的问题。作为民族之根、文化之源，传统文化涵盖了一个民族的整体生活方式和价值系统，是区分此一民族与彼一民族的核心标志。许嘉璐先生说，无科技不足以强国，无文化则足以灭种。文化存则民族存，文化亡则民族亡。优秀传统文化是提高民族素质、滋养我们内在精神、气质的源泉；关涉到整个国家的发展战略、国际地位，是中华民族复兴的希望所在。

传统文化以至整个文化，大体上可以分为三个层次：文化的物质层面是表层的；而价值观念、道德规范、宗教信仰、思维方式、审美趣味等等，属于最深层次；介乎两者之间的是典章制度、法规体制。我国传统文化从学理上讲，有儒、道、释三大支柱。儒、道属于本土文化，在中国最先产生；东汉以后，中经两晋南北朝与隋唐，佛教文化传入，形成三足鼎立、相辅相成的局面。

中国传统文化的特征，是连续性、渗透性、吸纳性、稳定性。究其根底来说，作为人生智慧的集大成，它主要是研究探索下列三种关系：一是探求人与自然的和谐共处的价值取向，从前称作"天人之学"。人既认识自然，遵循自然法则，又要能动地协调自然，自强不息，有所作为，以达到天人和谐的最高境界。二是研究人与人之间关系的定位取舍，最终实现人际和谐，解决人文危机。通过自我完善，"修己以安人"，促进人与人之间互相尊重、互相信任，和而不同，最终实现社会稳定、有序发展的共同要求。三是关注人与自我的关系，认识自我，磨炼自我，提升自我，善待自我，消除不良的心态，达致精神平衡的理想境界。对此，儒、道、释三家从不同角度，为中华民族的人生道路、生存智慧勾勒出一个比较完整的文化图景，长期以来，成为中国知识分子立身行世之达道。

对于头脑中固有的国学资源，我曾进行过必要的梳理，使之同现代知识、智慧接轨。我尝试着做了"三个划分"：一是就中国传统文化精神来说，把道家同儒家分开。儒家过于看重人在社会中的关系，看重等级地位与调适合作，而不重视个体存在；以共性为前提，而不习惯以个性为人生依据。道家与此相异。道家充满了形上思维，而儒家却相形见绌，黑格尔就否认孔子是哲学家。古人说，"六合之外，圣人存而不论"。上下左右前后叫"六合"。有些民族，鬼神、宗教、灵魂等观念非常发达，想象力十分丰富；而中国儒家把这些看成是虚无飘渺的东西，不屑一顾。孔夫子说了："未知生，焉知死？未能事人，焉能事鬼？""子不语怪力乱神。"只注重解决人际关系，关心眼前、当下利益，缺乏一种理性主义态度和西方实验科学精神，因而妨碍了现代化的进展。二是就道家自身来说，把老庄加以区分。庄子力主发现自我，强调独立人格，浮云富贵，粪土王侯，旷达恣肆，彻悟人生；而老子更多的是人生智慧、政治艺术，不免予人以"功利主义"、谋略权术的感觉，以致被人尊为"中国的政治艺术之父"。老、庄都主张无为，老子的无为是以退为进，无为而无不为，"退其身而身先，外其身而身存"；庄子的无为是人生的归宿，直接通向艺术精神。三是就庄子自身来说，把他的消极避世的一面同他的艺术精神区分开，我们崇尚他的张扬个性与自由精神，崇尚他的人生艺术化和艺术化人生。

对这三方面的探索、研究，在现时有其特殊意义。21世纪人类面临着共同的挑战，就是人与自然、人与人、人与自我的冲突，以及由此引发的生态危机、人文危机、精神危机。现在，世界越来越多的有识之士，把目光投向博大精深的中国传统文化和具有普世性、前瞻性的中国人生智慧。希望通过发掘和弘扬这些文化瑰宝，获取可资借鉴的精神资源，来救治人类所面临的三大危机。

应该说，中国传统文化是具备这种特殊功能的。中国传统人生智慧，融儒、道、释为一体，优势互补，相辅相成，执着一念，各有千秋。儒家讲求入世进取，强调刚健有为，志在修身齐家治国平天下，以天下为己任；道家讲究精神超脱，道法自然，安时处顺，无为而治，以柔克刚，以静制动。二者阴阳和合，刚柔相济，看似对立，实则互补。佛家讲究出世，强调万物皆空，排除干扰，化烦恼为菩提，淡泊名利，"放下为上"。这在充满了名利拼争、精神式微的当下，也不无诫勉意义。三者互为作用，形成相反相成的机制。"以儒治世，以道治身，以佛治心。"这是南宋孝宗皇帝的话，大体上说到了点子上。汤因比是英国的一位哲人，号称史学大师，他在《展望21世纪》一书中，自觉跳出西方中心论的旧有框架，明确地断言："中华文明将统一世界。"其依据是："在未来，中国文化将取代西方文化，能够推动人类和谐发展。"

国学与传统文化是两个不同的概念。传统文化的内涵要宽泛得多，包括知识、信仰、艺术、宗教、哲学、法律、道德等等。而国学，仅是传统文化的一部分内容。国学是与西学相对应而提出的，以梁启超1902年创办的《国学报》为标志。国学内容主要包括两大类：一是小学，属于工具性质，包括文字学（认字）、训诂学（释词、解词）、音韵学。二是经学，有的叫"五经"，有的叫"六经"（诗、书、易、礼、乐、春秋）。代表作是"三玄"（易、老、庄）、"四书"、"五经"，可以说是根底之学，凝聚之学（和谐），兼容之学（开放，不是封闭的），经世致用之学（修齐治平）。解经就要明白义理。所以，经学、小学二者缺一不可。

中国人民大学黄朴民教授讲，国学包括三个层面：第一，它是一种知识体系。作为一个中国人，对中国的传统文化应该有一种起码的亲近感与敬畏心，应自觉成为一名中国文化的传承者，对四书五经、唐诗宋词、《史记》、《汉书》这些内容应该有基本的了解。第二，它是一种思维智慧，是中国人的行为方式。不管你有没有正式地把国学当做学问来研究，都是在国学的氛围里成长，受到它的熏陶的。第三，国学形成核心价值观，比如，"仁者爱人""和而不同""天人合一"等等。应该说，这些价值观层面的东西，才是国学最根本的内容。

"五经"不好懂，怎么办？这就有了"四书"，"五经"的基本义理都体现在"四书"里。在《论语》中，孔子着重说明一套人们所共同认可的社会行为准则，从社会整体性上来把握怎样做人和做一个什么样的人，属于人文规范，而不是技能、工具性的知识。孔子基本的思想由两部分组成：一部分是"礼"，指的是西周的制度体系，这是一套外在的行为规范；一部分是"仁"，作为内在的约束，使人们能遵守礼仪。"仁"这个词汇以前就出现了，但仅仅表示和蔼、亲切、带有长者风度，孔子赋予"仁"以新的意蕴，核心是爱。孔子把爱具体界定为两个命题：一个是正命题，"己欲立而立人，己欲达而达人"；一个是反命题，"己所不欲，勿施于人"。这个"仁"涵盖了全部的人性，是一种道德意识的自觉。这些都是全世界人民共同认可的精神文明。孔子的学生曾子，从修养自己的身心入手，指出正心诚意的路径，这就是《大学》。曾子的学生子思认为孔子没有详细说明生活方式的问题，于是便写下了

《中庸》，是研究生活方式的。子思的学生孟子进一步解决行为方式的问题，《孟子》是一本专门探讨人类行为方式的专著。

当前，"国学热"的兴起，和前面说到的面临的三个危机有关。同时，肇因于当代社会文化的巨大辐射作用、引领作用，国学在其间扮演着重要角色。当然，深层次的根源，还是中国在新世纪的全面崛起。弘扬传统文化，重视中国文化的源头经典，要从教育入手，实现全民普及。《论语·子路》中记载，孔子到卫国去，弟子冉有替他驾车。子曰：庶矣哉（感叹人口稠密众多）！冉有问，人口众多了，又该怎么办呢？子曰：富之。冉有又问，已经富裕了，又该怎么办呢？子曰：教之（核心在于提高道德素质）。

在"国学热"中，一些学者走出书斋，借助电视等大众传媒对经典做通俗化的解读，唤起了人们的研究兴趣，启发人们重新认识它的价值。这具有积极意义。但是，同时也产生一些偏颇。应该看到，对国学经典的任何阐解，都必须还原到其所据以产生的社会环境中去，并以符合其自身特质的思维方式、文化观念来进行，否则就无法准确地传达其深邃内涵。现在有些解读，随意穿凿附会，把我们这个时代的"常识"强加到古人头上，结果造成了误读。所以我们主张，研究国学还是应该提倡阅读原典，准确吃透原著的精神。

## 五、强化创新意识，注重思考、分析

一个民族、一个国家，至关重要的是创造能力与创新精神。就我们每个人来说，同样都是一生，处于同样的环境、条件，之所以有的平庸无奇，有的硕果累累，除了前进方向是否正确，还有一个是否具有创新精神和创造能力的问题。作家当然也不例外。

"创造"二字，在《说文解字》中，"创"从"刃"、从"刀"，"刃，伤也"，如"创伤""重创敌军"；而"造"，"建也，始也"。这就是说，"创"的含义是破坏，"造"是建设。连在一起，就是在破坏已有的基础上始建新的事物。所以，青岛海尔集团总裁张瑞敏说，创新，意味着对已有成果的积极破坏。创造性思维，指的是人类在探索未知领域过程中，能够打破常规，勇辟新路，寻求新的成果的思维活动。

创新可以有不同的层次。最高水平的创新，首先是那种新思想、新理论的产生，它不是对已有的理论的演绎与发挥，而是一种独创；其次，是在一个已有法则范围内的新发现，而这种新发现在某个特殊领域内具有开创性的意义。爱因斯坦的相对论，牛顿和莱布尼茨建立的微积分，美国气象学家罗伦兹的"混沌理论"等，都属最高水平的创新；而绝大多数科研创新，则属于在某个特殊领域内的重大发现。"九层之台，起于累土。"任何创新成果都不是凭空出现的。即使是最高水平的创新，同样都要基于前人的成果。

20世纪最伟大的发现之一，是发现创造力是智力正常的人的普遍具有的心理潜能。就是说，创造力不是极少数人的特殊天赋，而是人人所具有的。可是，并非所有的人都这样认识。有人做过调查：你是否具有创造能力？回答是：有，不到30%；没有，50%；说不清楚，20%。这种状况，概括来说，就是"两大一小"：一是潜力特大，二是惰性、惯性太大，三是人和人的智力差异很小。就是说，除了极少数天才和弱智者，一般人智力的差异不像想象的那样大。有的研究，杰出人物的平均智商大约是135，普通人是100。差异并非特别大。看来，创造能力主要是后天努力的结果。它同关注程度、努力程度、训练程度有直接关联。就以记忆力来说，它是可以训练的。日本有一个人能背下圆周率四万位的值；史丰收速算法，六位数乘以六位数能够脱口而出（当然也有窍门）。爱迪生说："天才是99%的血汗加1%的灵感。"

创造性思维一个突出特征，是它的非常规性，也就是违反逻辑、违反惯例。大体上分为逆向思维和侧向思维两种。常见的方式：反弹琵琶，推推不行拉拉看。比如，孙膑与鬼谷子的故事：孙膑、庞涓共同师事鬼谷子。鬼谷子要测验他们的思维方式与应变能力。一天，他对两个弟子说："我坐在屋里，你们有什么办法把我请到外面去？"庞涓说：那有何难！可是，他说了几种情况，老师一一予以驳回。最后，庞涓竟然说出："如果老师实在不出去，那我只好用火烧房子了。"鬼谷子批评他心术不正，最后说："你干脆打死我，再把我的尸首抬出去吧！"轮到孙膑发言了。你猜他怎么说："老师，我们实在请不出您了。您看这样好不好——您到外面去坐，我再想法把您请进来？"鬼谷子心想：这不是一样吗？便点头应下。待到他安安稳稳坐定在窗外，等待孙膑来请时，孙膑却拍手笑道："老师！我已经把您请出来了。"

在一次日内瓦湖万国艺术宫国际活动中，大会需征集最能反映世界和平主题的艺术品。那么，如何创意和平主题呢？常规的思维是用和平鸽代表和平——一个白衣少女手捧一只洁白的和平鸽，作展翅高飞，冲向蔚蓝天空的态势。但有位艺术家选用二战时期使用过的一台锈迹斑斑的大炮，把炮筒加热拉长，并打一个结，放在基座上。锈迹斑斑代表过去时，人们看到这件武器，就联想到无数生灵遭到杀害，去诅咒罪恶的战争；而今炮筒打着结，表明它再也不能使用了，让人类永远结束战争。

创造能力的发挥，绝对离不开想象力这一人生无穷无尽的财富。爱因斯坦说过，提出一个问题往往比解决一个问题更重要。因为解决问题也许仅是一种数学上或实验中的技能而已，而提出新的问题，却需要有创造性的想象力。本来，文学作品必须创造出不同于现实世界的艺术世界。像一位英国评论家所说的，小说里的人生是蒸馏过的人生，是从生活里来的，却又不是原样照搬，而是经过艺术加工，成为人生的精髓。艺术创造应该是既在情理之中，又在意料之外。可是，现在许多作品以所谓"写实"为标榜，热衷于现实情景的仿真，重复、模拟日常的生活表象，缺乏对"文学是一种原创行为"这一理念的高度自觉。这是当前文学创作的致命缺陷。

与创新直接关联着的是思索。孟子有言："心之官则思，思则得之，不思则不得也。"增强人文修养的关键一环，是必须养成思考与分析的习惯。决定性因素是转变传统的、固有的思维方式。

　　事物本来是复杂的、多向的，因此，应该从多种角度去考察。可是，在日常实践中，我们却经常看到，有些人坚持直线式思维，不愿多想几种可能性。早年清除灰尘，不是用现在这种根据真空负压原理制成的吸尘器，而是用吹的办法。1901年，在伦敦一个火车站举行新式除尘器公开表演，就是用吹的办法把灰尘赶跑。可是，当把它实际应用于火车车厢除尘时，就立刻显现出了弊端，这么一吹，使扬起的烟尘呛得整个车厢的人透不过气来。当时，一位叫做赫伯布斯的人心想：吹尘不行，那么，反过来吸尘行不行呢？回家后，他就用手帕蒙住鼻子和嘴，趴在地上猛力吸气，结果，灰尘都被吸附到手帕上了。于是，带有灰尘过滤装置的负压吸尘器问世了。运用逆向思维进行发明创造的事例，还有很多。像削铅笔由动刀不动笔，转化为动笔不动刀，因此，诞生了卷笔刀；由声音引起振动，反过来把振动还原成声音，于是发明了留声机；等等。听说，巴黎一家旅馆，住客乘电梯上下，抱怨速度太慢。老板发愁了，若是重新设计、安装，这要花一大笔钱。一位心理学家给他出个主意：在电梯里装上几面镜子。老板依此行事，果然奏效——批评电梯太慢之声遂息。原来，住客走进电梯后，都要对镜整装、梳理一番，这样，不但不嫌速度慢，反而觉得电梯太快了。明确思维的多向性，这是开阔思路，克服直线式、习惯性思维方式的有效途径。

　　当人们陷入某种盲目性之后，往往像陆逊进入诸葛亮的"八阵图"一样，怎么也走不出来。反之，动动脑筋，换换角度，则会产生新的思路。中国古籍《战国策》中记载：秦王使使者送给齐襄王王后一个玉连环，说："齐多智者，能否解开此环？"王后以示群臣，群臣不知解法。王后便找出个锤子，把连环打破，然后告诉秦国使者："解开了。"这样，才没有使得秦王占据上风。本来，解法是无限的，并没有任何前提限制；可是，群臣就因为自定了一个"要在保持连环完整的条件下去解开它"的前提，这样就成为无解了。

我想就此谈谈个人的切身体会。

我是从旧式教育私塾中培养出来的，从小读"四书五经"、古文诗词，打下了比较牢固的国学基础，文史功底不错；但是，负面效应也非常明显。国学本身有一定的局限性，严复说过，东学以博雅为主，西学以创新为高。根本性的缺陷有二：其一，表现为对头脑的禁锢、思维的束缚、视阈的限制；其二，按照人文科学、人文精神来衡量，知识结构不够合理，除了中国传统的东西，域外的新知了解甚少，呈现一种"偏枯"状态。后来，进入中学、大学，走上工作岗位，虽然补了课，但"短腿"现象仍然存在。如果我所从事的是中国古典文学研究，或可勉强应付；偏偏搞的是文学创作，弱项与欠账就更为明显了。苏珊·朗格说，艺术表现的是人类的情感本质。这种情感本质，必然是人类深层意识的外射，是个体生命对客观世界的深刻领会与感悟。也就是说，作者要通过自身的灵性和感受力，通过哲学思维的过滤与反思，去烛照历史，触摸现实，探索文化，追寻美境。这就面临着一个思维转型、拾遗补缺问题。

我的做法是，除了投身社会实践，主要是研习新知、弥补缺漏。在严格自省的基础上，奋力钻研西方文史哲典籍，读了许多原著。苏格拉底说过："没有经过自省检讨的人生是没有价值的。"通过对人生的经验、自己的学术背景进行全面检索、省察，我把过去、现在、未来连贯起来，使生命得到升华，实现更新换代。除了省察、学习，我还颇得益于文友间的对话。我有许多年轻的朋友，他们思想活跃，反应锐敏，知识结构比较合理，既有精深的专业，又有广博的知识。苏联时期的文学理论家米哈伊尔·巴赫金认为："生活就其本质说是对话。"对话既是目的又是方式。同一层次的参与者，围绕同一话题，通过不同视角、不同方式的对话，彼此开启思想的闸门，相互"交换能量"，相互启发，相互碰撞，许多新的观点、新的思想火花就会迸发出来。

这套转换功夫，我从上世纪80年代初开始比较自觉地进行，经过三十年时间，自己觉得确实见到了显著的成效。其实，在信息、知识大爆炸，新事物层出不穷，瞬息万变的新时代，又何止是我个人，恐怕所有的知识者、写作者，都面临一个除旧布新、升级换代的问题。如果把我们的知识结构比作电脑操作系统，那么，每时每日，都需要不断地升级换代，淘汰那些旧版应用程序，做"卸载"处理，以便减少内存，为新的知识系统腾出足够空间。

我不是哲学家，但我喜欢用哲学思维来观照现实，读解历史。古希腊有个散步学派，我也是常常在散步中进行构思、遐想。我有三种集中思考的时段：最有效的是后半夜醒来时，再就是清晨散步时，还有平时独处静坐时。北宋大儒程颐，世称伊川先生，他特别强调：读书必须思考，"不深思则不能造其学"。平时习惯半日读书，半日静坐，实际是静心思考。这里还有个故事：进士杨时为了求知进益，与朋友游酢专程到洛阳去拜见程颐。来得不巧，正赶上伊川先生闭目静坐。这时外面下起了大雪。两人便恭恭敬敬侍立一旁，不言不动，如此等了半天。待到程颐睁开眼睛，发现二人还在躬身侍立，吃惊地说："哎呀，两位还在这儿没走？"此刻，门外雪深盈尺，而杨时和游酢并没有一丝倦意和不耐烦的神情。足见其拜师求学之殷，由此，产生了一个"程门立雪"的佳话。

法国大作家罗曼·罗兰针对苏联艺术家过分强调客观世界的观察，而忽视内心情感的开掘和深入思考，致使艺术创造的力量只能浮现于客观事物的表面，因而劝告他们："在行动和感情的激流里，你们应该为自己保留一间单房，以便集中思想，深入思考。"这个"单房独室"，既包括物理空间，而更多的是指心理空间。这样，才会进入主客冥合、物我神会的境界，使认识和感受通过思考实现形而上的超越。

我还有一个习惯，几十年恪守不渝，就是读书、思考中坚持记笔记，至今已有八十多本。也许有人会讲：进入谷歌时代之后，有了搜索引擎和硬盘，人的记忆与记录无关紧要了。这种说法似是而非。其一，搜索引擎和硬盘固然可以查阅许多资料，但它有一个前提条件，就是要事先掌握线索，如果你对所要搜索的内容一片茫然，就无法进行。其二，文学创作或学术研究，需要贯通、联想，所掌握的知识面越宽广，可供联想与贯通的就越多。如果脑子里空空如也，一切全靠引擎搜索来提供，那还能够进行创作与研究吗？其三，知识有"夥聚性"，掌握的东西越多，像老托尔斯泰说的外延越大，你的才能就越能显现；反之，知识面很窄，只是靠电脑来操作，那你究竟是机器还是活人？

当今在世界范围内，缺乏思考已经成为通病。人类在迅速伸延生命的长度与宽度时，却丢失了深度，即生命的第三维度。记得北大教授汤一介先生说过，现在更多的是哲学工作者，而不是哲学家。哲学家是要创造出一套思想，让别人来研究的。《纽约时报》曾刊载一篇美国南加州大学高级研究员尼尔·加布勒的文章，里面谈道："从前，思想可点燃辩论的火焰，激发不同的思考，引发革命和根本改变我们的世界观。""当今，我们的思想似乎变小变少了，并非因为我们比前人愚钝，而是由于我们不像他们那么在乎思想。真正原因可能在信息本身。我们现在知道的信息超过以往任何时候，在这样一个时代，我们思考的就少了。借助互联网，我们想知道什么似乎马上就能得到信息，这就是问题所在。过去我们收集信息，不只是为了了解情况，而是要将其加工升华、融会贯通变成思想。我们过去不仅试图了解世界，而且力求真正理解世界，这是思想的主要功能。马克思指出了生产资料与我们社会与政治制度的关系。弗洛伊德教我们探究自己的心理，作为理解我们感情和行为的一条途径。爱因斯坦改写了物理学。这些思想使我们能够思考自己的存在并试图回答生活中令人畏缩的重大问题。现在，我们淹没在浩瀚的信息中，即使有心也没有时间去加工提炼，而且我们大多数人也不想去做。这个思想式微的世界与社交网络世界同时出现绝非偶然。信息交流网站旨在满足贪得无厌的信息欲望，它们基本上不能产生思想，这种信息基本上毫无价值。所有的思想者都是信息过剩的牺牲品。我们已经成为信息陶醉者。即使是马克思或尼采突然现身，高声宣讲自己的思想，人们也丝毫不会关心。未来预示着信息会越来越多，但没有人会去思考。"

诚然，一个对思想不感兴趣的写作者，也能够凭借一己的感悟、情感写出一些行时的作品，但肯定留不下传世的精神产品。以此类推，一个对思想不感兴趣的民族，一个时期内可能发展迅速，成果斐然，但肯定不是一个能够长久持续稳定发展，而且能稳健地把握自己发展方向的民族。因为在这个民族的内心深处，充满了浮躁和茫然。鲁迅先生在批判国民性时，说中国人常常一哄而起，一哄而散，这就是灵魂没有根底。心灵底子薄弱的人，既经不起失败，也承受不了成功，挫折和掌声都会使他倒下去。我们应该以深厚的人文修养来抵御这种浮躁与茫然，有底气，有正气，使思想水准、精神境界大大提升一步，从而为文学创作、学术研究奠定良好的内在基础。

"老马识途"，不敢自命。阅历毕竟还有一些，愿竭鄙诚，贡献一得之愚，与诸君共勉。

2011年11月26日于北京

（本文原为作者在第四届中国当代散文创作研讨会上的讲话）

## 渴望超越

有机会在北大讲坛上，就散文创作问题交流一些个人的想法和体会，我感到十分荣幸。这里说的《渴望超越》，首先是渴望在散文创作上获得超越性的感悟和体验，也就是要有所突破；这样，就我自身来说，就要不断地挑战自我，不懈追求。具体想从以下三个方面展开话题：

### 一、散文创作的深度追求

20世纪末的中国文坛有一道亮丽的风景，就是散文创作空前繁荣，有人甚至把90年代称为"散文时代"。最活跃的散文形式呈两极化发展：一方面是思辨化、大型化，即所谓"大散文"、文化散文、思想随笔，注重体现人文精神、审美意蕴、历史意识，深入人的心灵境域；一方面呈情感化、软化、细化趋向，即所谓"小散文""小女人散文"，在把散文的自由、随意和飘洒发挥到极致的同时，也一定程度地消解了文学的深度追求，呈现出一种所谓的"散文消费性格"。它们由于各自的特色而拥有不同的读者群，共同拓展了光影迷离的散文天地。

我的散文作品，大多可以归到文化散文或者随笔这个范畴里。至于究竟有怎样的特点，个人也说不清楚。认识自己，从来都是最难的事。这里节录一段上海评论家吴俊教授的话："王充闾将他的文化意识特别是他的生命意识，充分完全地投注在散文创作之中，他是在写他的精神体验和心灵体验，是在进行自己的人生和人格写作——其实，他也是这样来理解他所看到的和写下的人物和历史的。他对人物的关注，着重在精神心理层面，他所揭示的是人物的个体心理和文化心理。"

我的总体考虑，是立足于个人的古代文化素养较为深厚（由于特殊的地理环境和家庭条件，自幼深受传统文化濡染，读过八年私塾，受过系统的国学教育）、阅世颇深、游踪甚广、视野开阔（有十四年省级领导岗位上的仕途经历）的特殊条件，充分展示创作个性，走出一条自己的路子——在历史与美学的对话中，注重人的命运、人的生存意义和人的自我意识的探索与表现，向人性深处开掘，体现一种内在的超越性。

我的散文创作，和新时期基本上是同步的。二十多年来，出版过二十来部散文随笔、一本旧体诗词、一本学术研究著作。较有代表性的，早期有《清风白水》《春宽梦窄》，中期有《面对历史的苍茫》《沧桑无语》，近两年有《何处是归程》《一生爱好是天然》。从这几部散文集的题目就大体可以看出创作发展的脉络。先是山水自然，风光名胜，以游记为主；而后是着眼于人文、历史，写文化历史散文；近期主要是关注人性、人生和人类精神家园问题，用我的话说，就是以有限的笔墨说些同无限相关的事。我自认是在一步一步走向深入，体现着一种深度的追求。

写那些游记散文，我往往是顺着诗文的指引，"因蜜寻花"，或如庄子所言，"乘物以游心"。心中流淌着时间的溪流，在溟濛无际的空间的一个点上，感受着自然之美、性灵之光。由于那些山川胜境，都是留存着千百年来无数诗心墨迹的所在，所以主要考虑是如何跳出古人、他人的窠臼，写出自己的独特感受。比如，我写过一篇《读三峡》，为了区别于刘白羽的《长江三日》，我调换了视角，改变了由点到线、移步换形的写法，着眼于宏观，进行总体把握，立足天半，俯视山川，把四百里长的三峡奇观当作一部大书来读。在结构、语言、知识含量方面下了不少工夫，想努力写出美文的特色。

后来，读得多了，看得多了，认识到创作还需进一步深入到观照对象的意义世界，应该融入作家的人生感悟，投射进穿透力很强的史家眼光，实现对意味世界的深入探究，寻求一种面向社会、面向人生的意蕴深度，使思维的张力延伸到文本之外，这就进入了创作历史文化散文的第二阶段，大体上在1994年至1999年。在这里，我与传统相遇，又观照以现实的眼光，自觉地疏离古典的历史感，淡化借鉴意识，而着力于探索社会人生，关注人的命运、世事沧桑，揭示历史规律与人生的悲剧性、无常感；或者说，是在有常中探索无常，又在无常中体现有常。我曾围绕着宋、金的兴衰嬗变，以它们的都城为背景，写了一组以揭示文化悖论为主旨的散文随笔。漫步陈桥驿的古镇街头，吟咏着前人"陈桥崖海须臾事，天淡云闲今古同"的诗句，不禁浮想联翩，感慨系之。的确，从赵匡胤在这里兵变举事，黄袍加身，创建赵宋王朝，到最后末帝赵昺在蒙古铁骑的追逼下崖州沉海自尽，宣告赵宋王朝灭亡，三百多年宛如转瞬间事。可是，仰首苍穹，放眼大千世界，依旧是淡月游天，闲云似水，仿佛古今未曾发生过什么变化。这里有历史的规律，也蕴含着深刻的哲理。北宋王朝由于统治者的骄奢淫逸，已经随风而逝，但它却给故都开封留下了一座历史的博物馆，文化的回音壁，使后人可以从中打捞出超越生命长度的感慨，以及关于存在与虚无、永恒与有限、成功与幻灭的寻索。

我还在另一篇散文里，写了原本落后的女真族以其冲决一切的蛮勇精神和旺盛的生命活力，奇迹般地战胜了实力大大超过自己的强大军事对手，直到把北宋的两代君王俘获到五国城下。与此同时，他们也像前代的北魏、契丹，身后的元朝、清朝一样，在农耕文化与游猎文化的撞击、融合的浪潮中，接受了新的文明的洗礼，从而加速了发展进程。令人深思的是，人类的文化无一不包含着自我相关的价值、功能上的悖谬，有时演进的结果正好与原初的愿望背反。金朝的结局也不例外。他们在充分享用"全盘汉化"的文明硕果的同时，逐渐丧失了本民族固有的优势，新的文明最后作为一种异己力量反转过来诱使它走上腐朽的末路，成为被征服者。诚如马克思所说，野蛮的征服者总是被那些他们所征服的民族的较高文明所征服。这是一条永恒的历史规律。

尽管这类散文从意蕴上看，较那些山水游记显得深刻了，但我还想继续向新的领域探索。这就进入了第三阶段。当时的创作心态，从我在《何处是归程》的题记中可以洞察一二。那是一首小诗："生涯旅寄等飘蓬，浮世嚣烦百感增。为雨为晴浑不觉，小窗心语觅归程。"就是想在物质化、市场化、功利化的现实中，寻找人的精神的着陆点。

从回归文学本体的角度看，文学在充分表现社会、人生的同时，应该重视对于人的自身的发掘，本着对人的命运、人性弱点和人类处境、生存价值的深度关怀，充分揭示人的情感世界，力求从更深层次上把握具体的人生形态，褐橥心理结构的复杂性。实际上，每个人都是一个丰富而独特的自我存在。我们可以从曾国藩这个典型的实例上作一番考察。众所周知，人们对曾国藩的评价，一向存在着巨大的歧异，说明他是一个极度复杂的人物。可是，如果还像过去那样只是从政治立场和社会伦理方面进行剖析，似乎也没有多少新话可说了。反过来，若是从人性方面，从人生哲学方面，进行解读、进行批判，就会开辟出崭新的局面。

最近我写了一篇关于曾国藩的散文，题目叫《用破一生心》。说他一辈子活得太苦、太累，是个十足的可怜虫，除去一具猥猥琐琐、畏畏缩缩的躯壳，不见一丝生命的活力、灵魂的光彩。那么，苦从何来呢？来自过多、过强、过盛、过高的欲望。欲望按其实质来说，就是痛苦。结果是心为形役，劳神苦心，最后不免活活地累死。他的人生追求是既要建不世之功，又想做今古完人，内圣外王，全面突破。这样，痛苦也就来源于内外两界：一方面来自朝廷上下的威胁，尽管他对皇室忠心耿耿，兢兢业业，但因其作为一个汉员大臣，竟有那么高的战功，那么重的兵权，那么大的地盘，不能不被朝廷视为心腹之患。兔死狗烹的刀光血影，像一柄达摩克利斯之剑时时闪在眼前，使他终日陷于忧危之中，畏祸之心刻刻不忘。另一方面来自内在的心理压力，时时处处，一言一行，他都要维持高大而完美的形象，同样是临深履薄般的惕惧。比如，当他与人谈话时，自己表示了太多的意见，或者看人下棋，从旁指点了几招儿，他都要痛悔自责，在日记上骂自己"好表现，简直不是人"。甚至在私房里与太太开开玩笑，过后也要自讼"房闱不敬"，觉得于自己的身份不合，有失体统。这样，就形成了他的分裂性格，言论和行动产生巨大的反差。加倍苦累自不待言，而且，必然矫情、伪饰。正所谓"名心盛者必作伪"，以致不时地露出破绽，被人识破其伪君子、假道学的真面目。

他的这种苦，有别于古代诗人为了"一语惊人"，刮肚搜肠，苦心孤诣，人家那里含蕴着无穷的乐趣。他的苦和那些持斋受戒、面壁枯坐的苦行僧也不同。苦行僧有一种虔诚的信仰，由于确信幸福之光照临着来生的前路，因而苦亦不觉其苦，反而甘之如饴。而他的灵魂是破碎的，心理是矛盾的，他的忍辱包羞、屈心抑志，俯首甘为庸懦君主、阴险太后的忠顺奴才，并非源于真心的信仰，也不是寄希望于来生，只是为了实现一种现实的欲望。这是一种人性的扭曲，绝无丝毫乐趣可言。这种痛苦经验倒是与旧时的贞妇守节有些相似。贞妇为了挣得一座旌表节烈的牌坊，甘心忍受人间最沉重的痛苦；而曾国藩同样也是为着那块意念中的"功德碑"而万苦不辞。通过解读这个悲剧人物，我们可以思考人生中的许多问题，也可以联想到诸多人、事。应该说是颇具典型意义的。

在写作历史文化散文中，我致力于对历史人物进行人性化的解读，展开多视角、多侧面的剖析，注重揭示人物的深层心理结构，力求达到历史文化认知应有的深度和较强的审美效果。我总是把古人的心灵世界视为一种精神库存，努力从中发掘出种种历史文化精神。在同古人展开对话，进行心与心的交流的过程中，着眼于以优秀民族传统这把精神之火烛照今人的灵魂；在对古人进行灵魂拷问的同时，也进行着对于今人的灵魂拷问，包括作家自己的灵魂，一起在历史文化精神中接受撞击。从而在历史和现实之间，架起一座沟通的桥梁，挺举起作家人格力量和批判精神的杠杆。这样，散文作品具备了一定的思想穿透力和自省、反思意味，产生人文批判的效果，留下足够的思考空间。

## 二、深切的生命体验与超越性的感悟

我深刻地体会到，散文作家像小说家、戏剧家一样，同样应该具备深切的生命体验和心灵体验，这是实现散文创作深度追求的迫切需要；大而言之，它还直接关系到文学回归本体，以人为本，重视对于人的自身的研究这一重大课题。所谓生命体验与心灵体验，依我看，是指人在自觉或不自觉的特定情况下，处于某种典型的、不可解脱和改变的境遇之中，以致达到极致状态，使自身为其所化、所创的一种独特的生命历程与情感经历。它的内蕴极为丰富，而且有巨大的涵盖性。无疑这主要是就写作者自身而言，正所谓"水管里淌出来的是水，血管里流出来的是血"；但是，显然也应包括作家对于观照对象在精神层面上的深切体验，甚至包括读者在阅读过程中的实际体验。因为文学创作说到底，是生命的转换、灵魂的对接、精神的契合。

这里，我想到了陀思妥耶夫斯基和史铁生。他们的艺术感悟来源于各自的生命体验。作品中提出的所有哲学问题，完全属于他们个人，是从各自的生命历程中生长出来的，任何哲学教科书里都不可能找到。死刑、流放的苦难和丧失行走能力的痛苦，使他们获得了超常的思维能力，增长了彻悟人生、咀嚼命运的智能。这种宝贵的生命体验，包括活在心里的外在遭遇、内在情感，以及无边的想象与梦幻，都成了他们创作中所独有的宝贵精神财富。

九年前，在一次作品讨论会上，作家莫言说，生命体验是创作成功的阶梯。假如王充闾被发配到当年的西伯利亚去，流放他五年、十年，那他就成"气候"了。这里面当然也揭示出他个人的成功之路。其实，就在莫言说这番话的时候，我刚刚熬过了一场生命的炼狱，尽管并非流放，时间也没有那么长，但精神、肉体方面的痛苦程度也是很够一说的。那是1993年，我突然被告知患了恶性肿瘤——肺癌。虽说处于早期，听来也还是五雷轰顶一般，令人毛骨悚然，一下子就跌进痛苦的深渊。开始是否定、质疑，不肯相信；

而后便是埋怨命运的不公平，造物主的残酷；接着自然想到了"一瞑之后"的安排、处理。我没有曹孟德那样的倜傥风流，临死还挂念着娇姬美妾，让她们"分香卖履"；也不想贪婪如唐太宗，死了还要把《兰亭序》墨宝带到棺材里去。我最伤情的是那些陪伴我半生、不啻第二生命的大量书籍如何处置。随着时日的推移，渐渐这些实在的东西都悄然隐去了，只剩下生命与死亡这类形而上的思考盘踞在脑子里。

死亡是精神活动的最终场所，它把虚无带给了人生，从而引起了深沉的恐惧与焦虑。而正是这种焦虑和恐惧，使生命主体悟解到生命的可贵、生存的意义。人生就是这样，只有失去之后，才懂得加倍地珍惜。恐惧、悲伤的实质，正是以存在与虚无作比较，从而实现对于生命的觉醒，一种重新看待生命的"惊蛰"。在这里，虚无为存在提供了价值参照系和价值创造的外驱力。盲姑娘海伦·凯勒的"假如给我三天光明"的设想，正是建立在这一基础之上。病苦与死亡，还能促使当事人从迷误中觉醒，省悟到平素很少考虑也难以认知的诸多重大课题。因此又可以说，病床是个大学校。其实，不必死生契阔，火烫油煎，一个人只要得过一场大病，在病床上被急救几次，就会领悟到，什么大把大把的票子，很重很重的权势，很多很多的住房，成批成打的美女，一切一切平日抓着不放的东西，转眼间就会化作虚无，如轻烟散去。

我看到过一块辽西产的鸟化石，是一亿四千万年前形成的，对着它我沉思了好久。与这化石相比，一个人的生命实在是太短暂了，就算是上寿百年吧，也只占了一百四十万分之一。真是："叹吾生之须臾，羡宇宙之无穷。"当年以浪漫主义著称的李贺，也只是想到，"王母桃花千遍开，彭祖巫咸几回死"。王母娘娘的仙桃三千年开一次，开过一千遍也不过三百万年，不及鸟化石的四十分之一。即使有八百年寿命的彭祖也不知死过多少回了，更何况普通人呢！这么一比较，就觉得那些蜗角虚名、蝇头微利，连"泰山一毫芒"也谈不上了，争个什么劲头？真该抓住宝贵的瞬间干些有意义的事！西哲有句名言："只有死才能够使人了解自己。"是呀，平时颐指气使，势焰熏天，自以为不可一世的人，临死时就会知道，原来自己也不过是个普通的角色；亿万富翁一死，同穷光蛋又有多少差别！除了嘴里含颗珠子，任何财富对于他已经失去了实际意义。人只有在生死关头，才能真正把自己同一切身外之物全然分割开来。这时，也只有这时，人才会变得比较清醒一些、聪明一些。看来，病痛与死亡，与其说使人体验到生命存在的长度，毋宁说是使人体验到解悟生命的深度。十年过去，病患消除了；但痛定思痛，我还是把这些感悟写进散文《疗疴琐忆》里。

直接的生命体验，应该说是最可贵、最理想的，但一个作家即使他经历再特殊，阅历再丰富，也不可能一切方面都有切身体验，恐怕更多的还是通过感同身受的人生领悟，获得间接的体验。台湾学者徐复观称之为"追体验的工夫"；德国美学家谷鲁斯的"内模仿"说，也庶几近之。下面说一点我在这方面的体会——

《简·爱》《呼啸山庄》和《艾格妮丝·格雷》这些名著，过去都曾读过，可惜历史的流沙已经淹没了心灵的文化现场，时空的限隔也遮蔽了把握作品意蕴和作家心迹的路径，难免产生隔膜的感觉。去年9月，我有机会来到勃朗特三姐妹的故乡——英国小镇哈沃斯，在那里住了一天一夜，经过一番切身的体悟，感觉就大不一样了。

三姊妹的故居和她们埋骨其间的教堂，相隔不过五六十米，我投宿的小客栈就在教堂的对面，抬起头来便能望见故居里一百多年来彻夜长明的灯光。住在这里有一种奇异的感觉，似乎岁月纷纷敛缩，转眼已成古人，自己被夹在史册的某一页而成了书中角色。睡眼迷离中，仿佛觉得来到一座庄园，一问竟是桑菲尔德府……忽然又往前走，进了一个什么山庄，伴着一阵马蹄声，视线被引向一处峭崖，像有两个人站在那里……翻过两遍身，幡然从梦境中淡出，再也睡不着了，这时是后半夜三点。我便起身步出户外，在联结故居与教堂的石径上往复踱步，觉得好像置身于19世纪三四十年代，渐渐地走进三姐妹的绵邈无际的心灵境域，感受着灵海的翻澜、生命的律动，似乎还产生了心灵的感应。透过临风摇曳的劲树柔枝，朦胧中仿佛看到故居窗上映出了几重身影，似乎三姊妹正握着纤细的羽毛笔在伏案疾书哩；甚至还产生了幻听，似乎一声声轻微的咳嗽从楼上断续传来。联想到自己病痛的经历，霎时心头漾起一脉怜惜之情和深深的敬意。三姊妹患着同样的结核病，分别活了三十九岁、三十岁和二十九岁。

我在心灵体验的基础上，又结合天才女作家的书信、传记，看了她们的生平展览，体验其典型环境、独特心境、情感经历、个性特征，追踪她们的心路历程，探索这些文学天才的成功路径；并对作品中的事件、景观、风物作了实地考察，从心理和环境两方面研究作家心灵的外化，把握作品审美意义生成的深度背景。看来，三姊妹都属于用情感和想象来代替生活素材的作家。她们经常逸出现实空间，凭借其丰富的想象力和超常的悟性遨游在梦幻的天地里。她们的创作激情显然并非全部源于人们的可视境域，许多都出自最深层、最隐蔽、含蕴最丰富的内心世界。她们无一例外地抱着理想主义的浪漫情怀，渴望得到爱神的光顾，切盼着有一个理想伴侣，却又绝对不肯俯就，要求"爱自己的丈夫能够达到崇拜的地步，以致甘愿为他去死，否则宁可终身不嫁"。这样，现实中的"夏娃"也就难于找到孪生兄妹般的"亚当"，而盛开在她们笔下的、经过她们浓重渲染的爱情之花，只能绽放在虚幻的想象之中。这是一种灵魂的再现，生命的转换。作品完成了，作者的生命形态、生命本质便留存其间，成为一种可以感知、能够抚摸到的活体。

从这里我认识到，生命体验和情感是相通的。这次亲身体验，使我对勃朗特三姐妹、对哈沃斯产生了深厚的感情。半年过去了，想起来还有一种心灵的震撼，原来，我已经把对于天才女作家的崇敬、爱怜和悼惜之情，留在那孤寂的山村，也永生永世栽植在心里。正是带着这种浓烈的感情，我写出了散文《一夜芳邻》。

对于一个作家来说，如果说生命体验、人生感悟是根基，是泥土；那么，形而上的思考和深厚的情感便是它所绽放的两朵绚丽之花。情感对于文学作品绝不是可有可无的，文学存在的依据就是表现人类情感的需要。罗丹说得很干脆："艺术就是感情。"尤其是散文作品，如果缺乏情感的灌注，缺乏良好的艺术感觉，极易流于幽渺、艰深、晦涩的玄谈，以致丧失应有的诗性魅力和艺术感染力。

就本质来说，生命体验有两个特征：一个是直观性。艺术在进行形而上的探索时，不可能借助抽象的概念，而是一种直觉的感悟。一个是超越性。生存苦难、精神困惑等体验活动要转化为艺术感觉，还需超出客观实在的局限，虚构出一个灵性的艺术世界。唐人吴兢在《乐府古题要解》中讲过一个故事：春秋时期，伯牙学古琴于成连先生。他掌握了各种演奏技巧，但是，老师感到他演奏时，理解得不深，单纯地把音符演奏出来，少了点神韵，未能引起欣赏者的共鸣。一天，成连先生对伯牙说："我的老师方子春，居住在东海，他能传授培养人情趣的方法。我带你前去，让他给你讲讲，可以大大提高你的艺术水平。"于是，师徒二人备了干粮，驾船出发。到了东海蓬莱山后，成连先生告诉伯牙："你留在这里练琴，我去寻觅师父。"说罢，就摇船渐渐远离。十天过去，成连先生还没回来。伯牙在岛上等得心焦，每天调琴之余，举目四眺，面对浩瀚的大海，倾听澎湃的涛声；远望山林，郁郁葱葱，幽深莫测，近旁不时传来群鸟啁啾、振翅飞扑的声响。这些各有妙趣、奇特不一的景象，使他心旷神怡，浮想联翩，感到自己完全融汇进去，情趣高尚了许多。这时，伯牙产生了强烈的创作激情，要把自己的感受谱成音乐，于是他架起琴来，把满腔情感倾注到琴弦上，一气呵成，谱写了一曲《高山流水》。就在他沉潜在音乐的氛围之中，成连先生摇船返回，听到他情感真切而丰沛的演奏，高兴地说："现在你已经是天下最出色的琴师了，你回去吧！"伯牙恍然大悟，原来这涛声鸟语就是最好的老师。此后，伯牙不断积累生活和艺术体验，终于成了天下操琴的高手。相传《水仙操》等传世名曲，也都是伯牙在这种妙悟中创作出来的。正是这种直观性与超越性的统一，激起了音乐家探索精神最深层的冲动和敏锐感受，使艺术达到形而上的层次。

美国的一位现代诗人曾经咏叹：林中的道路叉开了两股，人却只能走上其中的一条，而把另一条暂时抛开，留给下一次。可是，对于人生来说，下次在哪里呢？人生是一次性的，人生的列车走的是一条单向的不归之路。我想过，如果人生可以重新选择的话，我一定要研究哲学（当然是指突破学院化、概念化、简单化状态的那种真正的哲学）。从一定意义说，哲学不是学术性的，而是人生的，哲学联结着人生体验，是一种渴望超越的生存方式，一种闪放着个性光彩、关乎人生根本、体现着人性深度探求的精神生活。因此，说到超越，说到散文创作的深度追求，我必然会想到哲学。我们当会注意到，在那些伟大的艺术杰作中，在那些丰富多彩的感性世界深层，总是蕴含着某种深刻的东西，凝聚着艺术家的哲学思考，体现着他们对人类、对世界的终极关切。当索福克勒斯在《俄狄浦斯王》中提出"斯芬克斯之谜"的时候，当莎士比亚在《哈姆雷特》中借助主人公之口发问"活下去还是死"的时候，当屈原在《远游》中长叹"惟天地之无穷兮，哀人生之长勤；往者余弗及兮，来者吾不闻"的时候，当陈子昂登幽州台感慨悲吟"前不见古人，后不见来者，念天地之悠悠，独怆然而涕下"的时候，我们都会从这些人生的苍凉叩问中，感受到一种深刻的超越性。可以说，伟大的艺术家与平庸的艺匠的根本分野，就在于是否具备这种超越性的感悟。

诚然，艺术是对人生的表现，而哲学是对人生的思考，它们存在着实际差别；文学创作归根结底要依赖于形象、情感和体验。但无论是形象还是情感、体验，都须经过形而上的思考，实现内在的超越。古往今来，凡是称得上艺术杰作的，必然在有限的形象中包含着无限的意蕴。艺术大师凡·高有一幅著名油画叫《农鞋》，画面简单得很，就是一双沾满泥土、黑乎乎的沉重的农鞋，连起码的背景都略去了。但是，显然这不是一般的静物写生，经过艺术的炼化，它已成为农民悲惨命运的一种象征。海德格尔称这幅画为杰作，说："鞋具磨损的内部黑洞洞的敞口中，凝聚着劳动步履的艰辛。这硬邦邦、沉甸甸的破旧农鞋里，聚积着那寒风陡峭中迈动在一望无际的永远单调的田垄上的步履的坚韧与滞缓。……这器具属于大地，它在农妇的世界里得到保存。"这些都是艺术感觉，但显然已经提升到了形而上的高度。通过这慧眼独运的诗性解释，画作的审美意蕴和艺术价值被充分揭示出来了。

借鉴这种手法，我写过一篇《终古凝眉》的散文，视点集中在浙江金华八咏楼的李清照的一尊塑像上，我想从她那双似颦似蹙、轻攒不展的凝眉，揭示出她悲凄愁苦的内心世界。易安居士的词溢满了茫茫无际的命运之愁、相思之痛、悼亡之哀和颠沛流离之苦，破国亡家之悲。但我以为这只是一个方面。如果抛开家庭、社会、政治环境，单从人性本身来探究，也即是透视用生命创造的心灵文本，我们就会发现，原来，这种悲凉愁苦很早就植根于她的本性之中。这种与生命同构的悲哀在天才心灵上的投影，正是诗人之所以异于常人的关键所在。就是说，她的多愁善感的心理气质，凄清孤寂的情怀，以及孤独、痛苦的悲剧意识的形成，有其必然的因素。她自幼生长于深闺之中，生活空间狭窄、内容单调，没有向外部世界扩展的更大余地，只能专一地关注自身的生命状态和情感世界。因而，作为一个心性异常敏感，感情十分复杂的女性词人，她要比一般文人更加渴望理解，渴望交流，渴求知音；而作为一个聪明绝顶、识见超群、内心世界十分丰富的才女，她又要比一般女性更加渴求超越人生的有限，不懈地追寻人生的真实意义，以获得一种终极的灵魂安顿。两方面结合在一起，就形成一种巨大的张力，经过发酵、沸腾、爆裂、喷涌，产生独特的灵性超越。反过来，对于本性中所固有的深度的苦闷、根本的怅惘，这无疑又是一种诱发，一种呼唤，一种催化与裂解。如何解脱这种精神上的苦痛，满足其高层次的需求？在她来说，唯有仰赖真情灼灼的人间至爱。而现实中的爱是极度苍白、脆弱的，经受不住一点点的风雨摧残。这样，她就必然陷入饱尝凄苦，心境透底苍凉的绝境之中。而这一切，恰恰为她的艺术创造提供了不竭的灵泉。

### 三、自在的心态与不懈的追求

对于散文作家，超拔而自在的心态实在是太重要了。这是回归文学本体，抵达人性深处的一个前提条件。作家自由丰富的心性的发育程度、心灵自由的幅度，直接关系到散文作品的艺术魅力。因为散文是与人的心性距离最近的一种文体，是人类精神与心灵秘密最为自由的显现方式。只有具备自由、自在的心态，具备不依附于社会功利的独立的审美意识和超越世俗的固定眼光，才能真正进入艺术创造的境界。可是，这对于一个现时代的写作者来说，谈何容易！现代人终日处于困惑、焦虑、惊惧之中，举止匆忙，心情浮躁，像尼采所形容的，总是行色匆匆地穿过闹市，手里拿着表，边走边思考，吃饭时眼睛盯着商业新闻，不复有悠闲的沉思，越来越没有真正的内心生活。

我也同样生活在滚滚红尘里，经受着各种各样的心灵羁绊，思想观念上的束缚，市场、金钱方面的物质诱惑，都曾摆在眼前，而且，仕途经历又使我比一般作家多上一层心灵的障壁。好在我一向把功名、利禄这些身外之物看得很淡，也不过分看重别人怎么看待自己，有一种自信自足、气定神闲、我行我素的定力。我觉得，人生总有一些自性的、超乎现实生活之上的东西需要守住，这样，人的精神才有引领，才能在纷繁万变的环境中保持相对独立的内在品格，在世俗的包围中葆有一片心灵的净土。我特别欣赏苏东坡的《定风波》词："莫听穿林打叶声，何妨吟啸且徐行。竹杖芒鞋轻胜马，谁怕？一蓑烟雨任平生。" 我的几篇言志的散文——《从容品味》《安步当车》《收拾雄心归淡泊》《华发回头认本根》，都是在这种心态下写出来的。本来我是教书的，是报纸副刊编辑，中途跌进了宦海，像陶渊明说的，"误落尘网中，一去三十年"。

这样，时间（也就是生命）再也不是完整的了，分割得很零碎；尤其是个性、情怀、思维方式都要受到影响，有时还得戴上人格面具，时日一长，必然要失掉本我。上面说到的摆脱俗务包围，保持一片心灵净土，着眼点就在于返回自我，从"久在樊笼里"，到"复得返自然"。

我有自己的一套生活习惯，每天晚上八点钟睡下，早上很早就起来散步，许多文章的构思都是在散步中完成的，有时夜半醒来，获得了灵感，立刻开灯记录下来。看云、做梦，也是我实现妙悟的方式。比如，我曾从天空云朵的奇幻变化，想到了萧红的整个生命历程。当我看到片云当空不动时，就联想到这个解事颇早的小女孩，没有母爱，没有伙伴，孤寂地坐在后花园里，双手支颐，凭空遐想；而当一抹流云疾速地逸向远方，我想这宛如一个青年女子冲出封建家庭的樊笼，逃婚出走，开始其流离颠沛的生涯；有时，两片浮游的云朵叠合在一起，而后又各不相干地飘走，我联想到这有如"二萧"的两颗叛逆的灵魂的契合，结伴跋涉，后来却分道扬镳，天各一方了；当发现一缕云霞渐渐地融入青空悄然泯灭，我便抑制不住悲怀，为天涯沦落的才女一缕香魂飘散在遥远的浅水湾而深情悼惜。

对我而言，读书、创作不是一般意义上的兴趣、爱好，而是压倒一切的"本根"，是我的内在追求、精神归宿，是生活的意义所在，是我的存在方式。此外，一切都看得很轻。我写过一首《写怀寄友》的七律："埋首书丛怯送迎，未须奔走竞浮名。抛开私忿心常泰，除却人才眼不青。襟抱春云翔远雁，文章秋月印寒汀。十年阔别浑无恙，宦况诗怀一样清。"可说是真实写照。人事的纷争、世俗的诱惑消解之后，剩下来的只是创作中的焦思、困惑。但这种创化中的苦恼和世俗的忧烦不同，焦灼过后常常是成功的欢愉。自在、自如的心境，不仅带来美的享受，而且为灵魂找到一个安顿的处所。

应该承认，这种心态的培植，大大得力于庄子。庄子把身心自由看得高于一切，追求一种"无待"的也就是绝对自由的精神境界，不凭借任何外在的依托，超越世俗的一切。他从人本学出发，要求恢复自由的人的生命存在，即通过超越伦理规范和功利标准的束缚，超越感性认识相对性和理性思辨有限性的困扰，使个体生命得以解脱，从而获得一种全新的心理体验。这对我有重大而直接的影响。我很小就读了他的书，当时虽然并不完全懂得它的奇文胜义，可是，庄子的形象却一直活在心里：瘦骨嶙峋的身材，穿着打了补丁的"大布之衣"，住在穷闾陋巷之中，靠编织草鞋来维持生计，精神上却又是无比富有的。庄子是一个名副其实的"故事大王"，他笔下的井底蛙、土拨鼠、多脚虫、灼蹶子马、蝴蝶、蜗牛、鸣蝉、野雉，还有龟呀、蛇呀、鱼呀、鸟呀，都是我们日常接触过的，眼熟得很。至于那栖身于邈姑射山上的"肌肤若冰雪"、"不食五谷，吸风饮露"的仙人，对于小孩子就更具吸引力了。在我的心目中，这些神仙要比乡下的屯长、保长熟悉得多，因为早在杨柳青年画里就都露过面，一直伴随着整个童年。而且，那些仙人也好，动物也好，一个个通情达理，和蔼可亲，故事里面还都寄寓着深刻的人生哲理。

有人说，全部中国思想与智能结晶于《庄子》的哲思；起码从人生哲学的角度看，他在中国思想史上的渗透力是巨大的。正是这种生命体验和艺术精神，滋育了后来的魏晋风度，成就一种超拔的人生境界和心灵状态，开启了渊源不竭的艺术资源。难怪美国著名学者H.米勒要说，不懂得道家学说，就无法理解中国文学。

我在散文创作中，得益于庄子者实在很多。几乎所有的研究者都指出，我的整个散文创作鲜明地渗透着庄子的艺术精神。庄子的"乘物以游心"的诗性人生，为我培植超拔、自在的心态提供了有益的滋养；而道家文化，特别是庄子的艺术精神，包括经过现代化转换的艺术视野，更成为我治学与创作的一种深度背景和可贵的富矿，成为展现艺术人生的生命底线。

这里我想谈一下《两个李白》这篇散文。当时的出发点是，解读李白具有典型意义，因为他的宏伟抱负、从政情结、傲岸品格、诗人气质及其个人际遇所带来的悲欣苦乐，在很大程度上反映了两千多年来中国士人的心态，直到今天仍有一定的现实性。龚自珍说，李白是"并庄、屈以为心"的。他渴望登龙入仕、经国济民，有一番大的作为，却又不是搞政治的材料。论他的本性更接近庄子，张扬个性，强调自我，这和仕进追求可说是南辕北辙。结果就处处遭受挫折，陷入无边的苦闷与激愤之中，产生强烈的心理矛盾。还是庄子的超越意识和艺术精神解救了他，痛饮狂歌、登高长啸，使内心的熬煎得以暂时缓解，情感能量获得成功的转移。这样就出现了两个李白，一个是现实存在，一个是诗意存在，两者相互冲突，表现为试图超越又无法超越，顽强地选择命运却又终归为命运所选择，展现了人生的无奈和深刻的悲剧性。结果"蚌病成珠"，这悲剧性的命运倒成为产生天才诗作的深厚基础和内在动力。看来，历史老仙翁很会捉弄人，通过揭示人生价值、意义上的背反，和李白开了个大玩笑：本来他志不在于诗文，最后竟以诗仙身份攀上荣誉的巅峰；一心渴望建功立业，偏偏又政坛失意，屡试屡败，直至落拓穷途，跌入人生的谷底。亏得李白远离魏阙，未得登龙入仕，否则，沉香亭畔、温泉宫前，将不时地闪现着他那潇洒的风姿，而千秋诗苑的青空，则因失去这颗耀眼的明星变得无边的暗淡。这该是多么巨大的损失啊！

　　前面说到了我努力保持一副自在、自如的心态，希望不致被误解为安于平庸，无所作为。实际是有所为有所不为，抛开世俗功利，正是为了把全副身心投入不懈的艺术追求。这种艺术追求，不关乎数量的积累，主要是渴求一种质的飞跃。对于已经产生一定影响的作家来说，我觉得，至关重要的是能够不断地突破自我，实现新的超越。这是一个关隘。我们可能都注意到了，作家获取成功大体有两种情况：一种是一飞冲天，暴得高名，以后再很少突破，呈静态式发展；另一种是螺旋式攀升，精进不已，始终处于动态之中，呈现一种飞扬之势。比较起来，我更喜欢后一种。因为他们总是给人一种全新感觉，总在展现新的创化，而不是像南宋词人刘克庄慨叹的："常恨世人新意少"，"把破帽年年拈出"。其实，即使是新帽子，年年端出来，"外甥打灯笼——照旧"，也没有什么看头。

由此我想到了英国现代著名诗人叶芝。他在七十四年的生命历程中，生生不息，不断地超越自我。19世纪90年代他倾向浪漫主义，后来接触现实多了，诗风转向劲健坚实，晚期更趋成熟，哲理性强了，想象力激增，大大发展了象征主义。三个阶段中，每一段都留下了大量好诗，风格却显著不同。难能可贵的是，他能够以一位已然成名的文学前辈，肯于俯下身去向年轻一代学习，他接受意象主义的新诗，直接受到小他二十岁的庞德的影响，就是一例。这使他葆有源源不竭的创造力，越到老年生命活力越是旺盛，他有许多重要诗作完成于七十岁之后。人们说他老而益狂，狂得漂亮。早于叶芝三十几年的易卜生，情况与此非常相似：他活了七十八岁，早期剧作取材于历史故事与民间传说，也是浪漫主义的，中期剧作以反映社会问题为主，属于现实主义，晚期剧作以心理分析为特征，同叶芝一样，进行象征主义的探索。叶芝于1923年获得诺贝尔文学奖，易卜生也取得了世界性声誉。他们当然都是文学天才，是无可企及的，但其成功之路却给我们以启发和鼓舞。起码对这条根本性的经验，即永远保持开放的心态，尽一切努力培植旺盛的创造活力，我是牢牢记取并付诸实践的。文学评论家李晓虹博士在《未完成的王充闾》这篇文章中说："王充闾在散文创作的途程中，以一颗永不宁静的心体现着创造的痛苦与欢欣。……他选定了'创化'这个永恒的状态。他始终觉得自己未完成。未完成是一种勇气，否定自己，走出自己，向新的目标行进。未完成是一种状态，在未完成中生命还在年轻。因为认定自己永远未完成，王充闾把不重复自己作为艺术创造的标尺。……他的艺术视界始终是敞开的。没有固守已经形成的，没有排拒将要出现的。他一直遵循着一个内心命令向前奋飞：不断创新，不断发展。"

　　说到创新，就联系到如何对待已有的成果。这需要清醒的头脑，开阔的视野，巨大的勇气。人的年龄大了，锐气会随之锐减，更容易师心自用，拒绝不同的见解；特别是出了名以后，赞扬的话听多了，难免处于自我陶醉状态，再看不到缺陷；名声大了，到处都来约稿，文章随时都能发表，很容易出现粗制滥造现象。人一成名，便不再属于自己，会逐渐地融入"喧哗与骚动"的社会浪潮之中，从此，将告别宁静，告别超然，告别本我。所以说，成功是一个陷阱。当代小说家苏童讲：一个作家在成功的同时，也就潜藏着危险。成功往往是依靠作家的艺术个性与风格；但是，所谓个性与风格，很容易成为美丽的泥沼，使作家深陷其中不能自拔。喜新厌旧的读者日久必然生厌。而作家并不甘心轻易甩掉自己的风格、模式，事实上也不容易甩掉已有的模式。于是，他们就停留在原地筑巢，就像鸟不肯飞离老巢一样。这段话，我感觉很深刻。他说得也很形象，作家抱住自己的风格不放，就像鸟老是卧在自己的旧巢上。这种自我胶滞状态常常导致写作障碍，造成止步不前。避免和消除障碍的唯一途径，就是无所顾恋地把自己打碎，重新塑造，一切从头做起。可是，这谈何容易啊！

　　有些困难的征服，可以仰仗他人帮助，唯独挑战自我，必须依靠一己的胆识和勇气。据我个人体会，首要一点，是对自己要有一个十分清醒的、恰如其分的认识。不能在恭维声中忘乎所以，不能"醉中忘却来时路"，尽量避开浮华与喧嚣，作低调处理；再就是，时时看到自己的不足。比如，在知识构成上，我就承认自己有明显的缺陷——不会外语，域外的东西接触得不多，根底很浅。因此，就拼命地读马克思，读黑格尔，读西方现代主义的东西，读一些自己所不熟悉的不同风格流派的作品，学习借鉴新的学术思想，获取新的知识，以救治那种"偏枯"状态；还有一点很重要，就是努力保持上进的劲头、生命的活力。我经常关注并乐于接受各种新的事物，比如，早在1994年，就学会用电脑写作，经常同那些"鸡"（计算机）呀、"猫"（调制解调器）呀、"鼠"（鼠标）呀打交道，享受网络世界的无穷乐趣。同时，结交一些年轻的文友，互相用"伊妹儿"传递文稿，切磋学问，从他们那里求索新知，汲取活力，激活思想，尤其重视卓有见地、具有思想锋芒、肯于给我挑毛病的诤友。这样，不管生理年龄如何，就可以永葆年轻的生命状态。

实际上，所谓年轻，并非人生旅程的一段时光，而是心灵中的一种状态，是理性思维中的创造活动，情感中的一股勃勃朝气。没有人仅仅因为时光的流逝而变得衰老，只是随着理想的毁灭，人类才出现了老人。岁月可以在皮肤上留下皱纹，却无法为灵魂刻上一丝痕迹。忧虑、恐惧、缺乏自信，才使人佝偻于时间的尘埃之中。只要心灵深处的无线电台不停地接收美好、希望、欢欣、勇气和力量的信息，就会永远保持年轻。而一旦这座无线电台坍塌了，你的心便会被悲观绝望的寒冰酷雪所覆盖，你便衰老了——即使你只有二十岁。这段话的意思很好，可以作为人生的座右铭。不过我得声明，这是美国作家塞缪尔·乌尔曼七十多年前发表在《华盛顿邮报》上的文章摘要，我只是"文抄公"而已。

2002年4月17日

（本文原为作者在北京大学散文论坛上的讲演）

# 历史文化散文的现实期待与深度追求

我想说说历史文化散文创作中，如何以一种开放的视角、现代的语境，做到笔涉往昔，意在当今，寄怀深远，亦即所谓现实期待与深度追求问题。这两个命题的含义都十分广泛，我在这里指涉的是关于现代性的判断与选择，体现在对于现实人生与人性的关注，诸如人生的困境、生存的焦虑、命运的思考、人性的拷问等各类问题。

一

几十年来，对于历史题材的文学作品，我一直是情有独钟的，这可以追溯到童年时代。我的祖籍是河北大名府（曾是北宋时期的陪都，当时称作北京），千百年来，这里传承下来说书讲古的传统，陆游诗中描写的故乡山阴的情景——"斜阳古柳赵家庄，负鼓盲翁正作场。身后是非谁管得，满村听说蔡中郎"，从前在大名也可以看到。祖辈上，据说是由于河水泛滥，村屯成为泽国，一支王姓家族迁徙到山海关外的医巫闾山脚下，连带着也就把这种说书讲古的风习带了过来。农闲时节，人们吃过晚饭，聚在场院，手里挥着大蒲扇，"脏唐臭汉""南朝北国"，讲起来没个完，听起来没有够。

我们那里自然环境很特殊，村落紧靠着大苇塘，秋风起处，蒹葭苍苍，芦花飞雪。在这种自然条件下，土匪可以任意出没，成帮结伙，"乱马盈花"，转瞬间又踪迹全无。那里有句俏皮喀儿——"三人行，必有一匪焉"，用来形容土匪的繁多。土匪在当地，有个雅号，人称"胡三太爷"；日本鬼子则叫他们"红胡子"，从来不敢沾他们的边，一提起他们，就说："红胡子，大大地可怕呀！"结果，这里就成了一片"化外"荒原。官办学堂也有，但要走出十几里路，太远了，我的叔父就创办了一所家塾。他在老东北军里谋过差事，既满腹经纶，又颇有积蓄，朋友中正好有一位老学究，他便请过来给自己的儿子和我开设了专馆。我们从"三（字经）、百（家姓）、千（字文）、千（家诗）"入手，接下来读"四书五经"，尔后是左史庄骚、袁王《纲鉴》、《昭明文选》、《古唐诗合解》，等等。整整读了八年，打下了比较坚实的文史根基，也培养了对于历史的浓厚兴趣；直到共和国成立，我才正式进了学校，就读中学、大学。

我国有特别发达的史学传统，从前传下来这样两句话：一是"文史不分家"，二是"六经皆史"——此论首倡于元代的郝经，后经清代的章学诚系统地提出，意思是《易》《书》《诗》《礼》《乐》《春秋》这六种经书都是夏、商、周三代典章政教的历史。龚自珍、章太炎都认同此说。我从小就特别喜欢历史，进了中学以后，正史之外，还接触了一些演义类小说和咏史诗以及中外的历史剧。司马迁的《史记》在私塾里早就读过，始终爱赏不置；我还喜欢冯梦龙的《东周列国志》、刘义庆的《世说新语》、蒲松龄的《聊斋志异》和鲁迅的《故事新编》。鲁迅先生的《魏晋风度及文章与药及酒之关系》《题未定草》等，照黄裳的话说，"是学者散文的典范作品"。而到了黄裳笔下，就成批地出现了，《花步集》《锦帆集》《金陵杂记》，不下六七本，1960年代还有翦伯赞的《内蒙访古》，都可以说是今天所谓的历史文化散文。看来，这种文体并不像有些评论家所说的产生于上个世纪90年代，由某某人始创。只不过当时没这么命名。当然，现在的这种叫法，"历史文化散文"也并不十分确切。

喜欢历史文学，似乎也并非我个人的偏好。当前，尽管有些历史散文作品不能尽如人意，有的借助史料的堆砌来救治作家心灵与精神的缺席，抹杀了散文表达个性、袒露自我的特长，把本应作为背景的史料当作文章的主体，见不到心灵的展示，但读者群仍然是很大的。这有点像历史题材的影视剧和一些历史小说，那么饱遭非议，观众、读者还是非常多。这又是为什么呢？对此，我作了一些思考，也曾向文友们求教。这次率领大陆作家代表团到台湾访问，我同当地一些作家、学者、出版商（因为我在尔雅出版社和知本家文化事业有限公司出过散文集，结识了他们的老板），专门就这个问题进行过探讨。他们都讲，大陆在台湾出版的书，历史小说和以历史为题材的散文占有相当大的比重，读者群不小。

读者之所以欢迎历史题材作品，综合多方面认识，可能有下列因素：一是，由于历史人物具有一种"原型属性"，本身就蕴含着诸多魅力，作为客体对象（比如秦始皇、苏东坡、李后主、康熙帝、曾国藩等等），他们具有一般虚构人物所没有的知名度，而且经过时间的反复淘洗、长期检验，头上往往罩着神秘、神奇的光圈；二是，历史题材比现实题材具有多义性、不确定性和更多的"空白"，因而具备一种文体的张力；三是，从审美的角度看，历史题材具有一种"间离效果"与"陌生化"作用。布莱希特说过："戏剧必须使观众吃惊，要做到这一点，就必须依靠对熟悉事物加以陌生化的技巧。"和现实题材比较起来，历史题材把读者与观众带到一个陌生化的时空当中，这样可以更好地进行审美观照。作家与题材在时间上拉开一定的距离，也有利于审美欣赏。

就作者而言，按照黑格尔的说法，诗人、艺术家"特别喜爱从过去时代取材"，因为这可以"跳开现时的直接性"，"达到艺术所必有的对材料的概括化"。莱辛在《汉堡剧评》中也说："诗人需要历史，并不是因为它是曾经发生的事，而是因为它是以某种方式发生过的事。和这样发生的事相比较，使人很难虚构出更适合自己当前的目的的事情。偶尔在一件真实的史实中找到适合自己的心意的东西，那他对这个史实当然很欢迎。"其实，在中国早就有以历史写现实的传统，郭沫若写《棠棣之花》《三个叛逆的女性》《湘累》等历史剧，都是借历史人物表现自己的见解，或者借以传播某种思想的。

至于中国大陆20世纪90年代以来历史文化散文呈现繁荣发展趋势，这可能和社会、时代有着密切关联。面对全球化的语境，加上西方现代主义人文科学的影响，人们的主体意识、探索意识、批判意识大大增强，审美趣味发生变化，不再满足于一般性的消遣、娱乐，而是期待着通过文学阅读增长生命智慧，深入一步解悟人生；另一方面，处于社会转型期，现实生活中越来越多的人产生现代性的焦虑与深沉的失落感，他们也希望从历史的神秘中寻求可以称为永恒的东西。而历史文化散文较之轻灵、精致的抒情散文、写景美文，有着更多的文化反省的意味，写得好可以提供较深的精神蕴涵与认识价值。

二

我从1995年开始历史文化散文的集中写作，十五年来，结集为九本书：《面对历史的苍茫》《沧桑无语》《寂寞濠梁》《文明的征服》《龙墩上的悖论》《历史上的三种人》《千秋叩问》《文在兹》《张学良：人格图谱》。开始写作时，同样存在前面说过的缺陷——满足于史海徜徉而忘记了文学的本性，出现所谓"历史挤压艺术"的偏向。后来逐渐地加以改进，努力做到有真性情，有现实感，强化了主体意识。我很认同被称为"新历史主义之父"的哈佛大学教授斯蒂芬·格林布拉特的话："不参与的、不作判断的，不将过去与现在联系起来的写作，是无任何价值的。"实际上，他所讲的也就是现实期待、现实关怀，一种现代性的判断与选择。

文学是历史叙述的现实反应，在人们对于文化的指认中，真正发生作用的是对事物的现实认识。历史是一个传承积累的过程，一个民族的现在与未来都是对历史的延伸；尤其是在具有一定超越性的人性问题上，更是古今相通的。将历史人物人性方面的弱点和种种疑难、困惑表现出来，用过去鉴戒当下，寻找精神出路，这可以说是我写作历史散文的出发点。在创作实践上，我的努力主要体现在以下四个方面：

第一点，鲜明的现实针对性。前人说，"古人作一事，作一文，皆有原委"。这种"原委"，有的体现在个人的行藏、际遇、身世上，有的依托于浓烈的家国情怀，或直或曲、或显或隐地抒怀寄慨，宣泄一己的感喟与见解。太史公作《史记》，应该说是十分客观的，但里面同样也有"借他人的酒杯浇自己的块垒"的成分。《古文观止》的编者即指出，观《报任安书》中"家贫货赂不足以自赎，交游莫敢视，左右亲近不为一言"三句，"则知史迁作《货殖》《游侠》二传，非无为也"。此前，金圣叹也曾说过："人凡读书，先要晓得作书之人是何心胸。如《史记》，须是太史公一肚皮宿怨发挥出来。所以，他于游侠、货殖传特地着精神，乃至其余诸记传中，凡遇挥金、杀人之事，他便啧啧赏叹不置。一部《史记》只是'缓急人所时有'六个字，是他一生著书旨意。"《史记》作为信史，以客观叙事为依归，尚且如此；而个性更为鲜明的纯文学作品，自然更应该充分体现作家的主体意识与思想倾向了。这里有个突出事例，就是唐人杜牧的《阿房宫赋》。从前读这篇散文，只是沉浸在优美的辞章里，至多领略一点小杜的"发思古之幽情"。可是，后来读《樊川文集》，看到《上知己文章启》，方知他是借古讽今，旨在劝诫唐敬宗不该大兴土木。《启》中写道："宝历（敬宗年号）大起宫室，广声色。故作《阿房宫赋》。"这篇赋文就写在宝历二年。当然，文中并未直涉时事，而是批评一千年前的"秦人"，属于"隔山打炮""异代监督"性质。

　　我写过一个友情系列。这里有宋美龄与张学良信守承诺，终始不渝的感人佳话；有周恩来弥留之际还记挂着老朋友的动人美谈。同样都是清代的政要，我写了纳兰性德为了营救患难中的吴兆骞，甘冒巨大的政治风险；而李光地为了一己之荣华富贵，竟然恩将仇报，出卖朋友陈梦雷。在《不能忘记老朋友》一文中，我写了周恩来总理由于长年累月超负荷地工作，特别是"四人帮"的明枪暗箭、百般刁难所造成的巨大精神负担，使他的心灵饱受痛苦的煎熬，结果患上了恶性肿瘤，并已严重扩散。一米七三的个头，最后只剩下了三十公斤半的体重。住院二十个月，经过大小手术十三次，输血八十九次，浑身上下插满了各种管子，以至连翻身都受到限制。可是，他在临终前却郑重嘱咐"不能忘记老朋友"，特别提到了张学良，说他是千古功臣。周总理的朋友很多，结交了大量党外朋友。他秉承着传统的"我有恩于人不可不忘也，人有恩于我不可或忘也"的古训，哪怕是别人的一点点好处，所谓"滴水之恩"，他都永不忘怀。长征途中，他患病高烧，兵站部部长杨立三参与用担架把他抬出草地。多少年过去，他一直记怀着这件事。1954年杨立三因病去世，身为国务院总理的周恩来，不顾工作繁忙，亲自参加追悼会主祭，最后还坚持要抬棺送葬，体现了一种平等而深挚的同志之情。我在文章中写道："不能忘记老朋友，这句普通至极的家常话语，却是饱含着生命智慧、人情至理的金玉良言。寥寥七个字，杂合着血泪，凝聚着深情，映现着中华文明伦理道德的优秀传统，闪射着伟大革命家高尚人格与政治远见的夺目光辉，当然，里面也渗透着我党数十年来斗争实践中正反两方面的经验与教训。"

这篇散文发表后，反响极为热烈，许多知名人士，有的是老专家、老干部，写信或打电话给我，说是"讲出了他们的心里话"。原因在于它触摸到人们的"情意结"。我们在过去政治运动中，有时确是翻脸不认人，把老朋友忘得一干二净，甚至一脚踢开。像张伯驹所慨叹的："一沉一浮会有时，弃我翻然如脱履。"说到张伯驹，令人感慨万端。出于爱国至诚，他将一生中倾家荡产买下的视同生命、价值连城的书画等国宝，全部无偿地捐献给国家。可是，却因坚持上演封禁的《马思远》一剧竟被划成右派。至于在革命、建设时期为国家为民族做出过巨大贡献，而在"反右""文革"中被错划为右派、打成反革命，甚至被"造反派"迫害致死的，更是所在多有。长期以来，每当想到我们国家处在创业维艰的草创阶段时，有那么多老朋友向风慕义、毁家纾难、赤诚相与、万里来归，我都为之无比振奋，向往于无穷，同时也为这类"忘掉老朋友"的作为感到痛心。

写张学良与宋美龄的重情守信，也是有感而发的。文中说：在我们号称"礼仪之邦"的泱泱华夏，自古就流传下来"挂剑空垄""一诺千金"的诚信美谈。及至现代，世道浇漓，人情薄如纸，一切以功利、实用为转移。红口白牙当面承诺的事，甚至"剖符作誓，立字为据"，到头来都统统不算数，说翻就翻，说变就变。正因为如此，今天记下两位百岁老人建立在信任基础之上、根于良知的信守不渝，还是不无借鉴意义的。

在一次全省宣传工作会议上，我倡导领导干部要主动地交朋友，尤其是党外的朋友。我说，实际上，大量的领导干部是没有朋友的，你看着身前身后围拢着很多人，那并不是你的真正朋友，许多人是趋炎附势，交相利用，一当你退出领导岗位，昔日的所谓"朋友"纷纷作鸟兽散，最后门可罗雀，因为你已经失去了利用价值，人家自然就弃之如敝屣了，正所谓"势衰而交绝，利尽而情疏"。要真正结交朋友，必须待人以诚，推心置腹，志同道合，声应气求。这样，你即使倒霉了，下台了，他们仍然与你相知相重。

历史是精神的活动，精神活动永远是当下的，绝不是死掉了的过去。读史，原是一种今人与古人的灵魂撞击，心灵对接。俗话说，"看三国掉眼泪——替古人担忧"。这种"替古人担忧"，其实正是读者的一种积极参与和介入。它既是今人对于古人的叩访、审视，反过来也是逝者对于现今还活着的人的灵魂拷问。每个读者只要深入到人性的深处，灵魂的底层，加以省察、审视、对照，恐怕就不会感到那么超脱与轻松了。

第二点，这些历史文化散文，大多形成系列的组合。像爱情系列，我写了勃朗特三姊妹的"求不得"，陆游与唐婉、纳兰与卢氏的"爱别离"，乾隆与香妃的"厌憎会"，写了朱淑真的大胆泼辣、无所顾忌，于凤至的痴情苦恋，歌德的割情断念。还有人生困境、人性纠葛的系列，写了李清照的愁、曾国藩的苦、李鸿章的无奈、严子陵的逍遥、纳兰性德的难言之隐、瞿秋白的内心矛盾、张学良的复杂个性，李白、李煜、赵构人生定位所造成的困惑。此外，我还写了友情系列、文士系列、帝王系列等等。有评论家说是体现了清醒的文体意识，有的概括为"工程意识"。实际上，写作当时并没有像完成一部学术专著那样，先有一个总体构想，然后写出各个篇章。这所谓系列是后来归纳出来的。这些文章的形成，都是在现实中对于人性弱点、人生困境、命运抉择中的种种困惑有了一种深刻的感悟，然后从烂熟于心的史海中找到种种对应人物来"借尸还魂"。

我在写作中时刻记怀着歌德对曼佐尼的批评："如果诗人只是复述历史家的记载，那还要诗人干什么呢？诗人必须比历史家走得更远些，写得更好些。"针对近年来影视剧中和讲坛上充斥着美化皇帝、狂热歌颂封建独裁者的倾向，我用反讽、揶揄等解构手法，写了一部《龙墩上的悖论》，以渗透着鲜明的主体意识的偶然性、非理性的吊诡、悖论，对那些所谓圣帝贤王进行艺术的消解。

我写秦始皇，说历史老人同雄心勃勃的始皇帝开了一个大玩笑：你不是期望万世一系吗，偏偏让你二世而亡；你不是幻想长生不老吗，最后只拨给你四十九年寿算，连半个世纪还不到。北筑长城万里，抵御强胡入侵，不料中原大地上两个耕夫揭竿而起；焚书坑儒，防备读书人造反，而亡秦者却是并不读书的刘、项。一切都事与愿违。这是历史的无情。

我写杀人不眨眼的成吉思汗，说"天骄无奈死神何"。成吉思汗西征胜利归来，在六盘山下踌躇满志地说：现在没有征服的就只剩下死神了。他不想死，也没有"人皆必死"的心理准备，他忘记了"死亡是自然对人所执行的无法逃避的'绝对的法律'"（黑格尔语）。他同许多权势者一样，是"死不起"的。生前拥有得越多，死时丧失得就越多，痛苦也就越大，就越是"死不起"。死不起也得死，就在他说过这番话半年之后，阎罗王就把他召唤去了。

我写宋、明两朝开国皇帝，说开基创业的老皇帝，忧危积心，机关算尽，对足以挑战皇权的所有因素，确是般般想到，无一疏漏。可是，实际上却收效甚微，甚至适得其反。对此，人们习惯于简单地归咎于"天意"，说"种的是龙种，收的是跳蚤"。其实未必尽然。且不说皇权专制制度存在着无法化解的根本性矛盾，单就老皇帝自身来说，缺乏政治远见，"火烧眉毛顾眼前"，只求现实功利，不计后患重重，乃其招灾致败之由。许多祸患的发生，似出"天意"，实系人为。从这个意义上说，他种下的本来就是"跳蚤"，而并非"龙种"。

第三点，这些系列作品都有一个共同的核心，就是对人性纠葛、人生困境的关注。由于人性纠葛、人生困境是古今相通的，因而能够跨越时空的限隔，给当代人以警示和启迪。而这种对人性、人生问题的思索，固然是植根于作者审美的趣味与偏好，实际上也是一种精神类型、人生道路、个性气质的现代性的判断与选择。

现实工作、生活中，我发现有的知名作家当了省市作家协会的领导，劳形苦心，精疲力竭，最后陷入矛盾重重的水深火热之中，创作根本无法进行，最后竟至一蹶不振。还有的大学，选了顶尖级的专家当校长，也遭遇了同样处境。履新伊始，他们原都是雄心勃勃，踌躇满志的，很有一番修齐治平的宏伟抱负，周围也是一片"先生不出，如苍生何"的过高的期许，实则大谬而不然。看来，搞好角色定位是至关重要的。这使我想到了李白。他是伟大的诗人，却不是合格的政治家。他情绪冲动，耽于幻想，习惯于按照理想来构建现实，而对于政治斗争的波诡云谲却缺乏透彻的认识，这就决定了他在仕途上的失败命运和悲剧角色。

古人的精神血脉有一些还流淌在今人身上。章太炎是一位学术大师，他说过"学术与事功不两至"的话，但他的弟子周作人却说他："自己以为政治是其专长，学问文艺只是失意时的消遣。"他的另一位弟子王仲荦也说："老师本是学者，而谈起学术来昏昏欲睡。老师本不擅政治，但一谈到政治则眉飞色舞。"幸好太炎先生最终还是"身衣学术的华衮，粹然成为儒宗"，而没有"登庙堂之高"，否则后果也可想而知。当然，我这样说，绝不是认为文人、学者不能参与政事，而是主张选择适合发挥自己特长的方式和路径。西方知识分子一般不是直接介入，而是致力于社会、文化、学术批判，担当社会与民众的导引者，并不直接"挂套拉车"。

第四点，每个系列里的文章并非"平摆浮搁"式的机械组合，而是一种思想意蕴的步步延伸、层层递进、逐步深化。比如，我写古代士人的人生际遇、命运颠折，没有停止在对个人个性、气质的探求上，而是通过不同的篇章，从更深的层面上挖掘社会、体制方面的种因。我想到，中国封建士子的悲剧，不能只归咎于自身的人性弱点，还有更深远的社会根源。我在散文《驯心》中说，作为国家、民族的感官与神经，知识分子往往左右着社会的发展，人心的向背；但是，由于封建社会并没有先天地为他们提供应有的地位和实际政治权力，为了实现自身的价值，他们必须解褐入仕，并取得君王的信任。而这种获得，却是以丧失一己的独立性、消除心灵的自由度为其代价的。这是一个"二律背反"式的悖论。古代士人的悲剧性在于他们参与社会国家管理的过程，实际上就是驯服于封建统治权力的过程，最后，必然依附于权势，用划一的思维模式思考问题，以钦定的话语方式"代圣贤立言"。如果有谁觉得这样太委屈了自己，不愿意丧失独立人格，想让脑袋长在自己的头上，甚至再"清高"一下，像李太白那样摆摆谱儿——"长安市上酒家眠，天子呼来不上船"，那就必然也像那个狂放的诗仙那样，丢了差事，砸了饭碗，而且，可能比诗仙的下场更惨——丢掉"吃饭的家伙"。

总之，这些文章作为表达倾向的载体，把观念交给了人物的个性与命运。读者尽管与这些历史人物"萧条异代不同时"，却有可能通过具有历史逻辑性的文本获得共时性的感受，同样也会"怅望千秋一洒泪"的。

### 三

与现实关怀相对应、相衔接，还有一个深度追求问题。二者指向不同，但都关系到历史文化散文的生命力、感召力与震撼力。听我这么说，有的人可能会产生疑问：在商品大潮无远弗届，到处充满激烈竞争，人心浮躁、身心疲惫的今天，侈谈散文创作的深度意识，是否有些不合时宜？有的也可能产生疑问：在极度紧张之余，人们渴望通过阅读暂得消闲，获取片刻清静和宁帖，因而有人呼唤"回到平面，取消深度"，在这种情态下，人们愿不愿意接受思索的沉重、理性的艰涩？有人也许担心，在文学领域由单一趋向多元化的时候，哲理性的追求会不会又导致新的单一模式？会不会把读者早已厌弃了的说教式的逻辑形态引入散文创作之中，造成性灵的萎缩，情感的弱化？

文学观念的多样化与宽容，体现着文学的进步。轻松的格调、悠闲的步态也确实是散文的一种姿态。有些散文呈情感化、软化、细化趋向，就是所谓的"小散文"，这也是很有特点的，它们侧重于表现都市生活的感受，关心俗世红尘中自身的瞬间体验，善于把个人那些飘忽、零碎、细微的情感凸现于笔端，把散文的自由、随意和飘洒发挥到极致。这是它的优点。但是，也应该看到这种散文风格在一定程度上消解了精深的生命探求，消解了文学的审美性、探索性，而呈现出一种所谓的"散文消费性格"。在节奏加快、重功利、轻人情的现代生活中，通过情调的渲染，确实可以获得一种抚慰与温情。但是，人们的需求是多层次的，那种面向心灵世界的深入开掘，对于人的生存状态的深切关注，同样不可或缺。这也就是历史文化散文应运而生的一个重要条件。

如果说，那种轻松的格调、悠闲的步态，呈现情感化、软化、细化倾向，属于那类"小散文"的固有特征的话，那么，深度追求则是历史文化散文的题中应有之义。追求深度，无论如何，是文学走向精神世界的更深层次、更大空间的有效途径。我很同意北大中文系曹文轩教授的看法："深度意识实际上是人类的一种自在意识。人类社会呈现出今天的格局，何尝不是这种意识导致的？人类在不停地追求着深度（或者说高度）——思维上的，思想上的，各方面的深度。从古希腊、古中国的大哲，到今天各门学科的兴起，大大小小的思想家充塞于世，学校林立，各种学术性活动多如牛毛，都在求一个深度。日常生活中，这个无形的深度成了人的质量的标志。"

应该说，在任何时候，深度、深刻，都是判断文学艺术质量的一个重要标准。因此，对哲理意蕴的开掘，已经成了作家、艺术家的自觉追求。我觉得尤其是散文，在这方面更有特殊的意义。小说当然也不能总是重复自己，但它毕竟可以依托情节、故事，所谓"艺术空筐"来吸引读者。琼瑶的小说，一般认为存在较为明显的模式化倾向，但你读起来还会觉得津津有味，满有兴致地看下去。可是，散文却没有这个优势，散文特别是历史题材的散文，是发现与开掘的艺术，它不一定要求作家创造什么新的东西来表现思想、感情和精神，而在于通过观察、开掘与感悟，把那些深藏于内外两界的思想、情感和精神挖掘出来。

看来，人的本质性的追求便是在创造过程中探求人生的奥蕴。现代人扬弃传统的思维方式，力图从整体上把握世界和人生的意向。而人类要从整体上把握社会、人生及自身命运，必然产生普遍性意蕴的哲理追求。渴望深刻，追求深度，不断探究其自身生存状态，属于人的本性范畴，是埋藏于灵魂底部的深层意识。广大读者并不满足于一般性的消遣、娱乐——这从披览各种媒体中已经得到了餍足，他们还期待着通过阅读来增长生命智慧，深入一步解悟历史、叩问人生、认识自我，饱享超越性感悟的快乐。这也正是历史文化散文备受青睐的原因。我们没有理由拒绝读者的这一正当需求，应该充分注重作品思想蕴涵的深度，沉潜到文化与生命的深处，透过生活表象去勘察社会人生的真实状态，采掘人的内在心理活动的富矿。

从十多年来写作历史文化散文的实践中我体会到，有关深度思考、深度追求，可以体现在以下几个方面：

一是关注人生难题、生命困境。作为过往的现实，历史也是人生，而且是经过沉淀与过滤了的人生。如同需要包括很多层次一样，人生所面临的难题、困惑也是多层次的。其较高层次，可能有生存、思考、情感、创造、精神超越、道路选择等种种难题。单就选择来说，这是大家都经历过的，可以说，每一次选择特别是那些关系重大的，都是一场具体而丰富的灵海翻澜、心力较量，一次自我的确认与摒弃，有时甚至会关乎存在、有无、意义、价值的追寻与思索。有的哲人甚至说："相对于命定，选择是一种痛苦。"再比如思考，种种追问会以不同的方式发出，于是拨动心灵的弦索，让人心在世俗的日子里有了一种神性的向往。而对生命固有的种种疑难发出各自的精神询问，对生存的种种困境做出认真的精神选择，这正是文学发轫的起点。正是这些由不同作家从各自真诚的心灵中绽放出来的奇葩，共同构成了新时期散文的丰富图景。

为此，我在写作过程中，总是把古人的心灵世界看作是一种精神库存，努力从中发掘出种种历史文化精神。在同古人展开对话，进行心与心的交流过程中，着眼于以优秀民族传统这把精神之火烛照今人的灵魂；在对古人进行灵魂拷问的同时，也进行着对于今人的灵魂拷问，包括作家自己的灵魂，一起在历史文化精神中接受撞击。从而在历史和现实之间，架起一座沟通的桥梁，挺举起作家人格力量和批判精神的杠杆。

二是强调可言说性、可研究性，拓展创作的广阔空间。写作历史文化散文，我常常选择那些经历复杂、阅世深邃、命运曲折、处境艰难、形象多面、个性突出、功过兼备、争议很大，可以做多种解读，亦即所谓言说不尽的历史人物。写作中，我致力于对历史人物进行人性化的解读，展开多视角、多侧面的剖析，注重揭示人物的深层心理结构，力求达到历史文化认知应有的深度和较强的审美效果。

从一定意义上，可以说思考大于欣赏。现代艺术的特点在于它的开发性，或者叫可研究性。文学与科学不同，科学的结论是划一的，任何时代、任何科学家都承认，水的冰点是零度，圆周率是3.14159……；而文学作品的结论往往难以划一，可以有多种解释，因为最具文学性的往往是个性最独特的感受和体验。真正的艺术有着无限的内涵，存在多种可能性，正所谓"有一千个读者就有一千个哈姆雷特"。

不仅不同的读者、观赏者有不同的体验与感觉，即使是同一个人，在不同时刻、不同情况下，也会存在着差异。正是在这个意义上，人们才说，每一次鉴赏都是独一无二、不可重复的。因为在鉴赏中，一方面是对象所展示的自在空间，一方面是赏鉴者以当下的心境、自身经验与想象力构成的主体空间，这就为鉴赏时结论的多样性，亦即主体对客体的解释，提供无限多样的可能。

看过《三国演义》的，大概还记得第三十三回关于曹操打败袁绍后，在袁绍灵前设祭，"再拜而哭甚哀"的描写。史书上也是这样记载的。对于这一举动怎么看，后世读者众说纷纭。北宋学者刘敞说，曹操之哭是真实的，因为他与袁绍当董卓之乱时曾结为同盟，祸福与共，回思过去的岁月，难免悲从中来，体现了"慷慨英杰"的气概。而清人毛宗岗在评点《三国演义》时，却认为这是奸雄手段，杀了人家的儿子，夺了人家的儿媳，占了人家的土地，还灵前大哭，虚假得很。可能还有第三种解释。这就是"艺术空筐"的效果。其奥秘在于，没有实现的可能是无限的，已经实现的可能却是单一的。

人们早已厌烦在艺术欣赏中解答人所共知的常识课题。艺术的魅力在于用艺术手段燃起人们探索未知领域的欲求。其实，艺术家自己也未必就能完全把握艺术形象的最终答案。布莱希特在论述自己的叙述性戏剧与传统戏剧观念的区别时，说过这样的话：传统的戏剧观念把剧中人处理成不变的，让他们落在特定的性格框架里，以便观众去识别和熟悉他们，而他的叙述性戏剧则主张人是变化的，并且正在不断变化着，因此不热衷于为他们裁定种种框范，包括性格框范在内，而把他们当成未知数，吸引观众一起去研究。

三是注重创作的个性化、文学的独特性。面对经济全球化和由此形成的全球化语境，接受西方现代主义文学艺术的影响，人们的主体意识、探索意识、批判意识、超越意识大大增强，实现了文学自身审美原则的整合与调节，导致各种文学话语、理论话语纷乱与喧哗。随之而来，作家的审美意识也发生了重大变化，逐步呈现出表现自我的自觉性。由以往的对现实功利目标的直白展露，注重外部世界的描绘，转为对自身情感、心灵世界的深层开掘；从过去对政治形势的热情跟踪和对表层现象的匆促评判，转向对人的生存状态的深切关注，对现实世界和国民心理的深刻剖析；抛弃那种平面的现行的艺术观念和说明性意义的传达，致力于新的表现领域与抒写方式，从而实现了创作主体与接受主体的精神对接，构成了今日散文繁荣兴盛的基础。

当前，由于现代人群已经被经济势力抛掷到商业化的运作之中，置身于越来越实利化和技术化的社会环境里，面临着商品、物质、权力对于人的主体性、独创性的排拒，呈现出个性迷失的危险。特别是伴随着各种传媒竞相推行趣味的大众化，伴随着科技迅猛发展、智能化过程加速所导致的文学的写作方式、表达方式和阅读方式的剧变，更在很大程度上消解了文学的独特性、深刻性。

文学性向来都是以独特性来显现的。散文写作是一种极富个性和内向特征的创造性劳动，是一个作家表现与塑造自我形象的特殊形式，是作家人格精神的外露。散文创作的深度追求，是同个性化的写作紧密联系在一起的。缺乏个性化的支撑，势必导致思想的平庸化和话语的共性化。米兰·昆德拉把模仿认同和从众求同称为媚俗。他说，"媚俗所引起的感情是一种大众可以分享的东西"，是"讨好大多数人的心态和做法"。他们往往还"用美丽的语言和感情把它乔装打扮，甚至连自己都会为这种平庸的思想和感情洒泪"。

作为一种极富活力的人文精神，个性化、独创性可以抵制繁琐、无聊、浅层次的欲望化和心灵的萎缩现象，而表现出对人类命运的终极关怀，对审美意蕴的深度探求，使心灵情感的开掘达到一个很深的层面。正是在这个意义上，郁达夫在《〈中国新文学大系·散文二集〉导言》中，把一个作家的每一篇散文里所表现的个性比从前的任何散文都来得强，作为现代散文之最大特征来充分予以肯定。这在今天来说，无疑具有特殊的现实意义。

最后我想说一句：搞文学创作是个苦差事，可说是惨淡经营，殚精竭虑，有时甚至到了呕心沥血的地步。可是，在人心浮躁的图像符码、图像信息大密度地涌现在文化生活中的情况下，未必有多少人肯下工夫精心地去体味它、咀嚼它。尤其是散文创作，往往被认为缺乏文学性，缺乏深刻的精神蕴涵，似乎谁都能够动手去写，因而得不到应有的重视。好像除了小说，其他文类都无足轻重。这个偏向，在文学评论界恐怕也不是个别的。为此，我想借助"中国作家北大行"这一富有现实意义与深远影响的活动，呼吁各位对散文创作多予关注。

2009年3月19日

（本文原为作者在北京大学中文系的讲演）

# 散文激活历史

一

在我国的古代文化典籍中，文史融合的现象是最为鲜明的。上乘史学著作都是最佳的文学作品；同样，凡是传世的诗文必都具有深湛的史学意识和历史感。从发生学角度看，无论是中国还是西方，古代都有文史合一、文史不分家的传统。作家的最初文化角色常常就是史家。比如，先秦百家诸子中，许多人都是出色当行的作家，但同时又都是著名的史家。所谓"文章之材，国史之任也"（三国时刘劭语）。文与史的自觉分家，大约是在两汉以后，主要体现在文重辞而史重事上。西方的情况大致也如此。在荷马的史诗中，史和诗的成分都是很重的，文史的判然有别，则是以后的事。

南朝著名文学理论批评家刘勰在《文心雕龙》中专门设了《史传》一篇来讲历史散文，从文章的角度对历史著作提出了要求，就此也可以看出从前的学人对文史融合的重视。其中有这样的话："观夫左氏缀事，附经间出，于文为约，而氏族难明。及史迁各传，人物区详而易览，述者宗焉。"翻译成现在的语言，就是：《左传》记事，附在《春秋》经后面，跟经文交错，文辞简约，可是，人物的姓氏、宗族不清楚。到了司马迁写列传，人物开始分别叙述，这样就很容易阅读了，后来继承的人便都效法他的做法了。

本来，实现历史与文学的媾和应该不成问题，可实际上并不简单、容易。几十年来，我们的历史学和史学研究的处境似乎日见迫蹙，近些年竟然处于尴尬地步。原因是复杂的，多方面的：首先是民族虚无主义所带来的深重影响。从本世纪初开始的"打倒孔家店"，对于传统文化的简单否定，而后延续几十年，直至"文革"中变本加厉，"与传统彻底决裂"，使我们长期饱受数典忘祖的文化断裂之苦。其次，近年由于受到"西方中心论"的冲击和全盘西化的思想影响，唯工具理性、唯自然科学、唯技术主义，使许多人陷入了鄙薄民族传统文化和"见物不见人"的误区，失去了主体的自主性，忽视中国传统文化中存在着的现代价值或永恒价值的内涵。最后，社会转型时期人心浮躁，实用主义盛行，一些人目光短浅，从现实功利出发对待人文社会学科；加之，学术界本身体制化的细密琐碎的分工，存在着忽视必要的整合、超越，忽视交叉科学多维研究的倾向，这都在很大程度上影响了历史学科的普及与发展。

其严重后果已经逐渐地反映到文学创作中来。现在，我们面临的是一个对思想充满渴望的时代，可是，由于作家队伍中较为普遍地存在着哲学、史学根底薄弱，以及市场观念的冲击无远弗届等主客观因素促成，许多文学作品——我这里着重谈散文随笔——思想穿透力差，文化含量低，精神资源匮乏，深度背景（包括心理积淀）日益淡化，已经严重地影响了文学品位的提高，窒碍着文学作品的生命力。

同样，史学著作的情况，恐怕也不容乐观。抛开学术内容，只从历史叙述角度来谈，我认为，有些著作虽然写得严肃认真，可是，却存在着辞采寡淡，忽视审美价值的缺陷，显得枯燥乏味，以致调动不起读者的阅读欲望与审美期待。在人类符号的历史中，艺术、历史和科学是彼此相关的三个独立的领域。历史处于科学与艺术之间，这一地位促成了两种不同的历史叙述方式：一种是侧重于理性的、科学的，另一种是侧重于直觉的、审美的。我以为，二者不是相互排斥和对立的，应该统一起来。《文心雕龙·情采》中正确地指出："言以文远，诚哉斯验。心术既形，兹华乃赡。"意思是，语言靠文采才能流传久远，这话是确实而应验的。思想感情既经显露出来，文采才显得丰富。毋庸讳言，比起我们的史学前辈来，文学功力不足，恐怕是当代某些史学工作者一个不容忽视的缺陷。

对于历史叙述，晚近的西方史学界十分重视这个课题，许多人在致力研究历史叙述与文学叙述的关系。众所周知，"历史"这个词儿，在希腊语中原初的意义就是叙述。对往事的叙述构成了历史话语。就这个意义来说，在叙述的技巧、方式和手段方面，从文学那里，史学是可以有所借鉴的。作家与史家一样，都是往事的见证人和记录者，正是通过记录与见证，一去不复返的过去被保存在符号之中并流传下来，从而使得后人有可能去追忆和重新阐释。作为最富于历史意识的思想者，史学家在对往事叙述与解释的同时，其最终关注点是如何揭示过去的意义，如何增加对历史发展规律的认识和把握，记取历史的经验教训，从而增强创造未来历史的自觉性。从本质上讲，这是对于过去传统的一种文化反思。英国著名历史学家汤因比说过："当我研究历史的时候，我总是企图渗入人类现象的背后，去研究隐藏在它的深处的东西。"就所担承的这一使命来看，文学家与史学家确实并不存在根本性的区别。

其实，文学是最富有历史感的艺术类型，甚至可以说，文学本身就是一种历史，是一个民族的精神追寻史。对于历史的反思永远是走向未来的人们的自觉追求。而所谓历史感或历史意识，就是指对过去的回忆与将来的展望中体现出来的某种自觉意识和反思，其中蕴含着一种深刻的领悟。文学家与史学家都是凭借内心世界深深介入种种冲突，从而激起无限波澜来打发日子、寻觅理性、诠释人生的，都是通过搜索历史与现实在心灵中碰撞的回声，表现他们对于人生命运的深情关注，体味跋涉在人生旅途中的独特感悟。因此，它们在人生内外两界的萍踪浪迹上，可以和谐地结合在一起。就是说，实现史学与文学在现实床笫上的拥抱，不仅是必要的，而且是可能的。

我觉得，无论是史学还是文学，都应该具有深邃的哲思和精美的诗性。如果说，文史著作从诗性那里寻找到了激情的源流，在哲学那里获得了升华的阶梯；那么，通过文史联姻，可以使文学的青春笑靥给冷峻、庄严的历史老人带来欢快、生机与美感，带来想象力与激情；而阅尽沧桑的史眼，又能使文学倩女获取晨钟暮鼓般的启示，在美学价值之上平添一种巨大的心灵撞击力，引发人们把对往事的流连变成深沉的追寻，通过凝重而略带几许苍凉的反思与叩问，加深对人生的认识和理解。"若是杜陵无史笔，姓名恐亦少人知。"诗人吴静在这里说的是，史笔在诗词创作中断不可少。其实，对于散文来说，又何尝不是如此！

恩格斯有一句名言："黑格尔的思维方式不同于所有其他哲学家的地方，就是他的思维方式有巨大的历史感作基础。"应该说，历史感对于所有写作者来说，都是进行创造性活动所必不可少的思维训练。任何社会现象都是历史发展的产物。历史感不仅要求写作者把具体问题放在具体的历史环境之中去分析，还通过提供长远、宏观的视角，对此一时段事态的发展进行全面、系统、整体的考察，从而探赜发微，洞悉底里。

作为一个散文作家，我十分艳羡历史学家和史学工作者，他们凭借创造性的艰辛劳动，使自己能够突破时空的界限，腾身于人类无限广阔的区间，跨越肉身有限性的知识背景和时空意识，洞察人生，俯仰今古，从而最大限度地延长了寿算，扩展了阅历，开阔了视野，强化了思维；加之，他们由于熟悉其他的文明环境，善于运用比较的武器，因而能够突破前人的窠臼和固有的种种约定俗成的规范，形成一种可贵的批判精神。他们中的许多人，能够像朱自清笔下的闻一多那样，不仅能"在历史里吟咏诗"，而且更"要从历史里创造'诗的史'或'史的诗'"，搏动着一颗不老的诗心。他们无疑是我在散文创作中学习、借鉴的榜样。

## 二

我从创作实践中体会到，散文中如能恰当地融进作家的人生感悟，投射进史家穿透力很强的冷隽眼光，实现对意味世界的深入探究，对现实生活的独特理解，寻求一种面向社会、人生的意蕴深度，往往能把读者带进悠悠不尽的历史时空里，从较深层面上增强对现实风物和自然景观的鉴赏力与审美感，使其思维的张力延伸到文本之外，也会使单调的丛残史迹平添无限的情趣。

几年前，我曾有中州之行，先后访问了开封、洛阳和邯郸三座历史名都，漫步其间，脑子里弥漫着无数诗文经史，翻腾着春秋战国以来几乎整部的中华文明史的烟云。这些曾经繁华绮丽的历史名都，历经百代沧桑，许多当年的胜景已经荡然无存，但在故都遗址上，却有沉甸甸的文化内涵积存在那里。回来后给香港《大公报》写了一组题为《面对历史的苍茫》的散文。这些散文，没有停留于记叙曾经发生过的史事（尽管这也是颇有教益的），而是在解读历史的同时，着意揭示了作者对于社会发展和具体生命形态的超越性理解。

邯郸古道上，既有炽烈地燃烧着旺盛的生命之火，借以实现自身存在的特殊价值，体现着积极用世的燕赵悲歌，也有鄙薄功业，粪土王侯，崇尚虚静无为、消极遁世的黄粱客梦，两种似乎截然不同的价值取向和人生意旨，竟能在同一地方，在千余年的历史长河中和谐地融汇在一起，这不能不引发人们对于悠远的中国文化深入探究的兴趣。

在凭吊洛阳魏晋故城遗址后写成的《叩问沧桑》中，我没有重复《黍离》《麦秀》那子遗的悲歌和铜驼荆棘的预言警语，而是通过书写废墟这悲剧的文化，展现出搏斗后的虚无，成功后的泯灭，着眼点在于阐释文学的代价。清人赵翼有两句著名的诗："国家不幸诗家幸，赋到沧桑句便工。"说的就是时代塑造伟大作家往往要付出惨重的代价。

魏晋时期可供后人咀嚼、玩味的东西太多。一方面，它是真正的乱世，统治集团内部斗争激烈，政治腐败，社会动乱，民不聊生，"名士少有存者"。而另一方面，这个时期又是"精神史上极自由、极解放，最富于智慧、最浓于热情的一个时代"，"是中国历史上最有生气、活泼爱美，美的成就极高的一个时代"（著名美学家宗白华语）。这个时期，儒学独尊地位动摇，玄、道、名、释各派蜂起，人们的思想十分活跃，个性大为张扬，注重自我表现，畅抒真情实感。大批思想家、文学家生活上、人格上的自然主义、自由主义充分高涨，呈现出十分自觉自主的状态和生命的独立色彩。他们有意识地在玄妙的艺术幻想之中寻求超越之路，将审美活动融入生命全过程，忧乐两忘，随遇而适，放浪形骸，任情适性，完全置身于生命过程之中，畅饮生命之泉，在本体的自觉中安顿一个逍遥的人生。一时诗人、学者辈出，留下了许多辉耀千古的诗文佳作。他们以独特方式迸射的生命光辉，以艺术风度挥洒的诗性人生，给后世的文化发展留下了一笔宝贵的财富，抛出一个千古说不尽的话题，为中华民族造就了一个堪资叹息也值得骄傲的文学时代、美学时代以及生命自由的时代。

人们一般的印象，文明之花盛开于中土，古代蛮荒塞外的历史似乎是一片空白。其实并非如此。从公元前几世纪的西周开始，生长在中国北方的一个个少数民族，就拨开洪荒的流云，燃起文明的爝火，相继跨上奔腾的骏马，闯入了历史的疆场。他们的铁骑越过万古荒原，越过长城、黄河，踏上中原大地，以其沉雄的呐喊与滴血的泣诉，共同叙述着那从梦幻走向现实的艰难历程，叙述着历史的无奈与无情；更以其蓬勃的朝气，锐不可当的攻势，给予每个从励精图治到骄奢怠惰的中原王朝以致命的冲击。而每一回合的搏斗，都昭示着中华民族从分裂、对抗走向统一与融合的历史时空，装订着一个漫长历史时代的苦难与辉煌。

带着探求社会文明继承、发展规律的渴望，我访问了女真族的策源地三江平原和金代的早期都城阿城，撰写了历史文化散文《土囊吟》与《文明的征服》。女真族原是十分落后的，立国当时，尚无文字。但是，他们以其冲决一切的蛮勇精神和蓬勃旺盛的生命活力，铁蹄所至，望风披靡，奇迹般地战胜了实力超过自己数十倍的强大军事对手，先后灭辽蚀宋，直到把北宋的两代君王俘获到五国城下。与此同时，他们都在农耕文化与游猎文化的撞击与融合的浪潮中，接受了新的文明的洗礼，从而大大加速了发展的进程。令人深思的是，人类的文化无一不包含着自我相关的价值、功能上的悖谬，有时演进、发展的结果正好与原初的动机、愿望相背反。

金朝的结局也不例外。他们在充分享用"全盘汉化"的文明硕果的同时，也逐渐丧失了一些本民族固有的优势。从茫茫塞野的"弓刀夜雪三千骑"到繁华都市的"灯火春风十万家"，对于一个世世代代生长在艰苦环境中的民族来说，无疑是一场十分严峻的生命与生存的挑战。战争的胜利者在征服敌国的过程中接受了新的异质的文明，这种新的文明最后又作为一种异己力量反转过来诱使它走上衰亡、腐朽的末路，成为被征服者。

## 三

"千古兴亡，百年悲笑，一时登览。"我们从辛弃疾的词里也许能得到一些有益的启示。大凡人们普遍向往的名城胜迹，总是古代文化积淀深厚，文人骚客留下较多屐痕、墨痕的所在。他们凭着对大自然的特殊感受力，丰富的审美情怀和高超的艺术手法，写下了汗牛充栋的诗文，为祖国的山川胜迹塑造出数不尽的画一般精美、梦一样空灵的形象。他们登临远目，抚今追昔，超越历史与现实的时空限制，泯除种种界隔，化解由岁月迁流所引起的怆然寥落之情、无常幻灭之感，直接与古今情事取得沟通。就这个意义来说，赏鉴自然，实际上也是在观书读史，在感受沧桑，把握苍凉的过程中，体味古往今来无数哲人智者留在这里的神思遐想，透过"人文化"的现实风景去解读那灼热的人格，鲜活的情事。当然，作为一个思想者，诗人、作家在欣赏自然风物、人文景观的同时，也是在从中寻找、发现和寄寓着自己。

而那些遍布于名城胜迹，见诸方志、传于史简的诗文和逸闻佳话，既为我们展开垂天的羽翼去联想与发挥提供了方便的条件，又使我们不期然而然地负上一笔情思的宿债，急切地渴望着对其中实境的探访，情怀的热切有时竟达到欲罢不能的程度。这样，即使是新来乍到，也都如游旧地，似晤故人，仿佛踏进了重重梦境，返回了精神家园。此刻，那些名章妙句、鲜活形象，有如春风扑面，纷至沓来，尘封已久的记忆被拂去了时间的尘埃，一个个都涌动起来。它们已不再是可有可无的点缀，而是通过它们的参与，使历史意识和人生感悟汩汩流出，从一个景点、一桩事件介入无尽的沧桑。你会觉得人文、历史、自然浑然聚合在一起，情不自禁地启动着内在的遐思与联想。

也正因为这样，一些作家总习惯于凭借自己的游踪，对一些名城胜迹作历史的考察与观照，对社会、人生作哲学性的反思和叩问。他们不肯停留于一般的纪游、写景、述感、抒怀，只写耳目所及的事物，只写一个横断面，而是追求历史与现实的有机结合。他们喜欢饱蘸历史的浓墨，在现实风景线的长长画布上去着意点染与挥洒，使自然景观烙上强烈的社会、人文印迹，努力反映出历史、时代所固有的那种纵深感、凝重感、沧桑感。他们喜欢结合现实风物的描述，对历史背景作审美意识的同化，以敏锐的、现代的眼光去观照、思考和发掘已知的史料，给予历史人物、历史事件、历史生活以新的认识、新的诠释，体现创作主体因历史而触发的现实感悟，从而使作品获得比较博大的历史意蕴和延展活力。同时，也在历史和现实之间，挺举起作家人格力量的杠杆，让自己的灵魂在历史文化中撞击，展开深沉的人文批判，留下足够的思考空间。

因此，当漫步在布满史迹的大地上，看是自然的漫游，观赏现实的景物，实际却是置身于一个丰满的有厚度的艺术世界。如同诵读着古人的诗书，倾听着中华传统文化的回音，通过一块情感的透镜去观察历史，从而获得以一条心丝穿透千百年的时光，使已逝的风烟在眼前重现华彩的效果。那民族兴衰、人事嬗变的大规模过程在时空流转中的留痕，人生悲喜剧在时间长河中显示的超越个体生命的意义，以及在终极关怀中所获得的怆然之情和宇宙永恒感，都在新的境遇中展开，给了我们远远超出生命长度的无尽感慨。

这是诗章，也是历史，更是哲学，是天人合一的美学境界。远者如近，古者如今，活转来的经史诗文，给了我们当下一个时空的定位，一个打开的不再遮蔽的视界。

在这里，我们与传统相遭遇，又以今天的眼光看待它，于是，历史不再是沉重的包袱，而是为我们思考当下、思考自身提供了无限的可能性。此刻，无论是灵心慧眼的冥然会合，还是意象情趣的偶然生发，都借由对历史人事的叙咏，寻求情志的感格，精神的辉映。这种情志，包括了对古人的景仰、评骘、惋惜与悲歌，闪动着先哲的魂魄，贯穿着历史的神经和华夏文明的汩汩血脉。

在这里，人们既从历史老人手中接受一种永恒悲剧的感怀，今古同抱千秋之憾，与山川景物同其罔极；同时，又在自然空间那里获取一种无限的背景和适意发展的可能性。我感悟到，人不仅由自然造成，也由自己造成；不仅要服从自然规律，也能利用自然规律；人死后复归于自然，又时刻努力使自己的生命具有不朽的价值。

数千年来，人类执拗地寻求一种超越时间和空间的本体，不过是为了摆脱自我的局限，走出自己立足的那个有限的时空交叉点。历史与文学是人类的记忆，又是现实人生具有超越意义的幻想的起点。只有在那里，人类才有了漫长的存活经历，逝去的事件才能在回忆中获得一种当时并不具备的意义，成为我们当代人起锚的港湾。

## 四

历史的脚步永不停歇，每日每时都迎来无量数的新事物，又把种种旧的事端沉埋下去。翻开数千年的文明史，我们会看到，人类每前进一步，都曾付出难以计数的惨重的代价。不要说汲取它的全部教益，即使是百一、千一、万一，对于社会发展、人类进步，也将是受惠无穷的。因此，聪明的人总要努力战胜对于历史的多忘症，使前事不忘，成为后事之师。

但是，面对历史的苍茫，发微探赜，鉴往知来，谈何容易！就历史本身来说，由于诸多条件的制约，历代失记和被遗忘的，无论从数量或质量上看，都要大大超出已记的部分。就已记的部分来说，人类本身有外在与内在之别，历史所记载的或者说后人所面对的，多数属于外在之物；而内在之物已随当事者的消逝而永远不可能再现。后人只有凭借这些外在之物传递的信号，试图为历史"黑箱"中的一个个疑团解密。难怪早在九百年前，王安石在《读史》诗中就曾慨叹：

> 自古功名多苦辛，行藏终欲付何人？
> 当时黯黯犹承误，末俗纷纭更乱真。
> 糟粕所传非粹美，丹青难写是精神。
> 区区岂尽高贤意，独守千秋纸上尘！

毛泽东主席在《贺新郎·读史》词中，也曾慨乎其言："一篇读罢头飞雪，但记得斑斑点点，几行陈迹。五帝三皇神圣事，骗了无涯过客。有多少风流人物？"

如果从历史叙述的角度来谈，问题可能就更加复杂了。历史与史学，在西文中是同一个词，可是，在汉语中却是两个不同的概念，前者指过去发生的史实，后者指对这些史实的记述与阐释。就是说，历史过程本身和对历史过程的叙述属于两个层面：其一，历史本体是客观存在，是不以人的意志为转移的。西方有的史学家说，过去是一去不复返的，我们所能做的一切就是"回忆"它，给它一种新的理想的存在。这样说并不十分确切，在历史学的认识论上，他显然是夸大了历史学家主观思维的作用，否认历史发展的规律性和恢复客观历史的可能性。客观历史作为过去发生过的事情，事实上存在过，与史学家或什么人的回忆与否无关，即使无人回忆它，它仍然存在过。其二，作为史学，或者说历史的叙述、历史的研究，则又是一个层面，人们无法拒绝对于历史的当代阐释，其间必然跃动着史学家灵思、意志的轨迹。

史学家也好，文学家也好，他们不能像撰写考古报告那样满足于对过去的简单再现，而应该通过叙述揭示出过去对现在的影响。由于他们对往事的材料选择、结构加工以及对其中奥义的开掘，是站在现在来重建过去的，因此，不能不受到当下认识的制约。就是说，在叙述历史过程中总是站在某个角度、某个视界来透视过去，解释过去，必然会带上叙述主体剪裁、选择、判断的痕迹。巴尔扎克说他是社会生活的书记官，但他所记录的只能是巴尔扎克所理解并加以解释的社会生活，做不到也不可能与同时代的司汤达或雨果等其他法国作家笔下的社会生活完全一致。

当前，关于历史文化散文的写作，文学界议论比较多的，是有些作者缺乏主体意识，抹杀了散文表达个性、袒露自我的特长，把本应作为背景的史料当作文章的主体，见不到心灵的展示，呈现出材料壅塞、史实罗列现象。应该说，散文是作者人格的投影，心灵的展示，人格魅力的直呈和创造性生命的自然流泻；散文写作是作家对外界信息进行整合、同化于内心的一个审美意识过程，是面对自身经验、自我灵魂的一种语言方式。它应该最能体现人的心性的真实存在，反映作者的人格境界、个性情怀与文学修养。散文的审美特性表现为对于美的意蕴的自觉追寻，它是作家审美倾向的袒露和倾吐。这种审美情感比小说显得浓缩，又比诗歌挥洒自如，在当代社会中，这不能不说是它赢得读者的重要因素。由于作家人格与情感的映现，散文往往充溢着一种浓重的情韵和气氛，并由此构成诗性的意象与意境，唤起读者心灵中的美感。散文是作者面对读者无中介交流、直抒胸臆的质朴而真挚的艺术，它直接展现着作者的思想情绪和人格精神。散文所面对的不是小说的虚拟空间，亦非诗歌的情绪世界，而是日常生活语境中人与人之间的平等交流。通过这种交流，彼此饱尝着精神上相互点燃、相互激发的愉悦。

为了疗救散文主体意识缺乏、自我迷失的弊病，有必要强调现实的针对性。历史是精神的活动，精神活动永远是当下的，绝不是死掉了的过去。俗话说，"看三国掉眼泪——替古人担忧"。这种"替古人担忧"，其实正是读者的积极参与和介入，属于一种现代性的判断与选择。作家写历史题材的作品，实际是一种同已逝的古人和当下的读者，作时空暌隔的灵魂撞击与心灵对话，是要引领读者在重温历史事件、把握一些背景化真实的同时，能够站在一个较高的层面，共同地思考当下，认识自我，提升精神境界。

一部文学史告诉我们，凡是伟大的作家，都具备很强的历史选择能力、判断能力、结构能力和想象能力。既写历史的崇高、壮烈，又写历史的沉重与苍凉；既写创造的伟力与成功，也写世事的沧桑与人生的悲剧意识。诚然，历史留存着人类以往一切活动与成就的记录，使它们不致因时空条件的限制而趋于消逝；但是，时空的界限毕竟又造成所有个体生命的割断、隔绝与消逝，迫使人们的情志需求有很大一部分归于落空，也使人类在宇宙中自觉的地位与作用受到局限与压缩，因此，时空条件本身，就足以给人一份难喻的怆怀。

当然，对此，伟大的作家并不是无为与无奈的。他们总是着眼于民族灵魂的发扬与重铸，或敞开传统文化和现代文化双重渗透下的自我，对文化生命作真正的慧命相接，将灵魂的解剖刀直逼自我，去体味焦灼后的会心，冥思后的渐悟，凄苦后的欢愉；或关注历史上递嬗兴亡、人事变迁的大规模过程在时空流转中的意义，强调人情物事的文化价值，而使某些特殊人格与精神的象征挺立于时间长河之中，显示出一种宇宙的乐感与恒定感；或是夸张时间的消蚀力，以致一切人事作为都隐现了终极毁灭的倾向，如此而引发一种宇宙的悲剧性与无常感。

创作这类散文，形象地说，作家是一只脚站在往事如烟的历史埃尘上，另一只脚又牢牢地立足于现在而与历史交谈。在这种对话中，过去不再是一去不复返的僵死材料，而是活生生的现在，它通过作家的叙述，重新恢复了生机。其旨归在于从对过去的追忆、阐释中揭示出它对现在的影响和历史的内在意义。这里应该体现出作家对史学视野的重新厘定，对历史的创造性思考与沟通，从而为不断发展变化着的现实生活提供一种丰富的精神滋养和科学的价值参照；应该能够反映出作家深沉的历史感，进而引发读者的诸多联想。

　　作为一种话语形式，文学的价值与功能只有经过读者的解读才能实现。因而，在阅读这类文化散文过程中，读者也必须经历一个对过去重建的过程，亦即在阅读中回到过去和把过去转化为现在。所谓把过去转化为现在，指的是从现在的语境去理解过去，从读者自身文化的参照系或"前理解"出发去把握过去，而且，把自己所处时代的期待视野或"前理解"带入文本的阅读之中，渗透进新的历史意识。

## 五

　　我觉得，好的文化散文应该带着强烈的感情，带着心灵的颤响，呼应着一种苍凉旷远的旋律，从更广阔的背景打通抵达人性深处的路径。这就是说，应该更多地从人性的角度，体现对人的命运、人性弱点和人类处境的悲悯与关怀。在当今一切都物质化、市场化、功利化的进程中，寻找人的精神的着陆点。好的文化散文应该将自己富于个性、富于新的发现的感知贯注到作品中去，也就是说，将语言文字用心灵的感悟、用思想装备起来。散文是需要思想的。福斯特说过："假如散文衰亡了，思想也将同样衰亡。人类相互沟通的道路都将因此而切断。"

　　文化散文的表述应该防止落入公共话语的俗套之中。文化散文应该充满个人精微独到的感觉，要有个人特殊的心灵感悟。现代人在欣赏习惯上，与过去有很大的变化，他们着眼的往往不是你一般地告知他们什么，而是究竟有些什么新的创见、新的发现。人们读书，习惯于碰撞思想的火花，而不喜欢堆砌知识，不是要证明人家的东西，而应是发掘自己的新的感悟，不是要述，而是要创。

　　在写法上，我觉得应该避免两种常见的偏向：一种是无视社会的存在，人与人的关联，过分看重个人的主观感觉和想象力，结果云苦雾罩，空泛地发挥。材料不足，思想贫乏，就大量地往里注水，还标榜什么"先锋主义"，等等。一种是固守传统的老套套，把生活、历史看作是纯粹的客体，缺乏主体、个性的情感介入，缺乏思想、性灵的滋养与润泽，生活的人文内容完全被物质化了。

谈到文化散文的文体特征，我觉得起码有如下几点：

一是，它体现了作家强烈的主观感受，这一点与咏史诗有些相似。尽管歌德老人曾经满怀敬意地把历史称为"上帝的神秘作坊"，但从整个历史长河来看，在这个作坊里发生的事情，绝大多数并不见得如何神奇诡秘。"司空见惯浑闲事"，这就难怪那些史家总是那般冷静而超然了。"东风不与周郎便，铜雀春深锁二乔。"这是杜牧咏赤壁之战的名句。还有白居易咏曹操的诗句："假使当年身便死，一生真伪有谁知！"历史是不能假设的。假设，对于历史研究没有太大的价值。可是，在诗人的笔下，却常常作各种出人意料却是完全可能发生的主观猜想，以收"八面受敌"，纵横剖断之效。

如果说，史学是史家心灵的历史，史家应有自主的人格，坚持个性化的独立的批判精神；那么，历史文化散文作家就更应高扬主体意识，让自我充分渗入对象领域。实际上，在阐释历史的过程中，作家本人也在被阐释——读者通过作品中的独特感悟解读了、发现了阐释者。在这里，最关紧要的是要有所发现，有所发明。要在对历史的观察中，凝注创作主体敏锐的目光，看到他人所没有看到的东西。历史文化散文中对象的描绘，在很大程度上体现着作家的自我期待和价值判断，折射着作家自我需求的一种满足。因此说，创作历史文化散文，首要的忌讳是只见古人而丧失自我。

二是，它洋溢着作家灵魂跃动的真情。既是文学，总离不开抒情。真情是文学艺术，也是史家笔墨的灵根。它不仅仅满足于无可辩驳的逻辑力量，还应具有诗一般的激情和深沉的美感。它运用形象生动的语言，使文章具有浓厚的感情色彩，力求在情感和理智两方面感染读者，征服读者。

三是，它闪现着理性的光辉。历史就是人生，人生必有思索，必有感悟。在那些纷然杂陈的感性世界的深层，总是蕴藏着一些超越日常经验、超越现实存在的某种深刻之物，有一些甚至可以说是千秋万世的终极关切和永恒话题。如果我们的作品缺乏深沉的历史感，缺乏艺术家的哲学思考，就无所谓深刻，也无法撄攫人心。因此，在作家的笔下，向来都应该是思想大于史料的。伟大的作家之所以伟大，除了他们具有深刻的历史洞察力之外，还在于他们的有力的批判意识，体现在他们所固有的对于陈腐偏见的不妥协精神上。

这类散文中的思想与情感，一如历史老人本身，是深沉、恒久的积蓄的自然流溢。它既不同于诗歌中的"银瓶乍破"，水浆迸射，论说中的"铁骑突出"，刀剑轰鸣；也不是少男少女般的情怀直露与踔厉风发。情与理，相生相克，有个如何统一的问题。我想，它们应是弥散式、复合式的交融，而不能是各张旗鼓，互分畛域。

说到文史联姻，学术界最担心的一个问题，就是会不会影响作品的科学性。早在两千多年前，孔子就说过，"文胜质则史"（文采多于朴实，则未免虚浮）。从今天来看，这种担忧也不是无谓的，有些作品确实存在着这个偏向。其实，科学性的丧失，并非由于强调了文采。司马迁的《项羽本纪》、翦伯赞的《内蒙访古》、茨威格的《滑铁卢的一分钟》，都是"文质彬彬"，"焕乎其为文章"，达到了社会价值、学术价值和审美价值的统一，并没有因其文采斑斓，而丧失了科学性。关键问题是如何认识历史的客观性，而不在于表现手法。

当然，写作历史题材的游记散文，既要把历史收在笔下，把读自然、读诗、读史融为一体，又不能为历史所累。史学与文学毕竟是两股道上跑的车：一个是"堂上谋臣尊俎，边头壮士干戈"；一个是"醉失桃源，梦回蓬岛，满身风露"。一个是把激情隐在冷峻的后面，要述往事思来者，探因果求规律；一个是用意象营造情感的空间，探索艺术的弹性空筐。特别是当我们面对风光胜迹，同时又寻索古人的名篇佳作的时候，对书卷与历史的多情，往往会加重情怀的负累。这时，设法走出古人，摆脱局限，找出一片"阶前盈尺之地"来创铸自己的辉煌，就是一个非解决不可的课题了。

# 六

历史是一座取之不尽、用之不竭的精神富矿，真正地着手探查，里面的文章可就多了。首先，历史是由时间、地点、人物、事件等几大要素构成的，那么，何者为主导？马克思说"有了人，我们就开始有了历史"，看来，人的活动占有决定性的地位。举凡时间、地点以及所发生的事件，都是以人为基准的。人们常说，一部"二十四史"不知从何说起。当然，要说简单也很简单，无非一个是人，一个是事。相传波斯王即位时，要史官为他编写一部完整的世界史。几年过后，史书编成了，多达六千卷。年纪已经不轻的皇帝，日夜操劳国事，一直抽不出时间看，没办法，只好让史官加以缩写。经过几年刻苦劳作，缩编的史书完成了，而皇帝已经老迈不堪，连阅读缩写本的精力也没有了，便要史官作进一步的压缩。可是，没等编成，他就已经生命垂危了。史官赶到御榻前，对波斯王说，过去我们把世界史看得太复杂了，其实，说来十分简单，不过是一句话："他们生了，受了苦，死了。"这九个字，"他们"是人，"生了，受了苦，死了"是事。"事是风云人是月"这七个字，可以看作是对历史的概括。这里，"月"是中心。"烘云托月""云开月上""月到风来"，"月"总是占据主导地位的。

著名历史学家钱穆先生反复多次强调："历史讲人事，人事该以人为主，事为副。没有人怎会有事？""历史存在依人不依事，而人则是永可以存在的。"又说："思想要有事实表现，事背后要有人，如果没有了人，制度思想理论都是空的。""因此我来讲历史人物，特地希望我们要看重人，拿人来做榜样，做我们一个新的刺激。"历史以人物为中心，历史是人的实践活动在时间中的展开，是人创造并书写了历史。光照简册的万千事件，诚然可以说是轰轰烈烈，空古绝今，惊天动地，撼人心魄，可是，又有哪一桩不是人的作为呢！人的思想，人的实践活动，亦即人的精神存在与物质存在，是一切史实中的最基础的事实。可以说，历史的张力、魅力与生命力，无一不与人物紧紧联结着。其实，也不单是历史学，在关注人生、人性，关怀人的命运方面，整个人文学科都是相通的：哲学思索命运，历史揭示命运，文学表达命运——无往而非人，人是目的，人是核心。

既然人是历史中的出发点与落脚点，所以，在我的历史文化散文中，总是通过分析、研判、品评历史人物，在力求深刻、准确地揭示历史发展规律的同时，注重从哲学与人性的深度，探寻人的存在意义、人的命运、人为什么活、怎样活等形上问题。

读史、写人，重在通心。"未通古人之心，焉知古代之史？"这也是钱穆先生的话。通心，才可望消除精神界隔与时空障碍，进入历史深处，直抵古人心源，进行生命与生命的对话。这就要求作家能够设身处地地加以体察、理解，也就是要把历史人物放在当时当地的历史情境中去进行察核。所谓"设身处地"，应该包含两层意思：一是如同古人所说："观史如身在其中，见事之利害，时之祸患，必掩卷自思，使我遇此等事，当作何处之。"借用钱钟书先生的说法，就是"遥体人情，悬想时事，设身局中，潜心腔内，忖之度之，以揣以摩"。二是强调换位思考，理解前人。历史唯物主义要求我们从社会实际出发，站在彼时彼地的位置，实事求是地对历史人物作出客观、公正的评价。不苛求古人，是历史唯物主义评价历史人物的一条重要原则。拿今天的标准去评判当时的古人，甚至不负责任地指责古人的错误与不足，对古今人物做牵强附会的对比，这些做法都是不可取的。

研究历史的朋友都知道，苛责前人，率意做出评判，要比感同身受地理解前人容易得多。而后者却是一切治史者、读史者、写作者所必须做好的功课。明末清初的文学家李渔说过："凡读古人之书，论前人之事者，盖当略其迹而原其心。"法国年鉴学派的著名史学家马克·布洛赫在《历史学家的技艺》一书中也曾指出："长期以来，史学家像阎王殿里的判官，对已死的人任情褒贬。这种态度能够满足人们内心的欲望"，而"理解才是历史研究的指路明灯"。其实，"我们对自己、对当今世界也未必十分有把握，难道就这么有把握为前辈判断是非善恶吗"？我体会他的意思，不是说不应该评判——治史、读史、写史本身就意味着评判，而是如何进行评判，按照什么尺度、采取什么态度加以评判的问题。

国学大师陈寅恪先生有个说法，叫做"了解之同情"，首先是了解，然后才是同情。这种同情也贯穿于大师的著作《柳如是别传》一书的始终。我有一篇文化散文《他那一辈子》，是写李鸿章的。李鸿章号称"签订卖国条约专业户"，一生中堪资批判、指责之处颇多，我在文章中从思想、修为、立身、行事方面，做了深入的剖析、严肃的评判；同时也指出，他在兴办洋务、建设海军方面，还是功不可没的。签订了那么多卖国条约，丧权辱国，理应遭到唾骂，难免要被钉在历史的耻辱柱上；但他确实也有其难言之隐——在弱肉强食、国运衰颓之际，任谁在这个位置上也难于措手。他的问题在于，像梁启超所批评的：缺乏中国传统知识分子那种为救亡图存而奋不顾身、宁为玉碎的精神魅力。当然，你若说他一点骨气没有也有点冤屈。由于马关签约的强烈刺激，李鸿章发誓"终身不履日地"。两年后他出使欧美各国回来，途经日本横滨，再也不肯登岸，当时需要换乘轮船，要用小船摆渡，他一看是日本船，就怎么也不肯上，最后没有办法，只好在两艘轮船之间架了一块木板，在波涛汹涌、呼呼悠悠的海面上，慢慢腾腾地挪过去。在他去世的第二年，吴汝纶东游日本考察教育，看到李鸿章当年谈判时坐的凳子竟都要比日本人矮半截，不觉悲从中来，陪同的日本友人要他留下墨宝。他大书"伤心之地"四个字。国贫民辱，"弱国无外交"，说来令人痛心啊！

我在读史、通心、写人过程中，并不仅仅限定在作为客体对象的历史人物身上，同时也包括作史者——注意研索、体察其作史当时的心迹。无论是古人还是时人，每作一事，或作一文，必然都有原委。对此，清初著名文学家金圣叹有十分剀切而深刻的体会，他说："人凡读书，先要晓得作书之人是何心胸。如《史记》，须是太史公一肚皮宿怨发挥出来。所以，他于游侠、货殖传特地着精神，乃至其余诸记传中，凡遇挥金、杀人之事，他便啧啧赏叹不置。一部《史记》只是'缓急人所时有'六个字，是他一生著书旨意。"

读史过程中，我也经常着眼于隐蔽在书页后面的潜台词、画外音。研究《周易》有"变爻""变卦"之说，我于历史也往往注意其演进过程中的"变爻""变卦"，从而作出旁解、他说，所谓别有会心。

学术研究，特别是写作散文，总需选取一个特定的角度。作家与史家不同，文学是人学，作家选取的角度，常会跳过道德、历史的层面，专从性格、命运、人生际遇方面分析，追求的是认识深刻、见解独到，对历史人物未必能够作全面分析、综合评价。这和《百家讲坛》那样全面地讲述史实、介绍人物不同。与此相关，我在读史、写人过程中，总是尝试着变换不同的视角，寻找不同的切入点，采用不同的方法。有时是正读，有时是反读；有时是深读，有时是浅读；有时找出多种史籍，就着不同流派、不同观点比较、对照着读，有时带着悬疑、预设一些问题有目的地读。或者重视必然，或者关注偶然；或者自其变者而观之，或者自其不变者而观之；或者"述远者考之于近"，强调今人的本位，或者侧重理性的审视与客观的评判；或者以宏观视野勾勒出历史之经纬，研讨广阔的社会转型，或者把注意力集中在更生动、更具体、更富有个性的微观历史景象上。

依我个人体验，培根说的"读史使人明智"，确是千古不易的真理。通过读史，使头脑开窍，在实现知识积累的同时，获取了无限丰富的政治智慧、人生智慧。我在阅览史书的过程中，总是随读随记，一切有关人物品鉴、人才理论、人生遭际、道路抉择、人性发掘、生命价值、功过得失、事物规律等诸多心得体会，即便是吉光片羽，点滴感悟，无不认真记下；然后，进行分析、排比、归纳、综合，包括对于史实的重新把握；在此基础上，通过古今联想，中外比较，历史哲学的思考，人生智慧的升华，以及对于人物、事件及其演进变迁的认识与感悟，加以联结与组合，最后按照一个个专题，用文字整理出来，形成一篇篇作品。

这里关键的环节，是不断地提出问题、设置疑问。"提出问题是所有史学研究的开端和终结，没有问题便没有史学。"（法国史学家费弗尔语）问题从哪里来？来自"春灯走马"般的人物和万花筒样的史境。整个读解、叙述的过程，有如涉足平生未曾寓目的奇途异境，是充满着趣味与快感的。历史总是在矛盾中前进，历史进程中充满了种种悖论与偶然性。有时候，你看它向东逸去，结果却现影于西方；有时候，种下了龙种，收获的却是跳蚤；有时候，过程奇诡，而兰因絮果却比较寻常。应然而实未然，既在意中又出乎意料，原是历史变迁的常态。

写作中，我喜欢透过大量的细节、无奇不有的色相，以及非理性、不确定性因素，复活历史中耐人寻味的东西，以期唤醒读者的记忆。发掘那些带有荒谬性、悲剧性、不确定性的异常历史现象，关注个体心灵世界，重视瞬间、感性、边缘及其意义的开掘。既穿行于枝叶扶疏的史实丛林，又能随时随地抽身而出，借助生命体验与人性反思去沟通幽渺的时空；通过生命的体悟去默默地同一个个飞逝的灵魂作跨越时空的对话，进行人的命运的思考，人性与生命价值的考量。就是说，我的读史与写史，有别于一般史家的或为搜集或为著录或为考订或为诠释的治学方式，致力于一环扣着一环的史料联结，我是以文学形式记载个人的有史有论、史论参契的读书心得。而所论也不限于理性的结论，更多的是会心的体悟、情怀的期待。

2004年4月26日

（本文原为作者在南开大学中文系的讲演）

# 想象：散文创作的一个审美特征

## 一

人类理性与诗性的高贵品格，就在于它的永不止息的创造性与开发性。而我们当前所处的时代，又恰恰是一个对思想、审美和创新充满渴望与期待的时代。那么，我们的文学艺术是怎么样呢？我觉得，很不理想。当前，从文学审美形态的发展来说，普遍存在着创造力贫弱、诗意失落、动人心魄的思想张力匮乏的弱点。而伴随着散文文体的泛化和创作队伍的无限扩大，特别是网络文学、电视文学的蓬勃发展，文学性的稀薄，艺术审美特征的缺席，思想性的失落，在散文创作中表现得尤为突出。

当前散文理论研究，总体上相对滞后，有的失之于观念陈旧、评判尺度混乱；有的是浅尝辄止，零打碎敲；有的重作品评论轻理论建树，总体上处于理论体系尚未真正建立的状态。所以，应该大声疾呼：在探索现代文体和重建文学现代化的旗帜下，构筑属于散文自己的诗学理论体系，建立一个兼顾基础性与探索性，既有理论深度又有诗学内涵的散文理论框架。这个理论框架，应该以当代意识为基点，体现创造性、开放性、探索性的理论批评视野；应该把散文的文学性——形象性、情感性、想象性等审美特征放在突出的位置上。我在这里想着重谈一下"想象"这一散文创作的审美特征。

想象，是一切文学体类所共有的本质性特征，当然也是散文诗性的一个重要特征。可是，长时期以来，这个"当然"却并未获得公认。由于想象与虚构相联结，所以，经常被认作和散文的真实性相对立。长时期以来，关于散文的"真实与虚构"问题，一直存在着争论，粗加梳理，大体上有三种意见：第一种意见认为，描写真人真事是散文的首要特征，这是它和小说、戏剧的主要区别所在，因此，必须坚守真实性这块散文的最后"疆界"，绝对不能想象与虚构。第二种意见与此针锋相对，认为文学艺术不同于新闻报道，想象与虚构是它的本质性特征，散文作为文学的一个部类，当然不能例外。否定想象与虚构，就是违反文学创作的规律和散文的本性；而且，极大地妨碍了散文的发展，使散文创作长期以来局促在狭窄的写实空间里难以动弹。第三种意见认为，散文应该容许想象和有限制的虚构。这又可以分作两个层面：部分论者认为，本来，散文作为"个体生命形态的一种实拟"的文体，是不能虚构的，但是实际上做不到；还有些论者认为，想象与适度虚构有助于散文的创新与发展，可以推进散文的现代化。

这里所遭遇的，是文学创作中两种常识性的冲突：我们既要维护散文文体的本质特征，又不能舍弃文学创作想象的自由。那么，应该如何调适呢？在我看来，"再现"式的绝对真实这个话题固然诱人，但是，对于实际的散文写作来说，却不过是一种愿望与期待。对于发展、变化了的当代散文而言，想象是必需的，而适度的虚构有时确也难于避免。就散文的本质特征来说，其修饰往往是诗学意义的，为了突出审美特征，为了艺术的真实，它在表达情感、驱遣意象、描绘细节、凸显个性、敷设文采、营造意境等诸多方面，不可能排拒某种推理与虚拟。再者，作为文学创作，作为形象思维，散文离不开两个基石：一是经验，一是想象。就是说，它必然有形象思维活动，也必然有素材的典型化处理——散文中所表达的"个体经验"，并不完全等同于个人经历，它是一种整合，是综合了各种个体经验的艺术化的表达。另外，正如著名文学评论家陈剑晖教授所指出的，散文创作面对的往往是"过去时态"，按照一般的心理表征，时间越长，空间越大，越容易造成错位与误置。由于时空的错位，记忆的缺失，主观意识的介入，作家已不可能原封不动地再现既往的真实场景和心理活动。陈剑晖先生同时指出，随着文学环境的宽松，作家心态的自由与各种新的创作方式的引进，散文也日益变革、开放，"法无定法"，出现了大量敢于"破体"

的作品。有些"新生代"散文作家的作品，其虚构与想象成分则更多。①

近年来的散文创作，由于"新生代"作者的闯入，小说家、学者的加盟，以及"跨文体写作"的出现，特别是随着散文作家主体意识强化和文体觉醒，他们已不满足于传统散文单一的叙述方式，而是大胆引进西方的多种表现手法，吸收其他文学门类的写作特点，融合象征、隐喻、虚拟、通感、意象组合等艺术手法，呈现出许多建立在艺术感觉上的意识流动，虚实相间，时空切换，场景重叠，现在、过去、未来交错，捕捉偶然浮现的幻觉、潜意识，使散文像小说、诗歌、戏剧那样具备现代性的品格。这一切，都为散文创作的想象与适度虚构提供了现实的基础，拓展了表现的空间。我就见到过这样的作品：作者虚拟一个自己未曾亲历过的情境，并相应地虚拟出自己在心理上、行为上可能会作出的反应，进而宣达一种"想当然"的人生况味、心灵感悟。对于这种实验性的创作，有些评论家也许并不认可，但是，在文体上总该有个归类吧？就其抒情的非逻辑性和想象的驰骋、意绪的飞扬，倒有些像诗歌，但显然不是诗歌；而由于主体自我在作品中的过分凸显，又不宜划归到小说中去。可见，面对散文创作中虚构与想象的客观现实，不是承认与否的问题，而是如何进行阐释、分析，进一步加以规范的问题。

著名学者王彬彬认为："在文艺史上，各种体裁本就是不断演化着的，在相互交融中，便会有新的体裁产生。倘有一种新的手法出现，而旧的名目又无法规范之，那应该做的，不是取消这种新手法，而是给这种新手法取一个新的名字。这正像我们去买帽子，如果店里没有合适的可买，就应该去定做一顶，而不是把脑袋砍掉。"他还举例说，对一些想象、虚构成分特别大的散文，可不可以称之为"小说化散文"？

---

① 参见陈剑晖：《中国现当代散文的诗学建构》，江西高校出版社2004年版，第32—33页。

二

从上世纪初开始，散文在我国文学界作为"四大部类"之一，与诗歌、小说、戏剧并列，成为一种独立的、具有鲜明的质的规定性的文学样式。所不同的，其他三个部类由于受到西方各种文学流派、思潮的影响，几十年来，特别是近二十几年，无论在观念、体式和创作手法上，都曾经历过令人目眩神迷的变化。新时期以来，小说界几乎把西方近百年的种种文艺思潮、主义和流派统统炒过一遍，有人形容为"被新潮这只狗追赶得连停下来解手的时间都没有了"。唯独散文——这中国文学的"正宗"，却在那里从容、静穆地闲庭信步，以自己特有的方式缓慢向前推进，保留着更多的古典趣味。表面看去，稳定而成熟，实质上显现出封闭与保守。即此可见，确确实实，散文创作面临着一个如何创新，如何适应后现代社会文化多元化背景的问题。

事实上，早在"散文的想象与虚构"成为问题之前，有些作家已经在悄悄地进行着大胆尝试了。出现于上个世纪50年代的著名散文家何为的《第二次考试》，是一篇优秀的散文作品，曾经被选入中学语文课本。可是，许多人都知道，它却是经过想象与虚构，对真人实事进行大胆加工的产物。1956年上海合唱团招考新团员，一名女青年报考，由于考试前夕她在杨树浦参加一场救火，弄倒了嗓子，以致影响了考试成绩，但合唱团还是破格录取了她。何为当时正在医院休养，听家人讲述了这件事，便在事实的基础上进行了艺术加工：设计出第二次考试的情节，加进了苏林教授这个关键性人物，改换了女主人公的名字；文中陈伊玲身着"嫩绿色的绒线上衣，一条贴身的咖啡色西裤，宛如春天早晨一株亭亭玉立的小树"，实际也并非如此，是作者为了加强形象的感染效果，从所住医院一位实习医生那里移植过来的。

这个典型事例说明了，生活的真实是基础，艺术的真实是手段。前提是散文是艺术，而且是写意型的；唯其是艺术，就必然要借助于栩栩如生的形象和想象的律动。作者构思时必然要进行素材的典型化处理，在生活真实的基础上，展开想象的翅膀，进行必要的艺术加工。黑格尔老人是这样说的："艺术作品既然是由心灵产生出来的，它就需要一种主体的创造活动，它就是这种创造活动的产品；作为这种产品，它是为旁人的，为听众的观照和感受的。这种创造活动就是艺术家的想象。"①由于散文是一种侧重于心灵表达的艺术，所以它的创造性想象，还须有生命情调的润泽和情感体验的支撑。所以，黑格尔指出："在这种使理性内容和现实形象互相渗透融会的过程中，艺术家一方面要求助于常醒的理解力，另一方面还要求助于深厚的心胸和灌注生气的感情。"②

陈剑晖先生认为："没有想象，人类的一切精神活动简直是难以设想的。同样的道理，如果没有想象，也就没有我们引以为自豪的中国散文。""散文不仅和小说、诗歌一样需要想象；而且，正是想象才体现出了散文的本体精神和艺术魅力。""正是在这个意义上，我认为散文的自由归根到底是想象的自由，散文的诗性智慧从本质上说是想象的智慧。"当然，由于散文文体的特殊性，它的想象与虚构，既不同于小说、戏剧，也有异于诗歌。"一般来说，小说的想象侧重于形象系统的创造和故事情节的虚构；诗歌的想象固然是建立在现实生活和真实抒情之上，但它更强调抒发感情的非逻辑性和想象的变形变异；而散文因其与日常生活的关系非常密切，故而它的想象虽然超越了日常生活，却不能无视日常生活的法则。"特别是，散文不可能像小说、戏剧那样"为所欲为"，没有任何限制地想象与虚构。为此，他提出了散文"有限制虚构"的论点。③

所谓"有限制虚构"，也就是允许作者在尊重真实和散文的文

---

① 黑格尔：《美学》第一卷，商务印书馆1979年版，第356页。
② 黑格尔：《美学》第一卷，商务印书馆1979年版，第359页。
③ 参见陈剑晖：《中国现当代散文的诗学建构》，江西高校出版社2004年版，第111、119页。

体特征的基础上，对真人真事或基本的事件进行经验性的整合和合理的艺术想象；同时，又要尽量避免小说化的"无限虚构"或"自由虚构"。这是所谓"限制"的一个方面，是就程度与范围而言；我认为，还应加上散文种类的限制。比如，有些叙事类散文是不能虚构的，从常情常理出发，像关于现实中的亲人、友人以及众所周知的知名人士的回忆、纪念性文章，就绝不应含有虚构成分。就此，沈义贞先生作了理论上的阐述："回忆性的叙事散文绝对不能虚构。……这是因为，回忆性的叙事散文美学效果的实现，诚然可以有许多途径，但其所回忆的内容或主体所呈示的人物、事件本身所孕涵的丰富而特殊的客观意蕴，应该说是这类散文激起读者心灵回应的一个首要的、关键的因素，其真实与否，直接影响着读者对这类散文的审美接受。"当然，"回忆性叙事散文也有可能在某些细节上因年代的久远而失真，但这种失真不同于虚构"。①

其实，一些记述名城胜迹的游记散文，叙述、描写历史人物、事件的文化散文，在想象与虚构方面的限制也是很明显的。特别是涉及常识性、科学性的内容，绝对不能胡编乱造。比如，写到杭州西湖的六桥，位置是不容错置的；引述刘邦与秦人约法三章——"杀人者死，伤人及盗抵罪，余悉除秦苛法"，这些内容也不能随意加以篡改。因为这些问题已经超出了文学描写的范畴，如果出现错误，那就属于学术方面的"硬伤"了。当然，这并不等于说，游记散文与历史文化散文就没有想象的余地。据说，古代著名散文《岳阳楼记》，就出自作者的凭空结想。范仲淹不同于前辈的诗圣杜甫，虽然他"昔闻洞庭水"，但并没有"今上岳阳楼"。可是，写得却像身临其境、亲眼见到一样。

至于历史事件的来龙去脉、真实场景，历史人物的音容笑貌、举止行为，按理说，必须据实描绘，不可臆造；可是，实际上却难以实现。"新历史主义"的"文学与历史已不存在不可逾越的鸿

---

① 沈义贞：《2000年度散文研究综述》，《福建论坛》2001年第2期。

沟"，"历史脱离不了文本性，历史文本乃是文学仿制品"，"历史还原，真相本身也是一种虚拟"的论点，我们且不去说；这里只就史书之撰作实践而言。钱锺书先生在《管锥编》中有过一段著名的论述："《左传》记言而实乃拟言、代言"，"如后世小说、剧本中之对话、独白也。左氏设身处地，依傍性格身份，假之喉舌，想当然耳"。"上古既无录音之具，又乏速记之方，驷不及舌，而何口角亲切，如聆謦欬欤？或为密勿之谈，或乃心口相语，属垣烛隐，何所据依？"原来，"史家追叙真人实事，每须遥体人情，悬想事势，设身局中，潜心腔内，忖之度之，以揣以摩，庶几入情合理。盖与小说、院本之臆造人物，虚构境地，不尽同而可相通；记言特其一端"。[①]由此，可以得出两点结论：其一，作为中国早期的叙史记事的散文范型，《左传》的如此撰作对于后世史传类散文——比如《史记》——的影响是巨大的；其二，钱先生这番话，可以看作是对于某些散文种类容许想象与适度虚构的经典性论述。

在古代，文学与历史相互混淆、相互交叉的现象十分普遍，因为在古人心目中艺术与科学的界限并不是特别分明的。今天我们从文体上，对于古代史书中属于文学的散文作品与属于科学的历史著作加以识别，所依据的一个重要标准，恰恰是看其中是否存在着较多的合理想象、适度夸张、形容渲染、细节描写这些文学性的表现手法。

三

说到古代散文作品中的想象与虚构，人们首先会想到"寓言十九"的《庄子》。这里所说的"寓言"，是指那些出自虚构、别有寄托的语言，包括那些相关或素不相及的历史人物海阔天空的对话。学术界历来都承认《庄子》的"内篇"七篇出自庄子之手；可是，我们看其中的《人间世》，开篇就是孔夫子同弟子颜回的对

① 钱锺书：《管锥编》第一卷，中华书局1979年版，第164、165、166页。

话，接着，是叶公子高同孔子的对话，下面还有颜阖同蘧伯玉的对话。其内容，或抨击时君的残民以逞和绝对威权，或揭示"伴君如伴虎"、知识分子同统治者相处的艰难。总的是描述人际关系纷争纠结、权势结构险恶和知识分子的悲剧命运，可说是惟妙惟肖，淋漓尽致。大家都知道，上述人物在历史上都是实有其人的。可是，他们的对话却是除了该书，再也未见诸其他载籍，就是说，这些对话基本上都出自庄子的想象与虚拟。

我们再来看一向被奉为古代散文之范本——《史记》。《项羽本纪》中记录了"鸿门宴"的座次：项羽和他的叔叔项伯坐在西面，刘邦坐在南面，张良坐在东面，范增坐在北面。之所以如此交代，是因为有范增向项羽递眼色、举玉玦，示意要杀掉刘邦的情节，他们应该靠得很近；还有"项庄舞剑，意在沛公"，而项伯用自己的身体掩蔽刘邦，如果他们离得很远，就无法办到了。司马迁写作《项羽本纪》，距"鸿门宴"大约一百一十年，当时既没有照相机和录像设备，也不大可能有会谈纪要之类的实录，即使有，也不会记载座次。那么他据何而写？显然靠的是想象。

文学史上还有这样一个典型范例。读过《古文观止》的，都会记得里面有一篇《象祠记》，作者为明代著名思想家王阳明。文中说，在贵州省的水西灵博山，有一座年代久远的象祠，是祀奉古代圣贤舜帝的弟弟象侯的。当地彝民、苗民世世代代都非常虔诚地祀奉着。这次应水西地区民众的请求，宣慰使安君鸠工庀材，重新修葺了象祠，并请流放到这里的著名学者王阳明，就此写一篇祠记。对于这位文学大家来说，写一篇祠记，确是立马可就，信手拈来；可是，他却大大地踌躇了。原来，据《史记》记载，象这个人狂傲骄纵，有种种恶行。他老想谋害哥哥舜，舜却始终以善意相待，友爱有加，设法感化他，扶植他。现在，要为象来写祠记，实在难以落笔：歌颂他吧，等于扬恶抑善，会产生负面效应；若是一口回绝，或者完全披露真相，又不利于民族团结。经过反复思考，他想出了解决办法：运用想象能力，赋予象与建祠以新的解释。经过想象、推理，他做出象的一生分为前后两个阶段的结论。前段是个恶人，这是毋庸讳言的；而后段，由于他的哥哥舜的循循善诱，教诲、感化，使其在封地成为能够泽被生民的一位贤者。因此，象死后，当地民众缅怀遗泽，寄托哀思，建祠祠奉，一直延续到今天。《象祠记》就是经过这样酝酿、写成的。

其中显然有想象的成分，但又不是凭空虚构。因为《史记·五帝本纪》中，有舜"爱弟弥谨"，"封帝象为诸侯"的记载。据此，作者加以想象、推理，既生面别开，又入情入理，令人信服。手法十分高明，用心可谓良苦，既维护了儒家的道统，又照顾了少数民族的感情和信仰，满足了当地官民的要求。

综上所述，散文的想象与适度虚构，起码有以下几种路径：一是"遥体人情，悬想事势"。像钱锺书先生说的《左传》中所追记的真人真事；再比如《史记·项羽本纪》中，司马迁关于"鸿门宴"的记叙，关于"霸王别姬""乌江自刎"的描写。二是踵事增华，添枝加叶。像何为关于《第二次考试》的构思。三是生面别开，另起炉灶。如王阳明关于《象祠记》的构思与写作。当然，还有其他形式与路径，限于篇幅，这里就不再胪列了。总之，不管采取什么方法，有一条界线是不能突破的，就是绝不能无中生有，凭空捏造，一定要有所依凭；否则，就与小说、戏剧没有差异了。

对于散文的想象与"有限虚构"的肯定，把想象性作为散文审美艺术的基本特征之一，这是散文走向开放和现代化，显现艺术形式的开放性、现代性、丰富性的一个标志。它有助于摆脱某些传统理念的束缚，推动散文的叙述革命，使艺术思维由原有的平面、单向、直线模式转向多元、共时、复线的模式，进而带动叙述方式的发展变化，为散文注入新的创造激情，拓展多层面的创作空间与阅读视野；有助于增强散文自身的生机活力与竞争实力，可以像小说、诗歌那样，从边缘地位向中心地位、主流文体发展，实现真正意义上的跨越。

2006年

## 黄裳先生与学者散文

黄裳先生兼作家、学者、记者于一身，他的建树是多方面的；作为中国现当代文学发展史上的散文大家，在散文方面的成就尤其卓著。先生出生于1919年，从年龄来看，在中国新文学史上应该算是小字辈；但是，就其独立不羁的精神，腹笥丰厚、博古通今的学养，以及传统文人雅士所独具的那份情调、趣味，那种大家风范、名士风流、才子情怀，又应被视为五四一辈学人，或者一代传人。

他在散文创作中是得大自在者。多年以前，唐弢先生就称赞他"实在是一个文体家"。这从他的几百万字的散文著作中可以得到有力的印证。中外文学史告诉我们，凡是有成就的文学批评家首先都是文体理论家，而对不断地实现突破与超越的散文大家来说，他们必然也是一位文体作家。古人对此是极为重视的，产生于公元五世纪末、六世纪初的文学理论专著《文心雕龙》，就以大量篇幅对文体问题作了系统的论述。

依我理解，所谓文体意识，是指作家、读者在创作与欣赏过程中、在长期的文化熏陶中形成的对于不同文体模式的一种自觉理解、独特感受和熟练的心理把握。体现在具体创作中，往往自觉不自觉地形成一种系统性的"文学工程"。黄裳的《锦帆集》《珠还记幸》《旧戏新谈》《笔祸史谈丛》《榆下说书》《银鱼集》等等，这方面表现得尤为突出。文体是长期积淀的产物，它是一个历史的概念，是内容和形式的统一，历史和现实的统一，稳定和不稳定的统一——它相对稳定，实际上是不断变化的。正如黄裳自己说的："回顾过去写作的经历，一个明显的特征是风格的善变。"在论及《旧戏新谈》时，他说："笔调更是纵横驰骤，逸出了规范。写时真能感到一种任情挥洒之乐。""任情挥洒"一语真是特别恰当。这使我想到著名作家、学者李辉对黄裳的评论："显然，文体对于他并不一定是必须考虑的前提，更不是限制手脚的束缚。在这方面，他相当放松，显得潇洒自如。"任情挥洒，潇洒自如，正是熟练把握、炉火纯青的标志。

我们这一代人，由于多方面的局限，即使年龄也不小了，终竟无法同他相比。"夫子之墙数仞"，不要说对等交流，就是作出客观剖断，也常常觉得"不得其门而入"。因此，我在这里只能说说个人向他学写散文的体会。

先生是写作文化散文的高手，又是开路先锋。"文化散文"的提法未必确切，为了表述方便，姑且这么说吧。大体上讲，其文体特征，应是文化蕴涵丰富，能够把哲思、史眼、诗性很好地结合在一起，书卷气、艺术美与思想锋芒相互融合。如果这一看法得到认定，那么，我说，文化散文实质上就是学者散文。作为一种文体正式提出来，确是为时不久；但其出现并非始于今日。起码可以追溯到上世纪二三十年代，鲁迅先生的《魏晋风度及文章与药及酒之关系》《题未定草》等，用黄裳的话说，"是学者散文的典范作品"。到了黄裳笔下，就成批地、集束地出现了，包括结集于1945年、1947年的《锦帆集》《锦帆集外》和1980、1981、1983年的《花步集》《金陵杂记》《晚春的行旅》等许多散文作品，都可以说是今天定义的文化散文或学者散文。

1980年，黄裳在散文集《山川·历史·人物》的后记中说：

> 我还时时不能忘记过去，经常会感到"历史的重载"的沉重分量。……不论怎样美妙的自然景物，如果离开了人类的活动，也将是没有生命的。我好像从来就不曾读到过纯粹的写景文，用照相机拍下的风景画片那样的东西，在文字中是并不存在的。也许这是我的一种可笑的偏见。看画时爱读题跋，游园时留心匾对。
>
> 面对湖山，也总是时时记着一些赶也赶不开的历史人物与故事。美丽河山，不只是对自然面貌的客观描述，其

中也包含了对世世代代在这里劳动、生息、歌唱的人民的
热情的赞颂。

正由于这类散文的文化蕴涵主要以历史事件和人物行藏为载
体，所以也有称之为历史文化散文的，似也言之成理。

我们从黄裳散文中看到，文史嫁接之树结出了奇异的果实——
文学的青春笑靥为冷峻、庄严的历史老人带来了生机与美感，想象
力与激情；而阅尽沧桑的史眼，又使文学倩女获取了晨钟暮鼓般的
启示，在美学价值之上平添一种沧桑感，体现出哲学意境、文化积
累和巨大的心灵撞击力，引发人们通过凝重而略带几许苍凉的反思
与叩问，加深对社会、人生的认识和理解。黄裳的作品也使我们体
会到，散文中如能结合作家的人生感悟，投射进史家穿透力很强的
冷峻眼光，实现对意味世界的深入探究，对现实生活的独特理解，
寻求一种面向社会、面向人生的意蕴深度，就会把读者带进悠悠不
尽的历史时空里，从较深层面上增强对现实风物的鉴赏力与审美
感，使其思维的张力延伸到文本之外。

从前，孔夫子曾经指出："质胜文则野，文胜质则史。"说
的是：朴实多于文采，则流于粗野；文采多于朴实，又未免虚浮。
这使人联想到人们关于写作文化散文的两种忧虑：一是担心写作者
把文学作品当成学术著作来写，只是停留在史料的复述上，而不能
触及历史烟尘背后的人性、人生的真谛，弄得质实而无文采；再就
是担心放言纵笔，夸夸其谈，而影响到作品的科学性。从当前散文
发展的态势上看，这两种担心并不是无谓的。可以说，两种倾向都
存在。可喜的是，黄裳早在五六十年前就已经有了成功的实践——
在运用史料、组织素材过程中，能够以现实的关怀和当下的期望视
野，以个人的、民族的主体意识，通过对历史的阐释展现更加开阔
的精神视野和思维空间。

1946年，黄裳在南京采访国共和谈间隙中写下的一组《金陵杂
记》，作为这方面代表性作品，被视为"抗日战争前后最漂亮的文

字"，久为世人传诵。他在谈创作体会时，说：

> 其实"学者散文"的特征并不在于抄书，重要的是思
> 想指挥着材料。没有深厚的学养，没有深刻独到的见解是
> 不行的。

他发现："有许多古代诗人的名篇常常具有一种神奇的力
量"，其中的奥秘，是"挑动读者的心弦，打开记忆的窗门，调动
民族的、历史的感情力量来帮助增强诗的感染力"。在这些散文
中，他以学人兼才人的厚重的文史积累、深邃的识见、开阔的视
界、丰富的联想，发挥记者敏感、迅捷的职业优势，写得既有思想
深度，又见学识，而且情趣盎然。这些散文都洋溢着作家灵魂跃动
的真情，通过形象生动的语言，力求在情感和理智两方面感染读
者，征服读者。他说："重要的是老实人说真话还是巧伪人的花言
巧语。几千年的文学史可以作证，谎话没有哪怕只是短暂的生命
力，只有真话才有可能存留下来。"

黄裳散文坚守精神的向度，闪现理性的光辉，在对历史的描
述中，总是进行灵魂烛照、文化反思。历史就是人生，人生必有思
索，必有感悟。散文是发现与开掘的艺术，最关紧要的是在叩问沧
桑中撷取独到的精神发现。缺乏深沉的历史感与哲思，缺乏独特的
精神见解，就无法获得广阔的精神视界和深邃的心灵空间，进入更
深层次的文化反省，就无所谓深刻，也不可能撄撄人心。黄裳特别
看重思想的厚重与深刻。他说：

> 思想的空虚、浅弱是文学作品的致命伤。好像一个人
> 没有强健的骨骼就站不起来一样，没有思想，只剩下华丽
> 但空虚的词藻，那将是毫无价值的。

先生有一篇名文《夜访"大观园"》，写于1980年。不过两千

多字，可是写得摇曳多姿，洋溢着理性光彩。作家高扬主体意识，让自我充分渗入到对象领域，通过质疑、探问，阐扬了个性化的批判精神。从中我也受到深刻的启示：学者散文中的思想与情感，一如历史老人本身，是深沉而恒久的积蓄与自然流溢。它既不同于诗歌中的激情迸射，论说中的踔厉风发；也不是少男少女般的情怀的直露与挥洒。情与理，相生相克，有个如何统一、如何整合的问题。我想，它们应是弥散式、复合式的交融，而不能各张旗鼓，互分畛域。

黄裳散文的另一鲜明特征，是其独特的文学性。文学性是散文之所以成为文学的一种标志、一种根据。散文必须有"文"，如同戏剧要有"戏"，诗歌要有"诗"，小说可以"说"一样，这是它的内在的本质规定性，当然也是中国散文的固有传统。作为文学性，文化蕴涵是极其重要的，它占有核心的、带有巨大辐射性的地位。对散文创作来讲，这种文化蕴含主要体现于内容；同时也应成为散文的一种语言材料，它本身就是一种语言模式，无论其属于知识性、哲理性，还是审美性。黄裳有一篇谈知识产权的文章，这是个专业性很强的题目，在他人那里，我不知道怎样才能写得文采斐然，弄得不好就会枯燥无味。可是，先生却有本事，旁征博引，酌古量今，洋洋洒洒地写成一篇妙趣横生的文章。这端赖于他的渊博的学识和漂亮的文笔。

高尔基说，文学的第一要素是语言。语言是一切事实和思想的外衣。尤其是散文，有人说它是裸体的东西。语言是散文的标志性"构件"，没有像样的语言就什么都没有了，像意境、意象等等，都是靠语言来表达的。散文语言和日常交流性的语言有着显著的区别。日常语言进入散文创作中必须升华，必须提炼；高明的作手往往通过对日常语言的变形、凝聚、强化、形象化、陌生化，来更新读者的习惯反应，唤起新鲜的感知。先生有一篇散文叫做《闲》，里面有这样的语句：

焦急的心情碰上了悠闲的姿态，就正像用足了力气的一拳结果却打在一大团棉花絮上，垮了。

在《孟心史》一文的最后，作者谈到周作人悼念孟森先生的挽联：

挽联写得并不坏。不过自古以来对文人品评，有一条重要的经验，不能只听他的宣言，还要看实际行动。事实证明，挽联虽佳，也只不过是做出来的，如此而已。

妙在这个"做"字。真是下笔如刀！
前面提到的那篇《夜访"大观园"》中有这样的描写：

我想，这种奇特的夜访，可能比大白天来游要好得多。一切的不谐调都被夜幕遮去了，使我们看不见任何煞风景的迹象。一切缺陷都是可以用想象来补足的。我觉得眼前的一切，正是《红楼梦》所特有的一种典型环境和气氛。

尤其是结尾一句，可谓逸韵悠然，给人留下了巨大的读解空间。

就写作手法来说，诸如驱遣意象、描绘细节、凸显个性、运用想象、营造意境、发挥联想等等，运用得如何，都直接影响着文学性的盈虚、消长。在黄裳散文中，这些手法都有充分的展现。限于篇幅，这里只就发挥联想这一点展开说一下，因为在我看来，这是先生作品中最常见也运用得最娴熟的一种艺术表现手法。

坐落在南京牛首山下的南唐二主陵，我也去过，也曾经想要写点东西。可是，拿起笔来之后，才发觉可写的物事实在不多，结果中途就夭折了。后来看到黄裳的《南唐二陵》，写得那么丰满、充实，那么曲折有致，真是由衷地佩服。他主要是借助联想，套用苏州园林的技法，叫做善于借景。文章是这样开头的："这一篇本来应该紧接在《献花岩》后面的，可是一直拖到现在才来动笔，想想牛首山上应该已是一片浓绿了。"接着，点出两个墓主，写到古墓的沧桑，写到明代也有要人选葬于此，大约是受堪舆学影响，"却实在看不出这里的风水好在哪里"。这也不在赘笔，妙在引出墓前的小水塘。站在水塘前面，迎着虎虎的西风，作家"不禁想起了中主的两句词：'菡萏香消翠叶残，西风愁起绿波间。'同时又想起了王国维对这两句的评赞"。然后就进了墓室，从大青石的棺座又联想到同是割据一方的远在成都的前蜀王建的陵寝，并进行一番比较。真是视通万里，思接千载。下面，自然地又由词人中主想到他的儿子、更大的词人后主；再由二陵的发现，说到主持发掘工作的南京博物院院长，及其在"文革"中惨痛的遭遇。就这样，不绝如缕地想象，畅情随意地发挥，把一篇文章作得花团锦簇，文采斑斓。

探讨黄裳的散文创作的艺术成就，特别是他对中国传统文化的继承和对当代散文发展所产生的影响，我以为，这是有着强烈的现实针对性的。当前，散文创作存在着文学失落的危机。散文及其写作队伍正在泛化，什么都叫散文，什么人都写散文，审美的失落，或者叫文学性的遗失、淡化，十分突出。一是相当一部分文学创作已经由个人独创转向规模生产、批量销售，向文化工业转化，个别的甚至雇用写手来写作；二是大众化、图像化、直观性成为文学艺术的主要趋向，加之畅销书的炒作，文学对影视的献媚，这都使文本意识、文学意识日渐淡化；三是在商品大潮推涌下，情感化、软化、细化趋向和所谓的"散文消费性格"充斥散文领域。上世纪80年代，散文创作还很强调文学意识，提倡审美价值；90年代以后，随着各种西方思潮蜂拥而入，随着现代科学技术和大众文化的蓬勃发展，消费大众偏爱直接的感官快乐，日常生活、私人经验和花花绿绿的世俗场景充斥屏幕之上，文学性受到强烈的冲击，渐渐成为可有可无的物事。为此，许多作家、学人和读者，大声疾呼提高作品的文化品位，实现一定程度的深向追求，期待着通过写作与阅读，增长智慧，解悟人生，饱享超越性感悟的乐趣。

2007年

# 散文的文学性

## ——答《辽宁日报》记者问

### 文学语言应是艺术性、象征性的

**记者：**新世纪以来，您参与并主持了两届全国"鲁迅文学奖"散文、杂文的评奖活动，有机会阅读全国各地推荐上来的大量作品。精品、上品一定不少，恐怕也会有大量不足之处，其他方面暂时略却，想请您专门就散文的文学性谈谈当前存在的问题。

**王充闾（以下简称"王"）：**我以为，主要有三个方面：一是语言比较粗疏，有些作品使用的是纯叙述性的新闻语言，就是说，并非审美的、艺术的语言；二是，从创作手法来说，不善于驱遣意象、捕捉细节，有的是直来直去，叙述性多，而描写性比较薄弱，缺乏文学色彩；三是，诗性淡薄，情怀、襟抱不够开阔。

文学作品尤其是散文作品，是一个以审美语言建构起来的意义世界。我们阅读散文作品，实际上是被作品用语词所编织出来的美妙艺术境界和艺术形象所感染，从中获取审美的愉悦。语言在散文作品中起着极为重要的作用。从作者角度说，它是表达思想、情感的物质载体；就读者而言，正确把握作品中所蕴含的丰富语义，是欣赏作品的基础和前提。由于文学语言要满足广大读者审美的需要，所以，应该是艺术性的、象征性的，不然的话，就谈不上审美的功能。

中国古人有"言之无文，行而不远"之说。高尔基讲过，语言是文学的第一要素。从这个意义上说，文学语言是创作者进入文学殿堂的身份证、入门卡。你能不能进入文学殿堂，首先就看你会不会、是不是使用了文学语言。有的作品，即使形象、情节上差一些，只要语言上乘，同样可以占有一席之地。文学的成功有赖于语言的成功。虽然文学的成功，未必都归功于语言；但是，如果语言不过关，那么，这部作品肯定也就是失败的。所以，俄国形式主义学派特别强调"传达"在艺术创造中的特殊作用。

而文学作品之外的一般语言（费尔迪南叫它自然语言），则不具备这一特点。这在于其主要目的或着眼点，是交流信息，沟通思想，而不在于审美。要求的标准是准确、鲜明、生动。你说的话起码要准确，再进一步就是鲜明、生动。这令人想到新闻语言。真实、客观、全面地呈现事实的面貌这一要求，决定了新闻语言必须是一种如实反映客观事实的语言。因此，它的主要功能是叙述性。准确、鲜明、生动、简练，是它的自身特色。但文学语言不能停留在准确、鲜明上，还要求艺术化、形象化，要求具有审美的特征。

文学语言的表现性，是文学作品不可忽视的审美因素之一，是语言的诗意所在，它与语言符号性质有着千丝万缕的联系。表现性的文学语言所关注的是语言的形式自身，它的情感性、体验性，消解了再现性语言的客观性、真实性，从而调动了读者参与对语言符号想象与创造的积极性。贾谊《过秦论》里，讲秦始皇"振长策而御宇内，吞二周而亡诸侯，履至尊而制六合，执敲扑以鞭笞天下"。"振长策"，"执敲扑"，干什么？鞭笞天下。看！该是多么形象！不光是叙事说明，还要运用文学语言建构形象、意象、意境，要讲究音韵美，要有节奏感。恩格斯《在马克思墓前的讲话》是一篇应用文，也可以说是说理文字，可是，它的震撼力、感染力是十分强烈的。

文学语言不同于认知语言，不同于逻辑语言，不是知识、理性的堆砌，而是意境的生发，它要有比、兴，要形成文学境界和美感性质，往往是象征性的，而不是征实的。对此，古人说得非常直截："文征实而难巧。"我们说，诗性也好，意象也好，情感也好，纳入到文学作品之中，最后都要落实到语言表现上。这些质素，要组成一篇作品，必须依凭一种物质媒介，成为可以由自己给别人、和别人交流的一个物质存在，对于文学来说，没有别的途径，就是语言文字。

## 艺术是感受，而不是认识；不在于交流信息，而在于感动

**记者：**看来，您对文学语言非常重视，那么，究竟应该如何下工夫呢？

**王：**这是一篇大文章，涉及许多方面，这里只能就一两个侧面谈谈个人见解。

俄国形式主义学派什克洛夫斯基认为，文学的特性就是奇异化、陌生化，使形式变得复杂，他在《论散文理论》中指出：艺术就是要使人像幻觉那样去感觉事物，而不是像认识那样去感觉事物。艺术的手法就是事物"奇异化"的手法，即增加感知难度、长度使形式变得困难起来的手法。艺术是感受，而不是认识。因为感受本身就关乎审美的目的、审美的效果。他还以列夫·托尔斯泰的小说为例，说是当素材变作小说情节时，就是经过了作家的创造性变形，从而显现出陌生的面貌。我觉得，这些对我们都是很有启发的。实践表明，通过语言的陌生化，可以凸显语言的形象性、情感性，并使之具有含混性。这既是语言本体与艺术表达辩证统一的结果，也是文学活动与现实生活辩证统一的结果。

对语言和感觉陌生化、奇异化效果的追求，使作家们充分调动每一根神经纤维，让感觉的灵动流淌在文本中。这在当前的"新生代"散文作品中不时可见，有的文字极富诗性和形容、譬喻的功能，像唐涓的"山里的日子像落叶一般，悄然滑向地面"；"如蔓的雨丝，仿佛也被刀锋砍断，七零八落地溅向脸庞"；"整座山林是一架故障的钢琴，雨滴像千万只指头纷然齐下，弹奏出各种奇奇怪怪的声音"。简媜的"壁上挂钟，针脚移动，像两个抽搐的瘦子偕伴从地狱走向天堂，正巧经过人间"。钟怡雯的"那混浊而庞大的气味，像一大群低飞的昏鸦，盘踞在大宅那个幽暗、瘟神一般的角落。斑驳的木板隔出阴暗的房间，在大宅的后方，宽敞厨房的西南隅，它偏离大家活动的中心，瑟缩于没有阳光眷顾的所在，仿佛

在等待一种低调而哀伤的诠释"。作家通过这种奇异的描写，使自己的玄秘想象，悠游于深邃、诡谲的心理空间和感受世界；迟缓的节奏和阴暗的意象织染了环境的幽暗与阴森，和作品中老祖母的濒死状态恰相呼应。

　　与陌生化、奇异化相关联，语言学家还强调语言的"突出"效果。布拉格学派穆卡洛夫斯基认为，文学语言的特殊性在于"突出"，也就是说，作者出于美学考虑，对于标准性语言，有意地加以"歪曲"、偏离、夸张、重复，甚至违背语言的搭配原则和语法结构原则，以"突出"表达的效果。鲁迅散文《秋夜》中写道："在我的后园，可以看见墙外有两株树，一株是枣树，还有一株也是枣树。"唐代散文大家韩愈的《祭十二郎文》，说他未老先衰，前面说，"吾年未四十，而视茫茫，而发苍苍，而齿牙动摇"；后面又说，"吾自今年来，苍苍者或化而为白矣，动摇者或脱而落矣，毛血日益衰，志气日益微，几何不从汝而死也"。都给人留下极为深刻的印象。这样说的着眼点，不在于简单地交流一下信息，而是要让人感动，要打动人，感染人，体现一种非实用性。

　　这类手法，现在为广告用语所普遍借鉴与吸收。在广告语言中，"陌生化"与"突出"特征非常明显。这使人联想到清代文学理论家叶燮在《原诗》中所说的："幽渺以为理，想象以为事，惝恍以为情。"实际就是讲如何运用文学语言。讲理的时候幽渺，想象里有意象，加入了作者的感情，"惝恍以为情"就是空虚的心情。总体上，就是心境迷茫。这种感觉，朦胧诗是最典型的了。

　　一般语言并不都是很具象的，要求具有逻辑性，符合语法，符合叙述的规则。文学语言由于是象征的语言，所以不能这样要求。因为文学作品的功能不是要证明什么东西，也不是直接叙述，并不强调直接、准确，而是要通过情感上的感染，给人审美的愉悦，要靠这个造成一种意象，一种意境，使人从这里能感受到、体验到，从而获得美的享受。它不是知识和理性的堆砌，而是情感的氤氲、意象的生发。文学语言有时是违背逻辑原则、词语结构的，特别是诗。

规则性和创造性又是辩证的统一。因为要符合语言规则，又不能完全拘守于这个规则，陌生化就往往要突破规范。日本有个学者说中国人喜欢吹牛，鲁迅问他何以见得，他说，"白发三千丈"就是典型事例。本来，诗是一种特殊的表达方式，需要想象，需要夸张，本身的细节是当不得真的，那属于诗人话语方式和表现特征。否则，也就谈不上文学了。关键在于诗的整体内容所透露出的情感、态度是否真诚，是否深刻。

个性化是陌生化的一个手段，文学语言应该是个性化的，不光是有共同的审美意义和功能，每个作家还须有其自身的特点。诗人就特别看重鲜明的个性；表现在艺术语言上，就是个性化、独创性。清代诗人张船山说："诗中无我不如删。"袁枚说："作诗，不可以无我"，"有人无我，是傀儡也"。明代公安派的主将袁中郎非常欣赏其弟小修的诗，说他"大都独抒性灵，不拘格套，非从自己胸臆流出，不肯下笔"。

## 在语言的锤炼上，鲁迅的贡献是非常大的

**记者：**是不是文学语言也有个创新的问题？

**王：**是的。文学语言的发展是一个动态的开放过程，是一种立体化、多层次、多元化的发展趋势，需要不断地探索，不断地创新。刚才说的陌生化、个性化本身就是创新，不创新是不行的。另外，语言也在不断地产生新的词汇。有人统计，一年时间大概有上千个新的词汇出现，现在有许多外来语，上世纪初根本没有，现在全都出来了，比如"酷""作秀""粉丝""埋单"，几乎每天都会接触到。文学语言的规范性，可说是越来越难以把握了。一个当代搞创作的人，特别是小说、报告文学作家，如果不注意吸纳新的语言，总是陈陈相因，是不行的。文学语言既要有规范性，又要跟上时代的潮流，不断创新，这两个是辩证统一的。完全强调规范，没有创新不行，可是，如果完全不要固有的艺术规范也行不通。

按照解释学的理论，现代是一个作品与读者相互寻找、相互

选择的时代。在阅读活动中，当读者的视域与作者的视域，现在的视域与历史的视域实现了对接与融合，才会出现真正的理解。正是在这个意义上，英国大作家王尔德说："作品一半是作者写的，一半是读者写的。"就是说，一旦作品面世，它的意义就变成公众的了，即它不再仅为作者所有，同时也为读者所有。作为读者，正确地把握作品中所蕴含的丰富的语意，这是欣赏作品的基础和前提。为了实现作者和读者的互动，确实有一个如何不断吸纳新的语言成分的问题。

**记者**：您以为当前文学作品中的语言主要弊端在哪里？

**王**：一个是有些作品语言粗俗化，粗鄙不堪；再就是时尚化，趋时媚俗。时尚化、粗俗化掩饰了精神世界的贫乏，消解了文学的个性。现在，有些影视作品和小说，缺乏艺术的提炼、概括，把生活原样照搬到纸面上、屏幕上。从主观上来说，导因于作者本身也包括编剧、导演，艺术想象力贫乏，语言基础薄弱，对语言规范的漠视，加上写作者、媒体从业者责任心的淡化，从而降低了文学的标杆。他们不认为语言需要审美的功能，觉得只要能够表情达意、互相理解就行了，对文学语言的审美性、诗性缺乏应有的重视。

还有一个情况，就是现在文学队伍呈泛化现象，谁都在那里出书、写作，这也会带来文学语言的平庸寡淡，缺乏文采。而且，粗制滥造，率尔操觚，已经成为一种常见病、多发病。文学语言需要锤炼，需要沉淀。现在是没有初稿的时代，是不是成品一样往外拿。过去作家写文章是要改很多遍的，"良工不示人以朴"，不成型的东西绝不肯拿出来。所以，随园老人有诗云："爱好由来下笔难，一诗千改始心安。阿侬还似初笄女，头未梳成不许看。"古人是"吟成五字句，用破一生心"，现在还有那样痴情、执着的人吗？谁也不愿意那么傻帽儿！

在语言的锤炼上，鲁迅的贡献是非常大的，可以说做得最为出色。随便翻开他的文集，触目皆是这样的警语："敢于直面惨淡的人生，敢于正视淋漓的鲜血。""我们目下的当务之急，是：一要生存，二是温饱，三要发展。苟有阻碍这前途者，无论是古是今，是人是鬼，是三坟五典，百宋千元，天球河图，金人玉佛，祖传丸散，秘制膏丹，全都踏倒他。"他的语言，感情丰沛，文采斑斓，创造性很强。

现在，什么都是市场运作，人们的心态是紧张的、浮躁的、粗糙的，只讲究效率，追求快节奏，赶时髦，受经济利益驱动，这都不利于文学作品的锤炼、推敲与修改。本来几个小时就可以弄清楚，可是，有些电视剧硬要把它拉成几十集，为了赚钱，像抻面似的，无限度地抻长。从理论上看，现在，后现代主义也包括某些先锋小说的写作，主张打破文学语言和日常生活语言的界限，甚至从根本上否定文学语言审美功能，这就把文学创作降低到日常化、生活化当中，使文学语言缺乏足够的根基。在这种情势下，提倡注重语言的文学性，我觉得非常必要，颇具现实和普遍意义，有很强的针对性。

### 诗性肇源于使作者动情的物事与神奇、微妙的心境

记者：您是如何看待散文的诗性的？

王：诗性是散文作品中最能牵魂摄魄的内容，它是氛围、情怀、韵味的结合体。苏联作家巴乌斯托夫斯基说，真正的散文饱含着诗意，犹如苹果饱含着汁液一样。我以为，诗性往往肇源于使作者动情的物事与神奇、微妙的心境。这是激发和酝酿诗性的触媒剂。这种诗性很奇妙，很空灵，有如薄雾轻纱，晶莹的水月，神秘的迷宫，能把作者和读者带入一种神思荡漾、意兴悠然的境地。这里很重要的一点，是必须善于发现，善于构思，而且，对于所描写的对象应该十分熟悉。还是巴乌斯托夫斯基讲的：我们刚一踏上巴黎的土地，就会突然感受到巴黎的魅力。然而，这里必须有一个先决条件，就是你要对巴黎事先有所了解，并且一心向往。不管你通过什么途径，获得必要的有关巴黎的知识，那你来到这座城市，会仿佛觉得一目了然，"仿佛城市上空罩着一片青铜的反光镜——

它伟大的历史、名声和智慧的光辉、名人的魅力、凡尔赛宫的簌簌声、永远那么神秘的卢浮宫的昏暗、热情的巴黎人熙熙攘攘的人群"。反之，如果对巴黎毫无了解，那就只会感到人声嘈杂，令人疲倦，有许多东西不可理解，自然更谈不上什么诗性了。

我写过一篇只有八百字的回忆短文，名为《淡写流年》。就中发掘出四个方面带有诗性的蕴涵：一是，回忆是什么？回忆是中老年人的一种特有的专利。它是对于遥远的童心的痴情呼唤，是重新感受年轻，追忆逝水年华的一种心灵履约，是对于昔日芳华的斜阳系缆。二是，回忆总是"未免有情"。年光已如飞鸟般地飘逝了，留下来的只是一个个空巢，挂在那里任由后人去指认、评说。三是，回忆常常带有感伤的意味。在展现飞逝的生命过程中，在感受几丝甜美、几许温馨的同时，难免会带上一些淡淡的流连，悠悠的怅惋。四是，回忆不等于写真。纷纷的岁月已经过去，像是瓜子仁那样，滋味各人自己知道，留给大家看的唯有那满地狼藉的黑白碎壳。许多生活的图像，好似飘逝的过眼云烟，或则了无踪影，或则漫漶模糊，已经失去了原貌。凡是追忆都会或多或少、或显或隐地夹杂着本人对于过往情事的重新诠释，包括赋予它以当时未必具备的新的意蕴，新的感受。充其量只能是粗具形体的原始素描，而绝非摄影机下原原本本的照相，更不可能是那种记录三维空间整体信息的全息影片。

这里说的是，脑子里一定得有东西，前人的、他人的东西都能攫为己有。比如到扬州，马上就想到"天下三分明月夜，二分无赖是扬州"；一到南京，则会记起"六朝人物草连空，天淡云闲今古同"。这些古典诗词，到了那里马上会自然而然地跳出来。有了这些东西之后，还要能"化"。不管是横向的借鉴—融合，还是纵向的继承—积淀，都要能把这些固有的艺术积淀，化作自己的灵思妙想，做到融会贯通。

应该承认，这是一件颇费功力的事情。诗性的发现与发掘，需要多方面的修养，它和作家的艺术气质、人生阅历、生命体验、情感状态、知识积累等诸多因素有关。诗性，有时是带有一点哲理的东西。画家罗丹说："美到处都有，对于我们的眼睛，不是缺少美，而是缺少发现。"人生许多时候都是在不经意间发现了别开生面，曲径通幽。旧金山有一条九曲花街，四十度的斜坡，曲曲弯弯，呈多个"之"字形，车从上面下来，两旁繁花似锦，可是却无心赏玩，我是直到把汽车开到下面平地上，才有了兴致回头饱看花海的。汽车运行过程中，由于担心会因偶然事故造成人仰车翻，一点也不敢往旁边瞬一眼。就这样，错过了大好时机，最后十分后悔。其实，人的生命途程中，类似情况很多，真正有意义的都呈现于过程之中，可是，往往都被我们忽略了。

我的抒情散文《回头几度风花》，抒写了一种时光不再、去日苦多的带有感伤意味的情怀："同是落英缤纷的春晚，同是漫步在'桃花乱落如红雨'的芳林里，一样的飞花片片，此刻，我的心境却与少年时节迥然不同。仿佛行进在霏霏细雨之中，耳畔听得见那似近似远，疑幻疑真的时间的淅沥，像是丝丝缕缕、点点滴滴都飘落在寂寥的心版上，切实地体验到一种流光似水、逝者如斯的感觉。我相信了，细雨真的是一种撩拨思绪的弦索，雨丝织出来的'情绣'常常是对于往昔的追思。何况，而今人过中年，正处在对于'韶华不再'最为敏感的年纪。一般地说，伴随着人生阅历的增加，人们心目中的宇宙似乎在不断地向外扩张开去，而从个体生命的角度看，人生的风景却在这种扩张中相对地缩微、收敛。从前曾经喧嚣灵海的汐潮，在时序的迁流中，已如浅水浮花，波澜不兴了；许多生活的图像，或则了无踪影，或则漫漶模糊，在心灵的长期浸染下，它的釉彩也会变得斑驳不清，成为一种前尘梦影，旧时月色。"

诗性直接关乎情怀，关乎胸襟，就是说，作者的情感必须特别丰富。如果心上长了老茧，麻木不仁，那就什么也触动不了他。我觉得，情怀或者襟怀，要比情感更博大，更深远。陈子昂《登幽州台歌》"前不见古人，后不见来者。念天地之悠悠，独怆然而涕下"显然是受《楚辞·远游》"惟天地之无穷兮，哀人生之长勤。往者余弗及兮，来者吾不闻"的影响。但是，只有这一个方面还不行，还必须有主客观的契合，要有心灵的感应。如果没有陈子昂那样生不逢时、抑郁不平之气，缺乏那种失意的际遇和寂寞苦闷的情怀，即使同样登楼眺望，也不会感受到苍凉悲壮的气氛，更写不出这样富有艺术感染力的名篇。

这首诗纵观天地，俯瞰古今，远远超越了诗人个人的身世慨叹，也超出了诗歌本身的政治价值和历史价值，表达了古往今来无量数人在宇宙时空面前的生命共振，从而使它在人类生活中获得了永恒的美学价值。清人黄周星评论说："胸中自有千古，眼底更无一人。古今诗人多矣，从未有道及此者。"诗中把动态的先后延续的时间和静态的上下左右的空间连接在一起，使人想起了杜甫的诗句："乾坤万里眼，时序百年心。"诗人在艺术构思时，把苍茫、辽阔的身外时空和深邃、渺远的内心世界，在更高的艺术层面上协调起来，对宇宙、人生、自然、历史，短暂与永恒、有限与无限、有常与无常、存在与虚无，进行探索与叩问，这样，诗人就把自己对现实时空的深切体验，转化为对心理时空的奇妙想象，从而创造出诗歌中的艺术时空来，在今古茫茫、天地悠悠的深沉慨叹中，从心灵深处迸发出高亢、悲壮而又余韵凄然的痛苦呐喊。

古人说，有一等胸襟才有一等文字。说到底，文学是一种主客观的契合，生命的对接，灵魂的感悟，情怀的展露。没有这一点作基石，其他什么艺术技巧、精心结构都失去了依凭，最终成为空中楼阁。

2007年

# 散文写作十题

## ——答《中华散文》记者问

**问**：近二十年来，出现了前所未有的"散文热"——"女性散文""大文化散文""先锋散文""后散文""报纸副刊散文"以及"网络散文"等——各式各样的散文纷争并起。对于这种散文热的现象，您如何看？

**答**：上世纪末的中国文坛有一道亮丽的风景，就是散文创作空前繁荣，有人甚至把90年代称为"散文时代"。这种"热"不仅体现为各式各样的散文纷繁毕现，而且反映在媒体的青睐、读者群的飙升和研究者的特殊关注上。这当然有其社会与时代的根源。改革开放和现代化进程，使社会急剧变革，生活节奏加快，社会自由，思想多元，乱花迷眼，光怪陆离。这一切都为散文的繁荣发展提供了机遇；而外在压力不断增加，主体意识增强，个性化突出，普遍存在着倾诉的冲动、表达的需要，渴望表现自己，渴望叙述、交流，渴望唤起温馨的心理趋势，又使以表情达意直接性见长的散文成为首选的形式。

"散文热"进程中，无论在题材、内容、形式方面，都展开了许多新的探索，比如思辨化、大型化的"大文化散文"的出现。随着思想文化素质的逐步提高，一些读者已经不满足于只是在散文中得到一点消遣和心灵的慰藉，而希望在审美的同时也获取更多的思想文化资源，在更宽阔更久远的文化背景上，思考现实人生问题。于是，他们表现出对于这类有较多知识与思想含量的作品的浓厚兴趣。一些作家的写作视点开始向自身转移，以生动丰富的形象和审美的直观方式言说现实的问题，表达对人性的关切，对社会人生的思考。再比如女性散文，它具有鲜明的情感化，侧重于表现都市生活的感受，关心自身的瞬间体验，善于将女性那些飘忽、细微的情感凸现于笔端，从而把散文的自由、随意和飘洒发挥到极致。

在生活节奏变快、心理压力增大、重功利而轻人情的现实生活中，许多人喜欢阅读一些轻松的东西，于是，关注市井生活，关注世相人情的闲适小品，遍布于容量特大的各类报纸副刊。它们通过情调的渲染，输出一种廉价的抚慰，往往导致精深的生命探求和文学的审美性的消解，而呈现出一种"消费性格"；特别是那种源于作者本身的广告效应和读者的好奇心理，以及对于成功成名的期待的所谓"明星写作"，更是开拓了巨大的读者市场。

不过，就整个发展趋势看，那类反映"消费性格"的趋时散文以及"明星写作"，轰动的热潮都不会维持很久。因为这种一般性的消遣、娱乐，人们早已从影视媒体上得到了餍足。他们所热衷期待的，是通过阅读增长生命智慧，深入一步解悟人生、认识自我，饱享超越性感悟的愉悦。从这个意义上说，倒是那些体现着浓重的人文精神，体现着审美意识与历史感，深入心灵境域，抵达人性深处的思想随笔和文化散文，可能有着长久的文学生命力。福斯特说过："假如散文衰亡了，思想也将同样衰亡。人类相互沟通的道路都将因此而切断。"所以，应该注重蕴涵的深度，沉入文化与生命的深处，探寻人的自我心理活动，从过去对政治形势的热情跟踪和对表层现象的匆促评判转向对人的生存状态、心理活动（焦虑、浮躁、困惑等）的深切关注，实现对生活表层背后的严峻现实的深刻剖析。

很长一段时间里，人性被给予标签化、简单化的处理，实际上，它具有无限丰富的形态。应该承认，每个人都是一个潜在意识的世界，是一个极为丰富的独特的自我存在，把人仅仅视为政治人、社会人是不够的。所以，文学要想实现超越，必须注重对人性这个富矿进行深入的开掘，力求从心理层次上更深地把握具体的人生形态，揭示出它的丰富性和复杂性，从而使文学更加具备"人学"的特征。在这个极其辽阔的领域里，立足于人性、人生层面上的散文作品，必然具有长久的生命力。当然，有人会说，这种功能主要应由小说、戏剧去担承啊，但我以为，有条件的散文作家也不该予以回避。

问：当前的散文创作，您认为存在哪些值得注意的问题？

答：当前，散文向文学本身回归的问题，实际上并没有完全解决。如果说，前些年的文学回归本体，主要是从政治理性的旋涡中，从僵硬的政治化、概念化的躯壳中挣脱出来，坚守它的审美特性，表现出作家的富有个性特征的真性情、真情感和心灵体验；那么，在今天，则意味着摆脱商业时代物质主义、金钱至上的价值取向对人性的扭曲，保持作家内在的文化与理性的支撑，固守自身的精神追求。我们所处的时代是对思想充满渴望的时代。而当前，从文学审美形态的发展来说，散文创作诗性的失落，思想含量的稀薄，缺乏新鲜动人的思想刺激，已经成为普遍的弱点。其源盖由于向商业化、消费性的靠拢。进入消费市场的散文，像影视作品一样，休闲、娱乐已经成为主要功能；而其自身也成为与现代信息业结合的日常信息流的一种。这种写作，不仅消解了文学的深度追求，消解了社会批判功能，而且消解了日常诗性，造成文学本质的流失，使散文写作离开文学的特性日趋明显。在消费主义倾向成为主流的情况下，那些"快餐文学"，人们随看随扔，不可能产生文化积累，也不具备传承性，至于产生撼人心魄的传世之作就更无从谈起了。

散文写作原是一种极富个性特征的创造性劳动，而现在许多作品，由于缺乏个性化的支撑，难免陷入思想平庸化和话语共性化的泥潭。有些散文写作以追踪时尚为乐趣，以迎合大众心理为目的，以逼真展现原生态、琐碎描绘日常生活为特征，强调话语表达的即时性和现场性，使散文作品成为表象化、平面化的精神符号；多的是繁琐、无聊、浅层次的欲望展现和心灵的萎缩，少的是对审美意蕴的深度探求。

当前，散文写作队伍空前庞大，散文已经走出书斋，撕去其神秘的面纱，这本来是值得欢迎的；但一旦散文泛化，成为一种不折不扣的公共话语形式，就很难避免审美含量淡化、"散文无文"的偏向。这突出表现在语言的运用上。现今散文作者的语言功力、语言质地太差，缺乏文采、文化含量不足已成普遍现象。曹文轩先生指出，散文可能是一种最见语言功夫的文体，就整体而言，当代作家在语言方面的功夫与五四以来的现代作家有着明显的差距。造成这种差距的原因，就在于现代作家的旧学根底和他们与中国古代汉语的那种血浓于水的关系，当代作家却没有这份根底与关系。语言文字的意义，小则可以映现一个人的学养，大则能够反映一个民族的气质。古代汉语的凝练、丰富、雅致，已经深入到鲁迅、郁达夫等前辈作家的血肉之中，古代文化滋育起来的气质在其文字中得到了充分的映现。而我们有些写作者走的是另一条路：学养不足就拼命煽情，腹笥空匮索性就一路"土"下去，再不就是满篇西崽口吻，生搬硬抄，拉洋旗作虎皮。

**问**：一条小鱼长大了，再也无法在鱼缸里生存，它被放进大海。但是从此后，这条鱼很烦恼，因为它再也没有撞过鱼缸壁。这个鱼缸壁，就是以往人们所定义的散文。以你的创作实践为标准，请重新定义"什么是散文"，谈一谈你对散文的基本认识。

**答**：中国是个散文大国，散文的历史源远流长，年深日久，形成了许多明确的规则、成功的经验。应该说，从先秦、两汉、魏晋南北朝、唐宋、明清，直到五四之后，散文的优秀传统，始终绵延不绝，而且高峰迭起，前人为我们创造了无数成功的散文范例，已经确立了许多难以突破的框架。加之，由于它最典型地体现了汉语言文学的本质特征，近代以来，尽管也受到外来的影响，但力度有限，"舶来品"根本无法与固有的传统相颉颃。这样一来，好处是有所遵循，易于把握。创作也好，研究也好，有着共同的尺度，共同的依托，便于达成共识；但缺点也是非常明显的，一种框范、一种窠臼、一种壁垒一经形成，就再也难于摆脱，难于突破。相对地看，散文可供开辟的空间比较狭小，什么创新呀、革命呀，对于散文来说，都有一定难度。这和小说的情况有显著的不同，小说就没有那么多的框范；特别是现当代，西方的各种流派、思潮、观念、技巧的强力影响，使得它简直到了难于应对、难以支撑的地步。新时期以来的二十几年间，我们的小说界几乎把西方上百年的种种文艺思潮、主义和流派，什么卡夫卡的表现主义，普鲁斯特、乔伊斯、伍尔夫、福克纳的意识流，马尔克斯的魔幻现实主义等，统统炒过一遍，真是"你方唱罢我登场"。有人形容小说创作"被新潮这只狗追赶得连停下来解手的时间都没有了"。在这种情况下，自然很难凝结成什么框范与戒律。当然，小说又有小说自身的问题，反正"哪家都有八出戏"，这里就不去说了。

我们说散文形成框框不利于它的发展、创新，并不等于承认散文不该遵循任何规范，否定其文体的规定性。对于散文的本质性特征，还是应该有个"大体则有，具体则无"的共识。否则，作为一种文体，它也就不会存在了。我以为，散文是最贴近人的心性，最具亲切感、人格化的一种文体。散文应是自由精神的产物，没有自由的思想、自在的氛围，就不会产生真正的散文。散文是作者人格的投影，心灵的展示，人格魅力的直呈和创造性生命的自然流泻，它应该最能体现人的心性的真实存在，反映作者的人格境界、个性情怀与文学修养。大而言之，它是一个民族的心声倾诉、精神写意与心灵升华，承担着社会批判和人性烛照、灵魂滋养的责任。

**问**："散文热"促进了散文的多元化发展；同时，散文的多元化使得众多的写作者、读者对"什么是好散文"陷入了迷思。请您谈谈，一篇好散文的判断标准是什么？

**答**：我心目中的好散文，应该具备审美的本质，情感的灌注，智慧的沉潜，意蕴的渗透，有识，有情，有文采，有意境，具备诗性的话语方式和深刻的心灵体验、生命体验，体现主体性、内倾性、个性化这些散文文体特征；既是一种精神的创造，又是一种文化的积累。

文学在充分表现社会、人生的同时，应该重视对于人的自身的发掘，本着对人的命运、人性弱点和人类处境、生存价值的深度关怀，充分揭示人的情感世界，力求从更深层次上把握具体的人生形态，褐橥心理结构的复杂性。实际上，每个人都是一个丰富而独特的自我存在。文学创作，说到底是一种生命的叩问、灵魂的对接，因此要从人性的角度深入发掘，具备深刻的心灵体验与生命体验，而不能满足于一般的生活体验。表现在具体写作中，或者采用平实、自然的语体风格，抒写自己达观智慧的人生经验，使人感受到厨川白村式的冬天炉边闲话、夏日豆棚啜茗的艺术氛围；或以匠心独运的功力，展示已经隐入历史帷幕后面的世事沧桑，以崭新的视角予以解读；或以理性视角、平常心理和世俗语言表达终极性、彼岸性的话题；或经由冥思苦想，艺术的炼化和宗教式的参悟，将智性与神性交融互渗，使疲惫的灵魂遐想渺远的彼岸。

**问：**当前的创作中，散文的审美特性在哪里？它通过什么独特的途径，去抓住和表现我们这个时代的复杂经验？它怎么能够变成一种真正面对我们自身经验、面对我们自身灵魂的这么一种语言方式？这种语言方式又和小说、诗歌有何不同？

**答：**散文写作是作家把外界信息进行整合、同化于内心的一个审美意识过程。散文的审美特性表现为对于美的意蕴的自觉追寻，它是作家审美倾向的袒露和倾吐。这种审美情感比小说显得浓缩，又比诗歌挥洒自如，在当代社会中，这不能不说是它赢得读者的重要因素。由于作家人格与情感的映现，散文往往充溢着一种浓重的情韵和气氛，并由此构成诗性的意象与意境，唤起读者心灵中的美感。

从本质上讲，散文即是一种对话。它所面对的不是小说的虚拟空间，亦非诗歌的情绪世界，而是日常生活语境中人与人之间的平等交流。通过这种交流，彼此饱尝着精神上相互点燃、相互激发的愉悦。散文是作者面对读者无中介交流、直抒胸臆的质朴而真挚的艺术，它直接展现着作者的思想情绪和人格精神。它不像小说那样，"观点愈隐蔽愈好"，散文作家无须遮掩自己，无须躲在他所展示的社会生活、自然景物之后，因而，阅读散文就能比阅读小说更直接地感受到作家不同的自我。

问：对您影响最大的散文家是谁？（中外不限，人数1—3名）您最喜欢他的哪部作品？为什么喜欢它？另外，设想有一座海上孤岛，风光秀美，请您去度假半年，在这座孤岛上，您衣食无忧，生活富足。但很遗憾，那里再也没有其他人与您交流。为保证享有自由的精神生活，您可以带一本（仅一本）自己喜欢的散文书，您会带哪一本？为什么带这本书？

答：对我影响最大的散文家，从后往前说：一是现代的鲁迅，二是中古的苏东坡，三是上古的庄子。

在现代思想家和文学家中，鲁迅先生是我所最崇敬的。我读鲁迅，主要是在"文化大革命"期间，那时，整天我都抱着一部鲁迅著作，读不懂就硬啃。日久开长，他的人格精神，自由自觉的思想意识，灌注于他的作品中的内在激情的诗性和哲学智慧，那"血的蒸气，醒过来的人的真声音"，一直在引领着我。读的遍数最多的，一是《野草》，一是《朝花夕拾》。鲁迅说，"《野草》里面有我的哲学"。其实，哲学思维充盈着全部的鲁迅的作品。鲁迅的哲学既丰富又复杂，但它是积极向上的。鲁迅说他是为三种人而写作的：一种是那些为中国的独立、自由、民主、平等、富强而艰苦奋斗的志士仁人们；一种是那些正在做着好梦的青年，他要为这些人呐喊助威鼓劲；再一种鲁迅先生说，"我是为我的敌人而写作的"，因而，内心的痛苦不能说得太多，不能在敌人面前显示痛苦，必须有所遮蔽。读这些方面的文章，在做人方面受益最多，感触也最深，收获也最大。单就散文创作来说，我以为，前面述及的"好散文"的标准，鲁迅先生的散文全都具备；换句话说，这些标准正是从先生的《朝花夕拾》以及《记念刘和珍君》《为了忘却的记念》《魏晋风度及文章与药及酒之关系》等名篇中概括出来的。

苏东坡，无论是才华还是气质，都使我为之倾倒。自幼我就非常喜欢他的散文。他说，"吾文如万斛泉源，不择地而出，行于所当行，止于所不可不止"。又说："我一生之至乐，在执笔为文之时，心中错综复杂之情绪，我笔皆可畅达之。我自谓人生之乐未有过于此者也。"真是大才槃槃,令人高山仰止。苏东坡的立身行事,亦可圈可点。他胸襟磊落,旷怀达观,超然游于物外,大有过人之处。

　　早在童年时期,我就接触了《庄子》,但真正读出它的奇文胜义,则是在中年以后。摊开《庄子》这部具有世界性意义的文化元典,宛如置身一座光华四射的幽邃迷宫,玄妙的哲理,雄辩的逻辑,超凡的意境,奇姿壮采的语言,令人颠倒迷离,眼花缭乱,意荡神摇,流连忘返,不禁叹为观止。诚如鲁迅先生所言:"其文则汪洋辟阖,仪态万方,晚周诸子之作,莫能先也。"美籍学者刘若愚认为:"可以毫不夸张地说,《庄子》一书于中国艺术影响之深,是任何一书所无法比拟的。"台湾学者徐复观也说:"在庄子以后的文学家,其思想、情调,能不沾溉于庄子的,可以说是少之又少。"

　　为此,经过严格遴选,我决定带上这本《庄子》。因为我特别欣赏它那浓郁的浪漫主义色彩,创造性的思维,生动逼真的描绘,绚丽多姿的辞采。不仅此也,庄子的人生艺术化和诗性人生也特别值得称道。庄子视人格独立、个性自由为生命,浮云富贵,粪土王侯;他的作为人生归宿的"无为""无待",直接通向诗性人生。所以,我确信它能伴我度过半年孤寂的时光,保证享有自由自在的精神生活。

　　**问**:在文学发展史上有一个有趣的现象:一些作家,一人多面,既是诗人,又是小说家,还兼及创作散文。您怎样看待这种跨文体写作的现象?

　　**答**:我觉得跨文体写作,应包括两层含义:一是就作者队伍的构成而言,这又分两种情况,有的是多面手,同时经营多种园地;有的受年龄、经历、环境、癖好影响,改弦更张,像老诗人臧克家所言:"老来意兴忽颠倒,多写散文少写诗。"二是从文体写作方面看,一种文体形式中隐含着另一种或几种文体的质素,比如散文创作中适当运用诗歌、小说的手法、技巧、结构、语言等;有的甚至不易辨别究竟是小说还是散文，像孙犁《白洋淀纪事》中有些篇章，像史铁生的《我与地坛》。其实，许多传世的小说名篇，完全可以当作优秀的散文来读。总之，上述两层含义，无论就哪方面谈，都是一种好的现象，它反映了散文创作的兴旺发达，顺势发展下去，必能促进散文向多元化发展，增强它的活力；而且，有利于冲出樊篱，突破成规，不像有的"职业"散文家那样，过分依恋技巧而造成精神枯萎。从创作实践来考察，也确有一些从来没有从事散文创作和文体研究的作者，他们的某些散文作品十分出色。

**问：** 如今的散文创作，已经突破了主题的单一性，向多主题、变奏和协奏曲发展。您认为这是21世纪散文创作的发展方向吗？前景如何？

**答：** 散文的本质，无论就内容、题材、主题，还是表现形式、话语方式而言，都是开放的，没有界限的。散文的繁荣发展有赖于包括作家、读者群在内的整体文化素质的提高。特别是现今社会生活丰富多彩、千变万化，作家、读者的文化背景、审美期待也在不断地发展变化，这就决定了散文创作的多样化与多元化。

当前，面对全球化的新形势，加上西方现代主义文学艺术的影响，人们的主体意识、探索意识、批判意识、超越意识大大增强，审美趣味发生变化，文学艺术的含义与功能随之也发生了转换，由过去的从属于政治、对现成理念的图解和对客观景象的模仿，转换为注重于人的自我意识的探索与表现，关注人性、人的生存意义、人的命运，体现一种超越的内在性。由于文学环境的宽松、作家心态的自由和生存方式的转换，实现了散文自身审美原则的整合与调节，导致文学观念趋向多样与宽容，各种文学话语、理论话语相对地自由喧哗；呈现出表现自我的自觉性，致力于新的表现领域与抒写方式，使散文以更为轻松的格调、悠闲的步态、深刻的人生思考走近读者，从而实现了创作主体与接受主体的精神对接，构成了今日散文繁荣兴盛的基础。

总的趋向必然是越走路子越宽，而且也不必担心哪一天它会冷下去。

**问**：您在谈到当前散文创作应该注意的问题时，说到了"诗性的失落"。那么，请问您是如何看待散文的诗性的？

**答**：关于散文的诗性，说来实在是话长了。往远处说，意大利哲学家维柯在其名著《新科学》中，把早期人类的审美创造性思维形式称为"诗性智慧"，我体会他是从强调旺盛的感受力、生动的想象力而相对滞后的推理能力这个角度来讲的。追溯往古，我们的老祖宗，儒家也好，道家也好，同样体现出独特的中国诗性特色。《论语》一书，属于讲述道理的语录体，但它绝非板着面孔，道貌岸然，枯燥无味地在那里进行说教。《先进》篇载：孔子与诸弟子坐在一起谈心。孔子问道："如或知尔，则何以哉？"（假如有人知道你们，要请你们出去，那你们准备怎么做呢？）子路、冉有、公西华各讲了一通，曾点却在旁边悠闲地鼓瑟，孔子便问他："点，尔何如？"曾点听了，便用弹瑟的手指在弦上一拢，铿然一声，把瑟放下，站了起来答道："莫（暮）春者，春服既成，冠者五六人，童子六七人，浴乎沂，风乎舞雩，咏而归。"夫子喟然叹曰："吾与点也！"（我同意曾点的主张！）这里有时间，有场景，有形象，有动作，有哲思、意境、诗情、画意。《庄子》一书更是通过离奇的形象、夸张的言辞、荒诞的情节，来编织五彩缤纷的言"道"画卷，里面散发着浓郁的诗性、诗情，闪烁着缜密的理性光彩，产生了常读常新的艺术感染力。

庄子以及后来的大文学家陶渊明、苏东坡、曹雪芹等等，虽然都没有使用过"诗化""诗性"的字眼，但从他们的整体性的直观思维以及文字中充分灌注情感、智慧与想象来看，应该说是典型的诗性展示，并且开启并赓续了绵延两千载的中华诗性文化传统。

散文的诗性，是感情的结晶，应该具备一种诗的情思、诗的气质。文学评论家陈剑晖认为，散文的诗性既要有性灵的至真、悟性的至美，还要有寓于诗情的哲理沉思；此外，还需融进诗的艺术感知方式，比如意象的组合、意识的流动、音乐的旋律节奏，乃至通感、变形、时空交错等艺术感发方式。

**问：**在您已完成的散文中，您最喜欢的是哪几篇？为什么？

**答：**我比较喜欢《用破一生心》《碗花糕》和《一夜芳邻》。三篇都是进入新世纪以后的作品，虽然都是写人的，但题材不同，风格各异，在我的散文创作中具有一定的代表性。

近年来，我从文学的立场出发，将审美的目光注入历史的深处，以鲜明的主体意识努力开掘被遮蔽的精神文化元素，通过个性化的表述，揭示其当下意义；在对历史的述说、对古人的灵魂叩问中，寻找人性的出口，抵达心灵深处，深入思考一些带有明确精神指向的问题。从人性层面上剖析晚清重臣曾国藩的文化大散文《用破一生心》，可作为这方面的代表。这一时期，我还以细腻、抒情的笔调和悲剧化情绪，写了一组有关亲情、乡情方面的文字。这篇记述自己心灵体验，追忆善良、美丽而迭遭不幸的嫂嫂的抒情散文《碗花糕》，是其中典型的篇章。《一夜芳邻》写了勃朗特三姊妹只可想象而不能经验的审美人生和她们内在的悲剧性格。我以实际走进的方式，完成了一次主观心境的逍遥游，里面既有情感灌注，心灵体验，也有意义追寻。在我的纪游类散文中，有一定特点。

2001年

# 散文语言纵横谈
—— 与王向峰教授的对话

## 文学性的支撑点在于语言

**王向峰（以下简称"峰"）**：文学性有一个很大的支撑点，实际上就是语言。上个世纪初，1910年以后一直到整个20世纪80年代，俄国的形式主义学派什克洛夫斯基、雅各布森，他们从列宁格勒、从莫斯科念大学时就开始研究文学作品的语言，后来雅各布森到了捷克布拉格（"布拉格学派"就是他创造的），在二战中他又到了美国，在纽约又建立了从语言学角度研究意识形式的一个学派。什克洛夫斯基的形式主义核心是陌生化，雅各布森的形式主义核心是文学性。就形式主义来说，它有很多片面深刻的观点。把文学的本质设定在只是语言形式，很显然这是片面的，但它特别重视文学作品的语言，而且确立研究文学的重点、文学的研究对象是文学性。在这个观点之下，深入对文学作品，特别是对语言的特性进行了研究，如果对他们去除片面性以后，还是很有意义的。

**王充闾（以下简称"王"）**：俄国形式主义学派后期也意识到了这种局限性、片面性，从而转向对作家与文学作品的研究。说到"陌生化"的效果，什克洛夫斯基认为，这是一种文学艺术的技巧。通过对象的陌生化，可以增加感觉的难度和时间的长度。因为感觉本身就关乎审美的目的、审美的效果。他还以列夫·托尔斯泰的小说为例，说是当素材变作小说情节时，就是经过了作家的创造性变形，从而显现出陌生的面貌。我觉得，这些对我们从事散文创作都是很有启发的。实践表明，通过语言的陌生化，可以凸现语言的形象性、情感性，并使之具有含混性。这既是语言本体与艺术表达辩证统一的结果，也是文学活动与现实生活辩证统一的结果。

**峰**：俄国形式主义学派提出了几个非常重要的概念，一个是对文学语言的功能进行分析，以至于联系到一般语言的功能。它确定了语言的指称性功能和语言的表现性功能，指称性和自动化联系在一起，表现性和陌生化联系在一起。什么是指称性？日常生活当中的语言，或者是人们学语言、学说话，通过语言形式来掌握现实对象，所谓"言以称物"，这是一种自然而然形成的对语言的观念。比如说剪刀，它两刃交错，可以剪纸，也可以剪布，对剪刀所具有的功能一下子就明白了。

**王**：向峰老师说到语言的表现功能，我觉得这是一个重要的话题。文学语言的表现性，作为文学作品不可忽视的审美因素之一，是语言的诗意所在，它与语言符号性质有着千丝万缕的联系。表现性的文学语言所关注的是语言的形式自身，它的情感性、体验性，消解了再现性语言的客观性、真实性，从而调动了读者参与想象、创造语言符号的积极性。

**峰**：不过，我们从小学习说话，或平常自己说话，大部分还都是指称性的语言。咱们现在讲的公共话语是一个特殊领域内的指称性语言，比如说在政治领域，或者在一个科学技术领域，你是医生、律师、政府官员，这时你说的那些话基本都是自动化的语言，这些话都有定式。几乎谁都这么说，谁都这么使用，这种语言严格来说没有个性可言。您说，这种语言的特征是非常标准，没有废话，也可以说非常正确，没有歧义，指称性语言就有这个特点，这个也是索绪尔所说的语言的能指和所指功能。

**王**：这令人想到新闻语言。真实、客观、全面地呈现事物的面貌这一要求，决定了新闻语言必须是一种如实反映客观事实的语言。因此，它的主要功能是叙述性。准确、鲜明、生动、简练，是它的自身特色。

**峰**：语言的能指是用一个词汇表现一个意思，这个意思仅仅围绕着这个事物对象本身所具有的特点，它本身就是它，太阳是红色的，风是凉的，等等。它直接指称这个具体对象，不往别的地方引申，它和所指几乎是同一的。在诗歌中就不这样了，话是这么说，但话后另有意思。所以我们叫日常生活语言也好，或者是说限定在一定领域里的公共话语也好，它都不是审美性的表现，这种语言以至于不论是对这个事物对象，还是对说这话的主体的情思的表现，它都不存在这样的意思。那么，这样对文学就提出了一个问题，不论是对哪种文学形式的创作，写散文也好、诗歌也好，你说的话、用的语言既是从生活中出来的，或者是已有的文学表现当中经过改造、生发、变换过来的，总而言之，得具有审美的表现性。如果文学作品的语言达不到这个程度，从接受者来说，他会感觉到如我们常说的"味同嚼蜡"，越看越觉得没意思，这种情况在我们接触的一般文学作品当中，可以说是屡见不鲜的。

我在思考这个问题时，又重新阅读了您的散文《人生几度秋凉》。这里写张学良在民国年间军阀混战时，他在河南的牧马集见到一个在地上乞讨的老婆婆，他送给她馒头，然后问她家里情况和她儿子的情况，她说儿子被抓丁拉走了。这时引起了张学良的思考，散文里这么写的："少帅听了，心如刀绞。心想，这不分明是一千多年前《石壕吏》《新安吏》场景的再现吗！是谁作的孽啊？哎！都是我们当军人的干的。今天跟你打，明天跟我打，后天又合起来打他。打死的都是一些佼佼者，剩下那些无能之辈前来邀功受赏。若是真有意义的战争还可以，可这种祸国殃民的南北混战，打起来有什么意思？这究竟是为了谁呀？当下，他再也忍不住了，就'呜呜呜'地号啕大哭起来。'平时不下泪，于此泣无穷。'在他，还是有生以来第一次。"我想，假使说遇到这个情景，以这种语言、句式和直逼人物内心的话语来进行表现，或者说是心理描述，谁看了都会特别感动。我看到这段时是特别感动的。那么，这种语言很显然不是指称性语言，它是表述式语言、描写式的语言，也可以说是审美的语言。

这种情况在文学作品当中，如果已经养成了以语言去表述对象、表述内心的功夫，甚至可以说不经深刻思索、不经加工就可以写出类似的语言。这一点我们在读大作家，尤其是19世纪的大作家时感受是一样的。比如托尔斯泰、海涅、雨果等等，这些人的语言，即使他们写的是论文，他们论述的是一些道理，但你读他们的文章，不觉得他们是在说道理，而是在进行散文写作，这些大作家的语言普遍有这个特点。比如鲁迅，读鲁迅的作品，小说也好、杂文也好、散文也好，甚至包括他的一些论文，都可以作为散文品读。什么原因呢？就是他用的语言不是干巴巴的抽象语言，而是表现性的语言，也可说都是审美语言，只不过他说的对象不同。关于这一点，俄国形式主义学派在确定什么是文学、什么不是文学时，就特别划清了界限。俄国形式主义者认为，文学作品不是决定于写什么，而是决定于怎么写。确实是这样。同样一棵树，植物学家就说树的性能、什么时候开花、什么时候结果、适合在什么情况下生存，写出来之后就是植物学；诗人、作家要写这棵树，如杜甫，写了很多松树、竹子，写了各种各样不同名称的树，但他写出来之后就是文学，"新松恨不高千尺，恶竹应须斩万竿"。这样的松树和竹子写出来之后，就成了诗人诗歌表述的对象。

**王：** 有人说，文学语言是创作者进入文学殿堂的身份证。你能不能进入文学殿堂，就看你是不是使用了文学语言。言之无文，行而不远。所以，俄国形式主义学派特别强调"传达"在艺术创造中的特殊作用。

**峰：** 没有好的文学语言就要被文学殿堂所驱逐。俄国形式主义说的这个还是很有道理的。当然，我们从另一个意义上来说，和文学作品写什么也有关系。后来在20世纪美学当中，这方面也进行了很多探讨。讲艺术的本质究竟是在写的对象上，还是在对象的表现上。占压倒地位的一度曾经确定在写的对象上。这是对形式主义的矫枉过正。

**王：** 这就把内容因素加进去了。文学作品是一个以各种语言手段建构起来的意义世界。我们被作品用语词所编织出来的美妙艺术境界和艺术形象所感染，从中得到审美愉悦、审美享受。

**峰：** 从已成文学作品来看，或能把它写成文学作品来看，在一定对象面前怎么表现，特别在对象面前怎么表现出主体，能否用主体特殊方式表现出来，这恐怕是决定这个作品是不是文学非常重要的一点。

王：高尔基说，语言是文学的第一要素。从作者说，是表达作者思想、情感的物质载体；从读者说，正确把握作品中所蕴含的丰富语义，是欣赏作品的基础和前提。刚才王老师说的实际上是文学语言的特殊功能。至于一般语言（费尔迪南叫自然语言），我体会，主要功能就是说明这个对象是什么，达到互相交流信息、交流思想的目的。

峰：指称性语言和平常日常生活语言都是自动化的语言。你掌握知识以后，你会说话以后，这些东西不经你思索，自然就能应机表现出来。这在形式主义那里就给封住了，他说文学决不是交流信息，一般语言不能成为文学语言。

王：对。一般语言只能交流信息，而文学语言就要超出这个范围，它是审美的需要。所以，文学要求语言应该是艺术性的、象征性的，不然的话，就谈不到审美。文学语言是美学功能占主要地位，这是从功能上讲；从标准上讲，一般语言要求准确、鲜明、生动，你说的语言起码要准确，鲜明、生动就稍微提高一点。但文学语言不能只停留在准确、鲜明上，还需要形象化、艺术化，要求有审美的特征。

峰：有时还要有意识地不准确，朦胧。

王：也就是语言的含混性。含混性与文学的审美特征是密不可分的。布拉格学派的穆卡洛夫斯基认为，文学语言的特殊性，在于"突出"，也就是作者出于美学考虑，对于标准性语言有意地加以"歪曲"、偏离、夸张、重复，甚至违背语言的搭配原则和语法结构原则，以突出表达的效果。这在诗歌与散文中表现得尤为突出。

峰：作者在心境迷茫的时候，或者在写一个人物，这个人物在心境迷茫状态之下，那不论是作者这时说的话，还是人物说的话、所想的，很显然他的语言肯定也是迷茫的。

王：这很像叶燮的《原诗》中说的："幽渺以为理，想象以为事，惝恍以为情。"实际这就是文学语言。讲理的时候幽渺，想象里就有意象，加入了作者的感情，"惝恍以为情"就是空虚的心情。总体上就是心境迷茫。这种感觉，古代的散文经典《庄子》、现代的朦胧诗，可以说是最典型了。另外，一般语言是逻辑性很强的语言，要求符合语法，符合叙述的规则。文学语言由于是象征的语言，所以，有时就不能这样要求。因为文学作品的功能不是要证明什么东西，也不是直接叙述，并不强调直接、准确，而是要通过情感上的感染和给人审美的愉悦，要靠这个造成一种意象、一种意境，使人从这里能感受、体验，从而获得美的享受。文学不是知识和理性的堆砌，是情感的宣泄、意象的生发，是一种内心活动的再现。实际上，刚才说的这些恰恰都是文学作品的文学性。可见，文学语言有多么重要！

## 语言的功能一为指称二为表现

峰：俄国形式主义把语言的功能非常明确地分为两种：指称功能、表现功能。指称功能重在说明，作者面对一个对象，就是要加以说明，作出一种认定、一种判断、一种推究，从而把这个事情本身说明白、说透彻。

王：这就达到要求了，这就是指称性的特点。文学语言，作为艺术性的东西，则不满足于这个功能，还要具有审美性。

峰：就语言的词汇本质来说，它是抽象的概念。其用词实现的基本上是物与意抽象指称，这是语言运用中的一般信息交流，在语言自动化模式中运行。但是，当人们用指称性语言时，却不完全自觉限制在说明这个对象，而是有更多的情思要与事同显、与理相偕，远远超越了语言自动化的指称功能。有多大程度上的超越，就在多大程度上是文学。中国古代的散文，从先秦诸子一直到唐宋名家，看着好像在写一篇说理的文章，但他们多有突破。他们在那里说明一个对象时，常常化物为人，乘物游心，把我装进去，而且，在这里抒发我的感慨。这样的文章即便是说明文，实际上却变成了艺术散文。这在读中国古代无论是先秦诸子还是汉唐的散文，都能看到这个方面的突出特点。比如宋人周敦颐的《爱莲说》，讲莲花在水中生存，水中有污泥，但花叶却"出淤泥而不染，濯清涟而不妖"。莲花杆是直的，中间是空的，"中通外直，不蔓不枝"。他就把莲花和人一下子联系在一起了，造成了既是在写莲花，也是赞扬人化了的莲花的品格，把莲花品格和君子联系在一起了，这是会作理论文章的高明者。

王："出淤泥而不染，濯清涟而不妖"，这两句可以说是论述，有评价在其中。

峰：如贾谊《过秦论》，还有很多《古文观止》里的文章都能看出这个特点。

王：贾谊《过秦论》里讲秦始皇"振长策而御宇内，吞二周而亡诸侯，履至尊而制六合，执敲扑以鞭笞天下"，多么形象！

峰：这里既有形象又有道理。说始皇帝用高压政策控制这个国家，这是指称功能。但怎样控制却是形象的描写。高明的作者或者说是高明的写政论文的作者，他能突破文体，这个文体能够把我们自己的情思装进去，不完全限制在把这个道理表示出来就算完成目的。

王：不光是叙事说明，还要运用文学语言建构形象、意象、意境，要讲究音韵美，要有节奏感。

峰：指称功能的表现和实现有一个很重要的界限，就是如果我在以语言指称某一个对象的时候，主体能够进入到这个指称当中去，他就突破了语言的自动化的指称功能。一旦突破了这个，就变成具有审美意义了。如看中国古代大家的散文，写的时候就是作为文章来写，他不一定意识到是在写文学作品。

王：他是作为应用文来写的。

峰：对。比如献给皇帝的奏章，甚至是写一个布告，特别是书信，像《陈情表》《出师表》，就是想实现这个应用的目的。因为主体具有这种素养，所以在实现目的过程中，就必然要把情思、文采表现到作品中去。《古文观止》里收录的文章基本上都有这个特点，即使不是作为文学作品写的，写出来之后，如许多"论"等等，看了之后都有这种感觉。现在的许多应用文，作者本身还不具备大家的素养，写完之后就完了，都是一次性的功能的实现，时间上短暂，范围也有限。比如现在发布一个指示，说伏天到了，雨水频多，怎样注意防洪、抗涝。那就是今年管今年的事，明年再出现就不用这个了，还得重新发布一个，其意义就是实现一个明确目的。所以做机关文书的有的人就慨叹，写了多少篇文章、多少万字，时间一过，啥意义也没有，难以把它重新收录起来，原因就在这里。

王：外国的情况是不是也这样？

峰：但有的也别开生面，如二战后在纽伦堡处决纳粹战犯时，美国一些记者所写的场面见闻，描写那个场面的文章，也是说明，但能抓住战犯的特点，今天读起来还是有艺术审美价值的。

王：恩格斯《在马克思墓前的讲话》是应用文，也是说理文字，可是，它的震撼力是无与伦比的。

峰：从表现功能来说，文学语言侧重的是主体对对象的感性形式的描绘功能，不仅显示对象是什么，还要揭示这个对象之所以然。

王：而指称功能就是要求把这个对象表现得准确、客观，直截了当地说出来就可以了。

峰：过去解释"六经"也要求这样，不然的话就是"离经叛道"。魏晋的玄学在解释老庄的时候，不是按照老庄的本意去解释，而是用儒家的观点来解释道家。这样解释完道家之后就不是道家了，就是玄学了，既不是儒家正宗，也不是道家正宗。

王：另一个典型的事例是理学与心学。程朱理学的要义是把世俗的情欲与纯然的天理分开，在对世俗欲望和感情的克制中，使人提升到天理的高度。显然，这既不是儒家始祖的思路与语词，也与儒家八派的主张相去甚远。而到了王阳明那里，他所提倡的心学则是对理学的修正。他把宋儒好不容易分开的两种境界，又在理念上合并到同一境界里。而且，心学与理学的目标尽管都是使人成为完全的人；但入手处却判然有别：心学的入手处是"致良知"，理学的入手处是"即物穷理"。王阳明认为，他比程朱更真切地摸到了孔孟以来真理的脉搏，因此他反复宣传正是自己才继承了儒家的真传，实际上是另辟蹊径。从表面上看，他的话语与宋儒的差别似乎不大，甚至可以说是宋代理学的延续，但实际上是一种颠覆。他的手段十分高明，钻到里面去，给你变了。我们如果细加勘核，就会发现，理学也好，心学也好，他们的语词都是十分个性化的。特别是王阳明，摆脱了程朱理学"以经解经"的羁绊，为了说明"天下无心外之物"，对学生说："尔未看此花时，此花与尔心同归于寂；尔来看此花时，则此花颜色，一时明白起来。便知此花，不在尔的心外。"

**峰**：这种个性化其实就是陌生化的实现。

## 散文语言应该是个性化的

**王**：散文语言应该是个性化的，不光是有共同的审美意义和功能，每个作家还有他自身的特点，也就是个性化、独创性。这在古代诗人那里，是特别鲜明的。袁枚在《随园诗话》中讲道："凡作诗者，各有身份，亦各有心胸。毕秋帆中丞家漪香夫人有《青门柳枝词》云：'留得六宫眉黛好，高楼付与晓妆人。'是闺阁语。中丞和云：'莫向离亭争折取，浓荫留复往来人。'是大臣语。严冬友侍读和云：'五里东风三里雪，一齐排立等离人。'是词客语。"同一题材的诗，不同的人写，反映出各自的身份、个性、胸襟。夫人的"闺阁语"，显示其妩媚爱俏的个性；中丞的"大臣语"，显示其仁厚大度的个性；学者的"词客语"显示其多愁善感、情感丰富的个性。可是，现在许多散文作品，却缺乏这种个性化与独创性。其实，诗文是相通的，都源于主体意识。用黑格尔的话说，就是："独创性是从对象的特征来的，而对象的特征又是由创造者的主体性来的。"主体性表现为诗人或散文家独自具有的思想、阅历、情感、生活的积累，有自己独特的审美感受，并有其独出心裁的艺术构思、表现手法。袁枚有一句名言："诗宜自出机杼，不可寄人篱下。譬作大官之家奴，不如作小邑之簿尉。"

**峰：**就语言的表现功能来说，它是作家非常有个性的、独立进行的创造，是艺术家的独创，或者中国古典美学里说的"自作"，或者叫独照。独具只眼也好，独照也好，怎么能实现？因为从语言的性质来说是最独有的，常常是任何一种语言都不是一个人的语言，而是一个民族的语言，甚至是一个国家的语言，有无数人在使用这种语言。作家的语言，总体来说脱离不了这个母体，他的语言是在母体当中形成的。那么，你不能用平常生活语言仅仅实现对事物的指称功能，你还得去创造，提炼成自己用来进行作为文学作品写作的语言。说到学习前人的语言形式，不可避免地要接触到宋人黄庭坚的"点铁成金"论。黄庭坚认为，作家"自作语最难"。完全"自作"实际上是做不到的，因为语言是公共的，已有的语言模式、手法、通行的语言等，很显然是不能完全舍弃的。"老杜作诗，退之作文，无一字无来处。"读书多的人都能找到它和以前的联系。但不少东西是来源于对前人的点化，"盖后人读书少，故谓韩、杜自作此语耳。古之能为文章者，真能陶冶万物，虽取古人之陈言入于翰墨，如灵丹一粒，点铁成金也。"

**王：**韩愈也讲"惟陈言之务去"嘛！

**峰：**"陈言务去"还有一个怎么样去法的问题。把别人的形式输入自己的意思，"用其意而不用其言"，用我的语言表述，受你的意思启发。惠洪的《冷斋夜话》记载黄庭坚的话说，"诗意无穷，而人之才有限，以有限之才，追无穷之意，虽渊明、少陵不得工也。然不易其意而造其语，谓之换骨法；窥入其意而形容之，谓之夺胎法"。这就是"夺胎换骨"说法的由来。他提出一个什么问题呢？实质上说的是作家在自己的语言表现当中和前代人的关系，也就是在艺术表现当中想要离开原有的那些非常重要的经验和成果，实际是不可能的。

**王：**这里说的是纵向的继承，还有个横向融合的问题。比如说拉美文学中的魔幻现实主义，就是这一地区多种民族文化融合、杂交的产物。拉丁美洲的文化是一种"合金文化"。当年，殖民者踏上拉美大地，是要寻找黄金，掠夺财富，要把他们的基督文明强加于当地土著，这样便发生了两大文明的撞击与融合，实现了新航路的开辟，进而出现东西两半球的不同文化圈的大汇合。这一结果，哥伦布们当时是想不到的，但历史常常在这种无意识和偶然性中进入了一个新的发展阶段。几百年来，印第安土著文化，西班牙、葡萄牙宗主国文化，非洲文化，欧洲移民文化，经过拉美这座大熔炉的冶炼、整合，吸收了各种区域文化、种族文化的优长，摒除了狭隘的偏见，最后融合成一种新的多成分的文化质素。由于文化、语言、宗教和政治经济结构的相近与一致，使拉美文学的整体性大于它的多样性，从而形成带有鲜明地域特征的文学品格、创作风格。魔幻现实主义文学的产生，突出证明了这一点。

**峰：**19世纪、整个20世纪，拉美出了很多顶尖的大家。它有一个特点，当地古老的文化和外来文化融合，之后形成合金文化。没有原来古老的基础不行，没有后来的外来文化也不行。传统的积淀必须深厚，各民族广泛地交流，古今碰撞在里面不断闪光。所以关键就是"铁"搬过来以后，真得把它点成"金"；把那个"胎"变了，剩下的不是"胎"的原始基因，而是一个新的生命。如何达到这个程度？黄庭坚在说了"点铁成金"之后，又提出"真能陶冶万物"。但黄庭坚自己并没有完成，所以后人接触黄庭坚的诗时，都把他同老杜，还有唐代其他诗人作比较，说这个诗是把谁的诗换了几个字，而在意境上并没有真正把它变成金。

**王：**黄庭坚有不少经典性诗句，像"桃李春风一杯酒，江湖夜雨十年灯"，"世上岂无千里马，人间难得九方皋"，"落叶千山天远大，澄江一线月分明"。他一个突出的特点就是善于驱遣意象；不足之处，是他像老杜那样浑然成篇的很少。正所谓"有名句而无名篇"。

## 散文创作应有意象性的形象

**峰：**散文创作需要有一个意象性的形象。屈原《九歌·湘夫人》"嫋嫋兮秋风，洞庭波兮木叶下"，写洞庭湖区秋天的景色，他已经创作成了一个非常凝固的意象。这个意象后来左右着中国古代诗人骚客、文学家对秋天景物的观赏，或者是秋天心境的描写，几乎都是在这个基础之上，以这个作为形象的轴心来进行表述。无论在杜甫，还是唐代其他诗人的诗里面，体现的都非常突出。杜甫《登高》写秋天的景色，"无边落木萧萧下，不尽长江滚滚来"，实际几乎都是在屈原的意象下生发着自己的心像。当然，没有屈原，人们也不见得就写不出来这种诗。但是，一旦有了这个，它就成为非常有黏着性的东西，在滚动的过程中，要把经过地方的很多东西都粘到自己身上。

从这些可以看出，无论是什么样的作家运用语言，无不吸收已经成为有固定格式的语言作品，或是已经形成为表现意象的语言，当然，同时必须进行自己的新创造。对于散文作家，同样应该提出这个要求。我在读您的散文的时候，这个感觉非常突出。有时看到一个句子，常常想到这几个词可能是从这首诗里来的，那个词是从那首诗里来的。我就想在原因上寻个究竟，看您是怎么样"点铁成金"的。请你谈谈这个方面的问题。

**王：**在我来说，有些原本是不自觉的，它已经形成在头脑里，成为自己的一种语言积累，然后到用的时候就自然地、不经意地出来了。实际上，您谈的是文学语言的继承和创新的问题。文学语言必须得有继承。高明的能"点铁成金"，不高明的起码还可以承袭一些现有的意象、意境等。我从小时候就经常背诵一些古典诗文，背下来之后存在脑中，等到要写这一类东西的时候，它们自然就从"记忆之井"中冒出来了。"点铁成金"的本事，不易掌握。您谈的多是作诗，若是用在散文上，可能情况会更加复杂多样，有的是从驱遣意象、化用语境方面，有的是从遣词造句、文字结构方面。比如《人生几度秋凉》这篇散文，我说张学良："告别了刻着伤痕、连着脐带的关河丘陇，经过一番精神上的换血之后，像一只挣脱网罟、藏身岩穴的龙虾，在这孤悬大洋深处的避风港湾隐遁下来。龙虾一生中多次脱壳，他也在人生舞台上不断地变换角色：先是扮演横冲直撞、冒险犯难的唐·吉诃德，后来化身为戴着紧箍咒、压在五行山下的行者悟空，收场时又成了流寓孤岛的鲁滨逊。初来海外，四顾苍茫，不免生发出一种飘零感；时间长了逐渐悟出，这原是人生的一种'根性'。古人早就说了：'飘飘何所似？天地一沙鸥。'地球本身就是一粒太空中漂泊无依的弹丸嘛！"我想用这两百多字缩写张学良的一生。应该说这是一种文学语言。如果不这么说，那该怎么说呢？就得说他离开了祖国，经过了许多挫折……用直白的语言加以概述。而文学语言就不同了，像"关河丘陇"，这是从古诗文中借过来的。《后汉书》中有"此实天下之要地，而将军之关河也"，还有许多诗词中都用"关河"状写大地河山。"丘陇"指乡园。唐甄《潜书》里有"豪杰失望，思归丘陇"之句；苏东坡的诗句："六朝兴废余丘陇，空使奸雄笑宁馨。"再就是运用一些形象、意象，都是大家耳熟能详的，你一说，读者马上就能联想起来。在《青天一缕霞》中，我写萧红用了云的意象。通过这种意象，描绘她的一生，又用云这种意象来贯串散文全篇。

**峰：**萧军有两句诗："但得能为天下雨，白云原自一身轻。"云在他那里也是意象。

**王：**刚才是说，脑子里一定得有东西，前人、他人的东西，这是一个前提；再一个功夫就是"化"。写散文，或者是横向的借鉴—融合，或者是纵向的继承—积淀，如果脑子里空空如也，没有这些固有的艺术积淀，就难以做到融会贯通。比如到了扬州，马上就想到"天下三分明月夜，二分无赖是扬州"；一到南京，则会记起"六朝人物草连空，天淡云闲今古同""石头城上，望天低吴楚，眼空无物"。这些古典诗词，到了那里马上会跳出来。大前提就是脑中必须有这个东西，第二步是想办法把脑中的东西化为自己的，化蛹成蝶，振翅飞翔。中间的媒介，也许就是意象与形象。

**峰：**杜牧讲"文以意为主"。意是将帅，以之将其余的一切组装成文学的整体，自己的、别人的都在仓库里堆着呢，怎么出来呢？借将帅，就是得有一个自主的为之者。

**王：**这个途径就是寻找意象。当然，必须恰合榫铆。就像运用成语一样，得知道成语的原意，否则容易弄错。用哪个意象应该知道这个意象原有的含义是什么，看两者能否匹配。

**峰：**有人说过：文学就是把简单的事情弄复杂了。但这都是就两种意识形式的现象呈现说的。把简单的写得太复杂，可能成为琐屑的自然主义。所谓"弄复杂"，是用文学的词语来描述或形容一件事情，把它变成文学艺术的具象形象，而具象形象里最高的还是意象性形象。我前段时间看俄国19世纪的散文作家阿克萨科夫的一篇散文《暴风雪》，他写得非常有特色，非常形象："暴风雪肆虐人间，宣泄自己的全部凶残。旷野上旋起了寒风，深深钻入雪原下面，掏出一捧捧天鹅绒般的雪团，抛向天空……周围的一切披上了难以穿透的白色昏暗，犹如那漆黑难辨的秋日夜晚！一切都混合在了一起，一切都聚成了一团：大地、空气、天空幻成了沸腾的雪灰漩涡，这雪灰使人目眩，叫人窒息；怒吼，鸣叫，哀号，呻吟，喷涌，敲击，转动盘旋，上冲下掼，像蛇一般缠绕不已，扼杀它所遇到的一切生物。"这是人所感受到的雪。普希金当年读到这段描写之后，受这个启发，特意在中篇小说《上尉的女儿》里加了一段风雪天里人坐在马车上对暴风雪的感受。

### 与意象相通的是诗性情怀

**王：**意象本身要具有诗性，这和作家的艺术气质有关。

**峰：**曹丕《典论·论文》中说："文以气为主，气之清浊有体，不可力强而致。譬诸音乐，曲度虽均，节奏同检，至于引气不齐，巧拙有素，虽在父兄，不能以移子弟。"气质的包含非常广阔，也就是作者总体的情感、经历、文化语言等等，很复杂。

王：非常复杂，和他的人生阅历、生命体验、情感状态、知识积累等有直接关系。诗性，常常是带有一点哲理的。画家罗丹说："美到处都有，对于我们的眼睛，不是缺少美，而是缺少发现。"人生许多时候都是在不经意间发现了曲径通幽。主客观的契合，生命的对接，灵魂的感悟，很重要。

峰：重回首，人生几度风花。

王：这个也是带有诗性、哲理的东西。

峰：马克思《1844年经济学哲学手稿》提到，你要适应世界的丰富性，必须丰富你自己。把它翻译成文艺描写或者作家文学素养的语言来说，作家的感情必须特别丰富，才能在广泛丰富的世界里体现你自身，也能描写出广泛对象的存在。

王：刚才谈的，第一是意象，第二要有诗性，第三就是情怀，就是您说的作者的情感必须特别丰富。如果心上长了老茧，麻木不仁，那就什么也触动不了他。

峰：袁枚在《续诗品》里说："鸟啼花落，皆与人通；人不能悟，付之飘风。"

王：就是说，得有情怀。我觉得，情怀或者襟怀，要比情感更博大，更深远。

峰：情怀是从包含度上讲的。唐代杜甫、高适、岑参、薛据几个人登慈恩寺塔，各自写了一首诗，每个人在塔上看到的完全不一样。杜甫写得很空灵，听到鸿雁的叫声，看到迷茫的景物，"秦山忽破碎，泾渭不可求""黄鹄去不息，哀鸣何所投"，透露了时代危机的一种征兆。

王：陈子昂《登幽州台歌》："前不见古人，后不见来者。念天地之悠悠，独怆然而涕下！"这首诗显然是受《楚辞·远游》"惟天地之无穷兮，哀人生之长勤。往者余弗及兮，来者吾不闻"

的影响。但是，只有这一个方面还不行，还必须有主客观的契合，要有心灵的感应。如果没有陈子昂那样生不逢时、抑郁不平之气，缺乏那种失意的际遇和寂寞苦闷的情怀，即使同样登楼眺望，也不会感受到苍凉悲壮的气氛，更写不出这样富有艺术感染力的名篇。这首诗纵观天地，俯瞰古今，远远超越了诗人个人的身世慨叹，也超出了诗歌本身的政治价值和历史价值，表达了古往今来无量数人在宇宙时空面前的生命共振，从而使它在人类生活中获得了永恒的美学价值。清人黄周星评论说："胸中自有千古，眼底更无一人。古今诗人多矣，从未有道及此者。"

**峰：** 王夫之《姜斋诗话》说："滕王阁连甍市廛，名不称实；徒以王勃一序，脍炙今古。求所谓飞阁流丹、飞云卷雨者，何有也。吴下管元心，令永新作一绝书版悬阁上，末句云：'争传画栋珠帘句，江上颿风笑杀人。'"看来，王夫之和管元心都没有认识到诗的想象与夸张的手法与纪实文学的特别不同之处。

**王：** 这种情况我也经历过。前几年我写过一篇《黄昏》，记载我在上海飞往北京的飞机上欣赏黄昏丽景的心理活动，通过对黄昏的瞬间印象的捕捉，凭借主观的审美体验去传达黄昏所附丽的心理色调和人生感悟。里面有这样的描写："在苍茫的天地交接处，映现出类似日光七色的横亘西天的宽阔彩带。紧贴黛青色天穹的是翠蓝和绀紫，下面是一层碧绿，再下面是一色的橘黄，再下面呈淡金、橙红色，靠近地平线是一抹丹红，彩带下面是暗黑的大地……二十分钟以后，天空开始变暗，七色不甚分明，尔后红色逐渐转暗，彩带全呈暗黄色，最后与大地融合在一起，看去像薄暮中大片成熟的谷物。"有的文友看过后，对我说："我也曾在同一时段、同是在京沪航班上观察过黄昏景色，怎么看不出你所写的那么富丽、那么壮美呢？"我笑说："这就叫独具只眼。"其实，这种自然界的黄昏，分明也是我一己的生命的黄昏。一生积累下来的知识、经验、能力、阅历，便是那日光七色，那丰收的景象和成熟的果实。已化为烟云的昨天因收获而实存，而可供把握的今天更因探索而美丽。其他人当然体验不到。

**峰：**知音难觅，千载同悲。

**王：**贾岛吟成"独行潭底影，数息树边身"两句诗之后，加了一首注诗，叫作《题诗后》："二句三年得，一吟双泪流。知音如不赏，归卧故山秋。"

## 语言要有审美性，要有表现力

**峰：**孔子讲"不学诗，无以言"，"言之无文，行而不远"，这两个是直接相关的。言要实现"文"，就是要有审美性，要有表现力。语言首先是存在于生活本身当中，日常语言当中。而文学的审美描述语言，则存在于诗里、文学作品里。当然，作为原生态也存在于生活之中，作家应从上述种种存在中找到真正能够变成自己的语言，这种语言尤其要从文学作品里找，文学作品本身就得提供这个资源。不能提供这个资源，那就是语言的失败。

**王：**现在文学作品中的语言，存在的问题恰恰就是这样，谈不上有什么审美性和表现力。俚俗化、粗鄙化，这在文学作品里经常可以见到。

**峰：**粗俗化的天地非常狭窄，非常模式化。要变成审美的，就非常有个性，很丰富，粗俗几乎没有个性。

**王：**除了粗俗化，还有时尚化，趋时媚俗。时尚化、粗俗化掩饰了精神世界的贫乏，消解了文学的个性。文学语言既要有规范性，又要跟上时代的潮流，不断创新，这两个是辩证统一的。一味强调规范，没有创新不行，可是，如果完全不要固有的艺术规范，最后也就不成其为文学。现在文学队伍泛化，谁都在那里写书、出书，这也会带来文学语言的平庸寡淡，缺乏文采。一些文学作品，特别是电视剧，缺乏想象力，缺乏艺术的提炼、概括，把生活原样照搬到屏幕上。

**峰：**有一种理论称此为"生活流"，它适应一般的公众欣赏习惯，不用费劲。

王：从主观上来说，作者也包括编剧、导演，文学基础薄弱，漠视语言规范，加上写作者、媒体从业者责任心的淡化，从而降低了文学的标杆。他们不懂得语言需要审美的功能，认为只要能够表情达意、互相理解就行了。

峰：这是一种误解，像曹禺剧本里人物的对话，就不是一般说话，而是精心雕琢出来的。对话人为什么要那么说，其中都大有意蕴。

王：除了写作者自身的因素，还有个社会客观环境问题。现在什么都是市场运作，人们的心态是紧张的、浮躁的、粗糙的，只讲究效率，追求快节奏，很不利于文学语言的锤炼、推敲和选择。从理论上看，现在，后现代主义也包括先锋小说的写作，主张打破文学语言和日常生活语言的界限，甚至从根本上否定文学语言。这就把文学创作降低到日常化、生活化层面上，使文学语言缺乏足够的根基。在这种形势下，您提倡注重文学语言，我觉得非常适时，非常必要，颇具现实针对性与普遍意义。

峰：文学语言能够真正进入审美表现层次，是文学成功的关键点。我们虽然不能像形式主义那样，把语言表现就看成是文学的本质，但它确实关系到文学本质性的存在。语言失败就导致文学整体的失败，不管你写的是什么东西。

王：文学的成功有赖于语言的成功。虽然文学的成功，语言未必是决定性要素，但语言要是失败了，也就谈不上还有什么文学。

峰：比如赵树理的小说，用的是群众化的语言，但提炼出来真正到了表现的意义上；老舍的语言也是这个特点，虽然是老北京市民的语言，但都经过他加工了，把日常生活语言的指称性功能变成艺术审美表现性的功能。当代小说家里，汪曾祺、孙犁的语言就非常好。特别是孙犁的语言，是追求诗性的，而且句式、平仄等都非常讲究。

王：汪曾祺的文学修养很深，他精通古典诗词。文学语言的运用和作家的文学修养密不可分。

**峰：**有的作家写散文也好，写小说也好，就认为不过是传达一个意思，意思传达出来了，语言的使命就完成了，至于这个语言本身还有什么审美功能、意象功能啊，根本不加考虑。

**王：**这里有两个问题：一个是，你写的东西究竟是不是文学作品？如果是文学作品，在语言方面如何保证文学性的实现，不能不考虑。二是，什么是作家？是不是凡是能表情达意的就可以称为作家？有人提倡作家学者化，我认为有深意存焉。从前的作家，包括五四前后的作家，哪个不是腹笥丰厚，胸罗万卷？可是，现在还有几个作家能够做到这一点？

**峰：**当然，能够把意义用文字表现出来也并不容易，词要达意，有人也做不到。五四之后，由原来文言文变成现代白话文，这并不等于文学可以不用文学语言。

**王：**鲁迅先生在这方面，贡献非常大，也做得最好。"真的勇士，敢于直面惨淡的人生，敢于正视淋漓的鲜血。""我们目下的当务之急，是：一要生存，二是温饱，三要发展。苟有阻碍这前途者，无论是古是今，是人是鬼，是三坟五典，百宋千元，天球河图，金人玉佛，祖传丸散，秘制膏丹，全都踏倒他。"他的语言，感情浓烈、文采斑斓，真是典型的文学化。

**峰：**前人没这么说过，说出来用的既是现代的语言，又是包含着诗意的语言。

2006年

# 就《张学良：人格图谱》答央视记者问

**问：**您以写作历史文化散文见重于文学界与学术界，评论文章也非常多。而这部《张学良：人格图谱》，看得出来，是您近年来狠下工夫，而且也极见功力的一部作品。请问在写作过程中，您都有过一些什么样的考虑，换句话说，它的出发点与落脚点是什么？

**答：**近十年来，我在散文中写了大量人物，其中以帝王、政要、文人居多。我选择人物的标准，一般都是有可传可述之事，无论正面反面，能够发人深思、供人研索的；有足够的可言说性，命运起伏跌宕，人性复杂、深刻，矛盾冲突激烈的；可以作多样化解读，个性化空间比较大，对那些历史评价上有争议、具备结论的多样性的，我尤有兴趣。我一向认为，一些有价值的具有永恒魅力的精神产品，解读中往往都具有无限的可能性。艺术的魅力在于用艺术手段燃起人们探索未知领域的欲求，有时连艺术家自己也未必说得清楚最终答案。布莱希特在谈到自己的"叙述性戏剧"与传统戏剧观念的区别时说，传统的戏剧观念把剧中人处理成不变的，让他们落在特定的性格框架里，以便观众去识别和熟悉他们，而他的"叙述性戏剧"不热衷于为他们裁定种种框范，包括性格框范在内，而把他们当成未知数，吸引观众一起去研究。我之所以要写曾国藩、李鸿章，还有瞿秋白，就是看中了这一点。当然，最典型的莫过于张学良，他可以为我驰骋笔墨提供广阔的用武之地。

我写张学良，首先是因为他具有无限的可言说性。传记、口述历史、回忆录，很多很多，可是并没有穷尽他的内涵，仍然有无限的叙述空间。他是一个着人注目、引人遐思、耐人寻味的谜团，他的人生道路曲折、复杂，生命历程充满了戏剧性、偶然性，带有鲜明的传奇色彩；他的身上充满了难于索解的悖论，存在着太大的因变参数，甚至蕴含着某种精神密码。

其次，他是一个成功的失败者。他的一生始终被尊荣与耻辱、得意和失意、成功与失败纠缠着。他的政治生涯满打满算只有十七八年，光是铁窗岁月就超过半个世纪。政治抱负，百不偿一。为此，他自认是一个失败者；然而，如果从另一个角度看，多少"政治强人""明星大腕"，及其得意，闪电一般照彻天宇，鼓荡起阵阵旋风、滔滔骇浪，可是，不旋踵间便蓦然陨落。一朝风烛，瞬息尘埃。而张学良，作为"千古功臣""民族英雄"，还有幸被列入"一百位为新中国成立作出突出贡献的英雄模范人物"，中华民族将千秋铭记他的英名，他的伟绩。这还不是最大的成功吗？

再次，同历史上一些悲剧人物一样，张学良也是令人大悲慨、大感伤、大同情、大震撼的；而且有一颗平常心，天真得可爱，让人觉得精神互通。在人生舞台上，他作了一次风险投资，扮演了一个不该由他扮演的角色，挑起了一份他无力承担却又只有他才能承担的历史重担。

我写他，还有一点特殊原因，就是我们是同乡，所谓"桑梓情缘"，这里不展开说了。

很久以来，我就立下要为张学良写一部心灵史的宏愿，力求从精神层面、人性方面进行深入发掘，托出一个立体的、多面的形象。

**问**：在这部作品中，您花费大量的笔墨去写张学良的个性、性格、人格、命运，甚至书名就称作"人格图谱"。请您概略地谈谈这个问题。

**答**：文学是人学，挖掘人物的精神世界，这是文学作品的天职。而要揭示张学良的心灵世界、人生轨迹、行止出处，就必须从个性、人格层面上，展现他之所以具有如此命运、人生遭际的原因。所谓"人格图谱"，也正是这个含义。确实像您所说的，书中以大量笔墨书写了张学良的个性、人格。比如，首篇《人生几度秋凉》中写他押解途中在郴州苏仙观题壁、怒吼、开枪射击，还有河南牧马集车站同老大娘的挥泪交谈，都透露出他的侠骨柔肠，他的正义感和血性；在台监禁期间，他要住在墓地旁边，以发泄他的怨愤情怀和玩世不恭；在夏威夷，祝寿会上同五弟开玩笑，同记者的调侃，都反映出他的幽默、旷达，富有情趣。其他各篇，在同周恩来、郭松龄、蒋介石、宋美龄、蒋四小姐、于凤至等众多人物的交往中，也都显现出他的鲜明个性。至于写诗、读史、看戏、戒毒、庆生，也都是个性或人格的展露。最后，在《成功的失败者》一文中集其大成，进行集中、综合的剖析。

这里就涉及他的个性特征、个性的形成及其与命运的关系等诸多课题。张学良的性格特征极其鲜明，属于情绪型、外向型、独立型。一是活泼，好动，反应灵敏，喜欢与人交往，情绪易于冲动，兴趣、情感、注意力容易转移。二是正直、善良、果敢、豁达，率真、粗犷，人情味浓，重然诺，讲信义，勇于任事，敢作敢为。在他的身上，始终有一种磅礴、喷涌的豪气在。三是胸无城府、无遮拦、无保留、"玻璃人"般地坦诚，有时像个小孩子。而另一面，则不免粗狂、孟浪、轻信、天真、思维简单，而且，我行我素，不计后果。

我们知道，个性包括个人的性格、情绪、气质、能力、兴趣等等，其中又以性格和气质为主导成分。气质代表着一个人的情感活动的趋向、态势等心理特征，属于先天因素；而性格则是受一定思想、意识、信仰、世界观等后天因素的影响，在个人认识和实践活动中形成、发展起来的。二者形成合力，作为个性的主导成分，作为内在禀赋，作为区别于其他人的某种特征和属性的动态组合，制约着一个人的行为，影响着人生的外在遭遇——休咎、穷通、祸福、成败。正是从这个意义上，才有"个性决定命运"的判断。

关于张学良个性的形成，我是从他的家庭环境、文化背景、社会交往、人生阅历四个方面加以剖析的。四个方面形成一种合力，交融互汇，激荡冲突，揉搓塑抹，最后造就了张学良的多姿多彩、光怪陆离的杂色人生。

他出生于一个富于传奇色彩的军阀家庭。父亲张作霖由一个落草剪径的"胡子头",最后成为名副其实的"东北王"。张学良从青少年开始,就把父亲作为心中的偶像,在接过权势、财富和名誉、地位的同时,也承袭了乃父的自尊自信、独断专行、争强赌胜、勇于冒险的气质与性格。关于社会交往,无论是在奉天,还是在北京、天津,活跃在他的周围、与他耳鬓厮磨的,大体上是四种人:一是军阀将领;二是贵族子弟(如"民国四公子"),有的是花花公子;三是文人墨客,如知名演员、画家;四是千金小姐,像宋美龄等知心女友以及他的若干情人,里面大多是他的"粉丝"。在前三种人中,不少是说干就干、目无王法、指天誓日、浑身充满匪气的"草莽英雄",或者挥金如土、仗义疏财、脱略世情、游戏人生的豪侠之士。这对于他的影响是很深的。

再看文化背景,也就是一定文化环境影响下的价值观念、道德规范、思维方式与行为模式。瑞士心理学家荣格有一句十分精辟的话:一切文化都会沉淀为人格。张学良经受过中西文化、新旧思潮的激烈冲击、碰撞,从而造成思想观念十分驳杂,既有忠君孝亲、维护正统、看重名节的儒家文化传统的影响,又有拿得起放得下、旷怀达观、脱略世事、淡泊名利、看破人生的老庄、佛禅思想的影子;既有流行于民间和传统戏曲中的绿林豪侠精神,"滴水之恩,涌泉相报"、"宁可人负我,决不我负人"、侠肝义胆、"哥们义气",又有个人本位、崇力尚争、个性解放,蔑视权威的现代西方文化特征。赵四说得最为形象:"背着基督进孔庙"。这种中西交汇、今古杂糅、亦新亦旧、半洋半土的思想文化结构,带来了文化人格上的分裂,让矛盾与悖论伴随着整个一生。

人生阅历对于性格的形成也至关重要。他年未弱冠,即出掌军旅,由少校、上校而少将、中将、上将,最后成为全国陆海空军副总司令,一人之下、万人之上。一路上,春风得意,高步入云,在他的身上少了必要的磨炼与颠折,而多了些张狂与傲悍;加上深受西方习尚的濡染,看待事物比较简单,经常表现出欧美式的英雄主义和热情豪放、浪漫轻狂的骑士风度。他父亲的江湖习气、雄豪气概，倒是承继了下来，而其狡黠奸诈，老谋深算，厚颜无耻，反复无常，却抛在了一边。从做人方面讲，当然可取，但要应对当时复杂多变、波诡云谲的政治环境，就力难胜任了。正如他自己所说："未足而立之年，即负方面，独掌大权，此真古人云：'少年登科，大不幸者也。'"

**问**：这部作品不同于一般传记，在立意与取材方面比较独特，亮点很多，请您说一说，写作当时的一些设想。

**答**：就立意和取材来说，我想在三个方面有所突破：

一是，对于传主有个总体上的把握。我给他的定位是，他是一个成功的失败者。前面讲到了，我是抓住"个性决定命运"这一主旨，用了大量笔墨书写张学良的个性、人格及其成因。

二是，张学良是世纪伟人，有着百年寿算。我以为，无论从立功、立德、立言哪个角度看，长寿无疑都提供了有利条件，它可以让人有机会创辟更远大的前程；但是，对于政治人物来说，长寿又未见得都是幸事。套用一句人们常说的话：它既是一种机缘，也是严峻的挑战。俄国著名思想家赫尔岑的《往事与随想》中有一段话，大意是：许多显赫一时的人物，包括像拿破仑这样的伟人，如果他们早死就好了。因为他们的伟业都在他们的前半生完成，而他们后半生所犯的错误，抹黑了他们曾经光辉的生命，亦为旁人带来痛苦甚至灾难。确确实实，历史上，许多人都没能过好长寿这一关。为着对于传主作纵横透视、深入开掘，我在书中曾经为张学良做过多种设想，提出了十来个"如果"。最后的结局大家都清楚了，不愧为一位伟大的爱国者。直到生命的最后，面对记者问询，他还是一如既往，镇定而平静地回答："如果再走一遍人生路，还会做西安事变之事。"英雄无悔，终始如一，从而进一步成就了他的伟大，使他为自己的壮丽一生画上了圆满句号。

三是，在一些读者十分关注，却又众说纷纭、莫衷一是的问题上，我抛出了自己的见解。比如说，关于张学良未能返回祖国大陆的分析。在我看来，晚年的张学良，是不想再卷入政治的旋涡之中，其间有着很深的考虑，说穿了，也就是虑及自己身后的历史地位。他的想法，一是全身而退，洒脱地转身退下，维持自己的"失败英雄"的完整形象；二是，滤除政治色彩，淡出两岸的纷争，以中间状态出现，使自己成为一个超越意识形态、各方都能够接受的中华民族历史上的伟人。作为第二次国共合作的奠基人之一，他衷心期望能够通过自己的特殊身份，对实现国共第三次合作中再一次发挥其独特作用，促进两岸和解，进而推动祖国统一。因此，他不想因为急于返回大陆，而妨碍充当这一角色。

**问：** 在我看来，可能不止上述三个方面有所突破，全书在写作技巧以及文体方面，也都有些新的探索。请您从这个角度谈谈心得体会。

**答：** 应该说，在谋篇布局方面，是颇费苦心的。比如，第一篇写张学良的百年岁月，漫说一万字，即使十万字，怕也难以容纳。这就有个选材、构思问题。我是独出心裁地设计了三个晚上，通过他的心理活动，回首从前，从功业、爱情、人格魅力三个侧面加以展现。这就比较集中，也容易塑造形象，刻画细节，突显个性。再比如，张学良与郭松龄的纠葛，我通过所谓"四重尴尬"的安排，集中写了那场战事，写了张氏父子与郭松龄之间、张氏父子之间的重重纠葛。再者，张学良与宋美龄，两人关系非同寻常，怎么表现他们的情分？我把他们之间的交谈与往来信件加以整合，以"良言美语"概之。另外，我写张学良一生的大起大落，由荣誉的巅峰跌落到命运的谷底，突出了两个"九一八"。可以说，这些都是煞费苦心，而且富有独创性的。

再就是，文体定位。由于写的是散文，是文学，而不是历史，不是一般的传记，因此，要进行心灵发掘，展示人物个性，采用文学手法。这就必须借助细节描写、心理刻画，还要有联想，有推演，个别地方还要有适度的悬拟与想象。我在运用细节、形象和文学语言方面下了很大工夫。

还有心理描写。当置身异国他乡的张学良面对浩瀚的太平洋时，我想："他一定是从奔涌的洪潮中听到了昔日中原战马的嘶鸣，辽河岸边的乡音喁喁，还有那白山黑水间的风呼林啸吧？不然，他怎么会面对波涛起伏的青烟蓝水久久地发呆呢！看来，疲惫了的灵魂，要安顿也是暂时的，如同老树上的枝桠，一当碰上春色的撩拨，便会萌生尖尖的新叶。而清醒的日子总要比糊涂的岁月难过得多，它是一剂沁人心脾的苦味汤，往往是七分伤恸掺和着三分自省。"这里有联想，有想象，有悬揣，有模拟，有描绘，有造型。

说到文体，著名文艺评论家贺绍俊谈过如下看法："这本书的创新，集中体现在作者对传记文体的突破上，他将散文的自由表达与传记的真实性原则有效地结合为一体，提供了一种散文体传记的新的写作方式"；"他将散文体的主观性和鲜明的主体意识带到了传记体中，从而改变了传记叙述的思维方式。如果说，传记叙述的思维逻辑关系是循着传主的生命轨迹而构建的话，那么，本书的逻辑关系则是在自己解读和体悟传主生平的思想脉络上构建起来的"，"这是一种大胆的突破，冒险的尝试"。

所谓"大胆的突破，冒险的尝试"，除了贺先生明确指出的，我体会，还包括：传记属于历史范畴，历史要求客观、严谨；而我采用的是文学形式，则需要借助形象、细节、场面、心理的刻画，进行文学描写和审美创造，充分展示人物个性。二者存在一定的差异。这样，在写作过程中，作者就不能不像走钢丝一样，努力在上述两个方面找到平衡点。

十五篇系列散文，集中写一个人，需要精心策划，使每篇相互贯通，又不致撞车、重复。本来，撰写名人传记，最容易措手的是线式结构，像串联的电路那样，将传主的一生行止依次展开；而该书采用另一种形式，属于扇形结构，类似并联的电路。这就需要精心布局，妥善安排：开头、结尾两篇，各都带有综合性质；中间再分三大块——反映张学良的人际交往、情感世界；他的生平嗜好、文化生活；他的两大疑团或者说"两条辫子"。写作中兼用叙述、描写两种手法和全知与有限两种视角，这很类似旧日的说书人，凭着他的一张嘴，随时变换角色，不住地转移视角、调整线索，引领听众跟着他转。如果不下一番工夫，是很难奏效的。

2010年

## 关于散文写作的对话

**王丽文（以下称"文"）**：您的散文是我最喜欢阅读的文学作品。正是在您的作品感召下，激发了、强化了我学习散文创作的意念。我为有机会向您请教散文写作的有关问题，感到高兴。

**王充闾（以下称"王"）**：感谢你的关注。作家的作品能够得到读者的青睐是一件值得欣慰的事儿。我也很愿意与读者就散文创作的有关问题做面对面的交流。

**文**：应该说，我也是摆弄文字的，但过去主要从事公文写作和史料编写，严格意义上的散文创作，近几年才开始。那么，请问从一般的写作到文学创作，主要应该解决什么问题？要在哪些方面下更大的工夫？

**王**：这个问题提得好。确有一些同志以为，文学有什么神秘的？大学中文系毕业后，我每天都在写作嘛！其实，文学和普通写作是不同的。不但公文写作不算文学，即便是新闻写作也算不上文学。当然，有些通讯作品文学性很强，那属例外。比如魏巍的《谁是最可爱的人》，写于朝鲜战场，标为"战地通讯"，但那是标准的散文。准确、鲜明，这应该是公文与新闻最本质的要求，再提高一步，还要语言生动。它们的表达方式，主要是叙述，而文学作品需要描写，只有叙述，不成其为文学作品。文学不能只写事、没有人，这个"人"还要典型化、形象化，要有细节描写。

余秋雨有一篇散文，题目是《门孔》。写的是著名导演谢晋先生与儿子阿三的情与痛。作者写道，谢晋的儿子阿三还在世的时候，谢晋对"我"说："你看他的眉毛，稀稀落落，是整天扒在门孔上磨的。只要我出门，他就离不开门了，分分秒秒等我回来。"对于阿三来说，这个闪着亮光的门孔，是一种永远的等待。因为爸爸每时每刻都可能会在那里出现，他不能漏掉第一时刻。除了睡觉、吃饭，他都在那里看。双脚麻木了，脖子酸痛了，眼睛迷糊了，眉毛脱落了，他都没有撤退。"门孔"成为亲情的载体，成为表现人性美的途径，成为我们了解谢晋伟大人格及精神的窗口。公文与新闻都不会这么写的。接受美学强调，作家要有"成像能力"。如果不能把文字在自己的想象中变成形象，那么，表现能力就只能停留在叙述上。

**文：**这么一点拨，我就明白了。文学应该是形象化、典型化的。怪不得别林斯基说："创作的新颖性——或者，毋宁说创造力本身——的最显著标志之一，即在于典型性。"上面说的人和事，都具有典型性。

**王：**你是很刻苦的。由于已经读了古今中外许多文学书籍，而且写出并发表了一系列的散文、诗歌作品，就是说，已经从一般的写作进入文学创作，这样，你就会实际体会到二者的显著差异。文学作品有异于公文与新闻，除了典型选择、形象刻画、细节描写，还有一点非常重要，那就是语言锤炼。语言的个性化极强，同样是大作家，鲁迅的语言不同于老舍的语言、巴金的语言，更不同于赵树理的语言。作家的语言文字能力对作品的出新有直接的影响。语言是散文存在的家。散文的语言，最忌讳的是新闻化。如果说，新闻是照相机，是技术，新闻用语惯于模仿；那么，散文就是绘画，是创作，散文用语贵在创新。高尔基说，文学的第一要素是语言。尤其是散文，有人说它是"裸体的艺术"。语言是散文的标志性"构件"，它和小说不同，小说还可以靠情节、故事来支撑门面，散文如果没有像样的语言，其他就无从谈起了，意境、意象、意蕴，无一不是靠语言来表达的。散文语言和日常交流性的语言是有区别的。日常语言进入散文创作，必须经过升华与提炼。散文创作中的语言，往往通过对日常语言的变形、凝聚、强化、形象化、陌生化处理，使之更新我们的习惯反应，唤起新鲜的感知。

**文：**散文写作过程中，我也经常想到，要尽量形象、生动一些，但有时写着写着就散了，远离了中心，收束不起来。看来，写作之前还得有个整体的构想，也就是通盘打算。请问这方面有些什么诀窍？

**王**：创作的重点在于构思。素材有了，就要考虑如何梳理它、驾驭它，从中发掘出你所独有的感悟和认识。我这里强调的是你所独有的，而不是跟着别人脚步跑，亦步亦趋，人云亦云。这就得用上哲学思维了，哲学可以提供给你一种创新型的思维方式，一个独特的视角。从这个视角切入，再来确定主题，理清思路。待到先写什么后写什么，层次分明了，再动笔。

列夫·托尔斯泰认为，优秀的艺术构想，"应该有这样一个点，所有的光会集中在这一点上，或者从这一点放射出去"。散文写作也应该是这样。你看朱自清先生的《背影》。他写自己北上读书，父亲在繁忙中渡江相送到车站。一切都安排停当，本可以走了，却突然想到要穿过铁道去买几个橘子，供儿子路上吃。对于这件平凡的事，一般读者不会留下更多的印象，唯有父亲这个蹒跚、肥胖、行动有些吃力的背影，总也忘不掉。这是一个非常出色的情感直觉造型，也是一个独特的视角选择。许多诗文并不缺乏真实的激情，而缺少这种视角选择和直觉造型，结果情感、文脉就流散不定，没能像托尔斯泰说的那样，"让所有的光集中到一个点上"，从而削弱了感染力与震撼力。

**文**：前几年，在《人民日报》上看到您的散文《冰原上的盛事》。文章虽然只有两千字，却能形象生动地把冰原渔猎场景描绘得淋漓尽致，展现了民族风情、民俗礼仪、宗教文化的幽远意境，字里行间充盈着您对尊重传统文化与接受现代文明完美统一的理想追求，对宏观的可持续发展的大政方针与微观的行业发展、区域发展的真知灼见。其中有这样一段话："传统并不仅仅是历史，同样存在于现实之中。因为传统是现实的构成因素，是通过历史流程而不断延伸的民族生存经验在精神层面的结晶，也是构成现代生活的精神命脉和未来发展的源泉。"这句话给我留下了很深的印象。对照起来，我在写作散文的时候，往往是就事论事，认识深度不够，达不到"小中见大"的要求。

王：这是一些写作者普遍存在的一个问题。主要原因是在写作中把大量的笔墨用在眼前场景的描述上，缺少对现象背后的文化蕴涵、历史背景、哲学感悟的深入发掘；再就是，孤立、静止地就事写事，缺乏创作主体的情感介入，缺乏审美意识的同化，缺乏由此及彼、由表及里的延展能力。这里所说的哲学感悟、哲理意蕴，当然指的是溶解在作品中的思想元素，是一种靠着生命激情的滋润、生命体验的支撑的人生智慧、理性情感和思辨精神，是立足于现实土壤而呈现出的对于人生价值和生活哲理的探索。作家面对一种生存境遇或者情感体验，有所领悟，深受启发，产生对世界、对人生、对人性的新鲜的、透彻的、厚重的认知，这是一种艺术的开掘、提炼与升华，而不是机械的外在贴补或"注水式"的内部填充；是丰富多彩的个性化的展露，而不是单调、划一的公共话语模式。

你提到《冰原上的盛事》这篇散文，我就结合它的构思与写作多说几句。当时，如果单纯地记述冬季捕鱼这件事，生动的场景也很有看头，但那不过是一篇新闻报道。我所想的却是，要通过叙写冬捕劳动中的歌舞场面和丰收喜悦，传递一种思想观念，展现查干湖畔蒙古族兄弟的优秀的文化传统和可持续发展的、比较科学的生产方式。他们在满腔热忱地接受现代化所赐予的科技成果的同时，还把对于已经融入生命的那种原生态的古老渔猎文化，视为灵性之根、民生之源、族群之魂，视为人类久远的生存智慧，一代代地传承下来。因此，我在追忆这种源于史前，盛于辽金的渔猎文化的时候，以少量的文字，记述了渔民们以长长的拖网，笔直的带网杆，用于摆动和矫正冰下拖网运行的扭矛，采用锋利而沉重的凿冰镩，还有那运载沉重网具的大马车，尤其是用马匹来转动绞盘以拖拉冰下大网的原生态的捕鱼方式，重点叙述了查干湖人凭借祖先传授下来的符合可持续发展的经验智慧，严格控制网孔，坚持每年集中冬捕一个月，保证鱼类充分繁殖，不搞竭泽而渔；绝对制止环境污染，全力打造绿色品牌，保持对自然、对生灵的虔敬。我赞美了他们既开创新的前程，又珍视保护固有传统，包括文化形态、生存方式的素朴的价值观，避免了常见的"待到无时想有时"的遗憾。这样的作品，可以引发出读者对于大自然、原生态的基本价值的遥远而温馨的记忆与理解，比起单独地叙述冬捕的丰收情景要厚重得多。

文：听了您的讲解，我明白了怎样克服就事论事的路径了。是呀，开始读到人工下网、马拉拖网的时候，我还在想，这里可真够"原始"了，怎么不用机械呢？看到文章后面，才领悟到这样做，一是防止污染，二是没有声响，不致惊扰鱼群。在散文作品中，思想蕴涵如何渗透到场景描述中去，真是大有文章。您并没有大段大段地讲理性、发议论，而是通过有选择地记事写景，似乎不经意地把思想蕴涵传递给了读者。联想到您的历史文化散文，也同样有这个特点。常见有些散文只在那里讲述史实，叙述故事，那就和史书没啥差别了；您的文章大异其趣，有自我，有个性，从中可以看得到作家的精神风貌、思想追求、人生理念。

王：散文写作是一种极富个性和内向特征的创造性劳动，是一个作家表现与塑造自我形象的特殊形式，是作家人格精神的外露。在散文创作中，交织着客观世界不断"人化"与人的精神不断"物化"的能量互换过程，这是审美主体与审美客体的交融互汇，是心智与自然的融合。缺少主观与客观会通融合的散文，顶多是半成品。对于以历史为题材的散文作家来说，史实只是背景材料，宛如登船的舷梯，捕鱼的筐篓，不是说要"得鱼忘筌"吗？真货是你的独特思想感悟，功夫在史外。最忌讳的就是搬弄古代典籍，重复叙述史实，缺失主体性。

文：最近我有幸拜读了您的新作《逍遥游·庄子传》，感觉到其中重要的特征之一，就是"书中有我"，里面到处都闪现着作者的身影，说的是两千多年前的古代思想家，可是，您的精神风貌却也映现其中，简直是呼之欲出。记得罗曼·罗兰说过："从来没有人读书，只有人在书中发现自己，检查自己，提升自己，超越自己。"您读《庄子》，正是这样；从一定意义上说，您写庄子也是在写您自己，所谓"夫子自道"。记得那天，您在文学讲座中讲了庄子"善用减法"，王向峰老师也去听了，他有一句很恰当的评语："这个讲座也只有你来做。"

**王：**庄子的思想是艰难时世的产物，《庄子》所探究的中心课题，是如何在乱世中养性全生，摆脱困境，其中饱蕴着一代哲人对其所遭遇的种种痛苦的独特体验。在当今现代化和全球化的历史进程之中，对庄子思想产生的历史背景做立体多面的探索与阐释，容易使读者近距离地了解庄子的成长过程、思想轨迹和性格特点，了解他对于人类文化史、哲学史的重大贡献与巨大影响。

**文：**对庄子这位文化巨人，我一直怀有虔诚的敬意。三十年前，我曾经阅读过《庄子》。可惜的是，那时候的阅读是囫囵吞枣，我对庄子的感觉是那么遥远，那么陌生，那么不可理解。现在，经过您的叙述，庄子的形象从朦胧变得清晰：宏观上看，他是一个泯除了物我界限、时空阻隔的气象万千的庄子；具象地看，他是诗人哲学家，他是身着布衣的平民思想家，他是寻觅精神家园之路的旅人，他是故事大王，他是旷世绝版的天才。您以优美典雅却又韵味无穷的语言，不仅使"翁也家何在"的历史难题得到了破解；而且揭开了庄子思想核心之"道"的五张面纱，澄清了庄子思想中那些难分难解的"十大谜团"，把庄子请出历史的书斋、古老的神坛，让他来到大众读者的中间。应该说，这是庄子研究中的一个具有里程碑意义的奉献。那么，请问您在创作中，是基于怎样的理念，将庄子思想的普世价值，最大限度地传达出来的？

**王：**要解决这个问题，需要抓住《庄子》中的一个核心理念，那就是崇尚自然，回归自然，顺应自然。这也是当今世界共同关注的一个焦点。说到普世价值，自然应该放眼世界，看看那些世界名人如何认识庄子、评价庄子。我先后选择了三个重量级的人物，引述了他们的观点。这三个人都是诺贝尔奖获得者：一个是法国著名作家罗曼·罗兰，他说过："庄子是历史上第一个自觉而深刻地揭示人与自然关系的美学家。"另一个是德国物理学家兼思想家海森伯。从上世纪50年代开始，他曾在多次演讲中，援引庄子关于"有机事者必有机心"，机心会干扰、破坏灵魂的纯朴与宁静的论述。他在《当代物理学的自然图像》中说："很清楚，这则古老故事包含了许多智慧，因为'灵魂追寻'中的这种'不确定性'，也许恰到好处地描述了我们现代危机中的人的状况。"还有一个人，日本著名物理学家汤川秀树，他也曾多次说过："我特别喜欢庄子，他的作品充满了比喻和佯谬，而且，其中最吸引人的，是这些比喻和佯谬揭示出在我面前的那个充满幻想的广阔世界。"

在域外的文学艺术界，庄子思想的普世价值同样产生强烈的反响。我引述了美国作家梭罗、英国作家奥斯卡·王尔德、德国著名戏剧家布莱希特、阿根廷著名作家博尔赫斯、墨西哥著名诗人、诺贝尔奖获得者帕斯的观点和事迹，说明庄子在国外的文学艺术界，同样拥有广大的读者群和热烈的追随者。

文：这样极其自然的旁征博引，没有超强度的阅读积累和最广泛的知识把握是绝对做不到的。看得出来，博览群书为您的作品增添了灵性，升华了意境，提供了有力的学术支撑。说到这里，我很想了解一下您在读书中所积累的经验和规律性的认识。

王：对我而言，读书也像创作那样，不是一般意义上的兴趣、爱好，而是压倒一切的本根，是我的内在追求、精神归宿，是生活的意义所在，甚至是一种存在方式。在我的意识中，"天堂应是图书馆的模样"，有好书看，就是幸福。

读书，严格地讲，是纯个人化活动。表面上看，从前的读书士子，高阁临风展卷，雪夜闭门读书，还有什么"红袖添香"，诗酒风流，充满了闲情雅兴；实际上，读书是一种不折不扣的劳形累心的苦差事。纵使今天再也用不着去"悬梁刺股"，也并不提倡废寝忘食，"三年目不窥园"；但是，起码也要静下心来，坐稳板凳，全身心地投入进去。读书看似接受他人的影响，其实，也是一种自我发现，是在唤醒自己本已存在但还处于沉睡状态的思想意识。如果说规律性认识，这里我只讲一点，那就是一切能够使心灵发生震撼的、产生重大影响的领悟，绝不能靠灌输，而应该是一种心理的共鸣和内在的贯通。阅读过程中，读者在将自己的感受或思索不自觉地对象化，即化入文本中的情境框架，在审美的返照中完成对自身的观照或者顿悟；同时也是读者生命介入的过程，和创作一样，需要有主体的介入，需要有生命体验。

说到方法，这里要强调一点，就是我读书的时候，是一边读一边记的。前年我整理了读书笔记，留存下来的手写的读书笔记有六七十册。这些读书笔记在我创作的时候，发挥了重要作用。写作的命题一经确定下来，那些长期积累下来的人物、思想、故实、语言就形成一行行队列，次第地出现在眼前：司马迁、苏东坡、托尔斯泰、歌德、鲁迅、冰心，等等，都会穿越时空界限，不远万里地奔赴笔下，在那里等候调遣。眼前，旌旗招展，鼓角相闻，"沙场秋点兵"，一齐在那里准备出征。

从文学创作的角度说，读书是积累，是写作的基础，积累越厚实，写作就越有基础，文章就能根深叶茂，奇葩绽放。没有积累，胸无点墨，理屈词穷，怎么写得出优秀的散文来！正如杜甫说的："读书破万卷，下笔如有神。"书阅读多了，才能博古通今，写起文章来，才能做到胸有成竹，得心应手，所谓"腹有诗书气自华"。"唐宋八大家"之首的韩愈曾说："学以为耕，文以为获。"这是说阅读是写作的先导，没有读的"耕耘"，就没有写的"收获"。

**文：**这正是"一分耕耘，一分收获""得之在俄顷，积之在时日"。

**王：**是啊。我写庄子传记，从搜集资料到完成书稿，表面上看，用的是一年又四个月的时间，其实传记内容的积累、创作思想的积累，应该有半个多世纪。从小时候喜欢听庄子的故事，私塾里背诵庄子的文章，到青年时代运用庄子的生活智慧、大病后的生命体验以及对世俗功名利欲的淡漠，还有三次往返于庄子故里考察的经历，这些都为《庄子传》的创作做了先期的准备工作。而这几十年古今中外、文史哲经经典著作的阅读，则为最后的创作，提供了充分的储备。

文：您的读书、创作，最重要的经验是什么？

王：一是专一、专精、专注，二是不懈地坚持。专注是空间的有限，坚持是时间的无限。而要专注、坚持，最根本的是必须有定力，必须能够摆脱种种世俗的干扰。我觉得，人生总有一些自性的、超乎现实生活之上的东西需要守住，需要有一种自信自足、气定神闲的定力。我很欣赏苏东坡的《定风波》词："莫听穿林打叶声，何妨吟啸且徐行。竹杖芒鞋轻胜马，谁怕？一蓑烟雨任平生。"所以，尽管当今社会的利欲诱惑像万花筒一样，乱花迷眼，但总能保持相对独立的内在品格，在世俗的包围中葆有一片心灵的净土。我曾经写过一首七绝："定力坚心铁样牢，浮名虚誉等烟飘。凭他俗议说三四，珍重斯文慰寂寥。"表达的就是处于俗世而不流于世俗的思想。

在工作岗位上，我的所有业余时间，始终专注于读书、创作。那些热热闹闹的应酬，那些多一个人不多，少一个人不少的活动，我都尽力婉言谢绝。什么唱歌跳舞、什么游泳搓麻，从来与我无缘。有人请我吃饭，我笑说："光是供饭、供菜、供茶、供酒不行，还得给时间耗损补贴——一顿饭两千元。"原本喜爱的诗词以及书法，也因为时间有限，无暇旁骛，而忍痛割爱了。退休以后，大有改善，我可以全身心地投入到读书、创作中去。

我舍不得浪费时间。我有一套简单的生活习惯。饮食、穿着等都本着简单、实用，不浪费时间的原则。在无谓的事情上，一分钟也不肯浪费。每天晚上看完中央新闻联播就睡下，早上很早就起来散步，许多文章的构思都是在散步中完成的，有时夜半醒来，获得了灵感，立刻开灯记录下来。我对时间极度珍惜。可以说，从少而壮，由壮而老，一年三百六十五天的光阴，未曾一日空度过。没有节假日，就连晚间收看新闻联播的同时，我也要安排做一点健身的活动，如叩齿、梳头、洗脚等。专注与坚持，使我赢得了读书、创作的时间，别人活四季，我等于活了八季。

**文**：听了您的叙述，我忽然想到了"断念""解脱"这两个词汇，这也是您的两篇著名散文的题目。我在您的作品中，常常能够看到您的身影。例如您在研究伟大的文学家、诗人歌德的每一次断念之后所带来的灵魂升华时，借助歌德的思想和语言，表达了自己断绝般般诱惑、向往回归文学、回归本真自我的心愿。歌德不仅积极进取，而且懂得随时舍弃，即所谓"断念"。这也是您写作这篇散文的宗旨所在吧？老托尔斯泰的"解脱"，分明有您退出官场、舍弃官职之后的心路。

还有发表在《中国作家》杂志上的《留下一片绿荫》，在您的笔下，"绿圣"朱序弼老人，脱开了谋生空间，远离了现实功利的层面，而进入澄明之境的事迹，格外动人心弦。您从老人那双长满老茧的手，联想到法国伟大雕塑家罗丹的手。您说，"同罗丹一样，朱序弼也是以生命创造生命，以生命酬答生命，以生命补偿生命。如果说，罗丹每时每刻，都是在一张张面孔上荡漾着他的创造之舟；那么，朱序弼则是在一片片枝叶上闪烁着自己的生命灵光"；"在他所倾心的绿色王国里，一株株树木沐浴着雨露、阳光，吸吮着浓情蜜意，光鲜、恣肆地膨胀着，日复一日地长粗长壮，把飘渺的云空托举得更高更远。老人把这看作是最宝贵的酬劳，从中获取了美妙无比的成功喜悦"；"而他自己的大部分'生命之水'，都已化作草浆木液，自身已迹近干涸了，却全不在乎，甚至压根儿就没有考虑过"。这正是您由衷赞赏的人生境界。

看到这里的时候，我突然生发出了一个念头，朱序弼是在一片片枝叶上闪烁着自己的生命灵光，而您的生命灵光，则是在您的一篇篇散文作品中延展的。朱序弼所倾心的绿色树木王国，就像您已经出版的、正在出版的以及今后还要创作的一册册著作一样。虽然生命的状态不一样，但是以生命创造生命的本质是一样的。

还有，我在阅读《庄子传》的时候感觉到的一个画面，就是在晚钟摇动的黄昏，向着无尽的苍茫，寻找着属于自己的一缕炊烟的庄子，与您寻觅庄子踪迹的身影别无二致。

**王：**你记得这么清晰，而且提炼得很准确，说明阅读的刻苦用心、深入细致。

这个问题，实际反映了"文如其人"的创作规律。文学创作是生命的转换，灵魂的对接，精神的契合。散文是作者生命的一部分，人格的一部分，信念的一部分，生活经验、生命体验的一部分。它是灵魂的曝光，内心的折射，可贵的心灵史，让人从中感受到作者是在以全部的灵性和感受力去烛照人生，倾注情感，敞开肺腑，追寻美境，其中蕴含的无论是令人感发兴起还是令人唏嘘、扼腕的人生况味，无不是作者心路历程的外化。

**文：**您曾经说过，如果被流放到一个荒岛上，只要有一本书可以选择，您一定要把《庄子》带上。那么，可不可以说，庄子是对您一生影响最大的先贤？

**王：**起码是"之一"吧。我的自在、自如的心境，大大得力于庄子。庄子从人本学出发，要求恢复自由的人的生命存在，即通过超越伦理规范和功利标准的束缚，超越感性认识相对性和理性思辨有限性的困扰，使个体生命得以解脱，从而获得的全新的心理体验，对我有重大而直接的影响。我很欣赏庄子那种超脱凡俗、不为名利所执的超拔境界，对于历史上的这类人物我有内在的情感契合。有人说，全部中国思想与智能结晶于《庄子》的哲思；起码从人生哲学的角度看，庄子在中国思想史上的渗透力是巨大的。

作为一种生命体验和价值取向，庄子的人生艺术化与"乘物以游心"的诗性人生，为我培植超拔、虚静、自在、自适的心态，提供了有益的滋养；庄子的艺术精神，更成为我治学与创作的一种深度背景和可贵的富矿、重要的领域。至于增强了思辨功能，扩展了经过现代化转换的艺术视野，就更不用说了。我一向认为，孔子是智者，而老庄是超人，他的智慧更高一筹。我学习庄子，生性恬静，淡泊自甘；不愿争执、争竞、争强、争势，不愿趋附时流、崭露头角。待人处事知足知止，讲究分寸，宽容大度，不为己甚，善退让，喜和谐，常予人以保守、谦抑的印象。

因此，身在领导岗位的时候，我的内心曾经为仕途与为文的思想感情与行为方式上有过冲突与困惑，但最终采取了对于仕途的顺其自然的态度。在我的生命意识中，深刻地向往着精神自由，以诗性的方式生存在现实生活中。因此，在我的作品中，特别是在近年来发表的作品中，庄子在诗化人生的方式中所透露出的对人格独立、精神自由的追求，成为品评人物人生境界的重要坐标系。对庄子艺术人生境界的推崇，也为我的散文世界带来了超越时空的扩展。在艺术表现方式与审美意象的创造上，对于《庄子》我也多有借鉴，期望读者能够在阅读我的作品时，得到诗意的栖息与升华，完成诗性化人生的体验。

**文：**您谦虚地说自己是文学创作队伍中的业余"民兵"，可我的感觉正相反，您是作家队伍里"超专业"的作家。如果说业余，倒是更像一个业余旅行家。只不过，您的旅行不是为了单纯的旅游休闲活动，而是为了实现自己的文学梦想，弘扬高尚的精神追求。所以，您走到哪里写到哪里，这是否和您小时候就树立了一种理想有关系？

**王：**确实有关系。读中学时，我特别喜欢听地理课，特别是阅读了富桂芬老师推荐的冰心的《寄小读者》，于是立下了走遍天涯，写一部像《寄小读者》那样的散文集的愿望。多年来，我曾出访过亚洲、欧洲、北美洲、南美洲和非洲的四十个国家。不同国度、不同社会背景、不同文化基因的广泛而深入的游历、观察、探访、调研，身历心感了几十位文学大师的生活遗迹，激活了过去读书过程中留存的记忆，由此引发了我的创作灵感，先后写出近五十篇域外散文。其中，"断念"的灵感来自歌德的小木屋，"解脱"的理念来自托尔斯泰安眠的墓地，"一夜芳邻"的意境来自勃朗特三姊妹的旧居。在泰戈尔长期生活过的小山村桑地尼克坦，我写作了《万花如海一身藏》；在易卜生博物馆，我亲炙了剧作家的艺术芳泽与生命原版。契诃夫的樱桃园，以及聂鲁达、普希金、肖邦等人的故园，都是启发我创作灵感的所在。

小时候，我读过元代大儒吴澄的《送何太虚北游序》。他说："是行也，交从日以广，历涉日以明，识日长而志日超。迹圣贤之迹而心其心，必知士之为士，殆不止于研经、缀文、工诗、善书也。"他集中讲述了旅行的益处，不是坐在屋里"研经、缀文、工诗、善书"所能代替的。这番话在脑子里打下了深深的烙印。所以，从那时起，我就立下了要周游四方、走遍天下的志愿。

单从创作方面来讲，旅行的意义也是至为重大的。宋代著名文学家苏辙在其《上枢密韩太尉书》中有言："太史公行天下，周览四海名山大川，与燕赵间豪杰交游，故其文疏荡，颇有奇气。"古人极为重视文章的气势与风骨，而气势和风骨的养成，光靠读书解决不了问题，有志于文学创作的人，还必须走出家门、国门，以增长阅历，开阔胸襟。所以，有"读万卷书，行万里路"之说。

文：您说的这些文学作品，我大多数也都读过。那些人物形象、动人场景、名言警语，给予我的不是短暂的审美享受，而是长久的心灵导引。

王：散文着力表现的是人的精神世界，文学永远是国民前进的灯火，担负着塑造国民性的神圣使命。就其总体而言，永远是对人的生存状态特别是对人的精神状态的写照与思考。

文：这样的思考，反映在您的创作中，还有一个创新问题。记得您在一篇文章中，曾经提到英国现代著名诗人叶芝，说他在七十四年的整个生命历程中，葆有源源不竭的创造力，使得他的诗作不断地创新，永远在变化，越到老年生命活力越是旺盛，他的创作历程经过三个阶段，每个阶段都有大量的好诗，可是内容、风格显著不同。19世纪90年代他倾向浪漫主义；后来接触现实多了，诗风转向遒劲坚实；晚期更趋成熟，哲理性强了，想象力激增，大大发展了象征主义。由于他的特殊成就，1923年授予他诺贝尔文学奖。那么，这种创新意识、创新精神是怎样培养的呢？

王：创新是文学的生命。文学创新的突出特点：一是独创性。物质的东西可以复制，比如缝制一件衣服，仿照别人的样式裁剪下来也能很好看、很精彩，但精神产品却不可以复制。一辆漂亮的汽车，可以批量生产千台万台，买家照买不误；可是，一部《红楼梦》，却是独一无二的。在它面世的时候，就宣告了唯一性，只能有一，不能有二。"创作"二字本身，就含蕴着创新、创辟、创造的要求。这种创新，也就是不重复，既不重复别人，也不能重复自己。二是凸显自我，强调个性，强调主体性。一部文学作品，不仅要有共通的审美意义和功能，每个作家还须有其自身独具的特点。同样是一篇散文，鲁迅的不同于朱自清的，冰心的与巴金的也风格迥异。即便是遮盖住作者的名字，精明的读者也一眼就能分辨出来。清代诗人张问陶有句云："诗中无我不如删。"袁枚说："有人无我，是傀儡也。"明代公安派的主将袁中郎非常欣赏其弟小修的诗，说他"大都独抒性灵，不拘格套，非从自己胸臆流出，不肯下笔"。

创新有赖于培植创造性思维。鲁迅先生针对中国传统社会在文化心态上，以过去来定向，以经验对抗理性，以从众心理代替个性特征，尖锐地指出："要技艺进步，看本国人的作品是不行的，因为他们自己还很有缺点；必须看外国名家之作。""以后如要创作，第一要观察，第二要多看别人的作品，但不可专看一个人的作品，以防被他束缚住，必须博采众家，取其所长，这才后来能够独立。我所取法的，大抵是外国的作家。"为了开阔视野，拓展思路，培植创造性思维，我从上个世纪90年代以后，大量接触西方文史哲作品，受益匪浅。特别是哲学理论的学习，有助于思辨能力的提高，而且可以提供崭新的视角。

文：您过去也曾强调过，散文要有哲思。记得我在写作散文《染教世界都香》的时候，就是运用了这一思想。不是简单地描写桂花的绽放与陨落，而是将哲思理趣渗透到作品中去。我从王溥的《咏牡丹》、陆游的《海棠》和李清照咏桂花的《鹧鸪天》中得到启发。"暗淡轻黄体性柔，情疏迹远只香留。何须浅碧深红色，自是花中第一流。梅定妒，菊应羞，画栏开处冠中秋。骚人可煞无情思，何事当年不见收。"易安居士以桂花的色淡香浓，来比喻人的内在之美，十分贴切。里面还有一层寓意，比起朝中的名公显宦，李氏门第并不显赫，但其清高脱俗，如同桂花的宜人香气，却可以成为中秋之冠、花国一流。

王：由于散文中涵容了这样一层哲思理蕴，一下子就提升了它的内在精神，所以这篇散文一刊出，就博得了广大读者的青睐，并被人民文学出版社选入当年的散文选本。看得出来，你的创作前景是很好的。

文：谢谢您的鼓励。对于我来说，文学之路刚刚起步。几年来，不断摸索，不断实践，有甜头，也有苦头，有时是前路迷茫，有时是柳暗花明。

我看到，您在退休后写的作品，一部比一部有新意，出新裁，上品位。由此，我想请教一个有关退休的问题：经常听到身边的朋友说，在工作岗位上待习惯了，退休以后会感到无所事事，不知道怎样打发时间。我现在也即将面临着退休，那么，怎样才能把退休后的生活安排得既从容，又充实，更有意义呢？

王：有一个蝴蝶与蜜蜂的寓言故事。说的是没有目标的蝴蝶，像个散漫的游魂，整天轻飘飘的，不知为何而生存、为何而飞翔，自然就百无聊赖；而辛勤劳作的蜜蜂，为了酿造一公斤蜂蜜，需要飞上四十五万公里，几乎等于绕地球赤道飞行十一圈，要在一百万朵花上采集花粉，但是，由于它有明确的目标、高尚的追求，即使付出再大的艰辛，也感到心安理得，其乐融融。

一个人，退休与否，都必须有明确的努力方向。认准了方向，就会感到有奔头，有意义，有价值。从你的主客观条件看，退休后也不会感到失落，因为你志在上进、提高、读书、写作。这是永远忙不完的神圣事业，时间充沛了，只会干得更好，出更多的成果。

上面所强调的，是如何从主观上适应退休这个新的境况；其实，还应该从客观上看到退休所带来的便利与优势。时间充裕了，而且可以由自己支配，这样，便于做出系统、长远的安排。此其一；其二，心态宁静了，免除了外来事务的纷扰，可以静下心来，读书、思考、写作；其三，年龄大了，有精力、体力、记忆力下降的劣势，但另一面，也有阅历增加了、政治成熟了、辨识能力提高了的优势。李先念同志说过："人生要到六十岁，才能懂事。"这对一个写作者来说，都是极端重要、千金难买的。

现在人的寿命长了，如果按九十岁计算，还有三十年的时间。三十年是人生的三分之一，可以做很多事情，可以阅读很多经典，可以写出很多作品。我是2005年退休的。如果说，这十年，创作上登上一个新的台阶，取得了过去所无法企望的成就，那就和上面说的充分发挥退休后的优势，有直接关系。我在退休以后，丝毫没有懈怠，而是以活到老、学到老、创作到老的心态，依旧是把读书与创作当做生命的存在方式。日有所进的积累，不仅带来了丰厚的创作成果，也给我带来了新的生机与活力。

**文：**您退休以后积极进取、不断超越的心态与修为，为我提供了学习榜样。

**王：**刚刚完成《逍遥游·庄子传》的时候，一位文友问我："这已经是你的创作制高点了，你是不是还要写下去？"我没有直接作答，而是讲了钱锺书先生关于"宁恨毋悔"的遗训。《围城》重印之后，杨绛先生问他，还想不想再写小说？钱先生说：兴致也许还有，才气已与年俱减。要想写作而没有可能，那只会有遗恨；有条件写作而写出来的不成东西，那就只有后悔了。后悔味道不好受，我宁恨毋悔。这番话的核心所在，我体会是必须不断超越自己，否则宁可不写。有人说："一本书写完了，作为写书的人算是完成了任务，但书的生命却是刚刚开始。"这部《逍遥游·庄子传》无疑正是这样。现在，许多读者已经开始在议论它，解读它，品评它，这不能说与作者无关。作品如同孩子，对于自己孩子的毁誉、褒贬，父母自然关心。所以，准确地说，书写出来后的半年多的时间里，我继续围绕着庄子其人其书，开讲座、写文章，而且还在深入精读《庄子》。前几天，我购进了一部四百万言、八卷本的《庄子纂要》，还有《庄子鉴赏辞典》与《老子鉴赏辞典》，正在从头认真解读，凡有新的感悟，一一记下，然后再静下心来沉思。

**文：**这样的思考表明，您在酝酿新的创作计划。可不可以透露一点信息？

**王：**计划确实有，尚在思考中，"良工不示人以朴"嘛，相信你会理解的。

**文：**再次谢谢您。希望以后能够经常聆听您的教诲与指导。

2014年

第 二 辑

## 散文杂文创作谈

参照全国作协"鲁迅文学奖"的做法，我们的"辽河散文奖"中也涵盖了散文与杂文两个部分，获奖作品数量大体上也是四与一之比。这样，今天的获奖者和与会作家就包括了这两方面人士。借此机会，我想谈谈散文与杂文创作的有关问题。纯属一己之见，不妥之处还望各位展开批评。

一

散文应该是作者生命、人格、信念的组成部分，是作者心灵的外化。

优秀的散文，从思想主旨到字里行间，应该让人感受到作者是在以全部的灵性和感受力去烛照历史，触摸现实，探索文化，追寻美境，进而产生耐人寻味、新颖独到的洞见。应该从作者的自身体验出发，去见证美和丑的生成，揭示出令人啼嘘扼腕的人生况味。现在有些散文，存在着灵性的消减、人性的物化、缺乏"精气神"的弱点，这反映了作者心灵的空虚、理想的弱化，甚至人文精神的沦丧。

艺术是人的精神的外射，是作家艺术家自我意识不断觉醒的产物。散文创作的过程，是客观世界不断人化与人的精神不断物化这样一个能量互相交换的过程。美国的符号论美学家苏珊·朗格说，艺术表现的是人类的情感本质。这种情感本质，必然是人类深层意识的外射，是个体生命对客观世界的深刻领会与感悟。因此，作品必然处处体现着作者灵魂、心性的特征，必然表现为对自身生命的关注，并集中表现为人对自身命运与价值的思考，对自身赖以存在的时空环境的探索，以及精神家园的追寻。概言之，散文应该表现关于人性和人自身的生存、发展的生命意识，表达社会与文化环境的历史意识，表现人类存在的自然环境的宇宙意识。我多次谈到散文深度关怀、深度追求的问题，我认为，上述几方面就是散文深层意蕴之所在。

有一种散文是所谓"状态的文字"，往往是状态大于文化，状态超越文采，或者说是通过个体生存状态来展现文化，亦即个体生存状态的文化。从中可以看到个体的生命体验，个体生命的生存状态；可以从中发现作者生命、生活的投影，个体的主体性投射，里面饱含着生动的、感性的诗性智慧和深切的生命体验，而不是让散文沦为文化的附庸。

二

在我的心目中，优秀的文学作品，应该深深植根于文化传统，同时又具有深刻的当代性；既坚持精神价值，存在不为时尚所动的定力，又能与时俱进，具备精神观念与艺术理念的现代性乃至前卫性。优秀作品所用素材常常是传统的，而其言说语境、言说方式是现代的，经过作者现代思维的过滤，学理分析的提升，就具备了特殊的魅力。有些以历史为题材的文化散文，浓郁的传统文化信息与古典风韵中展现着作者的现代意识。以现代人的审美标准、艺术欣赏习惯来观照传统，统摄古今。

散文与杂文创作，面对着三个传统：一是中国古代散文的大传统，二是五四以来三四十年代的新传统，三是域外的文学传统。现在有一个误区，就是一说创新，就必须与传统决裂。人们错误地把生物进化中那种后者不断淘汰前者的发展过程，应用于文学创新的实践。我们不能认同那这种"进化论"的美学观念，我们反对直线性的层层淘汰的所谓发展，而是提倡多维度的变化，即在不同维度上进行各自不同的创新。要找准切入点与结合点，使三个传统融会贯通，在此基础上综合创新，对古今中外的文学传统作纵横交错的宏观了解，又要与这三个传统中的某些大家建立"点"的师承关系——这种师承关系必须建立在自己独特创作个性的基础之上，而不是脱离自我生命体验，一味追求时尚的花样翻新。

　　我觉得，在这方面，拉丁美洲作家的经验是值得借鉴的。拉美地区是民族、种族构成最为复杂的地区。从某种意义上讲，拉美的历史就是一部种族、民族融合的历史。他们能够以较少偏见吸纳其他民族的优秀文化传统、风俗习惯。影响所及，拉美作家群也长于学习和接受外来事物。早在19世纪初，拉美文学就曾跟踪法国古典主义，到了30年代又从古典主义向浪漫主义过渡，学习雨果、巴尔扎克、福楼拜、左拉。到19世纪末，一批作家认识到，独立不仅是政治的、经济的，还应有文化的、语言表达方式的，必须找到拉美自己的声音。于是，他们在学习欧洲先锋派的同时，创造有别于法国的拉美自己的艺术。他们学习普鲁斯特、乔伊斯、卡夫卡等现代派作家，更多的是着意于作品的结构和语言、潜意识、梦幻等方面的革新与开拓，而不是逃避现实，割裂传统；恰恰相反，拉美作家总是强调作品应该直面社会现实，直面人生。他们认识到拉美和欧洲毕竟差异太大，生搬硬套是行不通的，必须在借鉴的同时，把根基扎在拉美大地上，从而放弃了对时髦的追逐，而转入扎扎实实的本土创作，把艺术视线对准故土所蕴含的文化意识，把个人的生命体验融入到对民族未来的思考之中，表现出强烈的历史意识和主体意识。几代拉美作家的经验证明，找到自我，立足于本土，回到印第安文化和美洲文化的传统，是至关重要的，但观照的意识又必须是全球的、现代的。就是说，要在吸纳民族传统文化精华，紧密联结本土现实生活的前提下，不断接受外来文学的滋养与刺激，以增强自身的活力，要使现代意识和技巧在传统这棵古树上开花。

　　在这方面，我们是有教训的。新时期以来三十年间，中国文坛几乎把西方近百年的种种文艺思潮、主义和流派统统炒过一遍。上世纪80年代初是尼采、萨特、弗洛伊德热，接下来又是卡夫卡的表现主义，普鲁斯特、乔伊斯、伍尔夫、福克纳的意识流，还滚动着其他新的方法的热浪，你方唱罢我登场。这种现象的出现，有其客观原因，封闭了多年，一下子国门洞开，眼界焕然一新，难免饥不择食。从吸取有益营养角度看，这种补课是必需的；但应该以我为主，进行理智的择取、吸收，不能丧失了本我，脱离了传统，一味盲目地跟着潮流跑。

事实上，中国历史的相关性是很强的，传统文化中越是久远的东西对现实的影响越大，人们完全可以从中发掘出一些具有象征性意义的民族符号，作为自己生存状态、生命存在方式的参照。实践表明，一切社会人文科学的研究，发展到最后，就要进入历史层面寻究问题的根源。这也就是不同学科纷纷介入历史的原因。

## 三

文学作品，牵涉到三个方面：客体、主体、本体。客体是对象世界，主体是作家心灵，本体是散文作品，三位一体，才能成为艺术呈现。对于客体，不应停留在一般的感知上，而是要有深切认识，要体现时代气息，抓住时代本质。有些散文作品入人不深，读后根本留不下印象，使人感到作家离时代太远，好像生活在真空之中，套用一句时髦的话，就是"好像生活在别处"。

杜甫的诗之所以被称为诗史，是因为他把"安史之乱"时期吏治腐败、经济萧条、民不聊生，整个社会混乱无序，全都写出来了。同样，现在人心浮躁、环境污染、金钱至上、真情消解，散文作品中也都应该予以深刻的展现。尽管它不一定是时代本质，但确确实实，是作者与读者们感受最深的。我们都感受到经济发展，物质丰富，可是，精神委顿，理想失落，这又是怎么回事？人人都痛恨腐败，痛恨世风糜烂，可是，人们又分明没有做到"出淤泥而不染"，这又是为什么？都说环境污染，大气恶化，却谁都并不真正地关心环境，常常是参与破坏，又是为什么？有识之士在思考，在追问，在忧虑。作家把它披露在纸上，看了，拍案叫绝，又俯首沉思。

由于意识形态的统一用语，由于传播媒介的千篇一律，由于日常生活的实用机制，由于从小学到大学的传授知识方式，人们对于一切事物都有一个预设的固有思想模式，固有的表述方式，它不是鲜活的，而是一个个硬结，是一些成见的积习。语言已经失去了个性的光彩，即使靠摆弄语言过活的作家也往往陷入这个泥潭。我们经常苦于找不到细微感觉和与思维状态对应的词汇，词汇倾向于物化、固化，失去了感觉的动态过程。难怪法国诗人弗兰西斯·蓬热痛切地建议："创立一种修辞学，准确地说，教每一个人创立自己的修辞学，是一项拯救公众的事业。"

散文与杂文作家一定要有独特的文学语言，新鲜、锋利、刚健、短捷、个性化、陌生化，有一股奇气。像卡尔维诺一样，找到自己维护健康的路子，在自身的语言机体内，分泌出医治这种语言痼疾的抗体。

## 四

在散文的大家族里，杂文是重要的一支。今天到会的杂文作家不算太多，可是，关心杂文、喜欢杂文这种文体的作家与读者却是很多的。我对杂文，一直怀有深厚的感情。也算生不逢时吧，青年时代恰值转喉触讳、摇笔罹灾的"史无前例"时期。此前，我曾在一家报社编辑副刊，参与创办《辽滨寄语》杂文专栏，也写了一些文章。"文化大革命"一开始，就痛遭批判。"杂文"二字，简直与"反动"同义。虽然我特别喜欢这类文字，可是，在报刊上却根本读不到，只能找出鲁迅的作品，或者偷偷地从图书馆里翻检上世纪二三十年代一些文学大家的小品文、随笔和杂感，总是百读不厌，乐而忘倦。

这种浓郁兴趣的产生，从主观来说，由于年轻气盛，看到社会上种种弊端，在腹诽心谤之余，总愿意有个发泄的渠道。自己当时不敢写，写出来也没处发表，便通过品味他人的言说，从中产生些许快感。这种"隔山取火"式的迂回，"过屠门而大嚼"的虚妄，尽管终究无补于实际，但在心理上总是一种慰藉，其中也带有呼唤、企盼的意味。从客观来说，当时经眼的那些杂文，水准确实很高，有意义，有味道，有辞采。不像现在有些杂文那样，枯燥乏味，面目可憎，姑且概括为"四病"吧：其一，"俗套"加上"熟套"，常见的是"四段式"：掌故来开头，接着说事由，分析一大段，结论把尾收；其二，"新闻腔"，"八股调"，白开水一杯，淡而寡味；其三，远离现实，不着边际，空泛议论；其四，装腔作势，故弄玄虚，看了半天，却是"《出师表》的末一句——不知所云"。

在我看来，比较各类文体，杂文恐怕是最现实化的，也就是最为贴近时代、贴近生活、贴近人生的。它不是天上的仙笛，也并非尘外的谈屑。它着眼于客观现实，针对着社会时弊。鲁迅先生说，杂文是"感应的神经，攻守的手足"，它"与时弊俱灭"。就是说，时弊是杂文存在的社会土壤。只要时弊存在，那么，作为人间的斗争武器，杂文就不可能消灭，必然发挥其应有的作用。

杂文作家应该具有高度的历史责任感、社会担当意识和充沛的政治热情。把目光扫向社会各个角落，举凡体制、观念、党风、政风、人性、民生、世相、舆情，以及社会公正、人文关怀、城乡差别、环境安全、弱势群体……关乎国脉民命、社会进步都应予以深切关注，本着"民胞物与""己饥己溺"的人道精神，"死守真理，以拒庸愚"的坚定意志，紧紧扣住社会现实的脉搏，写出热血喷薄，令人感发兴起的文字。

任何情况下，"难得糊涂"，冷漠、麻木的精神状态，面对人间一切是非曲直都闭目合十，置之度外的超然心理，对一位杂文作家来说，都是致命的痼疾。当然，说真话是很难的，不要说"万马齐喑"的黑暗时代，必然脱不开"窃火者"的苦难命运，即使在政治清明、思想解放的今天，有时也会惹是生非，带来种种麻烦。所以，杂文作家必须既有饱满的热情，又具备"虽千万人吾往矣"的足够勇气。

## 五

杂文不仅是时代的镜子、社会的影像，而且它鲜明地映现出作者思想、情感、精神风貌，它是一种有别于他人的个性化的话语表达，也是作者学养、识见、认知路径的集中外化。所谓"文如其人"，在杂文这种文体中，体现得尤其充分。而识见与学养，总是直接关系到理性之美，思想力度——这是杂文的生命所在。无论是反思历史，省视自身存在，还是针砭现实，力矫时弊，都需要有思想的锋芒，智慧的灵光，理性的引导。

敏感与激情，都是社会担当意识与历史责任感的产物。但是，光有这两方面还不够，还须有足够的悟性，深邃的识见。没有艺术感觉，自然写不出好东西来；但是，若只是停留在感觉上，而缺乏深刻的哲学感悟，也会流于肤浅。我们应该做到的，是要能够超越情感与激情，抵达一种智性与深邃，体现逻辑思维与情感表述的统一，用感受表达思想，用理论提升感觉。它应该体现一种现代观念、科学思维，体现认识事物的多维方式。它应是探索式的、研讨式的交流，理解性的、对话式的批评，而不是居高临下的教训，冷嘲热讽的讥刺。应该理寓事中，理寓情中，在似乎抽象的分析和演绎中，激活读者为习惯所钝化了的认知与感受，把形而上的哲思文学化，以艺术的语言、独特的感悟咀嚼社会人生，思考生命超越的可能。这种哲思、感悟，是溶解在作品当中的思想元素，是靠着生命激情的滋润、思想力度的支撑的一种人生智慧，是植根于现实土壤而展现的对于人生价值和生活哲理的探索，是一种人生觉悟，一种广阔的胸怀和远大的眼光。

杂文的写作，应该像鲁迅先生所说的，"和现实贴切，而且生动，泼辣，有益，而且能够移情"，做到杂而有文，讲究杂文特有的美感与艺术性。应该运笔自如、自然，不现声嘶力竭之态；注意从纷然杂陈的万象中摘取典型事例，在细微中见义理，于褒贬中明是非。古人说，言之无文，行而不远。所以，好的杂文应该为思想插上艺术的翅膀。这句话说来容易，其实，它的背后需要有多方面的积累和储备。毋庸讳言，当代许多杂文作家，比起五四时期那些斲轮老手，在学养灌注、知识充盈、艺术技巧把握方面，在作品的思辨性、表现力、感染力上，确实存在不小的差距，就是说，这方面的进步空间还是十分广阔的。

2004年

（本文原为作者在辽宁省作协"辽河散文奖"
颁奖会上的讲话）

## 文化散文一席谈

**丁宗皓（以下简称"丁"）**：充闾先生，大约是1996年，您曾经接受过本报（指《辽宁日报》）的采访，采访的内容，主要是围绕着写作和历史文化传统之间关系展开的。后来收录到您的散文集《沧桑无语》之中。我记得当时引用了克罗齐的话，即：所有的历史都是当代史。话题其实仍然是建立在现代化过程文化断裂这个语境之下。在已经过去的十三年里，您的散文写作获得了巨大的成就。在我看来，您首先是一个历史文化散文的作家，但我更看重您的另外一个身份，即：一个文化记忆修复者、一个优秀传统文化精神的引渡者，甚至是一个国学教授。现代化的过程是不可逆的，传统渐行渐远，传统文化精神在话语层面上日渐模糊，距离上次谈话十三年过去了，您怎样看待这些年里的写作？

**王充闾（以下简称"王"）**：确实如您所说的，我也自认十三年间散文创作获得了很大进步。由此，我产生一个感觉，就是每次和您谈话，都会带来一次新的悟解，新的飞跃。这些年来，文化被人颠来倒去地说，弄得恍兮惚兮，确实有点"你不说我还明白，你越说我倒越糊涂了"的味道。由于我只是一个作家，并非纯粹的文化学者，大概除了谈谈文学、谈谈创作，也不会说出关于文化的新见解。

十三年来，我在历史文化散文创作方面的进步，概括说来有三：

第一，人的发现。唐代著名史学家刘知几有言："史书者，记事之言也。"过去我的历史文化散文，许多是透视复杂丰富的历史现象，探索成败存毁、治乱兴亡的规律性认识。从下面几个典型的题目可以看出，写的都是史事：《千古兴亡百年悲笑一时登览》《文明的征服》《陈桥崖海须臾事》《叩问沧桑》，等等。其所异于"史"者，是采用文学的手法、文学的语言，借助形象、情节、场面的刻画，进行审美判断。后来悟解到"文学是人学"，应该透过事件、现象，致力于人物特别是心灵的剖析，拓展精神世界的多种可能性空间，发掘出人性、人格、命运抉择、人生价值等深层蕴涵。这样，脑子里便挤满了形形色色的人物形象，君王、政要、文士，各色人等，纷纷奔赴笔下。

第二，历史强调叙事的客观性，而文学本质上是灵魂与思想的审美外化，应该主观色彩鲜明，也就是个性化；应该对社会历史发展中面临的问题或者说困境，有独立的思考和原创的能力，时刻保持清醒的批判意识。

第三，更加注重切入现实问题。看是写历史人物，实际上是着眼于现实。作品的生命力在于对现实的解析能力。我写一千三百年前的李白，说他是个伟大的诗人，却不是合格的政治家，原因列举很多。可是他自己，却不安于也不甘心"耍笔杆儿"，醒里梦里都想成为经邦济世、治国安民的"廊庙之材"。结果是几次出仕，全都以失败告终。最后，还是他认为"万言不值一杯水"的"吟诗作赋"，使他成就了朗照千秋的文星。我想说的是，人要善于认识自己，搞好命运抉择、角色定位。古人的精神血脉，依然在今人身上流淌着。你看章太炎，是出色的学术大师。可是，他的学生周作人评价他："自己以为政治是其专长，学问文艺只是失意时的消遣。"章大师另一位弟子王仲荦也说："老师本是学者，而谈起学术来昏昏欲睡。老师本不擅政治，但一谈到政治则眉飞色舞。"这种情况绝非个别现象，我们身旁就有，没有"大师"还有"小师"嘛！我还写过曾国藩，题曰"用破一生心"，也都有现实的针对性。去年，我写了周总理同张学良的深厚情谊，写他在弥留之际郑重嘱咐："不能忘记老朋友。"我说："这句普通至极的家常话语，却是饱含着生命智慧、人情至理的金玉良言。寥寥七个字，杂合着血泪，凝聚着深情，映现着中华文明伦理道德的优秀传统，闪射着伟大革命家高尚人格与政治远见的夺目光辉，当然，里面也渗透着我党数十年来斗争实践中正反两方面的经验。"这篇散文发表后，反响极为热烈，原因在于它触摸到人们的"情意结"，我们确实常常翻脸不认人，把老朋友忘得一干二净。我还想写"常想平生未报恩"，与"不能忘记老朋友"相互对应。

丁：今年是五四运动九十周年，回顾五四运动时，余英时先生说："五四运动的意义甚多，人们从任何角度去观察它，都可以得到一种'意义'，因为它本身是一个全面性的文化运动。"在《五四——一个未完成的文化运动》一文中，他说："思想激进的中国知识分子往往特别欣赏'不破不立'那句老话，但是如果按照庄子的思维方式，'不破不立'之下还应该立刻加上一句'不立不破'。只有在建立了新文化价值以后，不合时宜的旧文化价值才会真正让位。传统是无所不包的，其内容也是随时在改变的。文化只有推陈出新，既不能无中生有，也无法从外面移植过来。有志于文化建设的中国知识分子首先便要认真地了解中国的文化传统，并在传统中寻找有助于现代化的精神资源，这是西方的启蒙运动给我们的一项重要的启示。"今天，我们似乎也都明白了这个道理，但如何实践？这是一个问题。一个以历史文化散文写作而闻名的作家，实际上是在文学中处理这个问题，如何面对文化传统资源、建立自己的精神向度？如何在写作中体现现代性？

王：在历史文化散文写作中，可以说，我每天都实际接触并解决如何面对传统文化资源，建立自己的精神向度问题。对象是过去时的历史，而定位却是现在时的自我。我始终认为，新时期文学的现实性、当代性建设，应在对民族文化传统的反思和扬弃的基础上进行。创新，只有在与传统联系在一起的情况下，才有实在意义。传统对于人类来说，发生于过去，却永恒地生成于现在与未来；显现于日常生活，却深藏于人类本性之中。沈阳师范大学教授赵慧平有一段评论，可以作为参考。他说："从充闾先生开始散文创作直到今天，尽管在题材、主题、艺术表现方式等方面有了明显的发展，完成了由古典向现代的转型，但其基本的艺术精神还是没有变化——他依然属于中国正统知识分子，而且是保留儒家思想因素较多的知识分子，尽管他广泛地学习西方现代哲学、人文社会科学的思想理论和文学理论，并由衷地赞叹，但他还是没有改变他的文化立场，还是只能从一个文化主体的视角以自己的经验理解和吸收，将其纳入既有的思想理论体系之中。这并不是他对待西方现代文化思想的吸收缺乏真心，而是文化交流的规律所决定的。这也是中国新文学发展历程的缩影。从这个意义上说，他不只是传统文化与文学精神的传承者，他属于当代，属于具有世界性、现代性的现代知识分子。"

关于写作中体现现代性，已如上述。我写历史人物，并不滞留于流行的、政治的、意识形态的、道德层面的评判，而是把他们还原成一个现实的人，一个复杂的多侧面存在的人，将视点聚焦在他们现实生存背景下心理发展的逻辑上。历史是通过发现而存在的。通过展现这些人物不同的生命意识、生存方式以及在特定的生存环境中获得的生存状态，达到对人性、人生、社会、历史的深度思考。

文化是一个民族的灵魂，是一种可触可感的精神存在。罗曼·罗兰说过："一个民族的政治生活只是它生命的浮面；为了探索它内在的生命——它的各种行动的源泉——我们必须通过它的文学、哲学和艺术而深入它的灵魂，因为这里反映了它的人民的种种思想、热情和理想。"处于基础地位的民族凝聚力，主要来源于民族文化，来源于民族文化的认同。而这种文化的认同，又有赖于对本民族本地区的历史、文化进行全方位的探求与审视，从科学、辩证的唯物史观出发，梳理出一部深刻的历史、文化图卷，并判断出准确的历史、文化定位。

其实，每个人的知识背景都是先于经验而存在的，而人类本身又独具一种顽强的寻根意识，驱使他们不懈地致力于文化传统的整理与发掘。我国知识界通过对五四运动的回顾和传统文化的审读，现已有了较为理性的思考，认识到由于传统的无所不在且根深蒂固，由于任何新事物总是或多或少地吸收了存在于它们之前的某些成分，离开固有的传统侈谈什么形式与实质是难以设想的，再现代的人也难以逃脱"过去的掌心"。即便是生活在五四时期，用闻一多的话说，那是一个事事以翻脸不认古人为标准的时代，现在也不例外。

关于立与破的问题，可说的话题不少。我首先想到的是一些制度的改革，常常是不破而立，或者立而后破。比如考试制度，不能说尽如人意，它带有明显的偶然性，考生的临场状态、考题的准确程度，都难于把握；而且，考卷判分者的人为差异（据说高考中不同判卷人之间会相差十几分），也难以避免。可是，人们还是认可它在概率上的成功，并不想彻底破除它。就其实践标准与操作结果来看，它并不完美、圆满，或者说付出了许多代价，但在目前还拿不出一个代价更小、更客观合理的办法之前，还必须坚持使用它，谁也不会愚蠢到一破了之。"文革"中说得最多的是"破字当头，立在其中"，可是，最后究竟立了什么呢？小平同志讲发展是硬道理，强调不争论，这种大智慧是在汲取了过去的惨痛教训的基础上提出来的。

**丁**：2007年，我们曾经请俞晓群先生在文化观察开卷专栏里，全面地回顾了中国"国学热"。他写了四篇文章，梳理了中国"国学热"的历史，这使我们看到，"国学热"是一个贯穿了现当代史的历史事件。上个世纪三四十年代、90年代初、新世纪三次大的"国学热"，犹如一个潜水者，不停抬起头来，使我们注意到了，历史文化传统从来没有沉睡过，它只是被遮蔽着，偶尔由潜在变为显在而已。从文化层面来说，我认为历史文化散文的写作，始终是一个潮流，其文化意义重于文学意义，是一次全民参与的历史文化课补课运动，是近代文化记忆断裂后的反弹，您如何认识历史文化散文的角色？

**王**：我同意您的看法。文学评论家古耜说："历史文化散文在本质上就是回眸民族历史，重估传统文化的产物。"作为自觉的文化传承者，"王充闾的历史文化言说，并不以历史的通俗化和生动化为最终目的，而是注重在历史的长河里高扬文学的主体精神，通过文学的观照来丰富历史的内涵"。

在我看来，写作历史文化散文，实际是保持着中华传统文化的"天下情怀"和理性精神，以对民族生活与社会发展的使命感与责任感，站在民族生存与发展的角度，观照人们的精神存在状态，汲取当代先进的文化思想资源，以现代思想解读和反思传统文化，解析历史，把人的生存与生命意识提高到艺术表现的中心位置上来。如果把"存在"作为关涉人与世界的本质的范畴来理解，那也就是在做米兰·昆德拉所说的"存在的勘探者"。

而您对这个问题有更为超拔的认识。最近，您在给我的信中有这样一段话，我认为非常精辟："历史事件、历史人物等文化散文写作，不在于带着大众重新温习历史事件，不在于说出一些更背景化的真实，而在于让大众建立自身和文化传统的联系，认识自己，即了解自己的文化身世，回答'我究竟是谁''从哪里来的'问题，当然是要说出'要到哪里去'的结论。现代化是一个历史潮流，我们要到哪里去？作家对这个问题的回答，其实就是参与了精神家园的建设，即余英时所说的'文化重建'。作家所参与的'文化重建'是通过构建文化记忆完成的，其中作家的真情实感、生命体验、生活体验是文化记忆碎片的黏合剂。"不光是"勘探存在"，还要"认识自己"，要参与"文化重建"。这对于我们这些从事历史文化散文写作的人，富有启迪性，甚至可说是指导性。

丁：在过去这十三年里，我们看到了很多的传统历史文化的文本，从唐浩明的诸多作品到《明朝那些事儿》一类的读史笔记，同时在大众传媒上，出现了诸多的"文化英雄"，余秋雨、易中天、于丹等等。我们注意到，其间是否有一个潜在的危险？他们对于经典的解说，在大部分读者中已经成为新的经典。文化传统和历史记忆是否是原来的模样？取舍之后的充满当代经验解读，是否就是文化经典的现代化？"热"，会不会是一种新的解构和破坏？历史文化散文队伍庞大，历史文化记忆越嚼越香，但同样也泥沙俱下。您怎样看待这个问题？

王：传统文化的某些思想资源契合了当今人们的心理需求，人们希望从传统文化中寻求价值标准和道德规范。这是现时"传统文化热"的思想基础。对于站在时代发展和社会进步的前沿，立足现实，挖掘传统文化精髓，展示传统文化魅力的一切努力，我们都应加以欢迎。在这种热潮中，一些学者走出书斋，借助电视等大众传媒对传统文化做通俗化的解读，至少唤起了人们对传统文化的兴趣，启发人们重新认识它的价值，对此，不能一概加以否定。但是，同时也应该看到，传统文化所代表的观念系统，是在改造自身及自身生存环境的历史过程中逐步形成的，本身就是一种与现时流行的文化概念不同的人类文化结晶。因此，对它的任何阐解都必须还原到其所据以产生的社会环境中，并以符合其自身特质的思维方式、文化观念来进行，否则就无法准确地传达其深邃的内涵。现在有些解读，郢书燕说，随意穿凿附会，无疑失去了本来的意义。就这个层面上说，您的担心是有根据、有道理的。

在我们这里，学术的命运常常有两种，或者冷在一旁，无人问津，或者被功利化地加以改造——其"道"视同敝屣，抛弃在一旁，而"术"被放大和假冒，成为实用手册之类的畅销品。其实，那种颇带随意性的"现代化叙事"倾向早就存在了，康有为曾经"现代化"地重构孔子的思想，章太炎把老子塑造成现代无政府主义的鼻祖，都是这方面的显例。而他们都是学术大师，至于那些连古文基本功都不具备的学人，可说是"自郐以下无讥焉"。道理很简单，解读经典，如果除了胆量之外，并无精深渊博的学识作为支撑，那么，这种"文化热"必然沦为以乱解误解、牺牲经典为前提，不断制造出把道具当成主角的笑料。

关于影视剧，我没有更多的话语权，因为我完全是外行。但作为一个观众，对于历史题材的影视作品也并非没有看法。我以为，封建帝王，特别是清代帝王的数量过大，而且颂扬失当，再就是过多地张扬了"权谋文化"，这里有个导向的问题；许多影视剧，史实误置，知识混乱，编导者一味在那里随心所欲地狂吹乱侃。令人想起辛弃疾的两句词："不恨古人吾不见，恨古人，不见吾狂耳！"有的辩解说，作为艺术作品，虚构是影视剧的本性，不能把它作为历史教科书来要求。道理上是这样，但要分析虚构的范围与艺术虚构的实质是什么。有的可以虚构，应该虚构，而有的则不属于虚构范畴，并非一切史实错误都能够用"虚构"这个大袍子加以掩饰的。

还有一种说法："诌书咧戏"嘛，无妨戏说，看看热闹而已，谁会那么较真！这句话也大可斟酌。如果说的是"关公战秦琼"，人们都知道是笑话，倒也无妨，怕的是真假难辨，以假乱真。这里有个思想倾向的误导和历史知识的错误传播的严重后果问题。生活中我们都能体会到，信息来源与信息内容，是相辅相成，互为作用的。你在获得一种信息时，总是特别重视信息的来源，因为它决定了信息的可信度。但是，随着时间的推移，人们大脑的忘却机制在起作用，信息来源决定可信度的效应会逐渐消失，天长日久，信息内容就占据了主导地位，就是说最终起作用的是信息的内容。而影视剧由于其通俗易懂，情节生动，加上接受时段的先入为主，尽管存在一些思想误导或知识误置，人们尤其是青少年会忽略了它的"戏说"性质，而把它作为正确的东西接受下来。现代科学对此已从理论上作了验证，西方传播学家称之为"休眠效果"。

丁：就传统文化来说，您觉得当前应该注重什么问题？历史文化散文新境界应该是怎样的？

王：关于头一个问题，我觉得有两个方面应该注意：一是对外要树立积极的文化竞争策略。我们中国有着悠久的文明传统，传统文化蕴涵极深，生力未竭，我们在把它作为重要的思想资源加以开掘和重塑，以助推社会进步的同时，应该扩大它在世界范围内的影响。经过三十年的改革开放，我们已经成为迅速和平崛起的大国。但是，相对于物质产品来说，思想文化资源在现代社会中的开发与发展，特别是参与国际同类产品市场的竞争，还十分薄弱。目前，在世界各地开办一些通过合作形式以培训汉语为目的的"孔子学院"，有助于树立中华民族的文化形象，但在国际文教市场上仍属初级低附加值产品，对于提升国家的软实力、增加异质文明体系之间的相互了解与认同，作用有限。还应在书籍、网络、学术研讨会、大学讲坛、学术刊物等凝聚着丰富的人文价值信息的高级精神消费场地，加大占领的比重。当今时代，谁的传播手段先进、传播能力强大，谁的思想文化和价值观念就能更广泛地流传，进而更有力地影响世界。对此，党中央已经高度重视，明确提出努力增强文化软实力，进一步提升中国国家形象，构建文化中国的国家形象的要求。北京奥运会的实践充分证明了，当我们以文化的姿态面对世界、参与世界的时候，世界对我们的接纳度也随之更高，我们获得的反响也更为强烈。

二是对内要倡导人文精神。从历史上看，商品经济对于人文精神的发展起过重要的推进作用。但到了今天，娱乐、享受型的消费主义已经使人文精神逐渐消解，对人的"存在"的思考，对人的价值、人的生存意义、人类命运的关注等形而上的终极关怀日益淡化。精神生活符号化，学术研究项目化，阅读感官化、快餐化，文化传媒化、明星化，欲望的满足取代了意义的追求，思索代之以官能享受，已经逐渐成为一种趋势。近年来，有一个文化现象颇堪注意：相对于人文精神的消减，"谋略文化"却十分盛行，许多人热心于研究谋略，图书市场"谋略热"经久不衰。只要你置身书摊、商场或官场中，立刻就能感受到这种氛围。谋略的智慧依据是对立、争斗，谋略的手段在于"诡"，出发点是谋划与争取自身利益。在思维方式上，是一种以实用、功利主义为基础的价值判断。就其内在精神来说，是与我们所倡导的求真、向善、讲和谐的社会价值体系相悖谬的。

说到历史文化散文的新境界，我一向认为，应该是诗性、史眼与哲思的完美结合。几年前，我在沈阳师范大学演讲时，针对当前文学创作中哲学的贫困和审美的粗劣的倾向，曾经提出作家要有深度的追求。我说，有人倡导"作家学者化"，我认为更重要的是要"思想者化"。任何时候，深度、深刻，都是判断文学艺术质量的一个重要标准。因此，对哲理意蕴的开掘，已经成了广大作家、艺术家的自觉追求。哲思，作为智慧之学，播种人生智慧；作为形上之学，具有深切的终极关怀。而就广大读者来说，他们并不满足于一般性的消遣、娱乐——这在各种媒体上已经得到餍足——而是期待着通过文学阅读增长生命智慧，深入一步解悟人生、认识自我，获取超越性的感悟。

出生于旧俄时代的列夫·托尔斯泰，由于具备人文精神与终极关怀，面对民族的苦难，能够将它上升到人类的痛苦、人类的命运层面上思考。罗曼·罗兰誉之为"俄罗斯的伟大的心魂"，"曾经是照耀我们青春时代的精纯的光彩。在19世纪终了时阴霾重重的黄昏，他是一颗抚慰人间的巨星"。我们的鲁迅先生也是这样。

要实现终极关怀与深度追求，作家应该学会掌握"第二视力"，凭借"第二视力"的思想之光，照亮"对象—题材"，闪现出审美的绚烂。这是列夫·舍斯托夫在论述陀思妥耶夫斯基时提出来的。他把作家的眼光分为两种视力，他说，"第一视力"是"天然眼睛"，而"第二视力"则是非同他人的作家自己独具的眼光。这"第二视力"可称为"文化的眼睛"——"文化视力"。

2009年

# 散文创作的深度意识

一

深度意识涉及散文创作中的一系列课题，诸如文学的审美特征、审美诉求和创作感悟的超越性，创作主体与接受主体心灵体验的对接，作家的心态与创新意识等等。换句话说，要说清楚"深度意识"这个问题，需要从上述诸多方面加以认真的研究、探讨。

先从当前文学创作，主要是散文创作的发展趋势来分析。随着改革开放的深入发展，人们的思想观念、文化观念、价值观念发生了重大变革，文学艺术的含义与功能随之也发生了转换，由过去的从属于政治、对现成理念的图解和对客观景象的模仿，转换为注重于人的自我意识的探索与表现，关注人性与人生、人的命运与生存价值，体现一种内在的超越性。由于文学环境的宽松、创作主体心态的自由和生存方式的转换，存在着回归文学本体，恢复其自身特征，作家将各自的情绪、体验和社会内容化为自己的个体化世界，从而获得较高的美学品质、审美期待。

面对经济全球化和由此而形成的全球化语境，加上西方现代主义文学艺术的影响，人们的主体意识、探索意识、批判意识、超越意识大大增强，审美趣味发生变化，实现了文学自身审美原则的整合与调节，导致文学观念趋向多样与宽容，各种文学话语、理论话语纷乱地喧哗。随之而来，作家的审美意识也发生了重大变化，逐步呈现出表现自我的自觉性；散文创作由注重外部世界的描绘，转为对自身情感、心灵世界的深层开掘，对人的生存状态的深切关注，对现实世界和国民心理的深刻剖析；扬弃那种平面的线型的艺术观念和说明性意义的传达，致力于深刻的人生思考、深层的哲学内涵，从而实现了创作主体与接受主体的精神对接，构成了今日文化散文、思想随笔繁荣兴盛的基础。

新时期的文学历程，实际上是一个不断向文学本体回归的过程，因而也是一个在文学创作中探索与呼唤人文精神、关注社会人生、表现内在人性，并使之不断深化的过程。应该说，文学确实是命途多舛的。在过去相当长的时期里，现实功利性阉割了文学艺术的本质特征；在摆脱掉政治的粗暴干预之后，今天又遭遇到物质利益的羁绊和商品大潮的挤压。在一系列理由充足的符号秩序之下，经济利益实际上制约着包括文学在内的整个文化的命运。当前，从文学审美形态的发展来说，理性的缺席、诗意的失落是一个突出问题。哲学含蕴的稀薄，动人心魄的思想刺激的缺乏，已成为文学创作普遍存在的一个弱点。

因此，要实现文学本体的回归，张扬艺术审美的个性特征，不仅要挣脱僵硬的政治化、概念化、功利化的躯壳，而且，还必须克服物质主义、金钱至上的价值导向对人性的扭曲，固守作家内在的文化与理性的支撑，保持自身的精神追求，确认文学的审美特性，表现出作家富有个性特征的真性情、真情感和心灵体验、生命体验。概言之，也就是前面所强调的深度意识。

其实，这种深度意识，原是人类心理层面的一种自在意识，不是凭空外加的。渴望深刻，追求深度，不断探究自身生存状态，属于人的本性范畴，是埋藏于灵魂底部的深层意识。现代人扬弃传统的思维方式和生活方式，力图从整体上把握世界和人生的意向。而人类要从整体上把握社会、人生以及自身命运，必然产生普遍性意蕴的哲理追求。应该说，任何时候，深度、深刻，都是判断文学艺术质量的一个重要标准。因此，对哲理意蕴的开掘，已经成了作家、艺术家的自觉追求。

当然，这里所说的哲理意蕴，指的是溶解在作品中的思想元素，是一种靠着生命激情的滋润、生命体验的支撑的思辨精神和理性情感，是立足于现实土壤而呈现出的对于人生价值和生活哲理的探索，其中凝结着人生智慧。在这里，散文中的说理，常常表现为一种恰如其分的点醒与提升；而对于铺展开来的叙事、抒情，则可以成为一种丰满肌肉的筋骨奇突，或者必要的激活与调剂。这种理蕴来自作家对生活的感悟、体验，带有强烈的个人色彩。作家面对某种生存境遇或者情感体验，有所领悟，深受启发，产生对世界、对人生、对人性的新鲜的、透彻的、厚重的认知，发而为哲思、理趣，成为一种艺术的开掘、提炼与升华。它是丰富多彩的个性化的展露，而不是机械的外在贴补、“注水式”的内部填充，更不是单调、划一的公共话语模式。

这种深度意蕴，不可能产生于刻意回避或虚代社会学意义上的生存背景，把日常生活的琐碎、断裂、残缺、间离，以及荒谬感、偶然性统统编织起来的个人话语造势，也不同于那种站在云端施放故作高深的迷雾，发布“梦游者的呓语”或存在主义哲学的文学化界说。它是渗透于形象、情感之中的生命智慧，着眼点在于运用艺术手段点燃、引导与满足人们探索未知的欲求。读者可以凭借自身审美的内驱力，进入一种超越的悟境，获得思考的愉悦。

## 二

“非知之艰，行之惟艰。”（《尚书·说命》）要把这种理性的认知落脚到创作实践中去，还有一段相当艰巨的历程。大前提是必须培植深邃的思想，努力提高认知水平与思辨能力；有了深刻的、科学的见解，尔后再设法将它组织到文章中去。依我三十余年的创作体会，对于散文、随笔来说，这方面的难度要远远超过论说文的写作。就是说，如何在叙述、描写、抒怀的过程中，以盐溶水、如汤沃雪那样，渗透、融汇进理念的、思辨的、感悟的意蕴，是需要大动一番脑筋、颇费一些周章的。

常听到有的作家讲，哎呀，我是什么都不管的，就凭着感觉写作。没有艺术感觉，自然写不出好东西来；但是，若只是停留在感觉上，而缺乏深刻的哲学感悟，我想也会失之浮泛，流于肤浅。好的文化散文应该是既防止自我的失落，又防止审美的偏离、思想的贫困。如果缺乏精神的超越性，光有一般的感觉、体验，或者是困苦，或者是忧患，充其量只是一种"伤痕式"的文学，只能告诉读者有这么个事情。而我们应该做到的，是要能够超越情感与激情，抵达一种智性与深邃，在似乎抽象的分析和演绎中，激活读者为习惯所钝化了的认知与感受，把形而上的哲思文学化，以诗性的语言表达自己的生命意识；或以独特的感悟、生命的体验咀嚼人生问题，思考生命超越的可能。

哲学有理性与悟性之分，或者说哲学家哲学和艺术家哲学之分。前者重逻辑、重分析、重实证，是抽象的、思辨的、像老子的《道德经》；后者重直观、重联想、重形象，是感性的、具体的，与艺术实践、审美实践紧密联系着，像庄子的《南华经》，还有陶渊明的诗、曹雪芹的《红楼梦》。凡是传世的文学经典，都有特异的审美形式和深广的精神内涵、思想意蕴。当然，有思想不一定就有哲学视角。正如一位知名学者所指出的，《儒林外史》很有思想内涵，揭露和批判科举制度十分深刻，对于知识分子和人生困境的思索有一定的深度；但它与《红楼梦》不同，并不具备哲学视角。

在学习、思考和研究中，为了获得智慧，悟性是至关重要的。古希腊哲人赫拉克利特说："博学不能使人智慧。"可见，有了学问不一定就能具备悟性。关键在于能否使知识、学问由死变活，实现升华与超越。智性过剩，悟性不足，缺乏创见，是一些搞学问的人的通病。记得北大教授汤一介先生说过，现在更多的是哲学工作者，而不是哲学家。哲学家是要创造出一套思想，让别人来研究。他们面对客观事物（包括社会、自然、人生）和主观世界，总有自己独到的、比他人深刻的看法。这就需要智慧。

有的评论家指出，西方的现代社会出现了精神危机，主要是表现为两种人大大增多：一种叫"空心人"，就是失去了生命的价值感和方向感，成了无根的浮萍；再一种叫"碎片人"，不仅失去了外在的完整性，和自然的关系处于割裂、对立状态，而且失去了内在的统一，被各种矛盾冲突弄得支离破碎。所以，现代人需要智慧的指引，生命的开悟，需要对自己生命采取一种审视的态度。老年的列夫·托尔斯泰非常羡慕农民，他说，他们即使没有太多的知识，但是并不缺乏智慧。

说到哲学思维在散文创作中的作用，不能忽略这样一个问题，就是智性话语的艺术转换。对于散文作家来说，这是一个起码的要求，当然也是一种过硬的功夫，并不是每一个都能把纯粹抽象的论说转换成艺术话语的。在古代那些文学巨擘来说，这种矛盾并不存在，因为古代的论说文就包含在散文范畴里。一部《古文观止》，一多半是论述性质的东西，每篇论文同时也是优美的散文。现在不行，现在的散文和论文，属于两种文体，已经分道扬镳了。所以，这就成了一个很突出的课题。散文作家余秋雨的作品之所以能够产生轰动效应，就是因为他比较好地解决了将文化认同的智性思考同诗性的激情、想象融会在一起，也就是把这些智性的哲学理解通过一种诗性的、艺术性的语言表达出来。而相对地看，有些人的作品就差一些，他们的东西往往是智胜于情，理胜于趣，缺乏应有的审美性、可读性。

文学是灵魂的曝光，内心的折射。苏珊·朗格说，艺术表现的是人类的情感本质。这种情感本质，必然是人类深层意识的外射，是个体生命对客观世界的深刻领会与感悟。也就是说，作者要通过自身的灵性和感受力，通过哲学思维的过滤与反思，去烛照历史，触摸现实，探索文化，追寻美境。

## 三

深度意识的形成，关键在于培植一种勇于思考、善于思辨的思维方式和良好习惯。

鲁迅说过，没有悲哀和思索的地方，就没有文学。在这方面，我们固有的精神文化传统存在着一定的缺陷。我们往往是着力于占据事实，向着广度推衍，直到它的极限，而很少在有限的区域向纵深、向高度、向虚空开掘，也就是不善于依靠逻辑思辨的力量，由具体进入抽象，进入哲学思辨的领域。这和我们两千余年的文化传承有一定关系。儒学传统，思辨性不足。梁漱溟有一句话很深刻："孔子的学说不是一种思想，而是一种生活。"其实，我们民族的文化传统也不是没有思索，你就说《老子》《庄子》吧，里边的哲学思维该是多么强啊！只是这些东西后来中断了。因为受儒家思想影响，古人读书主要是为了修齐治平、致君泽民，实用性的东西占了主导地位，所以形上思维就弱化了。

我们传统思维方式的特征，具有综合性、整体性、模糊性，这有利于认识事物、处理矛盾的整体考虑、综合把握，有利于从事艺术创造和审美生成。而西方的思维方式，表现为分割性、孤立性和清晰性、思辨性。二者都是各有利弊的。只重整体，而轻部分与层次，必然缺少科学性。朱熹可说是旧时代百科全书式的大学者，但他当涉及天文、地球、生物等科学范畴时，往往就闹笑话。模糊性也造就了中国人运用概念的灵活性，它使许多旧的观念可以不断地填充新的内容，但也出现了不确定性。儒家的"仁"，在《论语》中用了一百零九次，可是，很难给出一个精准、明确的定义。英国的东方艺术研究专家劳伦斯·比尼恩说，在西方人们把生活划分为各自孤立的领域，每一领域都用一门科学来管辖，致使生活的整体被人们视而不见，我们所失去的似乎就是生活的艺术。他呼吁要用心地研究地球上另一半的创造力的成就。这说明东方有东方的长处。

我们民族传统文化既闪烁着忧患意识、爱国主义、重德爱智的光芒，又潜存着求稳怕乱、容易满足、安贫乐道的消极影响；西方文化既有求索存疑、好胜争强的长处，又有颓废迷惘、不顾整体的缺陷，特别是西方后现代化文化，这方面的表现尤为明显。对于事物的分析判断，我们往往喜欢绝对化，两极判断，习惯于划线，左右、正误、唯物唯心、进步反动，把各种人和事都清清楚楚地分开，这样，往往把复杂的问题简单化了，也容易排拒一些有益的东西。不是说不应讲究政治立场，而是提倡辩证地区分事物、分辨问题。我们不习惯于提出疑问，缺乏怀疑精神。对一个知识者来说，没有问题意识，不善于对社会、人生、自然现象、心理反应经常提出问题，必然导致思想上的僵化。

现在我们比较习惯的说法，是提高思想政治素质和业务素质。我主张再增加一个人文素质。政治素质是解决立场问题的，业务素质是解决工作能力的。在许多情况下，这个人的政治立场一点问题也没有；业务能力就其本行来看，也没有问题。可是，他的智慧不足，悟性很差，思想缺乏深度，预见性不强——这些都属于"识"的范畴。德才学识，最可贵也最容易缺乏的，就是这个"识"。究其原因，和人文素质差有直接关系，所以要学点文学，学点哲学，学点历史。

有一种直觉的思维方式。在孩子们的眼睛里，也包括一些感情用事的成年人，往往只看到手段，只看到眼前的东西，对手段背后的东西，他们往往不去看。恩格斯说过，社会是通过暴力，通过恶这些东西来推进的。有些东西，目的其实是很神圣的，但有的手段却很残暴。经过思索的人，能够在看到手段的同时，还能顾及（也就是想到）背后的目的与价值，这里面有个沉淀与过滤的过程。反之，如果是持直观、直觉的思维方式，往往是一看到手段的可怕就大声尖叫，放弃了对于本质的考量。有一种说法，叫做"观人于怒"。意思是人在怒气发作时，最容易透露真相。平时往往把本来面目掩饰起来，克己控制，显得修养具足；而一当怒气冲天时，便如水缸破裂，倾泻而出，真实想法、本来面目，彰显无遗。所以，我们提倡作家要成为思想者。

思想者的特点，是面对客观事物（包括社会、自然、人生）和主观世界，总有他们独到的、比普通人深刻的看法。而且，这种能力可以通过锻炼不断加以强化。孟子有一句名言："心之官则思，思则得之，不思则不得也。"

我养成了这样一个习惯，凡是遇到什么事物，总愿意由表及里，翻来覆去地思索一番。实在想不明白，就请教他人，务使头脑开窍。在我们辽宁的朝阳，发掘出一亿多年前形成的鱼化石、鸟化石和植物化石。看过之后，我的第一个念头，就是觉得人生实在是太短暂了，所以，应该珍惜生命，应该干些更有意义的事。这方面前面讲过了。第二是，历史上充满了偶然性。你看，它的诞生是偶然性，它们死寂更是偶然性，它的被后人发现，同样是偶然性。第三是，关于永恒的思考。一个人要活得真实而有意义，就必须使自己汇入永恒之中，所以人们都渴望永恒。而鱼化石是一种特殊情况下的永恒。永恒固然可贵，但当着一个事物达到了永恒程度的时候，它也就再谈不到生命活力了。第四是，运动是生命的原动力，运动停止了，生命也便停止了。第五是，空间与时间不同，空间是定位的，时间却是越拉越远，说话间，它又不知跑了多远。现代交通工具可以缩短以至抹杀空间的距离，却无法拉近时间。对时间的思考，是人类生命感觉的一束投影。第六，化石是一扇认识过往世界的窗户，它使人们在"存在"的现象后面看到了已经逝去的本质——"虚无"，又从这种虚无进一步认识到现实的存在；它也是一部线性的史书，从中可以读出进化论来。第七是，重压是凝聚、扭曲、摧毁生命力的一种方式，是检验生命硬度与韧性的一种标尺。第八是，化石反映了生命的辉煌，也展现了生命的悲哀。

再举一个例子，咱们就说说足球吧。号称人类第一运动的足球，自从英国人在工业文明崛起后发明了它，就以其巨大的魅力风靡全球。为什么呢？我曾百思不得其解。后来同几位专家探讨，使我茅塞顿开。原来，从表面层次上看，它最大限度地契合了人类潜意识中的原始冲动——进攻、赌胜、争强、战胜对手，等等；再深一步探究，是它将这种原始冲动、竞争意识融入到工业化大生产所倡导的团队精神、协调性、创造性、精确性。再进一步，可以看出，它正在逐渐形成一种公众仪式，从远古的祭祀到现代的阅兵式，体现出公众参与、表演性、程式化的特点，它既是张扬民族情感的烈火，又是化解狭隘民族主义的清风。球场上的对抗，其实也是文化的碰撞与沟通，既体现了生命的原始冲动，又充分反映出现代文化的品格。它的巨大魅力的产生，关键在于它的最本质的属性，是为观众（主要是球迷）的直接参与提供了广阔的物理空间，在特定的时空范围内，为球迷们提供了情绪聚合与情感释放的机会与权利，形成了一种类似物理学中的"场效应"。在这里，地缘心理、民族情结、爱国情怀这些人类共有的情感，获得了最大限度的释放与宣泄。场上，球员与广大球迷之间，球迷与球迷之间，情感融会贯通，相互刺激，直到忘记了周围的一切。这些因素汇聚到一起，必然形成一种情感的潮流，一种巨大的魅力。我们的文学作品，面对一场足球大赛，如果只是停留在新闻报道式的场面描写、比赛激烈、胜负研判上，而缺乏上述理蕴的发掘，不是太显得苍白无力了吗！

上边说的，化石也好，足球也好，只是对一些比较简单的事物的理解；至于对社会、人生的思考，天地就更广阔了。比如，关于封建时代知识分子历史命运这个问题，就很值得深入进行思索与研究。中国古代知识分子的历史命运，可以用一种文化悖论来表述：在两千多年漫长的封建社会中，士是一个特殊的阶层。他们的使命重大，可说是国家、民族的感官与神经，往往左右着社会的发展，人心的向背。但是，封建士子命定地要与政统、皇权结缘，而在并非诸侯割据、王纲解纽的大一统的情势下，这种联系却又不是平起平坐的，只能处于受支配、被驾驭、遭奴役的附庸状态。除非你绝意功名仕进，像杜甫所吟咏的："白鸥没浩荡，万里谁能驯！"否则，捧人家的碗就得服人家管，哪怕是委曲求全，辱身丧志，失去自由，也在所不顾。就是说，要获取一定的权势来推行自己的主张，就必须解褐入仕，并取得君王的信任和倚重；而这种获得，却又是以丧失一己的独立性、消除心灵的自由度为其惨重代价的。这是一个"二律背反"式的难于破解的悖论。他们参与社会国家管理的过程，实际上就是驯服于封建统治权力的过程，最后，必然形成普泛的依附性，只能用划一的思维模式思考问题，以钦定的话语方式"代圣贤立言"。如果有谁觉得这样太扭曲了自己，不愿丧失独立的人格，想让脑袋长在自己的头上，甚至再"清高"一下，摆一摆谱儿，"长安市上酒家眠，天子呼来不上船"，那就必然要像李太白那样，丢了差使，砸了饭碗，而且，可能比诗仙的下场更惨。这样的专制社会越持久，专制体制越完备，专制君主越"圣明"，那些降志辱身的封建士子的人格就越萎缩，越龌龊。难怪有人说，专制制度是孕育奴才的最佳土壤。

中国古代的知识分子，大别之有三类：在朝的，在野的，周旋于朝野之间的。不管哪一种，不管他们如何选择自己的人生道路，总的说，最后都是悲剧性结局。入世的实现了儒家经邦济世的社会价值理想，获得了政治的权力、地位，却丧失了自我，失去了人生的自由与安宁；出世的获得了个性自由与人格尊严，进入纯粹的精神世界，却放弃了知识分子固有的社会理想和人生抱负；第三种在穷达的张力之中苦撑着，周旋着，也并没有人生的快活。我在散文创作中，塑造了这几种知识分子的类型：一种是隐逸避世的，如《寂寞濠梁》中的庄子、《桐江波上一丝风》里的严光；一种是积极入世的，如《孤枕梦寻》中的陆游、《用破一生心》中的曾国藩；还有一种是入世中出世，或者从出世中寻求出路的，如《青山魂梦》中的李白、《春梦留痕》中的苏轼；等等。

我一直注重研究、探索人生、人性和社会中的文化悖论问题。悖论常常表现为一种张力，它不是思维、行动方面的错误，甚至也不同于所谓"荒谬"，它表现为一种人生的困惑，类似我们常说的二律背反、两难选择。悖论存在的地方，往往产生一种巨大的张力，提供深刻的认知。

2011年

## 我写纪游散文

我在"辽海讲坛"上谈论散文写作的体会，有位听众朋友提出一个问题，请我作答："我从报刊上经常看到一些您写的域外与国内的游记。其实，您去的许多地方，我也同样到过。可是，当时既未能获得很深的感受和体验，回来后更写不出精美的游记。请问您是怎么做的？希望听听这方面的经验。"

当场我讲了三点体会：一是，出行前充分做好材料准备和知识积累；二是，游观过程中仔细观察，认真思索。我说，这是茅盾先生提出来的，他特别强调事先做好准备这一点。我在出行之前多少天，总要闷头读书，对于要浏览的事物、景观，事先尽量多找些背景资料，扩展自己的知识领域。有人会说，何必着急，等动手写的时候再查阅有关资料也不晚哪！那是不行的。事先有了精神准备，游观时才能留意有关场景、有关细节；否则，"冷手抓热馒头"，毫无思想准备，会把一些有价值的见闻忽略过去，凉锅贴饼子——溜了。那么，热锅贴饼子怎么不溜呢？主客观必须很好地结合起来。为此，我建议他要准备一个笔记本，把读书、思考、观察所得，随时记录下来。这样的笔记，我有七八十册，现在都成了宝贵的财富。至于说到写作，问题可能更为复杂一些，既关乎表达、叙述能力，又有认知、分析、提炼的水准问题，这里我只强调一点，就是动笔写的时候，要找好角度，努力出新——这项准备，其实在游观过程中已经开始了。

本文就是在这次答问基础上整理出来的。

### 一、有备而出

我在多个场合都反复强调：出游之前，一定要事先做好知识积累、材料准备，我把它称之为"预热"。这是因为缺乏对表现对象历史文化变迁的了解，缺乏对自然景物中蕴含的人文精神的关照，就很难真正激活情趣、触发联想，进而使作品具有一定的文化蕴涵、历史厚度和艺术张力。

大凡我们特别向往的名胜古迹，总是古代文化积淀深厚，文人墨客留下较多足痕、墨痕的所在。我们在读解自然的大千世界，实际上也是在观书、读史。首先是把握了古往今来许多文人墨客留在这里的神思遐想，从一个景点走入历史的沧桑。这种自然的漫游，正是从一个场景、一件事情出发，展开一次悠长的艺术巡礼。

数千年来，我国无数文人、骚客、旅行家，凭着他们对山水自然的特殊感受力，丰富的审美情怀和高超的艺术手法，写下了汗牛充栋的华章佳作，为祖国的山川胜迹塑造出画一般精美、梦一般空灵的形象。展读中，一篇在手，可以心游象外，悠然神往，把心理境界、生活情趣和艺术创造的第二自然，作为三个同心圆联结、叠合到一起，不啻身临其境；未出斗室，而极四时之娱，揽八方之胜。卧游、神游、梦游、醉游，是那样的空灵浪漫，富有诗意。在此基础上，再去实地考察，亲临感受，这时，面对自然景观，只要伫立片刻，人文、历史、自然就会浑然聚在一起，你会觉得前人的神思妙悟，如春风扑面，纷至沓来，启动着内心的激情、联想。

这样，虽然是在读现实的景，看眼前的事，却又是漫步在一个丰满的有厚度的艺术世界。那些已经尘封了的历史记忆，被拂去了时间的尘埃，自然而贴切地走进了一个新的艺术天地，鲜活地跃动起来。

概言之，就是我把有针对性、有目的性的闭门读书、刻意求索，作为徜徉山水、寄兴林泉之前的必要准备。

## 二、旅行的哲学真谛

在你亲游身历之前，通过读"有字书"所形成的无数诗文、轶事的积蓄，已经使你不期然地背负上一笔情思的宿债，急切地渴望着对其中实境的探访，情怀的热切有时竟会达到欲罢不能的程度。这样一来，当你漫步在布满史迹的大地上，看是自然的漫游，观赏现实的景物，实际却是置身于一个丰满的有厚度的艺术世界。正是在这个意义上，我们把旅行、游观、采风等社会实践活动称之为读"无字书"。像读"有字书"一样，旅行中，同样可以通过认知的透镜，去重温历史、观察社会、历练人生、体验世情。种种民族兴废、世事沧桑、家国情怀的鸿爪留痕，在时空流转中所显示的超出个体生命的意义，都在新的环境中豁然展开，给了我们无尽的追怀与感慨。

这是历史，也是诗章，更是哲学，是天人合一的美学境界。人们既从历史老人手中接受一种永恒悲剧的感怀，今古同抱千秋之憾，与山川景物同其罔极；又同时从自然空间那里获取一种无限的背景和适意发展的可能性，感悟到人不仅由自然造成，也由自己造成；不仅要服从自然规律，也能利用自然规律；人死复归于自然，又时刻努力使自己的生命具有不朽的价值。

这里的关键所在，是如何认知旅行、实践旅行的问题。著名学者汪涌豪教授近日发表一篇论述旅行哲学的文章，读了深获教益。汪文指出，一切多情又深于情的人都把旅行当作修行，当作岁月的清课，精神的受洗。他们不仅从学理上驳正上世纪以来仅从经济角度界定旅行的粗浅认知，还原其作为各种社会要素相互作用的复合体的实相，更持一种文化论立场，凸显其背后所蕴藏的诗的本质与哲学的品格。如英国人约翰·特莱伯就视哲学为旅行的关键性基础。其实，还有好多更深刻的知见，长久以来都为人忽视了，我说的是类似诺瓦利斯这样的天才诗人，他曾说："哲学原就是怀一种乡愁的冲动，到处寻找家园。"或许，还有中国诗人白居易的"我生本无乡，心安是归处""心泰身宁是归处，故乡何独在长安"。他们其实都在以一种特别的方式，表达自己对旅行的认知，告诉人旅行走的是世路更是心路，而那个可称"归处"的"家园"与人的实际占籍无关，它只是让人回到自己的诗意栖居。因此，与其说它是合远离与回归于一体，毋宁说更是回归。正如与其说它是消耗，毋宁说是滋养；是付出，毋宁说是获得。它是颠簸中的安适，转徙中的宁静，是在过去中发现当下，在自然中发现人性，在一切看似与己无关的人事中发现自己。当你真正有了这份切实的体悟，你就迎来了自己人生最重要的节点——你终于懂得，什么叫人走向内心世界的路，要远比走向外部世界悠长得多。

只有在这样的高度上来认知与践行，才能算得上是高品位、高标准、高效率的旅行。

### 三、读"无字书"，做有心人

赏鉴自然风景，游观大千世界，在感受沧桑，开拓心境的过程中，体味古往今来无数哲人智者留在这里的神思遐想，透过"人文化"的现实风景去解读那灼热的人格，鲜活的情事。当然，更如汪教授所言，同时，人们也是在从中寻找、发现和寄托着自己。

在这里，我们与传统相遭遇，又以今天的眼光看待它，于是，历史就不再是沉重的包袱，而为我们解读当下、思考自身提供了无限的可能性。此刻，无论是灵心慧眼的冥然会合，还是意象情趣的偶然生发，都借由对历史人事的叙咏，而寻求情志的感格，精神的辉映。这种情志包括了对古人的景仰、评骘、惋惜与悲歌，闪动着先哲的魂魄，贯穿着历史的神经和华夏文明的汩汩血脉。

一说历史、哲学，人们往往都会想到那些"十三经""二十四史"，什么"三坟五典""八索九丘"，什么古老的语言、悠远的年限和神奥的密码，总之，离开现实生活很远，既深邃又神秘，只有走进图书馆、博物馆，一头钻进故纸堆里，才能有机会和它打个照面。实践表明，真正有价值、有准备的旅行——而不是那种群行群止的集体出游，逐个景点匆匆"点卯"，然后"咔嚓咔嚓"，留下几张照片，就算了事——同样可以收到阅读的奇效。

历史老人和时间少女一样，都是人类自觉地存在的基本方式，是随处可见，无所不在的。比如，我在江苏吴江的同里、周庄这两个江南名镇里，就曾同历史老人不期而遇，觉得它们都有说不尽的话题。像对待"有字书"一样，我的当务之急，或者说我所集中思考的问题，同样是如何认知，如何解读，怎样分析这些历史话题。

在前往同里的汽车上，听司机讲了它的"命名三部曲"：由于交通便利，灌溉发达，土壮民肥，同里最初的名字叫做"富土"；后来人们觉察到这样堂而皇之的矜夸、炫耀，不太聪明，既加重了税负，又无端招致邻乡的嫉妒，还经常不断受到盗匪、官兵的骚扰，于是，就改成了现在的名字——把"富土"两个字叠起了罗汉，然后动了"头上摘缨，两臂延伸，屁眼打通"的手术，这样，"富土"就成了"同里"；十年动乱期间，为了赶"革命"的时髦，造反派曾经赐给它一个动听的名字，叫"风雷镇"，但是，群众并不买账，为时很短，人们就又把它改回来了。你看，简简单单的一个镇名，就经历了这般奇妙的变化，焕发出许多文采，真应赞叹这"无字书"的意蕴丰盈。

在周庄，看了几处历代名人宅第。最引人注目的是江南首富沈万三的后人建于乾隆初年的敬业堂，现在习称"沈厅"。走进了这处七进五门楼，一百多间房屋，占地两千多平方米的豪宅，人们自然免不了感慨系之地谈论一番沈家的兴衰史。

沈万三的祖上以躬耕垦殖为业，到了他这一辈，借助此间水网条件进行海外贸易，从而获利什百，资财巨万，田产遍于四方，富可敌国。无奈，做生意他虽称高手，可是，玩政治却是一个十足的笨伯。他同所有的暴发户一样，见识浅短，器小易盈，不懂得封建政治起码的"游戏规则"，一味四出招摇，不肯安分守常，结果，接二连三干下了种种蠢事，最后竟招致杀身惨祸。性格便是命运，信然。为了拍皇上的马屁，沈万三晋京去奉献什么"龙角"，还有黄金、白金，甲士、甲马，并斥资建筑了南京廊庑、酒楼。这下可爆出了名声，显露了富相。恰似"欲渡河而船来"，朱元璋修建南京城正愁着银根吃紧呢，当即责令他承包城墙三分之一的建筑工程。结果，他"抓了个棒槌就当针"，修过城墙之后，竟然异想天开，要拨出巨款去犒赏三军。这下子惹翻了那个杀人成瘾的朱皇帝，当即下令："匹夫犒天子之军，乱民也。宜诛之！"亏得马皇后婉转说情，才算免遭刑戮，发配到云南瘴疠之地，最后客死他乡，闹得个人财两空。

无独有偶，周庄还有一位著名的历史人物。西晋文学家张翰，尽管和异代同乡"沈大腕儿"生长在一块土上，喝的是同一太湖的水，但他却是典型的潇洒出尘、任情适性的魏晋风度。史载，一天他正在河边闲步，忽然听到行船里有人弹琴，便立即登船拜访，结果，两人谈得非常投机，"大相钦悦"。许是像俞伯牙与钟子期那样以旷世知音相许吧，最后他竟随船而去，而未及告知家人。到了洛阳，被任命为大司马东曹掾。后来，他因眼见朝政腐败，天下大乱，为了全身远祸，遂于秋风乍起之时，托言思念家乡的菰菜、莼羹、鲈鱼脍而买棹东归。朝廷因其擅离职守，予以除名，他也并不在乎。他说，人生贵在遂意适志，怎能羁身数千里外，以贪求名位、迷恋爵禄呢！后人遂以"莼鲈之思"这句成语来表述思乡怀土之情。

此中奥蕴多多，一一彰显在"无字书"里，关键在于后人能否解读出来。

## 四、在散文园地里，努力绽出新葩

写游记散文，既要把历史收在笔下，把读自然、读书、读史融为一体，又不能为芜杂的史料所累。当我们面对自然景观，同时又是面对人文山水的时候，对自然与历史的多情，往往会加重人生的负载。这时，走出古人，找出一片"阶前盈尺之地"，来创造出自己的辉煌，就是一个非解决不可的课题了。这也正是我所苦苦追求的。

在写作中，我坚持一个总体把握的路子，设法写得超越、空灵一些，努力跳出古人、他人的窠臼。这里以《读三峡》这篇游记散文为例。关于三峡的名篇，从郦道元的《水经注》到刘白羽的《长江三日》，都是精心结撰，周赡完备，既具艺术性，又具科学性，很难超越。我想，不能那么写了，必须换一种手法。也就是从大处落墨，做全景式叙写。不侧重当时、当地每一个具体景物的描摹，不局限于个人所见事物本身，不停留在某件具体事物上，不着意于刻画个别情节，而是把山水自然当做一部大书，捧起来读。总体设计是，立足天半，俯视山川，把四百里长的三峡奇观当作一部大书来读。就是说，我不是由点到线，移步换形，而是着眼宏观，进行总体把握，从现实有限的形相转入绵邈无际的心灵境域，开拓出融心理境界、生活体验、艺术创造的第二自然于一体的多维向度。我写："一些峭拔的石壁，由于亿万年风雨剥蚀，岩石呈现出许多层次异常分明的轮廓，或竖向排列，或重叠摆放，或向两侧摊开，使人想起'书似青山常乱叠'的诗句。"进而感慨，"三峡，这部上接苍冥、下临江底、近四百里长的硕大无朋的典籍，是异常古老的。……它的每一叠岩页，都是历史老人留下的回音壁、记事珠和备忘录。里面镂刻着岁月的屐痕，律动着乾坤的吐纳，展现着大自然的启示，里面映照着尧时日、秦时月、汉时云，浸透了造化的情思与眼泪"。"假如三峡中壁立的群峰是一排历史的录音机，它一定会录下历代诗人一颗颗敏感心灵的摧肝折骨的呐喊和豪情似火的朗吟。"作品中讲述了与三峡紧密相连的悠悠岁月，从大溪文化讲起，联想到几千年的历史、人物，不惜笔墨，大写特写。这些虽然不是三峡本身的景物，但与三峡关系密切，写得好可以增加历史感，使人深思遐想。

我觉得这种游记写法，是以一种博大的胸襟、开阔的视野，把客体对象放到历史的流程中去进行宏观把握、整体观照，以增强力度与张力。创作实践证明，在散文创作（包括游记）中，愈是自由地联想、概括，省略一些事物的特殊过程、众多细节、微妙差异，形象往往愈是鲜明。没有概括，就难以进行形象的净化与情思的聚焦。通过宏观把握，通过概括与联想，可以凝聚历史、凝聚哲思、凝聚生活。当然，概括不是空泛的议论，不等于大而化之，还必须体现感情客体的特殊点，否则，你笔下的"滕王阁"就与"岳阳楼"没有差别了。

　　写游记散文，并不单纯为了写景，同时也是感情的自然流洒，是一些难剪难理的情怀的疏通。是在寻求内宇宙与外宇宙的沟通，唤回对自然的感受，以此来丰富现实生活的内在性、多样性的心灵欲求。这种充满苦累的心灵跋涉，并非得之于灯红酒绿或者舟车簸荡之间，多是成于心境沉酣之际。它的生命力就在于迸发于内心深处，是具有自己个性的独特的思想感受。就这个意义说，散文是为自己而写的。

## 五、寻找独特的艺术视角

　　有了独特的生活感受，还需要找到独特的切入点，或者说，一个"以心灵映射万象"（宗白华语）的独特的艺术视角。它是艺术构思的起始点、切入点，是感染读者的最佳导向，是作家与读者的心灵交流的焦点的最佳选择。

　　列夫·托尔斯泰认为，优秀的艺术构想，"应该有这样一个点，所有的光会集中在这一点上，或者从这一点放射出去"。散文写作也应该是这样。许多诗文并不缺乏真实的激情，而缺少视角选择和直觉造型，结果，情感、文脉就流散不定，没能像托尔斯泰说的那样，"让所有的光集中到一个点上"，从而削弱了感染力与震撼力。

　　黑格尔说，美是理念的感情呈现。他就是把视点归结到直觉形式上的。直觉形式看似很简单，但它背后所包罗的几乎是作家的整体生命。根据我的体验，在艺术中，哲理追求也往往体现在直觉形式上。或者说，艺术凭借着直觉形式反映哲理追求。这是一种高能效应。它使广大读者从一般欣赏转化为震颤性体验，由具象走向抽象，实现一种明显的理性承载。

　　我写游记，不论是写景、抒怀，面对着感情的客体，总习惯于找一个独特的视角去把握它，表现它。在纪游中，种种意蕴、情态，往往以一个独特的意象，以直觉的形式表现出来。

　　《祁连雪》是我游览河西走廊后写的一篇游记。千里河西走廊，该给人们留下多少玄思遐想！每一个面对这大漠戈壁的作家，相信都会发思古之幽情，射出无数支向往的神矢，鼓振着玄想的羽翼，设法观察、描绘它的历史现实与未来的诸般色相。这里，奔驰过出使西域的张骞的车骑，勇探虎穴的班超的鞍马，也展现过隋炀帝会见二十七个国家君主的盛大场面。这里有大漠孤烟，瀚海行旅，悲笳互动，驼铃叮咚的动人图景。这一切，"前人之述备矣"，我还从什么角度去选取艺术题材呢？经过苦苦思索，我找到一个贯穿全局的特殊视角，就是祁连山的雪。通过它的连缀，把我对河西走廊的历史感、沧桑感、亲近感描绘出来。正如毕加索所说的："观念与情感终于在他的画幅之内成了俘虏。无论怎样，它们不再能逃出画幅了。"如果把画幅作散文理解，即作为视角的直觉造型来理解，真是确切不移的了。

1995年初稿，2014年改就

# 论说文的文采

## ——以《庄子》为例

## 一

按照中国传统分法，一切文学性的和非文学性的散体文章，也就是不押韵、不骈偶的文字，都纳入"散文"的范畴。朱自清先生认为，"论文、宣言等不用说也是散文，但是通常不算在文学之内"。实际情况是，那些文采斑斓的抒情、叙事、写景文章，像《滕王阁序》《阿房宫赋》《岳阳楼记》《荷塘月色》等等，自然都是散文；而雄辩滔滔的论说文字，比如韩愈的《师说》《讳辨》，骆宾王的《讨武曌檄》，苏轼的《留侯论》，鲁迅的《魏晋风度及文章与药及酒之关系》，都是典型的论说文字，今古散文范本都把它们纳入其中，并作为标准、典范来看待。这类散文的功力，不仅表现在识见高超、认识深刻、表达充分、说服力强方面；而且，以其格调高雅、形象生动、表现力强，见称于世。

这样说，有人会问了：一般思辨性散文，比较轻巧、灵便，有施展技巧、表现文采的余地；而论说文章要求结构严谨、局面开阔、学理深厚、逻辑紧严，也能达到这种境界吗？这里恐怕要说两句话：一句话，"物之不齐，物之情也"，应该承认它们之间的差异性——论说文由于文体限制，要达到那种活泼、通脱、轻松、随便的程度，确实难度很大。另一句话，难度大不等于不可能，不仅可能，而且必需。

其实，按照《文心雕龙·论说》章中所言，"论"着重在发表议论，"说"着重打动人，要说得动听。看来，文采本是论说文的题中应有之义。因为一般散文也好，论说文也好，都要面向社会，面对读者，都要让人喜欢读，读得进，读得懂，否则就只能束之高阁、悬置于"象牙之塔"了。正所谓"言之无文，行而不远"。此其一。其二，既云思辨，即应该以现代意识为引领，对社会、历史、人生有敏锐的感悟和比较深刻的体验，体现主体性的思考，具有发散型而不是封闭型的思维方式——在这些方面，论说文与一般思辨型文字，要求是一致的。其三，一个带规律性的现象，凡是大师级的、水平特高的作手，他们的论说文，包括学术文章，都明白晓畅，深入浅出，都能以简驭繁，化难为易，化复杂为简单，变佶屈为通畅。倒是一些半通不通、似懂非懂者，往往以艰深文简陋，拉"洋皮"做大旗。其四，中外古今，都不乏学术著作极富文采，甚至以文学手法出之的成功事例。

## 二

最典型的当属《庄子》。作者通过离奇的形象、夸张的言辞、荒诞的情节，来编织五彩缤纷的言"道"画卷，里面散发着浓郁的诗性、诗情，闪烁着缜密的理性光彩，产生了常读常新的艺术感染力。当代学者姚曼波说："在《庄子》中，形象思维与逻辑思维紧密结合，水乳交融，相互补充，其契合之巧妙，如同演双簧戏的两个角色，在形象思维的一举手一投足背后，都清晰地透出了逻辑思维的理性声音。它真正是思想的文字和幻想的文字的和谐结合。"

难怪清初文学批评家金圣叹认定《庄子》为"天下第一奇书"，把它同《离骚》《史记》《水浒传》《西厢记》、杜诗，并列为"六大才子书"。闻一多先生说："读《庄子》，分不出哪是思想的美，哪是文字的美。那思想和文字、外形和本质的极端的调和，那种不可捉摸的浑圆的机体，便是文章家的极致。"

我们可以运用庄子及其著作这一个例，分析、探讨一番学术著作而有文采的规律性。

在先秦诸子中，庄子的思维方式是至为独特的。学术界一般把它概括为直觉思维。这里说的直觉，是指超越于一般感性和理性，采用非分析判断的、非逻辑推理的方法，通过感悟、借助诗性等途径，实现直接的本质理解和综合的整体判断，属于中国传统的一种整体认知方式。有的学者考虑到它的突破常规、冲决框范、不受时空限制，以想象、联想和逆向、侧向为基本特征，称之为"非逻辑思维"；也有的称之为"意象思维"，即用某种具体的形象来说明抽象的观念或原则，实现一种由具体到抽象的认识飞跃。要之，庄子具有艺术家的气质，不注重外在客观性的知识，以及概念的分析、剖断，而看重实际生活的体悟、主体内在的感受。

与这种思维方式紧相联结的，是作者视线、视角的选取。每个人的眼睛，实际上都植根于自己的心灵。就是说，纯客观的认知与体验是不存在的。电影学中有"主观镜头"的说法，即拍摄电影时，常常选取影片中一个线索性人物，以其视线角度作为定位的基准点。如果把《庄子》一书作为一部电影来看，那么，作者庄子的视角，就形成了"主观镜头"。各个篇章的人物，孔子也好、老子也好、惠子也好，还有那些古代的圣帝贤王、当时的暴君昏上，百工居肆的能工巧匠，各个角落里的隐者畸人，他们的言行举止、角色定位，全都通过这个"主观镜头"来映现，各种事物的观察、情节的展开，也都以庄子的视线角度为基准，其间带有明显的主观色彩。

运用召唤结构、模糊语言、对话类型、虚拟情境，也是其鲜明的艺术特色。《庄子》文本作为一个艺术整体，展现出召唤结构的纵深层面。诗性的语言文字，其可解性本来就是多向度的，内涵与外延往往大于概念性的语言文字，便于读者在阅读中通过发挥想象力，予以充实、完备和具体化。避开论述性的语言和严密的逻辑推理形式，而采用一种不受逻辑与常识的约束、模糊混沌的言说方式，这有助于突破"言不尽意"的语言局限，收取"义生文外"的效果。

## 三

庄子为文，可说用尽了各种文学手段，最突出的是：

——取譬设喻，驱遣意象，描形拟态，摇曳生姿。清代宣颖有言："庄子之文，长于譬喻。其玄映空明，解脱变化，有水月镜花之妙。且喻后出喻，喻中设喻，不啻峡云层起，海市幻生，从来无人及得。"比如，《齐物论》中通过子游与子綦对话，阐明对"人籁、地籁、天籁"的体道、悟道过程。应该说，这是一个十分高深难懂，更是难以表述得清楚的道理。可是，庄子通过取譬设喻的手法、形象逼真的描写，就使它变成一个个生动有趣的审美画面。

——运用夸张、浪漫的手法，通过抒情性想象与叙事性想象，营造虚拟的变幻莫测的艺术世界，表现了高超的写生技巧和营构境界的能力，特别是在运用形象生动、丰美诡异、富有感染力的语言方面，可说是达到了极致。

——庄子文笔挥洒自如，善于把枯燥艰涩、深邃难解的理论，以浑浩畅达、奇趣盎然的语言出之。不要说并世诸子，即便是百代以下的文章家中，也罕有其匹，堪称一位杰出的语言艺术大师。"大约太白诗与庄子文同妙，意接而词不接，发想无端，如天上白云，卷舒灭现，无有定形。"（方东树语）

——庄子谈道，还惯常应用类似后代散文、骈文的铺陈、排比的方法："夫道，有情有信，无为无形；可传而不可受，可得而不可见；自本自根，未有天地，自古以固存；神鬼神帝，生天生地；在太极之先而不为高，在六极之下而不为深，先天地生而不为久，长于上古而不为老。"

——作为抒情天才、丹青妙手，庄子善于运用形象刻画、场面铺陈的手法，来阐明道义、展现情怀，在《庄子》一书中，所在多有："藐姑射之山，有神人居焉，肌肤若冰雪，绰约若处子，不食五谷，吸风饮露。乘云气，御飞龙，而游乎四海之外。"（《逍遥游》）"昔者庄周梦为胡蝶，栩栩然胡蝶也，自喻适志与！不知周也。俄然觉，则蘧蘧然周也。不知周之梦为胡蝶与，胡蝶之梦为周与？"（《齐物论》）"山林与（欤）！皋壤与！使我欣欣然而乐与！乐未毕也，哀又继之。哀乐之来，吾不能御，其去亦不能止。悲夫！世人直为物逆旅耳！"（《知北游》）飞扬的意象，诗意的语言，读来真是一种惬意的美的艺术享受。

2013年

# 同中学生谈散文写作

中学生在语文课中接触最多的就是散文了。散文对于初学写作者，是培养锻炼观察、分析问题的能力，增强文字表现能力的基本功。而对于专门从事写作的人，更是必不可少的最适于表情达意、抒怀述志的常用文体。散文门类众多，无论是记事写景、抒情述志，还是说理辨析，其生命力所在就是真实。因而人们公认，散文是"掏心窝的艺术"，可以看作是作者的心路历程史。但是，散文是文学，与一般的新闻报道不同，要求具有文学性、艺术性、审美性。这样，它应该在语言文字、表现手法、谋篇布局、艺术构思方面，具见功力，在叙事、说理之外，还要讲究情感、形象、声调、文采，而且，要求富有丰富的蕴涵，深刻、新鲜的见解。

我在文学创作中，是以散文这种体裁为主的，四十余年出版了几十部散文集；但是，要是叫我系统地谈谈散文写作经验，也还是觉得难度不小。概括地说几条心得体会吧。

## 一、要写好散文，首要的是下苦工夫读书、学习

初学写作，往往总是觉得"词穷"，说不出个所以然来，没有新意，没有深意。特别是不善于剖析、思辨，讲不出深刻、新颖的道理来。也就是说，肚子里没货。那么，要能讲出道理、哲思、意蕴来，就得先要胸中富有哲思、道理、意蕴。这要靠读书明理，勤奋学习，努力扩大知识面，主要是在文、史、哲等人文学科方面多下工夫。我在这方面是下过苦功的。《诗经》《文选》《古文观止》，从小就读，许多篇章至今还能背诵；哲学、历史，我一直在刻苦钻研，《史记》《资治通鉴》，还有恩格斯的《反杜林论》，都读过多遍。

人们都说，读书是为了获取知识，这样讲没有错，但还须做些必要的补充。实际上，它是分为多个层次的：搜罗信息是一层，增

加学识是一层，把握规律又进了一层，最高层次是增长智慧。投身于市场经济、商业社会，人们自然都重视信息的获得。打开电脑、电视，或者翻阅报纸，一般都是先浏览一下新闻，看看有哪些新的信息。这原本是正常的。问题在于，若只停留在这一步，仅仅满足于求新逐异，而不做进一步的分析、研索，久而久之，思维就会表层化、平面化，导致思辨能力的弱化和原创力的萎缩。

## 二、养成思考、分析习惯，提高思辨能力

在今天的世界上，狭义的知识已经不那么重要了，上网一查全出来了，难的是分析与判断，也就是思辨。所谓思，就是思索、考虑、琢磨；辨，就是分析、辨别、判断、阐明道理，简单地说，就是想问题，找问题，分析问题，解答问题。在古代经典《中庸》中，就有"博学之，审问之，慎思之，明辨之，笃行之"的明训。

读书、学习必须有"问题意识"。这有两方面含意：一是在主客观实践中遇到了什么问题，对问题有自觉性的思考，有解决的思路；二是读书过程中脑子里经常挂着问号，也就是毛主席说的"要问一个为什么"。所谓"问题意识"，实际上就是说学习要同思考结合起来，这是一个有效的途径。思考就是要找问题，找话题，找课题。事物是复杂的，我们要跳出非此即彼、二元对立的思维定式。遇事要养成分析的习惯。有准备的头脑，对于培养思辨能力至关重要。就是说，头脑的开关总要处在开启状态，灵感只光顾勤奋思索的人。面对客观事物（包括社会、自然、人生）和主观世界，应该有独到的、深刻的看法。像学习分为三个层次——信息、知识、智慧一样，分析、思辨也可以分作三个层次：知其然，知其所以然，知其所应然。

## 三、学会说理

散文如何说理？大体有五种方式：

其一，是即事论理。我写过一篇《五岳还留一岳思》，中心是

讲凡事要留有余地。我讲：那次游览黄山，在海拔均达一千八百米以上的三大主峰中，只登了天都峰、光明顶，留下莲花峰作为“余生梦想”。这样，至今我对黄山还抱有一种朦胧的追求，总想找个机会重游一次。同旅游一样，为文作画也应该讲究留有余地，不可太满太露。白石老人画虾，并没有像一些平庸的画匠那样，巨细无遗地将大虾腹下的节足一一描出。从外表上看，似乎形体不全，朦胧不显。可是，虾的动态、虾的神韵却栩栩如生地展现出来。我们看到的不仅仅是画面上的生物景象，而且还感受到一种亲切、开朗的，使人感发奋起的愉悦情绪，一种春天般的，对生活充满肯定与热爱的心态。这使我想到中国艺术传统那么讲究“象外之旨”“弦外之音”“言外之意”的道理。古人讲，“大成若缺”，“过犹不及”。其中奥秘就在于以不全求全，以少少许胜多多许，要旨是给读者留下更多的想象余地。

再比如，讲辩证观点。有用、无用是相对的。战国时期，庄子和惠子辩论。惠子说庄子的理论大而无当，不切实用。庄子说：“晓得无用了，才能和你来谈有用。大地，该是多么广阔博大呀；然而，人所用的只是立足之地，也不过是一尺见方吧？其他，似乎都与你无关。可是，你却不能把你立足以外的其他地方，都挖除掉，一直掘至黄泉。如果那样，你所站的那一小块地方还能用吗？”主要、次要也是相对的。对口相声，一个“捧哏”，一个“逗哏”，二人一唱一和，交相为用。逗哏的笑料占主导地位，所以称为主角；但须有配角捧哏的衬托、铺垫，才能组成包袱，产生笑料。这天，两人说《武松打虎》，逗哏的以主角自居，说配角可有可无。但见逗哏的武松挥拳开打，按说应该打几下，老虎就得死了，这才能显出武松的威风；可是，捧哏的老虎却怎么打也不死，最后，还腾地蹦起来了。逗哏的责问他，他说：“你不说我可有可无吗？”庄子也好，相声也好，都不是空泛议论，而是即事说理。

其二，是寓理于情，情理交融。司马氏灭蜀，李密沦为亡国之臣。晋武帝司马炎采取怀柔政策，极力笼络蜀汉旧臣，征召李密为太子洗马。李密不想出山，但总得找个理由啊，于是用晋朝"以孝治天下"为口实，以祖母供养无主为由，上《陈情表》以明志，要求暂缓赴任，上表恳辞。你听他是怎么说的："但以刘（他的祖母）日薄西山，气息奄奄，人命危浅，朝不虑夕。臣无祖母，无以至今日；祖母无臣，无以终余年。母、孙二人，更相为命，是以区区不能废远。臣密今年四十有四，祖母今年九十有六，是臣尽节于陛下之日长，报养刘之日短也。乌鸟私情，愿乞终养。"寓理于情，合情合理，最后，晋武帝批准了他的请求，达到了预期目的。

其三，是透彻剖析，直抒胸臆。我写《废物——放错了位置的有用之材》，就是采取直接叙述的手法。我说，客观事物各具所长，也各有所短。人才也是一样。世界上全才极少，甚至是没有的。绝大多数人具有某一方面或某几方面的长处，同时又有某一方面或某几方面的缺陷。这个所谓"缺陷"，往往会被一些人看做是废物；事实上，他同时还是具有某些长处的。这就告诉我们：扬长避短，合理使用，则天下尽多可用之才。关键在于要有惜才之心，识才之眼，既能容人之短，又肯于耐心细致地去发掘其固有的特长。

即便是直接议论，也应是探索式的、研讨式的交流，理解性的、对话式的讨论，而不是居高临下的教训，冷嘲热讽的讥刺。应该把形而上的哲思文学化，以艺术的语言、独特的感悟，咀嚼社会人生。叙述中有时还可以插入一些"闲笔"，不仅着手成春，触笔生妙，而且能使文气从容舒缓，平添几分情趣。胡乔木同志说过，写作议论性的文章，里面可以夹带几个小风扇，在感到沉闷的地方出来扇几下。

## 四、散文要有真情实感，要鲜明地表现作者的人生态度、爱憎情怀

要能感动读者，作者首先必须感动自己。散文应该写得很实在，特别要凸显真情，再现生活场景，写得越朴实、越自然、越真

切越好，这里不需要特意的抒情、说理，应该靠事情本身打动人。唐代著名文学家韩愈的《祭十二郎文》，是祭奠他的英年早逝的侄子的，情感真实、浓重，读了催人泪下：

> 呜呼！其信然邪（耶）？其梦邪？其传之非其真邪？信也，吾兄之盛德而夭其嗣乎？汝之纯明而不克蒙其泽乎？少者、强者而夭殁，长者、衰者而存全乎？未可以为信也。梦也，传之非其真也，东野之书，耿兰之报，何为而在吾侧也？呜呼！其信然矣！吾兄之盛德而夭其嗣矣！汝之纯明宜业其家者，不克蒙其泽矣！所谓天者诚难测，而神者诚难明矣！所谓理者不可推，而寿者不可知矣！
>
> 虽然，吾自今年来，苍苍者（头发）或化而为白矣，动摇者（牙齿）或脱而落矣。毛血日益衰，志气日益微，几何不从汝而死也。死而有知，其几何离；其无知，悲不几时，而不悲者无穷期矣。汝之子始十岁，吾之子始五岁。少而强者不可保，如此孩提者，又可冀其成立邪？呜呼哀哉！呜呼哀哉！

文学是人们情感的喷发口，它在承担着教化功能、认知功能、消遣娱乐功能之外，还有宣泄内心的情感、苦闷、焦灼的功能，同时也是人们精神的寄托。散文是交谈与倾听的艺术，述说着倾诉自己内心和倾听自己内心的话语。因此，决定散文生命力的是写作者身上两样最弄不得假的东西：一是文字功力，一是人生境界。它越过表面的写实，而进一步关注与表现普通人的追求和期待，使自己的人生能够有意义，进入终极关怀的层面。

作家、艺术家的思想，不能仅仅是一个道德规范、行为规范，也就是仅仅停留在政治态度、做人标准上，还应该进入一个认识论的范畴，站在民族、社会、时代的最前沿。说一句通俗的话，就是：你肚子里有真实货色，才能使出真功夫，给人启迪，给人教益。眼高可能手低，但眼低肯定手低。

**五、散文呼唤创新，要强调独创性，要独出心裁，不能嚼人家的剩饭**

散文的本质，内容、题材、表现形式、话语方式，都是开放的，没有成规，没有界限。现今社会生活丰富多彩、千变万化，甚至是光怪陆离，加上西方现代主义文艺的影响，人们的主体意识、探索意识、批判意识、超越意识大大增强，作家、读者的文化背景、审美期待、审美趣味也在不断地发展变化，这就决定了散文创作的多样化、多元化。要强调独创性，要独出心裁，不能嚼人家的剩饭。

近年，我曾到过江苏常熟的著名小镇古里。回来写了一篇生面别开的游记，题目叫做"客子光阴诗卷里"。在我看来，书香是古里的灵魂，是这座千年古镇的主题词，而诗卷则是它的展现方式。这样，我就借用古代画卷分为引首、卷本、拖尾的说法来写。

首先入眼的是清代四大藏书楼之一——铁琴铜剑楼，于是，我把它作为诗卷的"引首"。踏在润滑的苔痕上，似乎走进了时间深处，生发出一种时空错位的神秘感觉，说不定哪扇门"吱呀"一开，迎面会碰上一个状元、进士。粉墙黛瓦中，一种以书为主体的竹简、雕版、抄本这些中国数千年文明进程中的文化符号，让他乡客子亲炙了瞿家五代在藏书、读书、护书、刻书、献书中所辉映的高贵的精神追求与文化守望，体味到高华、隽永的书香文脉。

那么，这部手卷的"卷本"在哪里呢？那就是凸显历史名镇、江南水乡、时代文明三大主题的文化公园。堪资令人欣慰的是，当年那种文脉、书香，今天得到了有效的弘扬，实现了华丽的转身。如果说，铁琴铜剑楼这个"引首"是一篇阳春白雪的古体格律诗，那么，作为"卷本"的文化公园，则是一首现代自由体诗章。它集休闲、娱乐、学习、观赏、活动、展示等功能于一体，充分体现出时代化、大众化、人性化的特点。

而异彩纷呈的波司登羽绒服工业园，则相当于整幅诗卷的"拖尾"。人们在这里，通过展馆接近实际的亮丽的风景线，形象地了解到这一世界著名品牌的奋斗历程和辉煌业绩，感受到融现代化工业色彩与文化韵味于一体的时尚旅游的真髓。

你们看，这是不是创新立异？可以说，古今中外的纪游散文没有这样写的。

## 六、散文写作，不能只是叙述，还要善于描写，注重形象化

文学艺术创造，讲究"画""化"二字。画，就是要有形象；化，就是要把客观的、物质的东西化作心灵的东西，并设法把这种心象化为诗性的文字。

黄昏、夕照，景象迷人。自从人类把自然风物作为自己的审美对象，宇宙间的各种景观有了独立的美学意义之后，便有无数诗文咏赞它，描绘它。泰戈尔说："黄昏时候的天空好像穿上了一件红袍，那沿河丛生的小树，看起来更像是镶在红袍上的黑色花边。"它又是富有音乐感的。高尔基说，当太阳走到大地里面之后许久，"天空中还轻轻地奏着晚霞的色彩绚烂的音乐"。而且，还有性格，有情感。在莫泊桑笔下，"那是一个温和而软化的黄昏，一个使人灵肉两方面都觉得舒服的黄昏"。凡尔纳写道："太阳在向西边的地平线下沉之前，还利用云层忽然开朗的机会射出它最后的光芒"，"这仿佛是对人们行着一个匆匆的敬礼"。

赫尔岑写得更是富有良知，"这美丽的黄昏，过一个钟头便会消失了。因此，更其值得留恋。它为了保护自己的声誉，在别人还没有厌倦之前叫他们珍惜自己，便在恰当的时候转变成黑夜"。原来，黄昏竟是这样的充满情趣，难怪夏洛蒂·勃朗特称许它是"二十四小时中最可爱的一个小时"。

通过上述这些描写，黄昏便实现了具象化，有了形象，有了意象，甚至成为心象。这样，就可以触摸，可以赏玩了，而不再仅仅

是一个抽象的名词。

### 七、要感染人，必须注重细节描写

我有一篇写母亲的散文，题目叫《望》。从望儿山上的老母望儿写起。然后说，我上中学、大学离开家门；直到参加工作后，经常外出开会下乡。母亲几乎天天都站立在楼上的窗前，遥遥地望着，望着。渐渐地，老人家的眼睛看不清东西了，可是耳朵却异常灵敏，隔着很远，就能够辨识我的脚步声。只要告诉她，我在哪天返回来，母亲便会在这一天，拄着拐杖，从早到晚站在门里面，等着听到我的动静好顺手开门，直到把我迎进屋里。这时，老人家便再也支撑不住了，全身像瘫痪了一样，卧伏在床铺上。母亲去世二十多年过去了，有时看到桌上的电话，心里还一阵阵地觉着难过。现在，即使远在千里万里之外，只要拨个电话，就可以随便和家人欢谈。可是，那时家里却没有这种条件。记得到省城工作后，赶上过端午节，我想到应该给老母亲捎个话，问候问候，告诉她我一切都好，不要挂念。于是，就往我原来所在的机关拨个电话，请为转告。听说，老母亲欣慰之余，又不无遗憾地对那位传话的同志说，她实在走动不了啦，不然，一定跟他到机关去，在电话里听听我的声音，亲自同我交谈几句。

正是这些细节，才使得散文有了感人至深、催人泪下的力量。

### 八、要用文学化的语言

高尔基说，文学的第一要素是语言。尤其是散文，有人说它是裸体的东西。语言是散文的标志性"构件"，没有像样的语言就什么都没了，像意境、意象等等，都是依靠文学性的语言来表达的。

我写诗人陆游怀念妻子唐婉："犹如春蚕作茧，千丈万丈游丝全都环绕着一个主体；犹如峡谷飞泉，千年万年永不停歇地向外喷流。爱情竟有如此巨大的魅力，历数十年不变，着实令人感动。此刻的诗翁已经临近生命的终点，死神随时都在向他叩门；但是，他那深沉、炽烈、情志专一的爱的火焰，却伴随着生命之光，始终都在熠熠地燃烧着。"

还有写江南秋末踏寻诗仙李白遗迹的场景：

> 我忘情地踏着晚秋的黄叶，徜徉于五松山下、天柱峰前，漫步在桃潭、秋浦之间，寻几分天籁，握一把苍凉，在疑幻疑真的朦胧意象里，借助那一泓澄碧和万壑松吟来濯心、洗耳。一时间，仿佛冲破了时空的限界，纵身千载之上，同诗人一道亲炙那"扫石待归月"，"倚树听流泉"的幽情雅趣。
>
> 采石矶头，也是那样一个"秋月照白壁，皓如山阴雪"的夜晚，我站在拔江而起，危矶如削的峭壁上，望着涛惊浪涌的滚滚江流，眼前仿佛浮现出一幅《谪仙泛舟赏月图》——诗人和他的好友、"饮中八仙"之一的崔宗之，一舟容与，溯流而上，"进帆天门山，回首牛渚没"，"月随碧山转，水合青天流"。像现代诗人汪静之笔下所描绘的，他穿"一件极美丽的五云裘，颜色好像夏天的朝云，春天的彩虹，像碧海衬着远山，红霞映着绿草"，端坐在船的正中。金樽邀月，诗酒唱和，岸旁观者如堵，而诗仙则顾盼神飞，谈笑自若。

看得出来，文学性的语言，同日常交流性的语言是有明显区别的。日常语言进入散文创作中必须升华，必须提炼。散文创作中的语言，是通过对日常语言的变形、凝聚、强化、形象化、陌生化，使之更新我们的习惯反应，唤起新鲜的感知。如同当代著名诗人余光中所说："我倒当真想在中国文字的风炉中，炼出一颗丹来。在这一类作品里，我尝试把中国的文字压缩，捶扁，拉长，磨利，把它拆开又拼拢，折来且叠去，为了试验它的速度、密度和弹性。我的理想是要让中国的文字，在变化各殊的句法中，交响成一个大乐队，而作家的笔应该一挥百应，如交响乐的指挥杖。"

## 九、要找出一个特殊的视角，一个体现本质的形象特征

我为了鲜明、形象地状写清王朝始于蓬勃兴业、终于惨淡覆亡的"龙头鼠尾"的景象，选取了"东上朝阳西下月"的独特视角与形象特征：

> 这天清晨，我在抚顺市区浑河岸边闲步，忽然发现，初起的朝阳和渐落的晓月，同时出现在左右的天边；而笔直的河流竟像是一条长长的扁担，挑着这一为鲜红、一为玉白的两个滚圆的球体，悠然向西流去。霎时，我被这奇异的景观惊呆了。
>
> 联想到努尔哈赤以十三副遗甲起兵，艰难缔造，创业开基，军威赫赫，战胜攻取；随之，他的继承者挥鞭出关，中原跃马，实现中华一统；外御强敌，拓土开疆，奠定下现当代中国版图的牢固基础。可是，到了晚清之世，包羞忍辱，受尽欺凌，最后竟至傀儡登场，卖国求荣，导致国破家亡，身败名裂。不禁兴怀无限，感慨系之。

## 十、要讲究开头和结尾，拟个好题目，题目最好小一点

从前作文章，讲究"凤头、猪肚、豹尾"——开头华彩缤纷，里面丰盈饱满，结尾刚健有力。白居易说："落句欲似高山放石，一去不回。"也有人强调，结尾要余韵悠然，让人有不尽的联想，达到"曲终人不见，江上数峰青"的悠然意远。

散文的标题也有讲究。应该富有文学性，富有诗意，要个性化，形象化。既不能漫无边际，又不宜一览无余。要动脑筋想一想。我就特别注意给文章拟题目，如《一夜芳邻》《用破一生心》《他那一辈子》《回头几度风花》《人生几度秋凉》《望》。

　　题目应该小一点。大家熟悉的散文名篇，像冰心的《小桔灯》、朱自清的《背影》、鲁迅的《风筝》，都是很具体、很小的。我们从事散文写作，最容易犯的一个毛病，就是题目过大，延伸过远。散文与新闻不同。新闻可以有无限的涵盖力。毛主席起草的解放军胜利渡过长江的新闻："人民解放军百万大军，从一千余华里的战线上，冲破敌阵，横渡长江。西起九江，东至江阴，均是人民解放军的渡江区域。"里面包含着丰富的信息量：让你知道，解放军兵力强盛，战线长，气势猛，战绩辉煌；渡江作战获得了巨大成功。可是，如果采用散文形式，就不会这样写了，恐怕得抓住一些典型场面，突出一两条船，或者一户人家，一个老艄公。散文的入口要小，应该像陶渊明写的桃花源那样："林尽水源，便得一山。山有小口，仿佛若有光，便舍船从口入。初极狭，才通人。复行数十步，豁然开朗。土地平旷，屋舍俨然，有良田、美池、桑竹之属，阡陌交通，鸡犬相闻。"

　　有的作者不屑于关注一些小题目、边角料，认为这些没有价值，也显示不出才力。表现在评论上，往往夸夸其谈，不着边际，以为只要能够引证一大篇时兴的理论，写出高头讲章，不管是否切合文本，都会得到读者的青睐。致使有些评论显得"隔"，不贴近文本，自说自话，不着边际，让人摸不着头脑；有的评论显得硬，气势磅礴，立论武断，口气很大，缺乏对评论对象应有的理解与体贴。其成因，固然是长期以来，特别是"文革"期间，整个文风养成空泛议论、脱离实际的弊端的直接后果；如果追根溯源，也和现代对于乾嘉学派"出言有据，板上钉钉"的严谨考据的全盘否定，助长了粗疏大意的学风不无关系。

2011年

（本文原为作者在吉林大学附属中学的讲话）

## 散文创作中人物刻画的文学手法

来到温州，我首先想到两位在中国文学史上闪耀着熠熠光华的文学家：一位是东晋末年、刘宋初年的谢灵运，他在永嘉也就是温州当过太守。《宋书》本传中说："（永嘉）郡有名山水，灵运素所爱好，出守既不得志，遂肆意游遨。"足迹所至，灵思妙绪，霞蔚云蒸，发而为诗文，传颂千古。"池塘生春草，园柳变鸣禽"这铿锵作响的名句，就是他在登永嘉郡池上楼时所作的。再一位，是现代的散文大家朱自清。早在就读初中时节，当时我还戴着红领巾，就为他笔下的"梅雨潭的绿"所倾倒。课文选自朱先生散文《温州的踪迹》，原来题目只一个字：《绿》。地以文传，这个位于瑞安、僻处岩隈、范围不大的梅雨潭，从此也就载入千秋史册、名传四海五洲了。

今天我在这里所要讲述的也是一个文学话题：散文创作中人物刻画如何运用文学手法。

作为文学作品，散文具有文学的品格，写作中特别是人物的刻画，往往需要采用一些文学的手法，诸如形象刻画、细节描写、意境铺陈、心理活动、结构安排、语言运用，以及必要的典型化处理和有限制的想象，等等。

可以说，每个散文作家，都会遇到这样一个问题：就文体来说，散文不同于小说、戏剧。按照规范的说法，散文必须真实，是不允许虚构的，这是散文的本质性特征，一向被奉为金科玉律。可是，散文又属于艺术范畴，唯其是艺术，作者构思时必然要借助于栩栩如生的形象和张开想象的翅膀，必然要进行素材的典型化处理，作必要的艺术加工。这不就发生了矛盾吗？

这个问题带有很强的理论性，不在今天讲演的范畴之内，因为要把它说清楚，需要专门做一场系统的报告。五年前，我曾发表过一篇论文《想象：散文创作中的一个审美特征》，对于上述问题作过集中论述。因此，我在这里，是把它作为预设的前提，也就是已经作出了肯定性的结论：散文属于文学体裁，文学当然可以而且必须采用文学的手法。

首先，我们看看古人是怎样言说、怎样处理的。明代思想家李贽讲到艺术创造时，说一个是"画"，另一个是"化"。画，就是要有形象；而化，就是要把客观的、物质的东西化作心灵的东西，并设法把这种心象化为诗性的文字，化蛹成蝶，振翅飞翔。

形象是和细节紧相联结的。很难设想文学作品没有细节描写，因为它最能反映人物的情感与个性。《史记》中写汉初名相"万石君"石奋一门恭谨，就采用了大量细节。石奋的长子石建谨小慎微，有一次书写奏章，皇帝已经批回来了，可是，他还要反复检视，终于发现"马"字有误：这个字四点为四足，加上下曲的一笔马尾，应当是五笔，现在少写了一笔。他惊慌失措，唯恐皇帝发现了怪罪下来。石奋的少子石庆，一次驾车出行，皇帝在车上问有几匹马拉车，他原本很清楚，但还是用马鞭子一一数过，然后举起手说："六匹。"小心翼翼，跃然纸上。太史公通过这些细节，写出了当时官场中那种终日诚惶诚恐、战战兢兢、人人自危、恭谨自保的政治风气。

《史记·淮阴侯列传》记载，汉王四年，韩信把齐国全部招降平复了，就派遣使者去见刘邦，请求自立假王以镇之，理由是："齐人狡诈，意外的事故很多，是个屡降屡叛的国家，南面又和楚国相邻，如果不暂立一个代理王位的来镇伏它，那齐国的形势是难以稳定的。因此，希望让我来暂代齐王之位。"当时，汉王刘邦正被项羽围困于荥阳，情势十分危急，他见到呈文，顿时勃然大怒，说："我困于此，旦暮盼你前来解救，帮我打退敌兵，而你竟要自立为王！"张良、陈平在一旁着急了，暗中踩了一下汉王的脚，贴着他的耳朵小声提示：在这紧要关头，应善遇之，否则必然生变。汉王大悟，便将计就计，接着骂道："大丈夫既然平定了诸侯，要做就做真王才对，干什么请求做假王呢！"说着，立刻派遣张良去封韩信为齐王，并征调他的部队来进击楚军。你看这段记载，真是奇绝妙绝，把刘邦、韩信、张良、陈平写得活灵活现，性格特征鲜明突出；君臣之间的钩心斗角，阴谋利用，跃然纸上。靠的是什么？主要是细节描写。

当然，我在这里说的是细节与人物心理活动。需要在这里郑重地交代一句：这种想象与虚构，必须是有限制的。你们注意，我在"想象"前面，加上了"合理"二字。所谓"合理"，也就是要在尊重客观真实和散文文体特征的基础上，对真人真事或基本事件进行经验性的整合与合乎常理常规的艺术想象，也就是修昔底德所说的："一方面尽量保持接近实际所讲的话的大意，同时使演说者说出我认为每个场合所要求他们说出的话语来。"一定要防止和避免小说化的"无限虚构"或"随意想象"。

说过了古人，下面再说说我个人是怎么做的。

那年我到浙江金华去采风，在八咏楼看到了一尊李清照的塑像。我站在她的长身玉立、瘦影茕独的雕像前，对着她那两弯似蹙非蹙、轻颦不展的凝眉，久久地瞩望着，沉思着。似乎渐渐地领悟了或者说捕捉到了她那寄寓着苍凉身世、饱蕴着凄清之美的喷珠漱玉的词章的神髓。回去后写了一篇名为《终古凝眉》的散文。像写曾国藩集中在"苦"字上，我写晚年的李清照集中在"愁"字上。不是有人说"太白有诗皆咏酒，易安无语不含愁"吗？愁，是《漱玉词》中一个关键词。你看，"薄雾浓云愁永昼"，"一种相思，两处闲愁"，"凝眸处，从今又添一段新愁"，"只恐双溪舴艋舟，载不动许多愁"，"这次第，怎一个愁字了得"……我发现，悲凉愁苦根植于易安居士的本性之中，弥漫于她的整个生命历程。这种生命原始的悲哀在天才心灵上的投影，正是诗人之所以异于常人的根本所在。由于她自幼生长于深闺之中，生活空间狭窄，生活内容单调，没有更多的向外部世界扩展的余地，因而，作为一个心性异常敏感，感情十分复杂的女性词人，她要比一般文人更加渴望理解，渴望交流，渴求知音；而作为一个才华绝代、识见超群、具有丰富内心世界的才女，她又要比一般女性更加渴求超越人生的有限，不懈地追寻人生的真实意义，以获得一种终极的灵魂安顿。这些结合在一起，相生相长，必然生发出一种独特的灵性超越与不懈的向往、追求。这是我从李清照的雕像上读出来——想象与生发出来的。那么，怎么加以表现呢？我抓住了她的一对愁眉，一双泪眼。通过联想、想象，进行典型化处理、艺术性刻画，写成一篇艺术性较强的历史文化散文。我怕读者忽略了我的苦心孤诣，索性题目就叫《终古凝眉》。

想象、联想、心理描写，在创作中往往交织在一起，密不可分。我有一篇名为《人生几度秋凉》的散文，写张学良晚年栖居夏威夷的心境与生活。我注意到这样一个基本事实：他在那里住了八年，几乎每天傍晚都要到海边闲步（多数是坐轮椅）。于是，我从三千个傍晚中选出了三个晚上，突出刻画他的微妙的心理活动。

散文中记下了一个真实的细节："不经意间，夕阳——晚景戏里的悲壮主角便下了场，天宇的标靶上抹去了滚烫的红心，余霞散绮，幻化成一条琥珀色的桥梁。老人深情凝视着这一场景，过了许久，忽然含混地说了一句：'我们到那边去。'护理人员以为他要去对面的草坪，便推着轮椅前往，却被一荻夫人摇手制止了。她理解'那边'的特定含义——在日轮隐没的方向有家乡和祖国呀！老人颔首致意，微笑着向夫人招了招手。故国，已经远哉遥遥了。别来容易，可再要见她，除去梦幻，大约只能到京戏的悠扬韵调和'米家山水'、唐人诗句中去品味了。世路茫茫，前尘隔海，一切都暗转到苍黄的背景之中。人生几度秋凉，一眨眼间，五陵年少的光亮额头，就已水成岩般刻上了道道辙痕，条条沟壑。"

另一个晚上，以"庆生"活动为中心，穿插大量实际事例，写他的旷达、超脱，忘怀得失，拿得起放得下，"英雄回首即神仙"；讲他幽默、乐观，富有情趣，充满了人格魅力。

第三个晚上，写这位百岁老人的孤寂情怀。赵四去世了，他孤苦无依，觉得长寿是一种苦恼。他不仅送走了关押他五十四年的蒋家父子，送走了两个妻子、多数子女，几位常相过从的老朋友也相继谢世，只剩下他形影相吊，孤鹤独栖了。写这些都是铺垫，都是渲染，核心是在"长寿"二字上作文章——

长寿不仅带来生离死别的苦恼，更给他带来了无限机缘，如果他早夭，只活过二十岁，那他不过是一个纨绔子弟、花花公子；若是三十五岁以前死掉，"不抵抗将军"的恶名就得背到棺材里；后来他有幸发动了西安事变，成为民族英雄，千古功臣。当然，长寿更是一种挑战，有些人早一点死可能更好。马克思就曾说过："拜伦在三十六岁逝世是一种幸福，因为拜伦要是活得再久一些，就会成为一个反动的资产者。"最典型的还是汪精卫。晚死，就有一个"晚节"问题。如果张学良在获得自由后接见记者，对他过去的作为全盘予以否定，那么，"金刚倒地一摊泥"，也就毫无价值了。而他却始终不渝，恪守爱国主义的信仰，坚定地回答外国记者："如果再走一遍人生路，还会做西安事变之事。"英雄无悔，终始如一，从而进一步成就了张学良的伟大，使他为自己的壮丽一生画上了圆满的句号。

写作中，我全面调动了各种文学手法，其中有想象，有联想，有细节刻画，有心理描写，有叙述，有议论，当然，最重要的还是独到的见识、深邃的认知。这样写出来的文章，就有别于其他所有关于张学良的纪实文字，体现了超越性与独创性。

最后，我着重说说如何通过形象描写、形象塑造，把压扁在书册中的史料化作生动的可感可悟的场景、形象，以尽可能开阔的现代视野，对史料加以现代性的转化。

我在散文《他那一辈子》中，赋予近代官场的标本——李鸿章以六种形象，以此串起他的一生功业和百般无奈。

首先，他是一个"不倒翁"。一生中，他始终处于各种矛盾的中心，经常在夹缝里讨生活。尤其是作为签订卖国条约的"专业户"，他一直遭到国人轮番的痛骂。可是，"笑骂由人笑骂，好官我自为之"。这端赖于他的宦术高明，手腕圆活。

于是，又有了第二种形象：出色的"太极拳师"。他周旋于皇帝与太后之间，各国洋鬼子之间，满汉大员、朝臣与督抚之间，纵横捭阖，从容应对。

第三种形象是大清王朝的"裱糊匠"。他把晚清王朝比作"一间百孔千疮的破纸屋"，他整天地到处补窟窿，哪里出了事，慈禧太后都要"着李鸿章承办"。他所扮演的就正是"裱糊匠"的角色。

第四种形象是"撞钟的和尚"。他曾说："我能活几年？当一日和尚撞一日钟，钟不鸣了，和尚亦死了。"话是这么说，实际上，他所起的作用却是他人所无法代替的。

这样，又有了第五种形象——晚清朝廷和慈禧太后的"避雷针"。他把割地赔款、丧权辱国所激起的强大的公愤"电流"，统统吸引到自己身上，从而缓和了人们对最高统治者的不满，维护了"老佛爷"的圣明形象。

第六种形象是"仓中老鼠"。这要多说两句。《史记·李斯列传》讲，李斯为郡中小吏时，发现厕所里的老鼠吃污秽的东西，一见到人或狗走近，就惊慌逃遁；而粮仓里的老鼠，吃的是积存的粮谷，安闲自在，无忧无虑，原因是它有强大的靠山。于是发出感慨：人的贤不肖，有没有作为，全看处在什么样的环境了。李鸿章深得此中奥秘。他要像仓鼠那样找个有力的靠山，具体地说，就是"挟洋以自重"。由于经他手签订了那么多丧权辱国的条约，在洋人心目中，他是有身份、有地位、说了算的，是朝廷离不开的大人物；而慈禧太后已经被列强吓破了胆，人家咳嗽一声，在她听来，如同五雷轰顶一般。有那些外国主子在后面撑腰，李二先生自然不愁老太婆施威发狠了。

这里有两点至关重要：一是对所写人物要烂熟于心，写之前，历史人物先就活在作者心里，而不单是记住一些事件经过；二是适当借鉴小说、戏剧、电影、绘画等艺术门类的创作手法。

上面，联系个人的读书、创作实践，讲了一些实际事例，意在说明：在散文创作中，文学手法是必需的，也是完全可以切实把握的。

　　一得之愚，只供参考。

2011年3月23日

　　（本文原为作者在浙江温州大学文学院的讲演）

# 只缘胸次有江湖

## 一

文学是一种缘，或者说，文学本身存在一种缘分。上下千年，暌隔万里，借助文学可以实现心灵对接、情志契合；文学为沟通心灵而存在。

去年，读到《作家》杂志一组题为《骑鹤江湖》的大型文化散文，眼睛为之一亮。当即与宗仁发主编联系，表达心中的兴奋。仁发却说，真是"欲渡河而船来"，正要找你写评论呢！这里似乎显现着冥冥中的一种隐秘安排，也算是一种缘分吧。只是，我一向闷头写作，而不懂得如何评论，即便有所品鉴，也谈不出多少道理。硬"赶鸭子上架"，岂不苦煞我也。

记得莫言在斯坦福大学讲演时说过，一个作家读另一个作家的作品，实际上是一次对话。我觉得这个说法很好。同是从事散文写作，我很愿意和这位至今尚缘悭一面的年轻同行交流一番读写方面的心得，也诚心期望通过研究、探讨，接受新鲜经验，弥补自己的不足。这倒比那种居高临下的指手画脚或者体系完备的高头讲章有益、有趣得多。

我首先要说，于今在万花筒般的散文园地里，能像这组散文那样有张力、耐咀嚼的并不是很多。单就选材、立意来看，就颇有特色。作者提出要寻先祖遗踪，觅自己的出处："应该说，今天的寻找，是因为想念，我想念他们，年龄越大越想念。"为了找到自己幼年曾相依为命的外祖父母"出生、成长、歌哭过的地方"，作者从北京出发，穿越山西、内蒙古、宁夏、甘肃、四川、江苏数地和许多名山大川，行程逾两万里，通过一己所特有的文化背景、知识结构、文学趣味和充满时代特色的感受、思索、判断，给出一个个因叙述而存在的话语中的现实。展读作品过程中，我们仿佛同作者一道，牵扯着亲缘/家族的线团，突破时空差距，出真入幻地追索着与中国近现代史纠葛重重的生命谱系与精神品性，同时，借助着意描写的民生百态也体察到现实中深沉的人生况味。

而这种"循古人遗迹，看今人生活"的寻根，又有别于上世纪80年代兴起的一般的"寻根文学"。实际上，这是一种文化追寻，是历史文化维度上的精神的寻根，其间凝聚着富有地域、民族、传统特色的文学资源和一定程度的价值支持，也是作家的个性、气质、生命情调的显现。亚圣孟轲讲"吾善养吾浩然之气"，清代诗人黄景仁有"为嫌诗少幽燕气，故向冰天跃马行"之句。而女作家欣力则说，"这个'江湖'意思实在，是阔大之所在"，"说的是精神"，是辛词"楚天千里清秋，水随天去秋无际"，"落日楼头，断鸿声里，江南游子。把吴钩看了，栏杆拍遍，无人会，登临意"的姿态飞扬、慷慨呜咽的意境，"是激情，是力量，是搏斗的昂扬、胜利的欢乐"，"眼睛应该放出火焰般的光"的雕塑"黄河母亲"的形象。

当然，如果调换一下视角——读过这部散文佳作之所以产生荡气回肠，一唱三叹之快感，仿佛走出狭隘空间，进入与"浩然之气"相接相遇的精神境界，从作者方面说，则是宋人诗句中的"只缘胸次有江湖"。而这一点，是我要着重言说的。因为无论就生活体验还是阅读经验来说，我们都会体察到，值此世界化、全球化的呼声盈耳，时空概念无比扩展，活动范围无远弗届之际，作家的内心世界以及文学创作视界反而变得越来越狭小和褊窄。而《骑鹤江湖》所展现给我们的，竟是那么浩渺苍茫、有着无限可能性的历史与现实。前人研习书法有"行气"之说，特别看重气势；同样，文学作品也讲究"气盛言宜"："气盛则言之短长与声之高下者皆宜。"（韩愈语）这组散文作品妙就妙在通过一种独特的叙述张力和文章气势，把那些富有生活气息和人情味的缤纷炫目的见闻，同丰富的文化蕴涵、开阔的艺术视野紧密地黏合在一起，以至于觉得吸引读者的不是讲述的具体事件，而是那种带有磁性的才情、语境和态势。

## 二

这组散文以其文体方面的创新，吸引了广大读者和研究者的注意。

一般散文在结构上，都是以领起、展开、高潮跌宕为序来安排叙事，注重过程的顺序性与持续性；并且采用环环相扣、首尾相衔的叙述方式，以便牢牢地抓住读者。而《骑鹤江湖》走的是另一条路子，贯穿于整个文本中的是现代小说中惯用的"连续性中断"的手法。经常冲破预设的程序和思路，打乱时空秩序和因果逻辑所控制的文章结构，腾挪闪跃，纵横恣肆，天马行空，心理潜流不断变化，线索、视角在不住地转换，体现出一种"云龙雾豹的断续之美"。正是这种以跳跃、转换为特征的意识流叙述，为读者留下了大量空白，提供了广阔的想象空间，并且产生了"波澜开阔，如在江湖中，一波未平，一波已作"（姜夔语）的效果。

作家欣力由阿拉善左旗的广宗寺，写到灵塔在此的六世达赖。可是，她并没有紧紧牵着这条线接着写，而是从六世达赖的诗才绝代，灵心慧质，深爱女性，有大量情歌传世，过渡到同时代、同样英年早逝的著名词人纳兰性德；翻转过来，又由"文革"中六世达赖灵塔被毁、广宗寺夷为平地，转换到京郊上庄翠微湖边遭到同一命运的纳兰故宅与墓地。这时，线条又扯断了，视线转到开办"纳兰园"的女老板身上："夷为平地了，可看不出她有一点沉痛。她干吗要沉痛？纳兰性德跟她有什么关系？""那夷为平地的不光是房子，还有什么？什么叫非物质文化遗产？那些看不见摸不着，没法用报表说明的美丽和庄严，哪儿去了？当年，逼迫僧侣们亲手破坏六世达赖喇嘛肉身的'红卫兵小将'们，若活着，想来都有六十岁左右了。是谁，在他们风华正茂之时，将他们的心夷为平地的？他们又反过来，用自己的手，夷平了多少美丽和庄严？"

清代文艺理论家和语言学家刘熙载盛赞《庄子》文法断续之

妙，他以《逍遥游》为例："忽说鹏，忽说蜩与莺鸠、斥鷃，是为断；下乃接之曰：'此大小之辨也'，则上文之断处皆续矣，而下文宋荣子、许由、接舆、惠子诸断处，亦无不续矣。"与"大小之辨"四字有着同样的作用，在这里，"夷为平地"亦使"上文之断处皆续矣"。

叙述中时时插入一些"闲笔"，不仅着手成春，触笔生妙，而且能使文气从容舒缓，平添几分情趣：

> 可是老房子真美，就快要塌了，还看得出它曾经的雍容，一条门楣，一片飞檐，一个门墩，那上头的石雕木雕，精美得叫人不忍离开。就想，该拿它们怎么办呢？搁着不管，眼看就毁了，被岁月，更被人。爱车族喜欢在车尾巴上贴小招贴："熊出没，请注意！"后来，有人把"熊"改成"人"。大家看了都笑，说这个道理深。人确实比野兽厉害，人什么都能破坏啊。

"闲笔"其实不"闲"，笑谈中出语冷隽，其间寄寓着深深的感慨，无尽的哲思。叙事中交替运用讲述与描写两种语态，实际上，是在转换全知视角与有限视角：

> 人多拿花儿比女人。我们家的女人，最美的是我姥姥赵诵琴。她是清末伊犁将军、陕甘总督长庚的长女，嫁与端王载漪长孙我姥爷爱新觉罗·毓运。出自名门，嫁入名门，这一生，却是曲折顿挫，颠沛流离。

这种讲述语态，是以全知视角，作全知型的交代；而描写，却是有限度的，它要受到作者的视野以及客观对象的心理、行为的限制：

有一张姥姥的照片……鼻翼两边有笑纹，她是想笑的，可眼里笑意全无。眉宇间锁着什么？我找不出合适的话来形容。不甘，或许比较接近？倔强而不甘，这张秀丽的脸，看上去心事浩茫。她说，知我者谓我心忧，不知我者谓我何求。

叙述中有猜度，有探索，有置疑，采用的语态属于限制视角。散文写作以体验情感与感受为核心；而作为文学，常常还要像小说那样，通过细节描绘出活灵活现的人与事来。因此，叙事中除了讲述，描写语态是必不可少的。两种语态、两种视角，交相为用，读起来很有意味。

作者借鉴外国小说的写法，常常把风景画引入散文叙事中去，勾勒人物，描情拟态，更是信手拈来。她以女性特有的敏感、细腻，注重直觉，尤其长于描写年轻的女性，三涂两抹，楚楚怜人。

写文物讲解员：

高挑个儿，长容脸儿，眼晶亮，红毛衣配蓝牛仔裤，特合身，脚上一双红高跟鞋，头发烫了小卷卷，披肩。……坎坷土道，她倒不怵，高跟鞋笃笃的，走得利索。

写博物馆馆员：

瞧人家，高跟鞋，袅娜身条儿，走起路来如弱风扶柳；一身藏蓝套装，是全国统一的制服。藏蓝颜色重，那颈上就有苹果绿纱巾一条，深蓝嫩绿，更衬了脸儿雪白，不是扑的粉，是天生的。

写女警察：

警服穿得齐整，头也梳得讲究，我琢磨半天，没弄清
她脑后的发髻咋拧得那么利落。

这使人想起孙犁早年的散文。还有张爱玲，她的散文《更衣
记》，对于中国女性服装的面料、配色、款式竟是那么熟悉，什么
"宽褶裙""昭君套""云肩背心""元宝领"，其搜罗之完备，
怕是今日的名模与服装设计师也要甘拜下风的。

## 三

文学的第一要素是语言。对于散文来说，尤其如此，其魅力
在于语言。语言不是外加的成分，它和内容相互依存，同时存在。
闻一多说，他的语言文字不止是一种形式、一种手段，本身即是目
的。我以为，欣力散文出色当行，或者说最见功力的正是她特色鲜
明的语言。

和叶圣陶老先生批评的"仅供目给，违于口耳"、缺乏音乐
之美的一些文章不同，弥漫于《骑鹤江湖》中的长短交织、快慢相
间、参差错落，"大珠小珠落玉盘"般的句式，生气灌注、直抒胸
臆、节奏快捷、音调浏亮的语句，引导读者作峰回路转、左右逢源
的追逐，从而生发出一种审美的轻松愉悦。那种以明快、活泼、跳
动的语态，加大语速、密度，用来摹写现代社会人生和人们激扬多
变的心理，也体现了当代散文的革新。

且看下面这两段话：

寺门大开，暗红的两扇，厚，重。门边，坐了喇嘛，
两个小的，挤一个凳坐。细听，说闲话呢，你一句他一
句，没主题。

满满一案的小圆蜡，有风来，摇曳成一片星海。

　　也想点蜡，又不知该不该，站一边看人家，点亮一颗颗星，觉得真好。

　　有人问话。回头。是个老僧，瘦削，戴金丝眼镜，穿紫红袈裟。问：要灯么？

　　连忙点头。他打开靠墙的红漆柜，取出三支圆蜡，递到我手里，耳语：他们，1000个灯，花钱请的。

　　捧了三支蜡，问多少钱，他摆手，说不要，朝佛像扬下颏，耳语：点灯吧。

　　灯。

下面讲传灯录，讲信仰如灯，以灯喻佛法，又是一篇大文章。

作者抛开时下风行的散文语言模式，选取一种适合行进节律、很少前置词的短促、流畅的语态，创辟别开生面的语言世界。在民族语言传统遭受欧化倾向严重侵蚀的现时情况下，托出这样不脱传统韵味、中国风格，又颇具时代特色的文字，着实令人有"空谷足音，跫然色喜"之感。

作者谙熟中国古典诗词，有深厚的文学修养和家学渊源，名章俊句，信手拈来。写她的姥姥："诵琴一生在没有爱的婚姻里挣扎，两度寻死未遂；想我祖（诵琴之父）的心痛怕是才下眉头，又上心头，实在是此痛无计可消除了。"宋词镶嵌在里面，浑然一体，清丽自然，不着痕迹。

而且，语言富有表现力：

　　这寺院不是一个，是一群。贺兰山好像褐色的大披风，抖开了，将这群殿舍护住。那怀里，是明瓦朱檐，辉煌屋宇，重重叠叠。说南寺是大漠里的一颗明珠，真不过分，它还有守护神，身后大山便是。


　　过了永昌，青稞地没了，暖和的棕、可爱的绿没了，

只剩了灰，一眼望不到边，满地球球蛋蛋的灰石头，是戈
壁。然后，祁连山来了。不是它来了。它原本就在那儿。
是我在车里醒来，一睁眼，给它撞上。

这散文的形式、诗歌的语调，堪与余光中的诗化语句媲美：
"咦呀西部，天无碍，地无碍，日月闲闲，任鸟飞，任马驰，任牛
羊在草原上咀嚼空旷的意义。"二者都是以一种全新的形态摊开在
读者面前，尽显其特有的优雅、从容与浓郁的书卷气。

2010年

# 《王充闾散文精选》自序

## 一

关于书序的写法，名家说法各异。德里达断言，"文本之外无他物"，我们可以就此引申出序言应该紧贴文本的结论；而周作人却认为，写序"是来发挥书里边——或书外边的意思。书里边的意思已经在书里边了，我觉得不必再来重复地说，书外边的或者还有些意思吧"。一则强调"书里"，一则强调"书外"，叫人有点无所适从。以吾之愚见，二者当兼用之：既不脱离文本，又要尽量谈些"书外"之意。

现在就从文本说起。"精选"，首先体现在数量上，我的创作以各体散文为主攻方向，粗粗算来，总有近千篇吧，这里选了六十五篇，约略是十五取一；标准主要是着眼于代表性，即大体上能够反映该年份、该时段的创作实际；编排上，一按年份，二取倒序——"譬如积薪，后来居上"。人们研索事物，不也是习惯于从现时切入，再逆回溯往吗？

文学选本，一定程度上可以视为作者创作史的缩编。几十年来，读书、写作、治学主宰着我的人生，与此相呼应，生命之光也在不断地升华与消长。如果说，我的生命存在方式与文学之梦同构，那么描绘出来，无异于醒后述梦，或者梦中说梦。作为心灵的投影、行程的辙迹，这种鸿爪留痕纵不十分清晰，也还能略显端倪，所谓"却顾所来径，苍苍横翠微"吧。有兴趣的评论家，或可按迹寻踪，进行一番探索；而身为作者，检视这一篇篇文字，念及它们的来龙去脉，颇似高堂老母环顾膝下的儿女，会逐个忆起当年的诞育过程。此间有凄苦，有欣慰，有兴奋，也不无怅憾。

结缘缪斯，我是很早的，读私塾期间就已练习诗文写作了，起步尚称顺利；可是，走下去却屡遭颠折，甚至前路阻断；待到玉宇澄明，重新把笔，已经人届中年，其时为上世纪70年代末。此后，便开始了西西弗式"推石上山"的艰辛历程。由于创作与从政生涯交叠重合，其黾勉竭蹶不难想见。

重新走进文学殿堂伊始，囿于过往经历所造成的思想束缚，特别是对于文学的本质与审美特性认识比较模糊，我的散文写作多是客观地凸显社会性内涵，而欠缺自我的情感介入、心灵体验，表现为个性化、主体性的缺席。伴随着改革开放的滚滚洪潮，扑面而来的温煦春风鼓荡着创作向文学本体回归的奏鸣曲。张扬艺术的审美个性，探索与呼唤人文精神，关注社会人生、表现内在人性并使之不断深化，成了文学界的共识。因时乘便，我的主体意识、探索意识、创新意识也有所增强，作品从过去对于政治形势的紧密跟踪、表层现象的匆促评判、现实功利目标的直白展露，转换为注重人的自我意识的探索，关注人性、人生、人的命运、生存困惑、道路抉择，使心灵情感的开掘进入一个较深的层面。

## 二

在市场化、商业化的大环境下，经济利益很大程度上制约着包括文学在内的整个文化的命运。这样，如何摆脱物质主义、金钱至上的价值取向对人性的扭曲，保持内在的文化操守与理性自觉，固守精神追求，不当市场奴隶，便成了摆在每个作家面前的严肃课题。

文学创作原是一种极富个性特征的创造性精神劳动，而现时不少作品，由于缺乏想象力、独创性、个性化的支撑，以致沦为思想平庸、形式趋同的表象化、平面化的精神符号。有的迎合世俗，追踪时尚，着力于日常生活的琐碎描绘和浅层次的欲望展现；有的通过情调的渲染，给予读者某些廉价的抚慰，导致精深的生命探求和文学审美性的消解，呈现出一种"消费品格"；而那种凭借作者本身的广告效应和读者好奇心理以及对于成功成名的期待的所谓"明星写作"，更是占据了一定的图书市场。其源盖由于向市场化、消费性的靠拢。

针对这种"市场效应"与"消费品格"，我在散文创作中，开始了深度追求的探索与实践。在审美视界的建构中，期望通过对社会人生的深度关怀、深切体验、独特理解，寻求一种具有个性色彩的人格风范、美学精神与意蕴深度。这种深度追求，同时具备双重品格：由于它是深入到灵魂底层，触及生命形态，力图从整体上把握社会人生的意向，因而体现为一种思辨理性、哲学蕴涵；而它又是立足于现实土壤之上，靠着生命激情的滋润、生命体验的支撑的艺术的开掘与升华。

职是之故，我在撰写历史文化散文、人物传记时，总是把古人的心灵世界看作是一种精神库存，努力从中发掘出优秀的传统根脉与美学蕴藏，挺举起文化自觉和批判精神的杠杆。这样，在同古人对话，进行心与心的交流时，无论是灵思慧悟的冥然契合，还是意象情趣的偶然生发，都借由对历史人事的勘核，寻求情志的感格、精神的辉映，其间闪动着先哲的魂魄，贯穿着历史的神经和华夏文明的汩汩血脉。而这种今人对于古人的叩访与审视，反过来也是逝者对于现今还活着的人的灵魂的拷问。从而在历史和现实之间架起一座沟通的桥梁，超越时空界隔，化解由岁月迁流所引起的怆然寥落之情、无常幻灭之感。远者如近，昔者似今，活转来的历史给了我们"当下"一个参照系数，提供一种不再遮蔽的视界。

"仰观宇宙之大，俯察品类之盛，所以游目骋怀，足以极视听之娱。"（王羲之语）当斯时也，深度追求使我跨越一般的状物、写景、述感、纪游的层面，实现对于意义世界的深入探究。仿佛置身于一个丰满而有厚度的艺术境地，通过情感的灌注、智慧的沉潜、意蕴的渗透，以诗性的话语方式，体现散文主体性、内倾性、个性化的文体特征。本着对人的命运、人性弱点、人生困境、生存价值的深度关切，充分揭示人的精神世界，从更深层次上把握具体的人生形态，褐橥心理结构的复杂性。表现在具体写作中，或者采用平实、自然的语体风格，抒写达观、睿智的人生经验，使人感受到厨川白村式的冬天炉边闲话、夏日豆棚啜茗的艺术氛围；或者匠心独运，展示已经隐入历史帷幕后面的世事沧桑，从崭新的视角予以解读；或以形象思维、平常心理和世俗语言表达终极性、彼岸性的话题；或经由神思的驰骋、艺术的炼化和宗教式的参悟，实现智性与神性的交融互渗，使疲惫的灵魂瞻顾渺远的彼岸。这既是精神的创造，又是一种文化的积累。

## 三

散文作家超拔而自在的心态，自由而丰富的性分，不趋附于社会功利的独立的审美意识和超越世俗的独特眼光，直接关系到作品的精神品格与艺术魅力。因为散文是与人的心性距离最近的一种文体，是人类精神与心灵秘密最为便捷的显现方式。可是，对于一个现时代的写作者来说，这又谈何容易！现代人终日处于困惑、焦虑、惶遽之中，心情浮躁，行色匆匆，"丁零零"，手机响个不停，边走边看边说，不复有悠闲的沉思，愈来愈没有真正的内心生活。我也同样生活在滚滚红尘之中，思想观念上的束缚，市场、金钱方面的物质诱惑，同样攒聚在眼前，而且，仕途经历又使我比一般作家多上一层心灵的障蔽。好在我一向把功名利禄这些身外之物看得很淡；也不过分看重别人怎么看待自己，有一种自信自足、任情适性、气静神闲的定力。

对我而言，读书、创作、学术研究，不是一般意义上的兴趣爱好，而是生命本根、精神归宿，人生的价值所在。我写过一首《写怀寄友》的七律："埋首书丛怯送迎，未须奔走竞浮名。抛开私忿心常泰，除却人才眼不青。襟抱春云翔远雁，文章秋月印寒汀。十年阔别浑无恙，宦况诗怀一样清。"可说是真实的写照。有所不为而后有所为。抛却世俗功利，方能把全副身心投入不懈的精神追求。诚然，创化中也有劳苦，但它迥异于人事的纷争、世俗的烦恼，随之而来的常常是成功的欢愉，不仅带来美的享受，而且为灵魂找到一个安顿的处所。

　　艺术的生命力在于不断创新，最忌因袭他人、重复自我。海明威说得好："对于一个真正作家来说，每一本书都应该成为他继续探索那些尚未到达的领域的一个新起点。"人一旦成了名，便不再属于自己，从此将告别宁静，告别超然，告别本我。赞扬的话听多了，难免处于自我陶醉状态；到处都来约稿，文章随地可以发表，很容易助长粗制滥造。所以说，成功是一个陷阱。关键在于对自己一定要有清醒的认识，不能忘乎所以，"醉中忘却来时路"；应该避开浮华，克服惰性，始终保持上进的势头、生命的活力。为此，我有意识地研读一些富有创新精神、能够激发想象力、创造力的作品；时刻关注并乐于接受各种新鲜事物，以利求索新知，激活头脑；重视具有思想锋芒、独到见解，肯于给我挑毛病的年轻文友。这样，不管生理年龄如何，也有望永葆年轻的生命状态。

　　"实际上，所谓年轻，并非人生旅程的一段时光，而是心灵中的一种状态，是理性思维中的创造活动，情感中的一股勃勃朝气。"美国作家塞缪尔·乌尔曼如是说："没有人仅仅因为时光的流逝而变得衰老，只是随着理想的毁灭，人类才出现了老人。岁月可以在皮肤上留下皱纹，却无法为灵魂刻上一丝痕迹。忧虑、恐惧、缺乏自信，才使人伛偻于时间的尘埃之中。只要心灵深处的无线电台不停地接收美好、希望、欢欣、勇气和力量的信息，就会永远保持年轻。而一旦这座无线电台坍塌了，你的心便会被悲观绝望的寒冰酷雪所覆盖，你便衰老了——即使你只有二十岁。"旨哉斯言！

2015年

# "这里就是罗陀斯"

## ——《王充闾散文选集》自序

天津百花文艺出版社的编辑很高明，把作品的遴选权下放给了作者，并且要求附上一篇序言。依照常理，作品是作者的孩子，"知子莫如父"嘛，何者该选，何者不能入列，作者心里是最有数的。不过，"自己的刀削自己的把儿"并不容易。受"敝帚自珍"的心理支配，忍痛割爱，也是一件很伤脑筋的事。好在选文章不过是"纸上会气"，高一眼，低一眼，无关宏旨，总不像"救儿子还是救女儿"那样"了断"选择——撕心裂肺。最后，只要顺利交差，也就完事大吉。

颇费踌躇的倒是撰写序言。按照先秦文献的说法，"序"者，所以叙作者之意而理其端绪也。那么自序，就要讲清楚自己创作的理念与路径，实际上是一篇导读文字。而作家的文字与文学批评家的不同，它往往带有即兴的意味，一般都和自身的创作实践结合紧密。管你"海客谈瀛"，还是"东郭滥竽"，都能通过现场检验，立见分晓。《伊索寓言》里有个说大话的运动员，一味吹嘘在罗陀斯岛上跳得很远很远，说凡是在场的人都能为他作证。于是，有人说了："用不着找什么证人，这里就是罗陀斯，你就在这里跳吧！"是呀，自选集不就是散文试场吗？言念及此，真的要"心惴惴然"而"汗涔涔矣"。

这些都不去管了，索性怎么做就怎么写吧。

八年前，我在北大"散文论坛"上，围绕着挑战自我，不断创新，力求在散文创作上有所超越这个主题，做过一次演讲。我说，很赞成"创新就是对自己已有成功的积极破坏"的说法。人的年龄大了，锐气会随之减弱，特别是出了名以后，赞扬的话多了，很容易自我陶醉，无视自身的薄弱环节。而突破、创新本身就是一道难关，谈何容易！这需要清醒的头脑、开阔的视野、巨大的勇气。有些困难的征服，可以仰仗他人帮助，唯独挑战自我，实现超越，必须靠自身努力。如果序言也需要有个主线的话，那么，挑战自我，渴望超越，就是一条主线。可以说，这条主线贯穿于三十年来我的散文创作的整个历程。

我在全国正规的散文刊物上发表作品，始于上世纪80年代初。承《散文》杂志编辑青睐，一些两千字上下的随笔、小品，陆续发表在《海天片羽》专栏；后来，《人民日报·海外版》的《望海楼随笔》约稿，刊发在那里的更多一些。文章篇幅不长，说古道今，寓理于事，思辨性较强，密度较大。像选本中的《私谒》《心中的情影》等，即属于这种类型。

随着笔墨与思路的荡开，我便开始写作山水游记和文化随笔，心中流淌着时间的溪流，在溟濛无际的空间的一个点上，感受着自然之美，性灵之光。由于那些山川胜境，都存留着千百年来无数的诗心墨迹，所以考虑得最多的是如何跳出古人、他人的窠臼，写出自己的独特感受。比如，我写《读三峡》，为了区别于刘白羽的《长江三日》，便掉换视角，另起炉灶，改变了由点到线、次第穿行的写法，尝试着从宏观着眼，进行总体把握——立足天半，俯视山川，把四百里长的三峡奇观，当作一部大书捧起来读。设想"三峡的每一叠岩页，都是历史老人留下的回音壁、记事珠和备忘录。里面镂刻着岁月的屐痕，律动着乾坤的吐纳，展现着大自然的启示，里面映照着尧时日、秦时月、汉时云，浸透了造化的情思与眼泪"。

进入90年代之后，写得多了，看得多了，逐渐认识到，创作还须进一步深入到观照对象的意义世界，应该融入作者的人生感悟，投射进穿透力很强的史家眼光，实现对意味世界的深入探究。通过历史和美学的对话，诗、思、史的融合，寻求一种面向社会、面向人生的意蕴深度，使思维的张力延伸到文本之外。这就进入了创作历史文化散文阶段，主要作品有《陈桥崖海须臾事》《土囊吟》《文明的征服》等。我的实际体会是，"当你漫步在布满史迹的大地上，看是自然的漫游，实际却是置身于一个丰满的艺术世界。无论是灵心慧眼的冥然契合，还是意象情趣的偶然生发，都借由对历史人事的叙咏，而寻求情志的感格，精神的辉映，从而获得以一条心丝穿透千百年时光，使已逝的风烟在眼前重现华采的效果"。（《千古兴亡，百年悲笑，一时登览》）

新的千年揭开了帷幕，面对经济全球化和文化多元化的语境，接受西方现代主义的影响，人们的主体意识、探索意识、批判意识大大增强。我也开始更多地关注心灵世界的深层开掘，使散文以轻松的格调、悠闲的步态，以更为深刻的人生思考、哲学内涵和情感密度走近读者。就此，我在南开大学中文系的讲座中，提出了《散文创作的深度追求》这一课题。

这一时期，写出近二十篇以亲情、童年、故乡为题材的自传性的叙事、抒情散文，视角由外转内，推向内心，推向生命深处，着眼于人性、人生层面的发掘。如《碗花糕》《望》《青灯有味忆儿时》《回头几度风花》《神圣的泥土》等。将红尘的琐屑和形而上的寄托有机地结合起来，这样，溶解在作品中的，就是一种靠着生命激情的滋润、生命体验的支撑的人生感悟，是立足于现实土壤而呈现出的对于人生价值和生存意义的探求，是一种艺术的开掘与提炼。

针对当下有些历史文化散文脱离现实、堆砌史料、把本应作为背景的东西当作文章的主体，抹杀散文表达个性、展示心灵的特长等弊端，我还有意识地剖析、描写了一批历史人物，以彰显现实关怀、主体意识与批判精神。去年3月，我在北大中文系"中国作家北大行"的散文讲座中，专门就此作了阐述。我说，被誉为"新历史主义之父"的斯蒂芬·格林布拉特说得好："不参与的、不作判断的，不将过去与现在联系起来的写作，是无任何价值的。"在人们对于文化的指认中，真正发生作用的是对事物的现实认识。历史是一个传承的过程，一个民族的现在与未来都是历史的延伸；尤其是在具有一定超越性的人性问题上，更是古今相通的。将历史人物人性方面的弱点和种种疑难、困惑表现出来，用过去鉴戒当下，寻找精神出路。——这是我写作这类散文的一个出发点。《用破一生心》《两个李白》《灵魂的拷问》《断念》等作品，都在这方面用了心力。

从一定意义上说，人的本质性的追求便是在创造过程中探求人生的奥蕴，而我们所处的时代恰是对思想充满渴望的时代。广大读者并不满足于一般性的消遣、娱乐（这在各种媒体上已经得到餍足），他们还期待着通过文学阅读增长生命智慧，深入一步解悟人生、认识自我，饱享超越性感悟的快感。遗憾的是，哲学含蕴的稀薄，缺乏动人心魄的思想刺激，已成为当前文学创作的一种通病。为此，我以思考历代帝王命运为题材，写了一部散文随笔集《龙墩上的悖论》。自序中说，我想用一种新的方式解读历史：透过大量细节，透过无奇不有的色相，透过历史的非理性因素和不确定性，侧重于人的命运的思考，人生与生命的咏叹，复活历史中最耐人寻味的东西，唤醒人类的记忆；我要通过这种生命的体悟，去默默地同一个个飞逝的灵魂作跨越时空的对话，从人性的深度和人生的广度，探求存在的意义。

"作家功在表现，不在传达。"余光中先生此言，我极表赞同。鉴于近年来散文泛化、散文无文现象较为普遍，许多作品丧失了文学属性，背离了审美指向，我曾多次在大学讲坛和一些报刊上，呼唤想象力、个性化与独创性。在《散文创作八议》中，我还提议，作为文学形式，散文不妨借鉴其他文学艺术门类，注重形象、细节、场面、心理的刻画，进行审美创造；在语言锤炼、谋篇布局方面，应该向古典散文学习；人物散文要致力于心灵剖析，拓展精神世界的多种可能性空间，发掘出人性、人格、命运抉择、人生价值等深层次的蕴涵。并且，在创作实践中加以尝试。新近出版的散文集《张学良：人格图谱》和选本中的《人生几度秋凉》《情在不能醒》《香冢》《守护着灵魂上路》《当人伦遭遇政治》等，都属于这一产物。

　　我也经常对照成功的范本，反思、审视自己的散文创作，从中发现不足。一个时期以来，从自身的写作现状出发，我意识到：应该强化心灵的自觉和精神的敏感度，提高对叙述对象的穿透能力、感悟能力、反诘能力，力求将富于个性、富于新的发现的感知贯注到作品中去；感情应该更浓烈一些，要带着心灵的颤响，呼应着一种苍凉旷远的旋律，从更广阔的背景打通抵达人性深处的路径；要从密集的史实丛林中抽身而出，善于碰撞思想的火花，让知识变成生命的一部分；进一步增强可读性，突破散文的"华严世界"，努力使自己的思考融入大众的接受心理，使读者易于产生情感的共鸣。

　　我的散文写作，一直在不断地变化、摸索之中，谈不上有成型的散文观。我只是坚持这样一点：既不肯重复他人，也绝不重复自己。创新是文学的生命。一旦发觉自己闯不出固有的藩篱，亦即再端不出新鲜的货色，丧失了创造能力，那就赶紧刹车，再不要枉抛心力。这是责己。而于他人则一贯秉持宽容的、开放的心态。还说创新，创新就是闯关、探路，那就难免遭遇挫折失败，写作中也难免会弄出一些不伦不类、不足为法的东西。有人会问：这是什么文体啊？小说不是小说，散文不是散文！我的意见是，"孩子"已经生了下来，不妨让他自然成长，既无须怀疑身份，也不要忙着归类、起名。人们的认可多是在成功之后。因此，志在创新者必须具备从他人的目光中走出来的勇气。

2011年秋

# 《在母语的屋檐下》序

## 一

彭程先生为上世纪90年代崭露头角的新散文作家群的重要成员，一向备受文学界的关注。作为忘年交，我们相知相重近二十年了。他的几部散文作品，特别是《急管繁弦》，获赠之后，我曾认真赏读，受益良多。其散文新作《在母语的屋檐下》近将付梓，驰函邀序。我自知并非理想人选，但却之不恭，且又深感荣幸，遂唯唯以应。

古籍中讲："序者，绪也，谓端绪也。"意谓序言应能帮助读者理出一些头绪，指出文本之独具特点。依此，我坐下来反复研读了文稿中的三十三篇作品，还泛览了作者的其他散文。积存的印象中，诸如：强烈的个体生命意识；鲜活的哲思与诗性蕴涵；感知锐敏，腹笥丰厚，博收广采，视野闳阔；继承、借鉴文学传统，探求新的写作路径；以及发自内心的文学敬畏，把深度意识作为自觉追求等，均可视为端绪。但思索至再，犹感不足的是，还缺乏一条足以统贯全局的主线。

一个星期过去了，我又展读文稿，在《阳光灿烂的日子》一文中，看到了这样一段话：印象派画家"雷诺阿的画笔下，水果，静物，瓶花，儿童，丰硕裸露的女人体，都有着生动的质感，都被敷上了一层娇艳欲滴的玫瑰色，饱满鲜嫩，仿佛一口气就能够吹破，有液体流出。凝神端详它们，你仿佛听到果皮后面汁液的汩汩流淌，感觉到皮肤下面的血管筋络的跳动，感到了鼻息的温暖的嘘拂。你会有一丝纳闷：这些并不是什么难得见到的事物，但怎么平时自己的目光总是漫不经心地拂掠而过，从来不曾注意到其中的美呢"？作家把这一寓瑰奇于平凡的功力，归结为艺术家有别于常人之所在："艺术家用自己敏锐的感知捕获了美，并将之出色地表现了出来。"

我的眼睛倏然一亮——这分明是"夫子自道"啊！艺术家的高明，就在于"灵丹一粒，点铁成金"，能使寻常物事转化成美的极致。好！我就以此来统照全书！

同雷诺阿一样，彭程在这部作品中所描写的大都是凡人细事，从文章的题目就可看出：《招手》《对坐》《返乡记》《父母的房间》《身边的人们》《童年乡野》《行走京城》《大树上的叶子》《松茸生长的地方》《远处的墓碑》《瞬间的收藏》……正是这些一般人漫不经心的人情、物事，到了作家的笔下，便都成了说来动心动容、想去难舍难忘的妙绪奇文，正所谓："夕阳芳草寻常物，解用都为绝妙词。"

早在一千多年前，北宋文学家王安石就敏锐地发掘出诗文创作中的这一奇特景观。他激赏唐人张籍的《秋思》，并以"看似寻常最奇崛"一语概之，既切实际，更饶警策。

奇崛也者，瑰伟不凡是也，它与寻常相互对应。一般看去，二者分处两极，难于相容；可是，如以辩证思维分析，则是对立而又统一，交融互换，相反相成，当然需要一定条件。清人贺贻孙有言："吾尝谓眼前寻常景，家人琐俗事，说得明白，便是惊人之句。盖人所易道，即人之所不能道也"；"古今必传之诗，虽极平常，必有一段精光闪烁，使人不敢以平常目之。及其奇怪，则亦了不异人意耳。乃知奇、平二字，分拆不得"。其实，寻常抑或奇崛，还有一个从什么视角、按什么标准加以认识的问题。明代学者李贽指出："世人厌平常而喜新奇，不知言天下之至新奇，莫过于平常也。日月常而千古常新，布帛菽粟常而寒能暖、饥能饱，又何其奇也！是新奇正在于平常。世人不察，反于平常之外觅新奇，是岂得谓之新奇乎？"陶渊明的诗，浅近自然："结庐在人境，而无车马喧。问君何能尔，心远地自偏。"苏东坡说："初视若散缓，熟视有奇趣。"

创作实践告诉我们，就题材来说，以瑰奇、新巧取胜易，以寻常、自然超迈难。人情之常，喜欢求新逐异，新风景、新格局、奇人奇事，总是最吸人眼球的。相对于那类"登车揽辔，澄清天下"，叱咤风云的大人物，而走入人群中再难以认出的普通角色，确是不易着笔。但是，艺术家的过硬本领恰在此处。这使我想起罗中立的油画《父亲》。那真是再平凡不过的一位勤劳、朴实、善良的贫苦老农的形象。古铜色的脸，风吹日晒所造成的条条车辙似的皱纹，犁耙似的双手，以及手中那只破旧的粗碗，似乎和美难以搭边。可是，通过画家神奇的运笔，却把那种承受生命之重的精神状态和热爱生活、充满阳光的内心世界，表现得淋漓尽致，迸发出强大的视觉冲击力。其精神内涵已经远远超出了生活原型，成为中华民族亿万农民的典型形象，在中国绘画史上树起了一座里程碑。

## 二

彭程的散文同样具有平中见奇的特点。这得力于他擅长以有限的个体生命体验，感应、揭示无限的存在；透过日常生活状态，挖掘灵魂深处的奥秘；在狭小空间里，拓展无穷的遐想；将传统心理纳入开放的视野；在昵昵儿女语、娓娓话桑麻中，寄寓深沉的蕴涵。其动人之处，充溢着真情、睿智与诗性、哲思。

作为心志的感格、精神的外射，散文创作是作家自我意识不断觉醒的产物。散文的写作，应是审美主体与客体、灵魂与自然交融互汇，客观世界不断人化与人的精神不断物化这样一个能量交换的过程。美国哲学家苏珊·朗格说，艺术表现的是人类的情感本质。这种情感本质，必然是人类深层意识的外现，是个体生命对客观世界的深刻领会与感悟。从这个意义上，可以说，个体生命意识的觉醒与张扬，对于生存与死亡的省察与思考，乃是文明人心智发展的一个永恒主题。

在散文《远处的墓碑》中，作家从他岳父的骨灰盒和大理石墓碑上获得对死亡的感知。瞬间，那个仿佛不真实的远处，变得清晰、真切，如在眼前。他情感细腻地揣度逝者的在天之灵，当不会感到孤寂清冷："他的岳母、我们称呼为老奶奶的外婆的骨殖，就葬在旁边。他们共同生活了四十多年，关系胜似亲生母子"；

而且，每年很多时日，家人都会前来看望。只是，悲痛将随着时光推移逐渐减弱，而缅怀、追忆会在心中年复一年地叠加。那些前来祭奠的亲人也会一天天地变老；并将从某一天开始，有的便不再前来，于是，队伍中又加入了逝者未曾谋面的新人。"看来，任何人的一生，其实都在向着某一个墓碑所在之处，移动脚步；或者说，从他一出生，就注定了会抵达的地方。"天涯化咫尺，只在一瞬间，这样便氤氲了诗思。"一个人应该在从墓地回来的路上，成为诗人。"因为"诗歌是语言的闪电……引发这道闪电，需要一些特别的机缘和触媒。而因为绾结了生与死这个人生最大的话题，墓地显然是一个诗与思、情与理合适的催化之地"。

散文《对坐》，写他与父母处于"伸手可触的距离，他们的面容清晰地收入我的眼帘之中：密密的皱纹，深色的老人斑，越来越浑浊的眼球。他们缓缓地起身，缓缓地坐下，一连串的慢镜头。母亲这两天肺里又有炎症了，呼吸中间或夹带了几声咳嗽。我心里泛起一阵微微的隐痛。近两年来，这种感觉时常会来叩击。眼前两张苍老松弛的脸庞，当年也曾经是神采奕奕，笑声朗朗。在并不遥远的十多年前，也是思维敏捷，充满活力。而如今，这一切都已然悄悄遁入了记忆的角落。我明白，横亘在今与昔巨大反差之间的，是不知不觉中一点点垒砌起来的时光之墙"。这样，经常盘踞在心头的便是担心，直至做过一个这样的梦："也是这样地与父母坐在一起，在聊着什么。忽然间，他们坐着的沙发连同后面的墙壁，开始缓缓地向后移动，渐行渐远。我大声呼叫，他们也手忙脚乱地叫喊和招手。但无济于事，移动的速度越来越快，他们的身影越来越小，终于看不到了。"醒来之后，作者仍然惊魂不定。如果有一天父母离去，那"对我们而言，也就撤去了一种生命的支撑，割断了一条连接这个世界的牢固的纽带，我们内心深处会有一处被抽空的感觉，存在的根据也会变得恍惚可疑"。看来，就生命的有限性而言，"来日无多"是确定无疑的。由此想到，每番相聚，都弥足珍贵。所以，一定要尽量多地过来陪伴年迈的双亲坐坐——莫待无时想有时。

与这种灼灼真情相对应，是对于现实社会交往情态的深入体察。《身边的人们》，写的是同事、同学、同乡。日常生活中，除了家人，应以同事间的接触为最多。"要想了解一个人的优长和局限，知晓真实的人性，同事也是最好的观察对象和解剖标本。""如果细心审视单位、公司等小天地中的人际关系，其间种种心思机巧，不乏波谲云诡，诸如合纵连横、围魏救赵、远交近攻等等更多运用于国家之间的交往谋略，在此似乎也很能够获得印证。"看来，在这赤裸裸的现实主义的地盘，人际关系是天然地排斥诗性的。比较起来，倒是以非目的性为其本质特点的同学关系，显得单纯得多。"那种生命中最年轻的时光，属于诗的浪漫、梦的多彩的时光，同社会规则不曾发生纠葛的时光，大家在一个共同的时空里"，"一起成长，一起梦想，一起犯傻，也许彼此冒犯，但互相不以为忤"。"那种感情，其实很大程度上是对生命中的那段最美好时光的怀恋。同学是那一种生活的人格化存在，负载了那段日子里的记忆。"文本诸般细致入微地揭橥世故人情的灵明与睿智，使人产生一种展读钱锺书、张爱玲小说时的快感。

彭程思维活跃，观察细致，感觉敏锐，长于思辨。散文创作中，他注重对自身情感、心灵世界的深层开掘，对人的生存状态的深切关注，对现实世界和国民心理的深刻剖析，摒弃那种平面的线型的艺术观念和说明性意义的传达。即便是面对一处自然山水，或者赏玩几幅画作，他也能融入一己的人文情思，提出独到的见解。凡·高的画，观赏者多着眼于艺术，而他却说："当你凝视时，某种寒冷感会从画面中沁出来，直逼你的灵魂深处，让你不由得打个寒噤。"对于艺术家来说，创作中情感的投入程度，是有一个安全范围的，超过这个限度，每每意味着伤害的逼近。因而如何在生活和艺术、理性和激情之间保持一种微妙的平衡感，便成为一个尖锐的课题。凡·高的"感情状态和受其驱使的行为，总是在相互对立的两极之间摇摆，而中间大段的相对安全的地带，对于他来说是不存在的。或者说，最猛烈地燃烧自己，直到彻底毁灭，对他来讲是一种宿命。将感情控制在理性可以驾驭的程度，这不是他能够做到的"。

在最寻常不过的摄影面前，作家同样表现出他的创见与精思。《瞬间的收藏》中有这样一段话："无限性，是摄影最为本质的特点。经由放大和缩小、拼接和叠加种种手段，大千世界被收纳于方寸之间。""但就每一幅具体的图片而言，永远只是一棵叫做世界的巨树上飘落的某一片叶子。"选择和舍弃，同步于拍摄的过程中。镜头对准了什么，同时也便将其他推开。强调和忽略，如影随形。这是一个悖论：因为单纯而深刻，因为片段而完整。"这样，一个迷恋摄影的人，便比常人拥有更多的瞬间，更多的富足。他看到了笑容的一千种面貌，看到了霞光的一万种形态，看到爱情萌生时眉宇间一缕轻微的羞赧，看到恐惧袭来时嘴角边一道扭曲的纹路。……而且，每一幅照片都是唯一的，不可复制。镜头下，是一个个此在。生命的瞬间被捕捉，被记录，被收藏。有的甚至能够体现生命存在的本质，直接显露了灵魂深处的光辉。这样一些照片，仿佛刀上的刃，火上的焰，音乐响遏行云的那一刻。瞬间借由镜头的捕捉和定格，获得了永恒的特性。"

同时，作家也冷峻地指出：随着数码技术的发展和照相器材的普及，摄影日益变得简单化，人们举起相机时，失去了庄严神圣感，不再聚集起精神，调整好心情，屏住呼吸，仔细观察、欣赏和选择，差不多就是乱照一气，以致作品泛滥，而佳作寥寥；如同当今情感泛滥，但动人的爱情稀少。此之谓："方便了过程，却伤害了结果。"

## 三

人间万事，包括文学创作在内，艰辛与成功总是一对孪生兄弟，甚至成了连体婴儿。为此，王安石在写下"看似寻常最奇崛"之后，紧接着便加上一句："成如容易却艰辛"。

　　彭程散文以高质量熠耀文坛，绝非出于偶然。对于文学创作，他悬鹄甚高，抱持极其严肃认真的态度，本着一种发自内心的敬畏和朝圣般的虔诚，视"率尔操觚"为对文学的亵渎。渴望深刻，注重对哲思与诗性的开掘，成了他藏于心底的深层意识与自觉追求。他带有强烈的针对性，痛切地指出：在文学的诸种样式中，散文堪称最为自由的文体。然而，过多的自由，难免导致自觉迷失。"人是需要界限的。界限的缺失会令心魂无所附着，进而带来精神的涣散和放纵。当前的散文写作中，存在着太多的对自由的滥用。"

　　而他自己，则是每番把笔，都有意"追求写作的难度"。早在二十五年前，他就在散文《娩》中自述："为了一个独特些的意象，一个尽可能新颖的比喻，或者一个错宕的句式的安排，一处回环的语气的布设"，"逼迫自己，母鸡孵蛋一样等下去"。"一切都因为那个精灵。我看不见它，却能时时感觉到它的躁动。它追逐着我，逼迫着我，执拗而顽强。……我曾四处张望它的踪迹，在一个寂静的时刻，却发现它原来就藏匿在心中。我并且念出了它的名字：创造。"

　　正是这种可贵的创造精神，成为源源不竭的动力，鼓振着他刻苦向学，精进不已。长期以来，他以高度的文化自觉，浸淫于就学与工作的良好环境、氛围，置身全球化的学术背景、文化语境，消化、吸收传统文化与现代人文学科的精髓，以圆览之功，收会通之效。"运用脑髓，放出眼光"（鲁迅语），拓展开一个浩大的审美天地和开放性的学术视野。体现到散文写作中，"真力弥满"，"思与境偕"，种种奇思妙绪，警语华章，纷至沓来。诚然，以数量计，他在同辈作家中算不上高产；但他坚守质量第一准则：厚积薄发，发必有中。

　　说到散文写作的创化工夫，可概之以"画、化"二字。画，就是要有形象。英国美学家鲍桑葵提出，要"使情成体"；中国的古人也说，"圣人立象以尽意"。通过形象的刻画、选择、提炼与重新组合来映现自己的内心世界。而化，就是要把客观事物化作心灵的东西，并设法把这种心象转换为诗性文字，化蛹成蝶，振翅飞翔。这两个方面，在彭程那里都得到了有效的践行。诸多散文充溢着丰富的哲理意蕴，作为作品中的思想元素，它们都表现为靠着生命激情的滋润、生命体验的支撑的思辨精神和理性情感；而那类铺展开来的叙事与抒情，则成为一种丰满肌肉的筋骨奇突，必要的激活与调剂。

这里存在一个智性话语的艺术转换和哲思与诗性的互汇交融问题。彭程由于重视体验、开悟，长于联想、生发，从中构建起一座沟通的桥梁。散文《返乡记》中记载："姑姑得知我的女儿十四岁了，读初三了，便念叨说，过几年也该找婆家了，家里还有些好棉花瓤子，趁着眼神还行，先给絮几床被褥，算是姑奶奶的一份心意。她当然无从知道，孩子眼下正是多梦时节，小脑瓜里三天两头有新想法，前几天还嚷嚷着想考SAT，到美国读大学。我忽然联想到了如今颇时髦的后现代主义理论，对它我始终是一知半解不得要领，但此刻在华北平原的一个农家小院里，却对其中一个主要的观点，就是同一空间中不同时间的并存，似乎有所理解了。我和姑姑所生活的世界，虽然只有几个小时的车程，但从外观到内里，却是多么的不同，中间仿佛隔了一个世纪。"

对于散文作家，文学语言是登上神圣的文学殿堂的身份证。彭程对于语言极度重视，分外讲究。他语藏丰富，既深得汉语简练、严整、富于表现力的真谛，又娴熟于西方文学语言的通脱、幽默、活泼。"就是那一道道投射向生活的光束，有着繁复摇曳的色谱和波长。在一种语言中浸润得深入长久，才有资格进入它的内部，感知它的种种微妙和玄奥，那些羽毛上的光色一样的波动，青瓷上的釉彩一般的韵味。在一种语言中沉浸得足够久了，自然就会了解其精妙。有如窖藏老酒，被时光层层堆叠，然后醇香。瓜熟蒂落，风生水起，到了一定的时候，语言中的神秘和魅惑，次第显影。"这段有关语言文字的自白，形象传神地映现出作家本人的语言风貌。

宛如一棵枝叶扶疏的大树，语言深深扎根在民族文化传统的土壤里。彭程特殊关注在民族传统、外来文化和市场经济全方位开放、并存的状态下，如何坚守与发挥母语文字固有优势的问题，就此，洋洋洒洒地写了一大篇文章，最后大声疾呼："爱我们的母语吧。像珍爱恋人一样呵护它，像珍惜钻石一样擦亮它，让它更好地诉说我们的悲欢，表达我们的向往。"而且，赫然以"在母语的屋檐下"为散文集命名，良有以也。也正是出于"对母语的热爱、虔敬和信仰"，"抵御西方文化中心话语的他者侵蚀和商业大潮的冲刷"，他在创作实践中，"使散文作品植根于文化传统，既坚持精神价值，存在不为时尚所左右的定力，又能与时俱进，具备精神观念与艺术理念的现代性乃至前卫性"；"取材是传统的，而言说语境、言说方式是现代的，经过作家现代思维的过滤，生发出特殊的魅力"。

他在《连续》一文中进一步指出，技术的飞速发展，让我们时时刻刻面对新事物，享受种种便利和好处。但与此同时，内心的感受也被切割得凌乱、无序、碎片化，不再有某个原点、某个恒久的存在物，致使生活中充满太多的见异思迁，许多事物变得空洞、浮泛。因而，对于体现出人格和行为的连续性，体现出坚持和固守，应予赞许。"需要把连续作为内心的一座神祇加以供奉，至少是怀有一份尊重。这样能够使自己变得更有定力，更丰富，更能够接近那些永恒、坚固的事物。"

是的，现在存在一个误区，往往是一说要创新，就必须与传统决裂，错误地把生物进化中那种后者不断淘汰前者的发展过程应用于文艺创造的实践。诺贝尔文学奖获得者、诗人帕斯说："诗歌没有发展，只有变化。"散文何独不然！

是为序。

2016年4月

## 学林一帜阵图开
### ——《学林广记》序

散文随笔集《学林广记》辑成付梓，文友王志清教授驰函索序。余以弄斧班门，初未之敢应也。然力辞未果，只好勉为从命。

识见与笔力所限，短序中未必能如古籍中所要求的"理清端绪"以飨读者，只能味尝一脔，书写一点读后的感想。即便隔靴搔痒，未获真谛，毕竟属于一己之见，原在可听可不听之列。

开缄纵览，出自十多位高校古代文学学术研究者之手的数十篇各体散文，洋洋洒洒，蔚为大观，构成一道风生水起、光华四溢的亮丽风景。无以名之，想来想去，还是用《牡丹亭》中那句脍炙人口的曲文来状写："原来姹紫嫣红开遍"！题材十分广阔，举凡教学、读书、游观、唱和、思亲、怀友、吟咏、品茗、艺兰、驾车，浅及普通门扇，深到彼岸灵魂，近叙本埠风情，远涉海外桃源，无不巧思具见，有眉有眼。形式五花八门，风格迥然各异。既有严格意义上的抒情、叙事、写景散文，也有生面别开的种种创格尝试；既有《世说新语》体的传神写照、妙绪清谈，也有《浮生六记》式的淡淡幽怀、娓娓絮语；既有标准文言文的典雅、峭拔，也有日记体的常情实录。或豪纵，或灵秀，或隽永，或清新，各擅胜场，并臻其妙。

就意蕴而言，有的深得萧统在《昭明文选》中提出的"事出于沉思，义归于翰藻"的真髓，追求诗、思、史的融合，在富有真切感受、深刻内涵的基础上，营造出一定的意境、意蕴、意味，并以美的形式和诗的语言出之；有的采用平实、自然的语体风格，置身于社会人生的激流，抒写性灵，反映达观智慧的人生经验，使人感受到厨川白村式的冬天炉边闲话、夏日豆棚啜茗的艺术氛围；有一些文字呈情感化趋向，散发着生命的热力，回荡着尘世的歌哭笑闹，侧重表现都市生活的感受，关心自身的瞬间体验，着意于将飘忽、零碎、细微的情感凸现于笔端，体现散文的自由、随意的个性，通过情调的渲染，

---

给予红尘扰攘中的"缀网劳蛛"一丝心灵的抚慰；也有的将创作视点向自身转移，通过个人的切身体验表现对世路人生的看法，选择"爱的话语"，细腻地表现母爱、情爱、亲情、友情……于是，浮世绘、学苑风、家务事、儿女情、个人的悲欢离合、曲巷通衢的凡人细事，都被以闲适的笔墨、悠然的心境，有滋有味地反映在作品之中。其间林林总总的美的蕴涵，像西方美学家桑塔耶纳说的，"表现为一种价值，也就是说，它不是对一件事实或一种关系的知觉；它是一种感情，是我们的意志力和欣赏力的一种感动"。

当今国内文学界，创作与批评的生态、结构，可说是"四分天下"：一是专业队伍——各级作家协会、各类文学学会以及某些地方文联组织的成员；二是学院派队伍，包括大学中文系、文艺研究机构与社科文研部门的专家学者；三是自由撰稿人与自发评论者；四是各类媒体中的作者与评论员，其中尤以网络、博客写手为最活跃。《学林广记》一书，出自学院派笔下，大体上可纳入学者散文范畴。尽管编者在《后记》中谦称是"古代文学的学术研究者们的'研余副产品'"，但可以看出，无论其为何种选材，取哪种表现形式，就中都凝结着作者深刻的生命体验和心灵体验。按照德国哲学家狄尔泰的说法，生命或精神所创造出来的世界，就是精神世界，而构成精神世界的基本细胞乃是体验。要进入生命世界或精神世界，体验乃不二法门。体验是一种真实的感受，是一种精神的投入，是"我"与对象之间同感共鸣的活动。就是说，都是以创作主体的深切体验为叙述轴心，让生命的灵性灌注于思维客体，使情思汇聚于所感悟、所剖断的审美对象，努力形成情感与智性的涡旋，这是实现创作深度追求的有效途径。因为文学创作说到底，是生命的转换，灵魂的对接，精神的契合。虽为学院派，但文体风格却十分活泼，可读性比较强。有些文章饶有风趣，令人须眉舞动，忍俊不禁。这在学者散文中，是难能可贵的。

窃以为，单从"古代文学的学术研究者"群体从事散文写作的这一盛举来看，也是特别值得称颂的。五四之后，大学教授中出现了许多散文大家，许之以"占据文坛半壁江山"，恐怕也不为过。然而，这一优秀传统后来并未得到应有的赓续。近数十年来，执教鞭者撰写散文的越来越少。有人开玩笑说，此乃深得孔老夫子"述而不作"之奥秘。早在清代乾隆时期，著名诗人袁枚在《读孔子世家》一诗中，就曾以调笑口吻写道："尼山道冠千秋处，妙在平生不著书。"

其实，学术研究与文学写作原是相辅相成，可以并行不悖的。中文系教授在撰写学术论文之余，从事诗文写作，起码可以收到两方面的效果：其一，从自身提高角度讲，创作可以成为有效的学习动力。把写作（包括读书、思考）与教学紧密地结合起来，经常开展认知、思辨、表达的训练，有助于提高教师的实际水平。借用比利时普利高津教授关于"耗散结构"的概念，可以说，每个活着的人都是一种"耗散结构"，一个开放系统，只有不断地同外界交换物质与精神能量，才能使自己日益壮健，不断提高。写作的过程是输出，是耗散，必然要促使你不断地接纳新知，甄陶旧我。尤其对于中青年教师来说，确是主动加压、挑战自我的机会。其二，就教学实践来说，"学然后知不足"，"教然后知困"，作然后知甘苦。通过躬亲挥毫写作的实践，既可以从中获得真切的心灵体验、经受实际锻炼，更能对学生做出有效的示范，戒除那种"天桥把式——只说不练"，"海客谈瀛——空对空"的弊端。

这是从具体实践的层面上谈论教授写作的意义；如果放开视界，从更深远、更广阔的层面上说，文学创作则关乎人生价值与生命的存在意义。法国哲学家萨特在评论美国小说家福克纳时，法国作家莫洛亚在评论本国小说家普鲁斯特时，都曾说过一句意味深长的话：人类毕生都在与时间相抗争。这句话的蕴涵异常丰富。简言之，就是努力寻求一种有效的生命存在方式，争取在世上留下痕迹，以免埋没于时间的尘沙，"没世而名不称"。那么，如何才能将短暂的一生附丽于永恒流动的时间呢？对作家、学者而言，就是要通过作品来承载生命价值，超越浮生大限。如太史公所言，"藏之名山，传之其人"。

任谁都得承认，事功再大，即使它震撼了人间，也都是暂时的。王朝更迭，血战征伐，无论是得益者还是受害者，只能在岁序迁流中暂存一瞬；而文化创造的成果则生命长青，留存广远，以至于永恒。莎士比亚的诗剧《罗密欧与朱丽叶》，几百年过去了，至今还名震寰宇，即便过了千年万载，人们也肯定还会说起它；可是，当时的英国皇帝是哪位老兄，又有几人能够记得呢？早在一千七百多年前，一个叫曹丕的人（此人也当过皇帝）就说过："年寿有时而尽，荣乐止乎其身，二者必至之常期，未若文章之无穷。"教授著书，同样是"名山事业"，以之垂范当今、名传后世，该是没有疑问的。

篇终接乎混茫，其意犹未尽也，口占七绝五首以足成之：

> 南州学府树文旌，炫目琳琅别有情。
> 老去风花多眼福，浮生万象看分明。

> 饱览琼瑛喜不支，奇章隽语启新知。
> 莫轻一纸拳拳意，常惹沧桑百样思。

> 妙笔雍容畅雅怀，学林一帜阵图开。
> 诗痕史影春宵梦，人爱风光我爱才。

> 科甲昔曾干气象①，文华今日耀通州。
> 世间谁是经纶手？才俊千秋据上游！

> 岂有宏才作解人，豪华刊落剩情真。
> 戋戋一序倾心力，不负良朋不负身。

2010年3月于沈水之阳

---

① 南通名士张謇曾巍科高中晚清状元。

## 《卷施》序

### 一

读文，其实是在读人。

我和曹辉女士，虽然只有一面之雅，但通过解读她的大量很有特色的诗文，还是获得了较为深刻的印象。尤其是读她的散文，仿佛是在那里听她饶有兴味地叙说着多彩的人生，展现着心灵的奥秘，其中饱绽着欢欣，也浸渍着愁苦，洋溢着快慰之情，也播撒着忧伤的种子。她还很年轻，可是，文章中却充满了对世事沧桑的感怀，人生体验的解悟；当然，也像其他年轻女作家的作品那样，洋溢着浪漫情怀和细腻笔触的亲情、友情与爱情。她以一种从容的心态，顾自在那里娓娓动人地诉说着，听来宛如一曲奏鸣着心灵之美的生命赞歌。

作为女作家，曹辉的散文创作，既具有女性反应锐敏、思致精密、楬橥心灵婉转细腻的优长，又冲破了视界狭窄、局面不够宏阔的局限，文章有涵蕴，有灵气，有情趣，特别是创新意识很强，于散文写作进行了多方面的探索。

作为青年写作者，她并不像有些人那样"跟着感觉走"，凭借"生活意志""生命冲动"等"非理性"意向，进行无节制的言说，她的文章放射出一种理性的光彩，文辞洁简，惜墨如金。我想，这和她长期从事诗词写作当有直接关系。

说到诗词写作，曹辉作为一个掌握了娴熟技巧的诗人，散文创作也相当出色，这是难能而可贵的。许多诗词写作者，由于思维定势、格律束缚、文言词语的限制，已经弱化乃至丧失了写作现代散文的能力。

而作为职业女性，她能够从繁忙的业务和冗杂的家庭琐事中挣脱出来，坚守高尚的志趣，保持清新的心态，超越世俗取向、物质追求，钟情文学写作，更是让人刮目相看。按照钱锺书先生的说法，文学"邻近着饥寒，附带着疾病"，操此业者皆为"至傻至笨的人"。"自古文缘是苦缘"，迷恋上文学这个"魔鬼"的人，要比其他人多耗无数心血，少睡不少甜觉，饱尝多重苦楚。在"天下熙熙，皆为利来，天下攘攘，皆为利往"，商潮泛涌，物欲横流的情势下，公余之暇，还能不惮辛劳，咬定这枚"苦瓜"不放，甚至像她在《后记》中所说的：愿作一株卷施——拔心不死的草，"生而一世，在个人爱好方面，哪怕把心拔掉了，也不肯妥协，不肯死去"。"卷施心独苦，抽却死还生。"（李白诗）对文学的虔诚竟达到此种境地，怎能不让人投以崇敬的目光！

## 二

散文是作者心灵的外化。优秀的散文，从思想主旨到字里行间，应该让人感受到作者是在以全部的灵性和感受力去烛照人生，触摸现实，探索文化，追寻美境，进而产生耐人寻味、新颖独到的洞见。应该从作者的自身体验出发，去见证美和丑的生成，揭示出令人感发兴起、令人唏嘘扼腕的人生况味。这方面在曹辉的文章里都有充分的展现。现在有些散文，存在着灵性的消减、人性的物化、缺乏"精气神"的弱点，这反映了作者心灵的空虚、理想的弱化，甚至人文精神的沦丧。

艺术是人的精神的外射，是作家艺术家自我意识不断觉醒的产物。散文创作的过程，是客观世界不断人化与人的精神不断外化这样一个能量互相交换的过程。作品必然处处体现着作者灵魂、心性的特征，必然表现为对自身生命的关注，并集中表现为人对自身命运与生命价值的思考，对自身赖以存在的时空环境的探索，以及精神家园的追寻。概言之，散文应该表现关于人性和人自身的生存、发展的生命意识，表达社会与文化环境的历史意识，表现人类存在的自然环境的宇宙意识。曹辉的散文对此做出了可喜的探索。

由于日常生活的实用机制，由于从小学到大学的知识传授方式，人们对一切事物往往形成预设的思维定势、雷同的表述方式，语言已经失去了个性的光彩，即使依靠摆弄语言文字过活的作家，也往往陷入这个泥潭而不能自拔。曹辉则有异于是。她除了有良好的语感，还有一种所谓"状态的文字"，通过个体生存状态来展现文化，亦即个体生存状态的文化。从她的散文里，可以看到青年女性的个体的生命体验、生存状态、心路历程，可以从中发现作者生命、生活以至思想、个性、癖好的投影，里面饱含着生动的、感性的诗性智慧和深切的心灵体悟。即便是那类虚构的或者想象成分占一定分量的文字，也同样具备这一特征。

## 三

在我的心目中，优秀的散文作品，应该深深植根于固有的文化传统，同时又具有深刻的当代性，并能建立在自己独特创作个性的基础之上，而不是脱离自我生命体验，一味追求时尚的花样翻新。鲁迅先生等文学大师，做出了光辉的示范；当今，港台散文作家余光中、王鼎钧、司马中原、董桥等，也继踵前贤，为整合中华古代、五四以来现代和域外的散文传统做出了积极的贡献。我很欣赏曹辉关于董桥作品的分析、剖断。看来，她对此还是颇感兴趣的。以她较好的文学功力及其探索、创新精神，我相信，今后在融合三种散文传统方面，她有望取得一定的实绩。

曹辉女士是从写作传统诗词转入散文创作的。由于脑子里积淀的诗词名句太多了，它们会不断发酵、升腾、膨胀开来，不时地闯入笔下。如果是专事诗词写作，这是求之不得的；但是，作为散文创作，则须加以控制。所谓"控制"，并非绝对不可以引用，而是要掌握分寸，适所、适量、适度。运用诗词名句，如果恰如其分，会使文章增光添色；假如过当、失度，则会适得其反。我也是从写作诗古文辞入手而走上现代散文创作之路的，开初也是写着写着，文章中就冒出来几句诗词，有时还会变散句为韵文。承好心的文友提示，我便注意了这种"掉书袋"的偏向。发现曹辉某些访问记、抒情文也有类似现象；不过，《因为爱》《浅读董桥》《幸亏有你》《撕不破的情网》等许多篇什中，倒没有这种偏向，说明问题并不明显，不过是一种潜在的趋向。作为"过来人"，我愿提出这个问题，以期共勉。

2012年8月于沈阳

# 题记九则

## 《沧浪之水》题记

"大言炎炎，小言詹詹。"这本散文随笔集，尽管只是一些詹言细语，但自信还是于世有补的。至于作用多大，就很难说了。《楚辞》中有一首渔父歌："沧浪之水清兮，可以濯我缨；沧浪之水浊兮，可以濯我足。"愿读者诸君也能如此对待这本小书——作者竭诚掬献的一泓"沧浪之水"。

## 《春宽梦窄》题记

"春宽梦窄"，原是一句宋词。现在把它摘取来作为书名，意在说明大千世界和人生旅程是丰富多彩的，是无限的；而作为现实与有限的存在物，人的想象能力、认知能力、表现能力，按它的个别实现和每次的现实来说，则是有限的。因为人的思维都是在完全有限地思维着的个人中实现的，不能不受到时间和空间的制约。其结果就是所谓的"春宽梦窄"——当然这是一种借喻。

面对这种现象，我及我的散文自然也不能例外。好在奉行一个"真"字，明心见性，本色天然。这里有欣戚心迹，有风雨萍踪；有纯情的忆念，有热切的憧憬；有新旧异质的递嬗，有出世入世的融合；有"今古乾坤秋一幅"，有"万里灯前故国情"。借助春风文艺出版社的厚爱，愿以野人献曝之诚，把这本散文集双手托给敬爱的读者。

## 《淡写流年》题记

伴随着人生阅历的增加，人们心目中的宇宙会不断地向外扩张开去，而就个体生命来说，人生的风景却在这种扩张中相对地敛缩，曾经喧啸灵海的汐潮，在时序的迁流中，已如浅水浮花，波澜不兴了。淡写流年，就是要恬淡而冲和地解读生命，通过文字来重现一个鲜活的生命真实，描绘一种生灭流转的人生风景。

时间在销蚀生命的同时，自然也接受了记忆力的对抗——往事总要竭力挣脱流光的裹挟，让自己沉淀下来，留存些许痕迹，使已逝的云烟在现实的屏幕上重现婆娑的光影。而所谓解读生命真实，描绘人生风景，也就是要捕捉这些光影，设法将淹没于岁月烟尘中的般般情事勾勒下来。

回忆是中老年人的一种特有的专利。它是对于遥远的童心的痴情呼唤，是重新感受年轻，追忆逝水年华的一种心灵履约，是对于昔日芳华的斜阳系缆。普通的人们毕竟还都天机太浅，既不具备佛家的顿悟，也没有道家"坐忘"的功夫，总是像《世说新语》中说的"未免有情"，因此，在展现飞逝的生命的过程中，在感受几丝甜美，几许温馨的同时，难免会带上一些淡淡的流连，悠悠的怅惘；而且，由于想象中的完美和过于热切的期待终究代替不了实际上的近乎无情的变迁，所以，回忆常常带有感伤的味道。早在一千一百多年前，玉溪生就在《锦瑟》诗中慨乎言之："此情可待成追忆，只是当时已惘然。"当时即已惘然，更不要说事后追忆了。

许多生活的图像，在心灵的长期浸染下，已经成为一种前尘梦影，旧时月色，一似飘逝的过眼云烟，或则了无踪影，或则漫漶模糊。由于追忆属于想象的领域，它是在时空变换条件下的一种新的综合、新的加工，因此，凡是追忆都会或多或少、或显或隐地夹杂着本人对于过往情事的重新诠释，包括赋予它以当时未必具备的新的意蕴、新的感受。也正因为这样，所以，无论回忆也好，捕捉光影、勾勒情怀也好，充其量只能是粗具形体的原始素描，而绝非摄影机下原原本本的照相，更不可能是那种记录三维空间整体信息的全息影片。

当然，就算是原原本本的摄像或者全息影片又怎么样，年光已如飞鸟般地飘逝了，留下来的只是一个个空巢，挂在那里任由后人去指认，评说。有人说得更为形象：照片这东西不过是生命的碎壳，纷纷的岁月已经过去，瓜子仁一粒粒咽了下去，滋味各人自己知道，留给大家看的唯有那满地狼藉的黑白瓜子壳。

### 《一生爱好是天然》题记

《牡丹亭》里的女主人公、南安太守的千金小姐杜丽娘，在婢女的怂恿下，摆脱了长年的身心束缚，悄悄推开绣阁的门，偷偷地走进了姹紫嫣红开遍的后花园，蓦然接触到真正的春天。一路上走着，看着，大自然的美渐渐地在她的内心里唤起了共鸣，进而惊奇地发现：自己的生命之花，原来竟和春天一般美好，一般绚烂，于是脱口而出："可知我常一生儿爱好是天然"。

本集散文作品借用这一绝妙好辞作为书名，从内容上看，固然也蕴含着对自然美的欣赏、赞叹的情怀；但更主要的是想表明一种审美取向，体现文学创作（甚至包括人生）的一种向往与追求。

就创作论而言，按照东方的审美观，"清水出芙蓉，天然去雕饰"，"一语天然万古新，豪华落尽见真淳"，自古以来，就被看成是一种美的极致。其实，它更是一种情志，一种风格，一种境界。为文也好，为人也好，能否做到本色、天然，往往是衡量其是否臻于化境的一个标准，这是起码的要求，却又是甚高的。他人如何，不敢臆断，反正就我自己来说，那是很难跨越的一个标杆。

先哲有言："高山仰止，景行行止。虽不能至，而心向往之。"所以，我也只能说，一生"爱好"是天然。

### 《文在兹》题记

"文在兹"，昭示着一种巨大的存在，语出儒家经典《论语》。用它来做这部散文集的标题，直接作用是标明书中的内容关乎文坛、文人、文学、文事，类似"买珠宝，请上楼"之类的指示牌。当然，更深的意蕴还在于申述一种观点，一种态度。

古代中国有关于"文在兹"与"文不在兹"，"天之将丧斯文也"与"天之未丧斯文也"的言说,现代世界亦有"文学将会消亡"与"文学绝不会消亡"的辩论。本书中所描述的固然属于"过去时""现在时",似乎无助于展望将来;但是,有一点却是无可怀疑的,即任何时候,作为"人学"的文学,总是根植于人类的精神活动;其存在的依据是人类情感表现、交流的需要。只要人类存在下去,必然要有精神活动、灵魂在场,必然要有表现与交流情感的需要。那么,文学就总不会消亡的。

## 《长城外古道边》题记

地处"长城外,古道边"的东北三省,民族风情的个性特征是至为鲜明的。酷寒悭吝的自然环境,流动性极大的牧猎、田野、战地生活,强化了力量与勇气的拼搏,塑造出古朴剽悍的民风、粗犷质实的性格、旺盛的生命活力和较强的文化吸收、整合能力。

这片辽阔、富饶而原始的大地上,自古就蕴含着一种野性,一种豪气,一种蓬勃的生机。青苍的旷野托举着浩渺的天穹,"喜茫茫空阔无边","眼底鹏飞风举",该是何等的开心,何等的壮丽啊!无疑会触发壮怀激烈的风云儿女,燃起内心深处的神秘诱惑,高扬生命之舟的理想风帆。这也就不难理解了:在"江南妩媚,雌了男儿"的九百年前,辽朝女诗人萧瑟瑟会激情四溢地在北地放歌:"直须卧薪尝胆兮,激壮士之捐身;可以朝清漠北兮,夕枕燕云。"

面对那些时间上悠远、空间上浩瀚的自然与人文景观,相信一些思想者会生发出一种与之直接对话的灵性冲动;或者像当年的屈子那样,向着这片神奇的天地,独自发问无数个"为什么"。

也很可能,那充盈着质朴的美、粗犷的美、宁静的美的梦之谷、画之廊,在诗人的情感的琴弦上奏出美妙的和声,不期然而然地淹入了自己的性灵,潜滋暗长一种重葆童真,宠辱皆忘,挣脱小我牢笼,返回精神家园,与隽美清新的大自然融为一体的感悟。

而我——这个庸常的大地之子,则在茶余饭后,写出了如下一组文字。

## 《劳生集》题记

先父晚年写过一首《除夜感怀》七律，有句云："四屈三伸通变数，七情八苦伴劳生。"寄寓着对于人性、人生的感喟。"劳生"一词，当源于中国古代著名的哲学典籍《庄子》："夫大块载我以形，劳我以生，佚我以老，息我以死。"

本集四十余篇散文，多为人物载记，中外古今，各色人等，林林总总，多至百数；而其行藏、际遇，顺逆、穷通，般般各异。不过，有一点是相通的，就是"七情八苦伴劳生"。可以说，透过每个人物的思想行为，都能读出喜、怒、哀、惧、爱、恶、欲七种情愫，生、老、病、死、爱别离、怨憎会、求不得、五蕴盛八般苦楚。而这一切，概言之，无非是一个"情"字，一个"欲"字。生之劳苦，肇因于七情六欲的驱动。欲望无穷，人生有限，求而不得，必苦无疑。欲望有如拉长的橡皮筋，当它不能兑现亦即找不到挂靠的地方，就会弹回来打伤自己。

情与欲，作为现代汉语概念，分属于人的情感展现和生存与享受需要两个层次。二者互动互补，相辅相成，织缀出爱恨情仇、悲欢离合、流行坎止、是非成败的"劳生"万象。"情生文，文生情"。反映在这部作品中，举凡温馨的亲情、真挚的友情、炽烈的爱情、纯朴的乡情，以及挥之不去、所在多有的思古幽情，无不闪现着人性美的一面，令人宛转低回，一唱三叹。而笔墨所及的五花八门的欲望，占有欲、权势欲也好，名利欲、贪恋欲也好，则褐橥了人性丑陋的一面。

当然，情的投入与欲的追求，都是人的基本的心理动态与生理要求，是任人皆有的本性和现实生活的基本色调。如果真的实践了"六根清净，四大皆空"，且不说社会的发展进步失去了内在的动力，文学艺术更是消解了取之不尽的源泉和气象万千的话题，而人本身，岂不个个成了木雕土偶，或者不食人间烟火的大罗神仙，落了个"白茫茫一片大地真干净"！

　　表面上看，书中描绘的是历史辙迹、世事休咎、命运抉择、人我情怀，可谓光怪陆离，形形色色；而其实质却脱不开人性这面镜子，一个个灵魂、一张张面孔，都透过它来明心见性，鉴貌辨形。明眼人一看便知，这些作品是以文学的手法，借助历史这个平台，叙说一些同哲学有关的意念。如此而已。

## 《一年话语今宵多》题记

　　熟悉唐诗的文友一眼就能看出，《一年话语今宵多》这个书名，脱胎于韩愈的名句"一年明月今宵多"。

　　一是说中秋月，一是特指讲演。同 "纤云四卷天无河，清风吹空月舒波"相比较，这种"喋喋烦言"真是半点诗意也没有。不仅此也，早在两千多年前，老、庄就主张"行不言之教"，"天地有大美而不言"，"意之所随者，不可以言传"——对于话语的功用抱持一种警惕，甚至怀疑的态度。当然，作为杰出的语言大师，老、庄并非在任何意义上都否定语言、抛弃语言，只是认为它不能言"道"，需要破解语言的直指性、概念性。

　　与此相对应，孔老夫子对语言则十分看重。《论语》中，"言"字凡一百二十六见。"孔门四科"里就有"言语"一科，列在"德行"之后，"政事""文学"之前。也许正是由于特别看重吧，所以，他主张慎言，摈斥巧言，强调"言必有中（中肯）"，"言之必可行也"。

　　看重语言，无疑是正确的，因为它是人类文明的结晶、进化的标尺、思想交流的重要工具。我们的老祖宗早就说了："人之所以为人者，言也。"

　　书中收集了近二十几年我的一些讲座记录，自认还是遵循古训中言行统一、言而有信的准则。至于价值几何、功效怎样，却很难说。前人所谓"言为千秋则，行为万世师"，那是圣人的事；作为凡夫俗子，只要神经正常，无人敢夸这个海口。

### 《三味书屋》题记

这个书名是借用的，因而也并非实体；且其含义简明，非复原有的那样深邃、复杂。"三味"者何？趣味、韵味、意味也。

前人赋予"三味书屋"的意蕴，无论其为"诗书味为太羹，史为折俎，子为醢醢（佐餐调料）"，还是"读经味如稻粱，读史味如肴馔，读诸子百家味如醢醢"，抑或是"布衣暖（甘当老百姓），菜根香（甘于粗茶淡饭），诗书滋味长"，基本上都紧扣着书卷；而趣味、韵味、意味，说的也是文章以至书卷的体性。

这么附丽，未免有敝帚自珍、不揣谫陋之嫌。好在大文豪契诃夫说了："大狗叫，小狗也叫。"较之前贤往哲的华章宝卷，纵使品类有高下之别，内涵有深浅之异，但是，这些短文其为心画、心声则一。

## 征程迢递　上下求索
——五十余年散文写作回顾

### 起　步

1935年，我出生在一个农民家庭。故乡是医巫闾山东面一个芦苇丛生、荒凉偏僻的村落。当时兵荒马乱，土匪横行，日本"皇军"和伪保安队不敢露面，那里便成了一处"化外"荒原。我有一位族叔，很有学问，也有一些资产，膝下一子，生性顽皮、整天惹是生非，当地没有公立学校，叔叔便延聘一位老学究来加以调教；由于对我有好感，便把我连同他的孩子一起送进了私塾。六岁到十三周岁，读了八年私塾，在这里受到了比较系统的传统教育。读书进程大体按照经史子集的顺序，"三百千千"之后，先读"四书五经"，再读《左传》《史记》《汉书》《纲鉴易知录》，再读先秦诸子，主要是《老子》《庄子》《韩非子》。老师这个安排很特别，也有他的理由，就是趁着孩子记忆力最强时节把需要背诵的经书背下来，懂不懂没关系。他有两个理论：一个是"书读百遍，其义自见"；再就是，在好读书时抓紧读，不要好读书不读，不好读时却枉劳心力去记诵。他打个比喻，说是像窃贼进屋偷东西，收拾起来，背上就走；待到安全地方，再作分类、归拢。从实际效果看，这样读下来，一是确实记得很牢，二是先难后易。从佶屈聱牙的经书（比如《周易》《书经》《礼记》），到史书、诸子，有一种春水溶冰、江河下泻，"向来枉费推移力，此日中流自在行"的快感。

回顾那八年的私塾生涯，有失有得。最大的失，是思想受到禁锢，在世界观、人生观方面也承受一些负面影响；收获有三方面：一，打下了比较坚实的国学基础，主要是在文史方面；二，培养了对于历史的浓烈兴趣，因为旧学有"六经皆史"的说法，而且是"文史不分家"的；三，训练了超强的记忆能力，所谓

"童子功"。我没有进过小学，所以，至今也不会拼音，查字典全凭笔画。我是1949年夏天直接考入中学的，数学只得了十九分，当时带个算盘，"四则"题不会列方程式，算盘一扒拉，"一退六二五"，"三下五除二"，结果出来了。但是，语文得的是满分，字也写得好。口试时，历史、地理都很优异。大学毕业后下乡锻炼，当过村官（乡团委副书记），当过中学教师、报纸副刊编辑，后来就在市直、省直机关工作。

关于写作，说来也有意思。刚上初中时的作文，还是"之乎者也"的，结果被老师狠批一顿。这样，便开始学习现代表达方式。但真正称得上文章，还是在60年代初开始的，那时编报纸副刊，同时也便开始了散文创作。"文革"十年搁笔。由于一开始，就以报社"黑笔杆子"罪名遭到批判，市直机关造反派组织不肯吸收，这倒给了我安心读书的机会，主要是读鲁迅的作品。后来进入批斗"走资派"阶段，我们这些"死狗"便没有人理了，还是照样读书。"破四旧"时，红卫兵抄家，弄来不少古书，统统放在仓库里，"批林批孔"时要找靶子，因为我读过私塾，革委会宣传组便指令我去清理旧书，弄了两整天，挑出有价值的三四百种。这样，我便打着"评法批儒"的旗帜，名正言顺地看书、摘记。当时主要是读史书和诸子，中间也没有人催我写批判文章，倒乐得个自由自在。我曾写过六首七绝：其三："伏尽炎消夜气清，百虫声里梦难成。书城弗下心如沸，鏖战频年未解兵。"其四："学海深探为得珠，清宵苦读一灯孤。书中果有颜如玉，戏问山妻妒也无？"这些都是心路历程和苦读生涯的真实写照。

党的十一届三中全会之后，面对着潮平岸阔、虎跃龙骧的蓬勃景象，我的创作情怀又从长久的冬蛰中苏醒过来。心灵上的锁链脱掉了，一种火热的激情和昂扬的活力喷涌而出。真实的感受，伴着联翩的浮想，通过理性的过滤，揭示出潜藏在生活深处的美感。这样，就再次与缪斯女神打上了交道。到1984年底，六七年时间写出各类散文六十余篇，近二十万字。

统览新时期开始后所写的散文作品，感到确实比过去有了较大进步。取材范围有所扩大，不再限于身旁事、眼前人，而是上下古今，纵横南北；抒怀、纪游、叙事、思辨，诸体兼备；无论是散文或者随笔，跳出了新闻性、纪实性较强的报纸副刊文字的窠臼，文学性较强了，表现在语言运用、心理刻画、细节挖掘、形象描写以及联想、想象手法的运用上。过去主要是刊发在报纸副刊上，现在，则以文学杂志为主要场地，影响面显著地扩大了；许多文章引起了文学评论界的关注，出现了一些评论文章。

但是，这一阶段的写作，实际上带有过渡期转型的性质——由过去"十七年"的思维方式、文学观念、写作路径向着新的境域转换，痕迹是比较明显的。

著名文学评论家蓝棣之教授在谈到我的初创期散文的缺陷时，指出：

> 如果说有什么不足，那就是在个体的生命体验方面。我认为，有时候他的个体生命体验被过重的文化负荷与历史理性压倒了，压缩了，有时候他看上去缺乏一份对人生的欣赏之情，尽管他也说自甘淡泊，但他很少用置身事外的、欣赏的心情来看待自己的苦乐。如果他稍稍把文化与理性的因素抑制一点，他自己的生命体验就会从压抑中释放出来；如果他对人生（包括他所喜爱的文学创作）稍存一点欣赏玩味的态度，如果他真正放松一些，他就会发现个体生命的丰富性，他的散文创作所发掘到的社会人生的层面，就会更加丰富、深入了。总之，充闾的作品，思想高度是有了，但个体生命体验的深度尚嫌不足。他对文艺作品的体会是敏感、细腻、深刻的，但这种对艺术的亮点正有可能造成对生活的盲点，使他一看见月亮就想起了李白那个月亮，他的那些对月的感受、自己的体验反而迟钝了，忽略了。

有的评论家在肯定我文笔娴熟、文字简洁、凝练、学识渊博、旁征博引的同时，指出了行文拘谨，没有放开以及矜富炫博、诗文征引过多，有的篇章所承载的文化信息过于密集，导致行文拥塞、文气不畅的毛病。有的指出，文章存在着主体性、内倾性不强的缺陷。这同我对文学的本质、文学创作的旨归的认识比较模糊有直接的关联。

## 自觉补课

在文学界，1985年被视为"文革"后最重要的一年。当时，小说界呈现出"寻根文学"与"现代派"双峰对峙的局面。两种文学流派都引起了理论批评界的高度重视。一时间，西方的哲学、宗教、文化、文学等各个领域的著作被大量译介过来。这对于封闭已久的中国作家来说，无疑敞开了一个全新的世界。与此同时，诗歌和散文也有了长足发展。尤其是散文，出现了美文与学者散文并驾齐驱的态势。文学研究领域，学习外来理论的热潮更是一浪高过一浪，1985年甚至被人们称为"方法年"。这些思潮、流派、理论、方法上的争衡，大大促进了文学创作的发展。创作的风貌脱离了较为单一的模式，艺术方法的探索和革新以更大的步伐推进。作家的主体性在这一时期的创作中表现鲜明，文学在朝着本体回归。

如果说，上述这些因素，对于我是催生变革的大环境或曰外因的话；那么，我自身的认识与需求便形成了内在的动力。这一年我正好是五十岁。"知天命"不敢说，但有一点清楚，就是应该知道自己。单就知识基础来说，我认识到需要同时做好两件事情：已知的应该更新，未知的抓紧补课。"四书五经"毕竟是封建时代和小农经济的产物，许多东西需要更新，需要现代化的转换；知识结构不够完整，学术视野相当狭窄，表现为中国传统文化这条腿比较粗，而缺乏现代科学思维方式、科学精神的支撑。现代的学问、西方的文史哲经，相对来说，涉猎得比较少，许多新的理论、新的学说、新的思想知之不多，积淀比较薄弱。这样的结果，必然是思想境界拓展不开，不能与时俱进，不断创新。另外，在创作观念上，我对于文学回归主体，对于当代文学主体性的认识，远不如传统散文中"文以载道"的思想那样深刻。

受当时文化热潮的影响，从个人实际出发，我从1985年开始，花费数年时间，深入研读了马克思的《德意志意识形态》、恩格斯的《反杜林论》、黑格尔的《美学》、罗素的《西方哲学史》、丹纳的《艺术哲学》、卡西尔的《人论》等西方哲学与美学经典。同时，也读了国内几位美学家的著作，其中有朱光潜的《谈美书简》，宗白华的《美学散步》，蒋孔阳的《德国古典美学》，王朝闻的《美学概论》，李泽厚的《美的历程》《美学四讲》等；还有法国年鉴派的史学著作。每当啃这些理论著作弄得脑涨头昏时，我便找出莎士比亚的戏剧，契诃夫、莫泊桑、欧·亨利的短篇小说来读，换换口味，转移一下注意力，觉得既有趣，又解渴。这样，一直延续到新世纪之初，对于西方文史哲美的学习、研索，迄未间断。

期间，1986年春季和1991年下半年，先后进省委党校、中央党校学习，在学员中，我敢说是读书最多的一个，读的书主要是哲学、美学、史学等人文学科方面的经典著作。

现在，回过头来总结那些年的读书、进修，觉得有些方法还是很值得借鉴的。一是，运用苏轼创造并为毛主席所欣赏的"八面受敌法"，精研深读经典著作，辅之以适当的泛览（认门户、开眼界）。"八面受敌读书法"源出《孙子兵法》"我专而敌分"的用兵方略——当八面受敌之时，则应集中优势兵力，以众击寡，各个击破，切忌八面出击，分散兵力。苏东坡在读书和研究学问时，每次都选准一个角度，理解、消化一个问题，逐个解决，积少成多，从而达到事事精核的效果。二是，在弄清原典上下工夫，不是为学术而学术，目的在于武装头脑，扩展思路，激活创造精神，指导并丰富相伴而行的文学创作。三是，因为文学是人学，所以，为文学的读书、求索，应该紧密联系人生的价值，命运的参悟，道路的抉择，人性的发掘，个性与命运、个性与文化关系的探究，应该同生命体验、人生感悟结合起来。这一切，都为我的创作实践、学术研究，提供了丰富的资源、有益的滋养。

关于历史，我有如下几个方面新的体会：

其一，作为一门科学，历史承担着两个角色：一个是最好的老师，一个是高倍数的望远镜。我们长期强调历史的借鉴作用，史书也叫《资治通鉴》，讲究"前事不忘，后事之师"。在西方，鉴古之外，更强调知今。他们说，一个人能够看到多远的过去，他就能够看到多远的未来。过去我们对历史的开阔视野的作用关注得不够。我觉得这是一个很大的缺陷。

其二，许多研究历史的人，对历史人物、历史事件，也就是通常说的史实，比较注意；但是，如何进行分析，亦即运用史识，掌握史观，功力就欠缺了。分析历史人物，除了运用唯物史观分析他们所处时代背景与社会环境，我还注意运用西方史学中已经证明有价值的一些现代科学方法，如弗洛伊德的精神分析方法、现代遗传学的方法和理念、行为科学、现代人才学、历史心理学等，研究历史人物的不同特点，比如性格、心理、素质、命运等等，我就发现，在历史事变中领导人的个人性格往往会起到决定性作用。

其三，关于历史的偶然性。过去对于社会历史的发展、变化，我们强调必然性（主要是经济决定论），这无疑是正确的；但是，同时也不应忽视社会的政治、心理、文化等因素。事实上，在一定条件下，杰出人物、自然灾变、外敌入侵等偶然因素往往起着直接作用。马克思说，历史"发展的加速和延缓，在很大程度上，是取决于这些'偶然性'的"，"如果'偶然性'不起任何作用的话，那末，世界历史就会带有非常神秘的性质"。这里所说的"神秘性质"，也就是历史宿命论。为此，我们应当以历史偶然性为先导，通过大量的、丰富的历史偶然现象，去揭示历史发展的客观规律。

其四，学习西方史学，包括对于法国年鉴派和美国新历史主义的研究，使我获得许多新的启示，扩展出巨大的研究空间，使历史文化散文的创作增强了主体性，解决了历史文化散文的现实关怀这一重大课题；同时，加深了对现代阐释学的理解，认识到主体性对于文本的阅读、阐释的能动作用，由于文本是开放的，人们每一次阅读它，都是重新加以理解，都在参与对原著的二度创作。

诚然，哲学、美学和史学本身不是文学，但却以其对宇宙、人生和艺术的根本性探讨，具备了文学本身所不具备的功能。这样，在我的面前，就展开了一个全新的世界。我开始思考：人是什么？世界与人的关系怎样？艺术的本质何在？先哲们关于"人最重要的就是具有创造性"，"人的本质就是其无限的创造活动"，"艺术和自然有着先天的不可分离的关系"，"理想的完整中心是人，而人是生活着的"等论述使我体验到了思想的无穷魅力，提升了文学回归本体的自觉，主体性、个性化增强了；每天都沉浸在美感、哲思之中，对于美的探索、美的追寻、美的发现怀有强烈的兴趣，进而表现为诗性化的人生感悟，形成蕴含着情致、哲思与美感的文字。

而新的历史时期，在改革开放的大背景下出现的大量新事物、新思想、新现象，包括日常生活中涉及的披肩发、牛仔装、喇叭裤、蛤蟆镜、迪斯科等等，即便是从工作出发，也都需要有个明确态度、做出正确解释，从而催促我对于美感问题做切实的钻研。

研读美学专著过程中，我认真做了心得笔记，记下了自己的领会与悟解。诸如：

其一，美学何为？从事文学创作的人，要使意蕴提升，实现深度追求，必然要凭仗哲学的导引，而美学是哲学母亲的骄子，自然要走到美学这里来。尤其是中国的美学精神、美学传统，是一种审美的哲学、诗性的哲学、悟性的哲学。因此，为了提升文学创作、文学研究水平，钻研美学是必需的。同时，面对着日益紧张的异化世界，通过追求一种美的人生理想、人生境界，体味哲学意蕴、艺术灵性和美感、诗情，有助于保持人间的诗性和生命的憧憬，使心灵得到升华与净化。

其二，关于美的本质，它究竟是主观的还是客观的，美是在物还是在心，还是主客观统一？我的看法是，作为以审美和艺术问题为中心、进行哲学性思考的美学，如果单从在物在心角度，也就是从哲学概念角度、认识活动角度来解读，恐怕难以解释清楚。美，产生于美感。一种事物之所以成为美的，是因为欣赏它的人心里产生了美感。原则上讲，审美活动不属于科学范畴，它并非认识问题，而是一种体验，是人和世界的一种沟通、一种体验（中国古代先哲称之为感兴）。在中国文化的固有品格中，一直把美学原理建构成一种美/美感/艺术三合一的体系。

其三，由叩问美的本质转移到美感体验上来，体验到审美距离以及人的情感对于美的体验的影响——不同的审美距离，不同的审美对象以及不同的审美心情都会对最终的美感造成影响，从而确立了距离说、移情说等美学原理。瑞士美学家布洛指出，美感是主体与对象在保持一定的心理距离时产生的。一定的距离，使客观现象与现实的自我脱开实际利害关系，审美和艺术超出实践关系，以纯粹的审美眼光来观赏对象，使一切审美价值与实用的（功利的）、科学的或伦理的价值区别开来。所谓"距离产生美"，说的是人们在欣赏自然美、社会美和艺术美的审美过程中，必须保持特定的、适当的时间距离、空间距离和心理距离。时间距离，指与审美主体的接触时间不能过于长久，否则会造成对审美主体的审美疲劳，从而使美的事物失去其应有的美感。空间距离，是指审美情感对审美主体的美化作用。由于消除了利害考虑，模糊了具体印象，往往会产生崭新的体验。当我们聚精会神地观察审美对象时，往往会产生把我们的生命和情趣注入对象中，使对象显示出情感色彩的现象，据此，德国费肖尔父子提出了"移情说"。杜甫的诗句"感时花溅泪，恨别鸟惊心"，正是这种"移情"的结果。

其四，美是一种发现，发现本身就是一种创造。朱光潜先生说："任何审美活动都是一种创造活动。"李泽厚先生说："美，只能是人类主观心灵的创造。"蒋孔阳先生说："美是恒新恒异的创造"，"美是多层累的突创"。在这个问题上，几位美学大家的意见倒是一致的。

读过了西方、苏俄、印度的美学典籍，也加深了我对烂熟于心的中国古代经典中美的论述的理解。《论语》一书本是讲述原则、道理的，许多篇章甚至是语录体，但它并不是板着面孔，枯燥地进行说教。《先进》篇载，孔子与子路、冉有、公西华坐在一起谈心，曾点在旁边悠闲地鼓瑟，孔子便问他："点，尔何如？"曾点听了，便用弹瑟的手指在弦上一拢，铿然一声，把瑟放下，站了起来答道："莫（暮）春者，春服既成，冠者五六人，童子六七人，浴乎沂，风乎舞雩，咏而归。"夫子喟然叹曰："吾与点也！（我同意曾点的主张）"这里有场景，有形象，有细节，有哲思，有诗情画意，充满了优美的意味。再如，《庄子·逍遥游》篇："藐姑射之山，有神人居焉，肌肤若冰雪，绰约若处子，不食五谷，吸风饮露。乘云气，御飞龙，而游乎四海之外。"这些都是中国古代美学描述美感的典型范例。

反映在散文创作上，此期间，我写了一批带有哲理性的散文，体现哲学与美学的双重意蕴，力求从哲学的智慧、美学的超拔、理性的张力与诗意的澄明中展现一己的思与悟，凭借散文文本传递自我对万象造化的审美意蕴和理性化的沉思。

在《五岳还留一岳思》中，从友人遍游医巫闾山之后"产生一种意兴阑珊的味道"谈起，说到旅游，说到现实生活，说到艺术创造，核心表达了"充满希望的旅游比到达目的地好"的理念，以及对于"审美距离"和"不到顶点"的体验与领悟。文中有这样一段话："人们对于已经占有、已经实现的事物，不及对于正在追求、若明若暗、可然可否的事物那样关心。张恨水的两句诗：'凡所难求皆绝好，及至如愿又平常'，反映了这种心态。古往今来，有谁未曾从不断的追求中获得快慰呢！"我在这里想要揭示的是美感体验中的"过程说"——过程重于目的，理想高于现实。这固然谈不上什么新的见解、新的发现，但在我个人来说，却是一种超越心态的反映。以往所关注的常常是目的的实现，比如两年前写的《黄山三人行》就是这种心态的典型的艺术表现。攀登黄山天都峰，我是以爬越崇阶，直上峰顶为鹄的的，那种架势，大有不达目的誓不罢休之意态。及至到了峰顶，心情确是无比的兴奋，以至于豪气冲天地高声朗吟着："只有天在上，更无山与齐。举头红日近，回首白云低。"但再往前走，步步都是下坡路，很快也就四顾茫然、意兴索然、心境苍然了。文中引述18世纪德国著名思想家、文学家莱辛的话："我重视寻求真理的过程，胜于重视真理本身。"爱因斯坦十分喜欢这句话，曾把它作为座右铭，意在从中汲取美感，寻求慰藉。在日常生活中，我们也有这样的体会。钓鱼兴趣很浓，但目的往往并不在于吃鱼，只是为了从持续的等待、期望、追求中，获得一种心理上的充实和满足，寻求健康、悠闲的情趣。记得著名哲学家冯定先生曾在一次谈话中说过："人生就像解方程，运算的每一步似乎都无关大局，但对最终求解却是必要的。结果往往令人神往，我却更喜欢过程本身，过程就是结果的奥秘所在。"

《心中的倩影》这篇散文，同样表达了一种出于切身体验的美的感受。写的是：80年代初，我曾有南京之行，当时最急切的想望，就是一睹向往已久的秦淮河的秀丽姿容；但当听到秦淮河已经受到严重污染的信息之后，我毅然打消了前往看望的念头，不想让它的陋貌衰颜呈现在眼前，而宁愿秦淮河的美永存于虚幻的意念之中。回来后，我把这些想法讲给几位朋友听，多数人都不以为然。有的说我"痴情可哂"，有的笑我"书生气十足""理想主义"，我却至今不悔。特别是读到文洁若的散文《梦之谷中的奇遇》，对作家萧乾的举措，更是赞其通脱，引为同调。1928年，十八岁的萧乾在汕头角石中学任教时，结识一位名叫萧曙雯的女学生。二人心心相印，灵犀互通，诚挚地爱恋着。不料，校长插足其间，声言如果曙雯拒婚，就要对萧乾狠下毒手。姑娘断然斥绝了这个恶棍，同时劝说萧乾赶紧离开，以免遭到暗算。六十年过去了，萧乾终于有机会旧地重游，并且得知萧曙雯仍然健在。可是，经过一番斟酌，他毅然决然放弃了这个此生难再的机缘。他不愿让记忆中的清亮如水的双眸，堆云耸黛的青丝，轻盈如燕、玉立亭亭的少女风姿，在一瞬间，被无神采的干枯老眼、霜雪般的鬓华和伛偻着的龙钟身影抹掉，他要把那已经活在心目中六十年的美好影像永远保存下来。萧乾说："这不光是考虑自己，也是为了让曙雯记忆中的我永远是个天真活泼的小伙子，所以，还是不见为好。"

《读三峡》一文中也阐发了类似的道理：人说大宁河上的小三峡是三峡的聚珍版和缩印本，景色绝佳，而且，由于滩险岩奇，还可以补偿由于三峡惊险场面的消除所造成的失落。可惜，因为时间有限，交臂失之，说来也是一桩憾事。但是，我用另一面的道理宽慰自己：美学上讲究逸韵悠然，有余不尽，忌讳一览无余，因而有"不到顶点"的说法。怕的是到达顶点就到了止境，捆住了想象的翅膀。龚自珍有诗云："未济终焉心飘渺，万事都从缺处好。吟到夕阳山外山，世间难免余情绕。"踏不上的泥土，总被认为是最香甜的。何妨留下一片充满期待与想象的天地，付诸余生忆念，纵使他日无缘踏上，也尽可神驰万里，向往于无穷了。

## 望海楼奋笔

1986、1987两年，应《人民日报·海外版》编辑的邀约，作为六个撰稿人之一，参与撰写《望海楼随笔》专栏文章。编辑要求：文字简捷、洗练，篇幅在一千五百字上下，最多不超过两千字；叙述、议论与描写穿插组合；题材不限，但应兼具情致与哲理的蕴涵；每星期至少提供一篇。按照要求来看，大约属于60年代的《燕山夜话》和《三家村札记》一类。随着兴会所至，表达动人之情思，透辟之见解，即便是讽刺、抨击，也不失其雍容的情态和隽永的风格，看了令人惬心快意。

基本体例确定了，接下来，就是根据平素的知识储备，拟定出大量题目或曰话题，分别记在活页笔记本上；在大致地思索出一个路数的基础上，逐一往里充实素材，包括过去积累的、现今搜集的、随时想到的观点、材料、故事、趣闻以及名言、诗句；待到发现哪一篇准备就绪了，便细加梳理，确定题旨，厘清脉络，便动手写就。由于平时阅读量大、读的书多，腹笥比较丰厚，又兼儿时"童子功"的超强训练，记忆力强，而且，手勤、笔勤，随身带着笔记本，每有感悟，辄撮要记下，颇有助于旁征博引，左右逢源，往往两三个小时就能完成一篇。

两年间，围绕着人才问题、社会矛盾、生活事理和艺术规律等方面内容，总共完成了七十篇随笔，报纸刊发之外，还结集在春风文艺出版社印行。它们都是以诗话的形式、史论的笔法，把人与事、情与理、文与史熔于一炉。我把它们统一纳入思辨性散文的范畴。

在写作过程中，我以下述几个方面作为支撑点：

一，张扬主体性。这是这类散文的本质特征所决定的。写作中突出知识含量，实现审美与审智的交融互汇，最忌讳的是只见知识、素材的堆砌，而创作主体的灵魂缺席。我力求每篇文章中，都能跃动着创作主体的身影，闪烁着作者的灵思妙悟，做到"六经注我"，而不是"我注六经"。创作中，我把鲁迅先生的文章奉为圭臬，那"血的蒸汽，醒过来的人的真声音"，时时引领着我。在这里，诗性与哲思，充当了缪斯女神的魔杖。无分悲剧、喜剧，噩梦、美梦，顺境、逆境，亮色、暗色，人生一经诗性与哲思点拨，就会凸显其无常而有常、单调而驳杂、平淡而深邃，增添趣味性，展示其充分的可言说性。

二，叙述方法，体现互文性。应该说，每个文本都是一个开放的体系，都是其他文本的镜子，都包含了其他文本的质素与因子，亦即每个文本都是对其他文本（如文化典籍、古今轶闻、诗词掌故、名家论述等）的吸收与转化。这样，多个文本的质素集中在一篇文章中，可以互相贡献意义、相互指涉、相互参照、相互印证，释放出新的意义。像《意足不求颜色似》这一篇，为了阐明抓住本质、遗貌取神的道理，就与《列子》《论衡》《儒林外史》和古诗、诗论形成了互文关系。有的则是用作者写作之前阅读过的作品阐释此一文本，从而形成文本间互相渗透、互相生发的关系。

三，思维方式上的相似性。这是从互文性衍生出来的。要实现互文，必须充分调动思维主体的联想与想象功能，将思维对象随时同其他事物联系起来思考。有的学者将这种机能称之为相似思维，亦即利用事物间的内容、结构、动态、功能相似的特点，在具有相似性的对象之间进行类比、连接、隐喻，达到触类旁通的效果，形成新的认识，拓展一个新的认知空间。这是我的一种习惯用法。

四，选取一种与内容和表现形式相适应的认知视角。由于随笔中涉及的多是用人之道、治国之理、处世之规，应用得比较多的是人本视角。视角的选择，决定于胸襟、眼界、识见，往往受到文化视野、人生阅历、生活经验的制约。

五，形式的创新。后来，文章结集时，以《人才诗话》名之，因而论者从文体角度看，认为这种形式对传统诗话体例有所创新。文学评论家叶易教授指出，传统的诗话体制，一种是本于钟嵘《诗品》——其实，它是诗评，持论严肃，条理清晰；另一种体制本于欧阳修的《六一诗话》，随感而发，轻松行文，如过于随便，易流于滥。此著属于后一类，既有唯意所欲，轻松行文的优点，又兼有前一类严肃持论，条理清晰，重于说理的特点，使哲理性、知识性、趣味性得到较好融合，开创了"诗话"的一种新风貌。

写作《人才诗话》期间，我正在营口市委担任领导工作，负责常务。每天参加、主持会议，检查部署工作，开展调查研究，接待来信来访，八小时之内总是排得满满的；只有早晚和星期假日，还有一点时间可供自己支配。除了感到时间紧缺，还有思维方式、心态、心境方面的冲突、矛盾。写作，光有身静不行，必须保持心静。这样，每到星期天、节假日，我就到军分区去，躲进一间办公室里，割断与外界的联系。中午吃盒饭，直到晚上六七点钟才回家进餐。在那里，由于排除了干扰，可以边阅览，边构思，边写作，效率显著提高。

我已经习惯于利用有限的业余时间，把所见所闻所思所感诉诸笔墨，写成文章。我喜欢一个人踽踽独行，许多文章的构思都是在散步中完成的。伴着风声林籁，月色星光，展开点点、丝丝、片片、层层的遐思、联想。此刻的散步，看似悠闲自在，散漫无羁，实则脑子里在进行紧张的劳动，思维和记忆的细胞空前活跃，注意力一直集中在某个兴奋点上。上下古今，云山万里，浮想联翩，绵邈无穷。

说来似是满含诗意、富有乐趣的，实则十分紧张、忙碌。如要给我画像，大概应是一副不断推石上山的西西弗的形象，像加缪所说的："在西西弗身上，我们只能看到这样一幅图画：一个紧张的身体千百次地重复一个动作，搬动巨石，滚动它并把它推至山顶；我们看到的是一张痛苦扭曲的脸，看到的是紧贴在巨石上的面颊，那落满泥土、抖动的肩膀，沾满泥土的双脚，完全僵直的胳膊，以及那坚实的满是泥土的人的双手。"

### "山水郎"

随笔之外，当时写得较多的是游记散文。可能是由于受中国传统文人、传统诗文的影响过深，对于名城胜迹的深邃蕴涵、山川佳境的自然之美，我一向有着本能的直觉的迷恋，所以，只要有机会就前往游观。为此，曾以宋人朱敦儒的词句自嘲："我是清都山水郎。"不过，一非"懒慢"，二不"疏狂"。

处在领导岗位上，创作与研究，难免出现时间、心态与思维方式上的矛盾，但也提供一些方便的条件。特别是到省里任职之后，我有更多机会参加全国性的会议，而由于同时又有作家、教授头衔，可以经常到各地访问、考察，广泛接触各方人士，请益于文艺界、学术界的专家、学者。立足点提高了，接触面宽了，胸襟扩展了，眼界开阔了。

足迹遍及东西南北，像我在一篇文章中所说的："曾经赴新疆，上西藏，去海南，访香港，登天都峰，游九寨沟，吊绍兴禹陵，蹑长岛诗踪……在那些留着千百年来许许多多诗心墨痕的所在，我往往是'因蜜寻花'，或如庄子所言，'乘物以游心'。我不想按照景点导游图的指点，挤在熙熙攘攘的人群中，为记录'到此一游'而拍照留影，而是宁愿在景深人静之处，长久伫立，沉静思索。脚踏在实实在在敞开的大地上，一任尘封在记忆中的此一景点的诗文涌动起来，与那些曾经在这里驻足流连的过往诗人对话。心中流淌着时间的溪流，在溟濛无际的空间的一个点上，感受着一束束性灵之光。'仁者乐山，智者乐水'，在山水间，大自然与那一个个易感的心灵，共同构成了洞穿历史长河的审美生命、艺术生命，'天地精神'与现实人生结合，超越与'此在'沟通。"这样，写出来的游记，便不是自然景观与历史人文一般的机械结合，而是渗透着作家自身切实的人生体悟；不再是泛泛地叙述他者（古人或今人）的思感言行，而是融进强烈的主观介入，从而使自然景物蕴含着浓重的生命意趣。

我在云南大理曾经参加过一次白族的"三道茶会"。顾名思义，茶分三道：第一道茶是经过文火烹过的，苦涩无比；第二道茶是甜茶，里面加了红糖、核桃仁等，喝上一口，甜中带香；第三道茶里，添有蜂蜜、花椒、芥末等佐料，使人记起苏辙"俚人茗饮无不有，盐酪椒姜夸满口"的诗句。略一沾唇，便觉麻辣酸涩一齐涌来，竟然辨别不清是什么滋味。可是，饮过几口之后，细加品啜，却又颇像咀嚼橄榄，大有回甘之效，故称之为回味茶。喝过之后，我即兴吟咏一首七绝："未经世路千重境，且饮人生三道茶。消受个中禅意味，蹉跌险阻漫诧讶！"

《黄昏》一文，通过在万米高空的飞机上对瞬间印象的捕捉，凭借主观的审美体验去传达黄昏所附丽的心理色调和人生感悟："在苍茫的天地交接处，映现出类似日光七色的横亘西天的宽阔彩带。紧贴黛青色天穹的是翠蓝和绀紫，下面是一层碧绿，再下面是一色的橘黄，再下面呈淡金、橙红色，靠近地平线是一抹丹红，彩带下面是暗黑的大地……二十分钟以后，天空开始变暗，七色不甚分明，尔后红色逐渐转暗，彩带全呈暗黄色，最后与大地融合在一起，看去像薄暮中大片成熟的谷物。……这是自然界的黄昏，分明也是我一己的生命的黄昏。一生积累下来的知识、经验、能力、阅历，便是那日光七色，那丰收的景象和成熟的果实。已化为烟云的昨天因收获而实存，而可供把握的今天更因探索而美丽。"

还有一类纪游散文，通过对景物、事件的勘核，阐发了哲学意蕴。在《历史的抉择》中，以记叙帝王墓葬为载体，运用正反对照、互为背景的写法，以空间对时间，从感性见理性，做了道德、生命与功业的关系的思考，表达了对历史人物的审美判断和价值评判。

老子有言："死而不亡者寿。"那古穴神奇迷茫、碑亭高耸的禹陵，那规模宏大、气象巍峨的禹庙，那金碧辉煌、重檐飞角的大殿，那身着华衮、手捧玉圭、头戴冕旒的大禹塑像，以及往来如织、络绎不绝前来参谒的四海游人，不正是苦工皇帝、治水英雄大禹的永生不朽的象征吗？与此形成鲜明对照，距此并不很远的南宋六座皇陵的荒凉冷落，无人问津，被人们弃置若遗，则正反映出"无道昏君"的寿命的短暂。一方面，是四千年前的大禹，以其震古烁今、惊天动地的英雄业绩和鞠躬尽瘁、死而后已的献身精神，留下了不朽的生命，为万代子孙所敬仰；另一方面，时间仅仅过去六百多年，巍巍六陵于今却已荡然无存。我之所以做这样对比鲜明的思考、判断，倒不是单纯地强调某种政治思想主张，而是旨在同时揭示一种哲学蕴涵，亦即对生命长度的辩证思考。人的生命是有限的，但如果和人民的利益结合起来，则有限就会变成无限。

与此相近，《公道站在时间老人的门口》，则是通过引证古今多个事例来阐明科学的政绩观与得失观。里面讲了当代两个有远见、有胆识的领导干部，在极"左"时期因为修公路、栽果树遭到不公正的批判，后来实践证明他们是正确的。古代的也讲了两个官员，一个是因为率众抗洪有功受到民众拥戴的徐州太守苏轼，另一个是元代的治河能臣贾鲁，关于他，有人题写了一首富有哲学理蕴的五言诗："贾鲁治黄河，恩多怨亦多。百年千载后，恩在怨销磨。"时间老人是无比公正的。"李唐赵宋风吹浪"。什么凌烟阁、纪功碑，都将随着岁序的迁流而荡然无存，唯有刻在人民群众心头上的丰碑，将历久不磨，巍然永在！为功为过，为是为非，在历史的检验面前，显现得一清二楚。

还有一篇《长岛诗踪》的纪游散文。我原来想，长山列岛既然是个景色绝佳而又荒寂、褊狭，与世隔绝的所在，那里一定会弥漫着朦胧、神秘的氛围，广泛流传着各种神话传说——史前艺术的折射镜和显像版。可是，身临其境之后，弥望中却是一排排矗立着的现代感很强的整齐的楼群，那整洁、开阔、平坦，覆盖着绿树浓荫的柏油马路，那环绕着碧绿的海湾，满布着不同肤色、不同服饰的游人的环海公园，仿佛一起在向我申明：这里并非我所想象的海岛。在改革开放的新时代，海岛渔民在这里创造了一件件惊世骇俗、名闻遐迩的奇迹，令人振奋，令人惊讶。此行唯一感到缺憾的是，两日的勾留，竟然没有搜集到一则神话传说。这使我想到了马克思的一句话："任何神话都是用想象和借助想象以征服自然力，支配自然力，把自然力加以形象化；因而，随着这些自然力之实际上被支配，神话也就消失了。"

这里还有一个小插曲：1991年《人民日报》举办"五彩城"散文大赛，该文被评为一等奖。评议中，有的评委心存戒虑，怕评上一位高级干部会被说成是"文以人重"，评委会主任秦牧先生指出："我们对参评文章取舍、轩轾的唯一标准，是其质量与水准。质量第一，质量唯一。只要标准达到了，就可以放胆地评，不管他是领导干部，还是一介平民。"高言傥论，博得全体一致拥护。

### 梦幻情结

著名学者王向峰和颜翔林先生在评论我的散文作品时，都从美学视角提到了梦幻情结问题，认为创作过程中"充分运用了自由联想、意识流动、梦幻体验等心理功能和审美手段，最大限度地展现存在个体对现实世界、历史现象、人生境域、生命隐秘的感知、理解、领悟和认识，以空灵飘逸的艺术精神，拓展了当今散文的表现领域，丰富了修辞技巧"。

我在纪游散文《涅瓦大街》中，在浓涂重抹它的浓郁的艺术氛围之后，接着写道：

> 当我漫步涅瓦大街时，忽然产生一种幻觉：仿佛19世纪上半叶活跃在这里的俄国作家群，今天又陆续地复现在大街上——

> 看，那位体态发胖、步履蹒跚的老人，不正是大作家克雷洛夫吗？他是从华西里岛上走过来的。他喜欢花岗岩铺就的涅瓦河岸，喜欢笔直的涅瓦大街和开阔的皇宫广场。在克雷洛夫的后面，著名的浪漫主义诗人茹科夫斯基不紧不慢地踱着方步，仿佛正在吟咏他那把感情和心绪加以人格化的诗章："这里，有着忧郁的回忆；／这里，向尘埃低垂着深思的头颅。／回忆带着永不改变的幻想，／谈论着业已不复存在的往事。"

> 那个匆匆走过来的穿着军装的青年，该是优秀的年轻诗人莱蒙托夫吧？是的，正是。他出身贵族，担任军职，自幼受过良好的教育，经常出入于上流社会的沙龙和舞场，但他同沙皇、贵族却始终格格不入。在那首名为《常常，我被包围在红红绿绿的人群中》的著名诗篇中，以犀利的笔触尖刻地嘲笑了那班昏庸的权贵，把他们讥讽为"没有灵魂的"，"晃来晃去的人样的东西"；对那些胁肩谄笑、假意虚情的女士，同样投以无比的蔑视。

> 别林斯基也是涅瓦大街上的常客。他个头不高，背显微驼，略带羞涩的面孔上闪着一双浅蓝色的美丽的眼睛，瞳孔深处迸发出金色的光芒。他是君主、教会、农奴

制的无情的轰击者，他激情澎湃地为反对社会不平等而奋争。在给友人的一封信中，他写道：当在涅瓦大街上看到"玩趾骨游戏的赤脚孩子、衣衫褴褛的乞丐、醉酒的马车夫——悲哀，沉痛的悲哀就占有了我"。

当然，最了解"彼得堡角落"里下层民众疾苦的，能够用"阁楼和地下室居住者"的眼睛、用饥饿者的眼睛来观察涅瓦大街的，还要首推革命民主主义诗人涅克拉索夫。他亲身经历过城市贫民的悲惨生活，在寒风凛冽的涅瓦大街上，他穿不上大衣，只在上衣外面围了一条旧围巾。为了不致饿死，他在街头干过各种小工、杂活。1847年，涅克拉索夫写了一首描写城市生活的著名诗篇——《夜里，我奔驰在黑暗的大街上》。以一个丈夫沉痛回忆的方式，叙述一个妇女的悲惨遭遇：她在独生子死去、丈夫奄奄一息的困境中，为了给儿子买一口小棺材，给丈夫买药治病，不得不走向涅瓦大街，出卖自己的肉体。诗人满腔悲愤地控诉了农奴制度社会的黑暗，对被损害、被践踏的妇女寄予了深切的同情。他的诗具有震撼人心的强大的感染力。

在这些年龄各异、时代不同的作家群中，偶尔也插进一些穿着学生服装和华贵的制服的青年人，目的只是为了找个机会，向某一位心爱的诗人鞠上一躬，或者掏出记事本来，请作家们签名留念。……

论者认为，这有些像西方新马克思主义者布洛赫所说的"艺术为幻想的白日梦"。艺术文本里所包含的这种"幻想的白日梦"，作为虚拟的审美符号和感性意象，通过作者的意识流动、情感漫游和思理文心的律动，蕴含着作者对于俄罗斯文学的亲近感，体现着对逝去的文学巨匠的真诚忆念与追忆，充溢丰富的精神内核、情感蕴涵和思想寄托。

　　而同样也是描写作家行藏身世的《青天一缕霞》，则属于意识流式的抒情散文，体现了创作主体的思维踪迹和自由联想的特征。文章以云构成审美意象，同女作家萧红及其生命历程形成一种隐喻结构；通过心理联想，把天上的云和地上的人这两个本来互不相干的存在对象捆绑在一起，建立一种审美化的逻辑对应，在写法上，接近于诗歌境界：

　　　　我习惯于把望中的流云霞彩同接触到的各种事物作类比式联想。比如，当我读了女作家萧红的传记和作品，了解其行藏与身世后，便自然地把这个地上的人与天上的云联系起来——

　　　　看到片云当空不动，我会想到一个解事颇早的小女孩，没有母爱，没有伙伴，每天孤寂地坐在祖父的后花园里，双手支颐，凝望着碧空。

　　　　而当一抹流云掉头不顾地疾驰着逸向远方，我想，这宛如一个青年女子冲出封建家庭的樊笼，逃婚出走，开始其痛苦、顽强的奋斗生涯。

　　　　有时，两片浮游的云朵亲昵地叠合在一起，而后，又各不相干地飘走，我会想到两个叛逆的灵魂的契合——他们在荆天棘地中偶然遇合，结伴跋涉，相濡以沫，后来却分道扬镳，天各一方了。

　　　　当发现一缕云霞渐渐地溶化在青空中，悄然泯没与消逝时，我便抑制不住悲怀，深情悼惜这位多思的才女。她，流离颠沛，忧病相煎，一缕香魂飘散在遥远的浅水湾……这时，会立即忆起她的挚友聂绀弩的诗句："何人绘得萧红影，望断青天一缕霞！"

　　梦幻情结，根生于情，而且往往灌注着一己的生命感悟。《梦雨潇潇沈氏园》是游览绍兴沈园之后写出的，以陆游的情感世界——一段悲剧化的情史为核心，以撼人魂魄的纪事诗为线索，串联起诗人对于亡妻唐婉的苦思苦想的心路历程。如同汤显祖所说的："世总为情，情生诗歌"，"因情成梦，因梦成戏"；着眼于沈园、诗人、爱情、悲剧、诗词、梦幻这一系列存在的相互交叉点，按照时间和情感的双重逻辑，追溯了悲剧发生、发展的过程，意在从人性的角度、哲学的高度对陆、唐的爱情悲剧予以热烈的赞扬和充分的肯定：

> 纯真的爱，作为自由意志的必然表现，是不能加以强制命令的。外力再大，无法强令人产生情爱；同样，已经产生的情爱，也不会因为外在压力的强大而被迫消失。陆游，这个生当理学昌盛时期的封建知识分子，没有也不可能以足够的觉悟和勇气，去奋力抗击以母亲为代表的封建宗法势力，但在他的内心世界，却始终不停地翻腾着感情的潮水，而且，一有机会就冲破封建礼法的约束，作直接、率真的宣泄。诚如他自己说的："放翁老去未忘情"。他年复一年地从鉴湖的三山来到城南的沈园，在愁痕恨缕般的柳丝下，在一抹斜阳的返照中，愁肠百结，蹰蹰独行。旧事填膺，思之凄哽，触景伤情，发而为诗。这种情怀，愈到老年愈是强烈。犹如春蚕作茧，千丈万丈游丝全都环绕着一个主体；犹如峡谷飞泉，千年万年永不停歇地向外喷流。爱情竟有如此巨大的魅力，历数十年不变，着实令人感动。就一定意义来说，爱情同人生一样，也是一次性的。人的真诚的爱恋行为一旦发生，就会在心灵深处永存痕迹。这种唯一性的爱的破坏，很可能使尔后多次的爱恋相应地贬值。在这里，一大于多。

## 采 风

采风，原根意义是指对民情风俗的采集，历史上一般特指对地方民歌民谣的搜集。这里属于概念的借用，主要是指应各地邀请、由作协或其他文学团体组织的深入景区、深入基层、深入民众的采访、观光活动。我从1985年第一次外出采风到现在，参加由全国作协以及各地作协组织的文学采风活动，大概不下三十次，每次都能写出一两篇文章，或为游记，或为随笔，多数情况下，还会即兴、即景写些诗词。

对于作家来说，采风活动是必不可少的。直接获取创作素材、推动文学创作自不必说；更主要的还是作家本身能够从中受益——以文会友，相互切磋；放松心态，触发灵感；开阔视野，扩展胸襟；同时也是接受新事物、获取新知识的极好机会。

1998年，中国作协采风团来到凉山彝寨，受到了热情好客的主人的热烈欢迎。他们早早地欢聚村头，置酒接风。一队靓装丽服、美目流盼的彝族姑娘，手里擎着酒杯，高歌侑酒。我以素无饮酒习惯为辞，姑娘们便齐声唱着："大表哥，你要喝。/ 你能喝也得喝，/ 不能喝也得喝，/ 谁让你是我的大表哥！/ 喝呀，喝！/我的大表哥！"在这种情殷意切的态势下，别说是浓香四溢的美酒，即使是椒汁胆液，苦药酸汤，也不能不倾杯而尽。

在接风席上，彝族姑娘们表演了一个《喜背新娘》的歌舞节目。寨子里的姐妹们打扮得花枝招展，把阿呷姑娘围在木屋中央，和着歌声、笑声，为她将红白相间的童裙换成中段为黑蓝两色的少女长裙；将独辫分成双辫，盘在花头帕上。——阿呷姑娘就要出嫁了。女伴们的缠绵悱恻、难舍难分的《惹打》嫁歌还没有落音，外面的迎亲队伍已经进来了。啊，原来，散文家吴泰昌竟"混"在迎亲客里面，而且是"喜背新娘"的角色。大家齐声道"好"，一致赞扬导演的眼力。只见姑娘们七手八脚，瞬时间就用锅烟灰把我们的"江南才子"打成了花脸，引得全场哄然大笑起来。吴才子灵巧机智，趁着慌乱、喧哗，背起新娘阿呷就走，把全场歌舞腾欢推上了高潮。

我们这次采风活动的核心内容，是参加农历六月二十四的凉山彝族火把节。大家乘车来到普格县五道箐乡拖木沟的一处非常开阔的草坪，四周天然隆起，形似看台，上上下下已经坐满了人群，据说达三万余人彝家常说：过年是嘴巴的节日，火把节是眼睛的节日。意思是，过年讲究吃好喝好，而火把节讲究的是穿戴打扮，好玩耐看。放眼望去，尽是姑娘们的七彩裙、花头帕、绣花坎肩和小伙子们的白披毡、蓝披毡、花腰带，好像一个硕大无朋的五彩花环笼罩在青苍的碧野上。

天色暗了下来，我们在街前广场上，点燃起干蒿扎成的火把，跟随着长长的队伍，走向田野，走向山冈。很快地，到处都响起了火把节《祝歌》的雄壮歌声："朵乐荷，朵乐荷，/烧死猪羊牛马瘟，/烧死吃庄稼的害虫，/烧那穿不暖的鬼，/烧那吃不饱的魔，/朵乐荷，朵乐荷！"由于火把节适值盛夏，田里秧苗正处于旺盛的生长期，也正是各种危害庄稼的昆虫繁殖的高峰期。当火把在四野燃起，那些害虫便迅速攒聚趋光，一齐葬身火海。所以确有除害保苗的实效。时间已到深夜，登高四望，但见漫山遍野都有金龙飞舞，起伏游动，浩荡奔腾，人们仿佛置身于火的世界。城市里也同时施放礼花，把光明送到天上，让暗淡的长天也大放异彩。山在燃烧，水在燃烧，天空在燃烧。与此相应合，人们的情绪也在燃烧，激扬、纵放，沉浸在极度的兴奋之中。

火把节自始至终体现了一种反规范、非理性的狂欢精神。这显然带有原始的万民狂欢的基因，但更重要的是反映了现代人的一种精神需求。从更广泛的集体心理来说，人们都愿意借助这个节日，营造一种规模盛大的、自己也参与其中的欢乐氛围，使身心放松、亢奋，一反平日那种循规蹈矩、按部就班的生活秩序，而同时又不被他人认为是出格离谱，荡检逾闲。采风活动结束后，每位作家都写了诗歌或者散文。我的那篇散文作品，就叫《朵乐荷，朵乐荷》。

还有一次，我们中国作家采风团来到了武夷山，一行六人，登上竹筏，开始了九曲溪的漫游。两位篙工一男一女，都很年轻、漂亮，而且知识面宽，富有情趣，口才也都很好。两人分立竹筏两头，见我们已经坐稳，便合力撑篙，划向中流，同时风趣地说："欢迎各位作家上了我们的贼船。"大家一齐笑了起来。

这一带是朱熹的"过化之乡"，他在此间前后寓居四十余年，足迹遍布川原村社，茶场书坊，最后选定一个叫做黄坑的村落，作为他的夜台长眠之地。八百年过去了，至今还随处可以感受到他的深远影响。比如，他为九曲溪所写的《棹歌》，就刻在两侧石壁、流传在游人口上。

"舟摇摇以轻扬，风飘飘以吹衣。"一直在沉思默想的散文作家张女士，这时冒出一句："朱熹诗句确也不错，九曲溪的景观更是妙境天成。可是我总觉得，如果要给它编排次序，总该是顺着流向，一、二、三、四地往下排列，现在却是"九曲""八曲""七曲"地一路倒数下去，实在有些别扭。"

"是呀，游程刚一开始就演奏《九曲棹歌》的尾声，我也觉得这么'倒尾为头'的做法，非常滑稽。"诗人刘先生说，"当时，我的脑子里突然闪现出一个真实的故事：'文革'中某市一个造反派头头，抢大锤的出身，'文化水'很浅，刚刚走上领导岗位。这天，他出面主持一个大会，秘书事先给他起草好了开幕词和闭幕词，他也没有细看，就分别放在左右两个衣兜里。由于他事先并没有弄清楚会议的主题、开法和讲话稿里的意思，跨上了主席台，就照本宣科地读了一通，结果，开幕式上竟把闭幕词念了，闹出了大笑话。……朱老夫子可是硕学鸿儒啊，莫非他老先生也要幽我们一默？"诗人真是富于联想，你看他说着说着，就带出来一个"文革笑话"。

"显然，这和朱夫子当年逆游九曲溪有直接关系。"男篙工说，"各位刚才都经过了，'七曲'之上一滩高似一滩，顶着激流漩涡，撑篙难度很大；不像我们这样顺水漂舟，省时省力。所以，当地有两句俗话，叫做：'古人是笨蛋，今人是懒汉'。"

"其实，"我说，"顺行、逆行，各有各的道理。走顺水船，淋漓酣畅，充溢着一种快感；可是，过眼云烟，不像逆水行舟那样，可以深思熟想。打个比方，前者属于诗人气质，后者就有点像哲学家了。这位朱夫子整天在那里细推物理，格物致知，自然就喜欢船走得慢一点。听说，他终生不吃豆腐，这倒不是因为滋味不鲜，也不是觉得做起来费事，只是由于他发现豆腐做出之后，重量超过豆、水、配料的总和，反复'格致'也不得其解。"大家笑说，这真是一个古怪的老头儿。

两个小时的游程就要结束了，"一曲"已经抛在我们身后。下筏前，大家卸下马甲式的救生衣。男篙工故意学着赵本山的腔调，逗乐说："脱了马甲，我也会认出你们来的，希望我们能够再见。有道是，十年缘分同船渡，百年缘分共枕眠。看来，咱们至少都有十年的缘分。"

你看，这种文学采风，真是活泼、有趣。它的特点，是写作者直接投入到现实生活中去，以群众中的一员身份参与其间，一起纵情谈笑，同经苦乐悲欢，不是隔岸观火，袖手一旁。这样，群众立刻就把你接纳过去，毫不生分，没有顾忌，讲真话，露真情。常常是，只要把采风场景、经过如实记录下来，稍加整理，就可以成就一篇鲜活生动的文章。九曲溪泛舟之后，我以《撑篙者言》为题，写了一篇散文。

## 亮点与盲点

1985—1995这十年，对我来说，是很不寻常的，其间经历了比较显著的变化，这里有转身，有反思，有奋进，有升华。期间，有六部作品集问世。

十年间，我的散文创作发生了很大变化，表现为不仅关注时代、关注社会，而且着眼于自我对于生命和生存的感悟和理解，自我对文化的发掘、沉醉，自我对人与自然的关系的体验，以及生命与自然的合而为一。其中，人生、文化、自然成为这一阶段创作表现的三个层面，而核心则是生命的强烈的追求意识。作为学者散文，作品中还散发着强烈的文化气息，但那已不仅仅是诗文佳句的引用，而是在大量的史实、神话、传说的交融互汇中，注入鲜明的主体意识。它们不再是生命之外的存在，不再是僵硬的建筑和落满了灰尘的纸张，而是作为人的生命的组成部分内化于人的生命意识之中。仍然状写时代、社会，为它们的发展进步而欢欣鼓舞；但是，更多地闪射着人文精神与文化关怀，体现出一种忧患意识、使命感和责任感。

但是，即便如此，征引过多、"艺术的亮点正有可能造成对生活的盲点"的问题，仍然存在。1992年，著名文学评论家阎纲先生在评论散文集《清风白水》时指出：

> 王充闾叙事抒情，必以旁征博引、取譬博喻、成为复调、一唱三叹而后快，发挥了他博学多识的优势，读来颇有意兴。章学诚说"征实存乎学"，王充闾学识渊博，做到了。刘勰说"综学在博，取事贵约"，王充闾无愧于前者，稍逊于后者，征引过多，文献足征，结果挤兑了散文。这要是挤兑了散文的形象美。固然，王氏为文造境，常常奇、正、反、合，收一波三折之显效，成功了多篇美的文字，但写法上少变通，少通脱，在文质关系上取象不足。艾青说："一首诗必须具有一种造型美"，"一首诗是一个心灵的活的雕塑"。这里是说，形象思维、表象运动、表象的联想和深化。王充闾不乏艺术敏感，写景状物绘声绘色，但一篇中的主要形象、主体雕塑、立体化的造型略嫌不足。作者的学者型和诗人型有失重之感。理喻大于感化，理解大于欣赏。

写到这里，我想顺便谈一下1994年那次关于散文集《清风白水》的研讨会。这是由中国作家协会主持召开的。与会的专家、学者、知名作家予以充分肯定，表彰的话说了不少，同时也指出了一些不足之处。我印象最深的是两个人的发言。

陈荒煤先生正在住院，没有到会，写了一篇两千多字的发言稿，由作家出版社一位副总编代为宣读。开头说："我很同意郭风在序言中的评价：这本散文集确是独具一格，文笔洒脱，放得开，撒得远，收得拢，自由自在，颇见功力。作者如能保持和发展这种'出格'继续前进，相信会在散文天地里闯出一条新路来的。"接下来，他说："散文之散，关键在于作者自由地就所见所闻随意抒发自己的感受，虽然也不能不联想到古今中外名文名篇、诗词歌赋，旁征博引，但不宜太多，否则就会近似炫耀。还是以少而精为好，应该着重地表现自己特有的感受。"话语不多，直击要害。听了不啻醍醐灌顶，甚至是击一猛掌。那时我的散文最大的缺陷，正像荒煤先生所指出的：引述过多，"近似炫耀"，缺乏"自己特有的感受"，模糊了作者自我。

那时的莫言还很年轻，不过三十几岁，他的发言，简短、深刻，又有风趣。他跷着二郎腿，眯缝着眼睛，静静地说："可惜了王充闾的学识、才气，走顺境太多了，要是把他流放到西伯利亚十年八年的，可就成气候了。这里有个生命体验问题。"我听出来了，他是在批评作品思想深度和穿透力、震撼力不够。

人是一种特别容易满足的动物，一当有所进益，周围腾起一片赞誉的掌声，便会像古人所说的"顾影自媚"，自我欣赏。我自知同样也有这个毛病，因而，时时警觉和惕厉着自己。1995年，我在省作代会上当选为作协主席，有个表态发言，题目就是《挑战自我》。我说，写作者贵在精进不已，不断创新，打破常规，勇辟新路。创新是文学的生命线。文学的独特性质，决定了它必须时时刻刻拿出新的货色，既不能重复别人，也不应蹈袭自己。同是艺术，有些门类允许自我重复，比如书法，一个字体，甚至一幅字，可以反复写，只要写得好，只要是名家，有无变化没有谁在意；有的歌唱家，靠一支歌子成名，能够唱一辈子，所谓"一招鲜，吃遍天"。唯独作家不行。哪怕少写一点，写慢一点，绝对不能重复。南宋词人刘克庄慨乎其言："常恨世人新意少，把破帽年年拈出。"对一个作家来说，这应该是最大的悲哀。

我在作代会上说，我已年届花甲，年龄大了，锐气会随之锐减，更容易师心自用，拒绝不同的见解；特别是出了名以后，赞扬的话听多了，经常处于自我陶醉状态，而无视差距和薄弱环节；名声大了，到处都来约稿，不愁没有地方发表，难免出现率尔操觚，粗制滥造现象。所以说，成功是一个陷阱。有些困难的征服，可以仰仗他人帮助，唯独挑战自我，超越自我，必须依靠自身的勇气和毅力，靠着一种鲜活的、开放的、奋进的心态。

当时，我提出了一个深度追求的目标。这种深度追求，是以对社会人生与宇宙万物的深度关怀、深切体验，来抒发内心的真实情感，表露充满个性色彩的人格风范；在状写波诡云谲的历史烟云时，以一种清新雅致的美学追求和冷隽深邃的历史眼光，渗透到对生活的独特理解之中。在美的观照与史的穿透中，寻求一种指向重大命题的意蕴深度，实现对审美世界的建构，对意味世界的探究。散文创作的深度追求，是同个性化的写作紧密联系在一起的。缺乏个性化的支撑，势必导致思想的平庸化和话语的共性化。米兰·昆德拉把模仿认同和从众求同称为媚俗。他说，"媚俗所引起的感情是一种大众可以分享的东西"，是"讨好大多数人的心态和做法"，他们往往"用美丽的语言和感情把它乔装打扮，甚至连自己都会为这种平庸的思想和感情洒泪"。在创作中，作为一种极富活力的人文精神，个性化可以抵制繁琐、无聊、浅层次的欲望化和心灵的萎缩现象，而表现出对人类命运的终极关怀，对审美意蕴的深度探求，使心灵情感的开掘达到一个很深的层面。正是在这个意义上，郁达夫在《〈中国新文学大系·散文二集〉导言》中，把一个作家的每一篇散文里所表现的个性比从前的任何散文都来得强，作为现代散文之最大特征来充分予以肯定。这在今天来说，无疑具有特殊的现实意义。

### 增强想象力

相对于思辨力，我的想象力比较匮乏。为了改变这种现状，我有意识地阅读那些想象力丰富的、有悬念的作品。我是写散文的，却很少读当代的散文作品，而喜欢看域外的短篇小说、剧本和获得奥斯卡金像奖的电影，诸如博尔赫斯、马尔克斯、卡尔维诺等人的小说，福尔摩斯、希区柯克的故事，还有贝克特的《等待戈多》、尤奈斯库《椅子》、斯特林堡的《一出梦的戏剧》、契诃夫的《三姊妹》等表现荒诞或困惑、等待的戏剧，都看过许多遍。我很欣赏美国女作家伍尔夫的短篇小说《墙上的斑点》，整个全是想象。就墙上的一个斑点，做出种种想象——燃烧的炭块，飘扬的红旗，悬挂肖像留下的钉子孔，夏天残留的一片玫瑰花瓣，阳光下圆形的古冢，最后认定是个蜗牛。确如《文心雕龙》中所说的："寂然凝虑，思接千载；悄然动容，视通万里。"

从我自身的体验来说，为了激活想象力，多读博尔赫斯是必要的。在他的短篇小说里，情节本身就是一个迷宫，里面充满了玄思冥想和哲理、悖论。在那里，时间能够循环交叉，空间可以重叠并存，充满了各种难以预测的可能性和偶然性。他的文学描写对象，不单是人与社会、自然，也可以是时间与空间。正如拉美另一位著名作家富恩特斯所说："博尔赫斯把时间和空间变成了故事中的主角。"他的小说里记载了许多梦境，有一篇写一个人睡着做梦，梦见自己正在做着梦，在那个梦里，他又做着别的梦。就这样，像俄罗斯的套娃似的，一个梦套着一个梦。后来他想从最里面那个梦中退出，退向清醒的现实。可是，退呀退呀，竟忘记了前一个梦在哪里，弄乱了次序，结果，没有办法醒来，只好永远留在梦境之中。它令人想起了尼采的话："正如哲学家面向存在的现实一样，艺术上敏感的人面向梦的现实。他聚精会神于梦，因为他要根据梦的景象解释生活意义，他为了生活而演化梦的过程。"博氏创作过一本"沙之书"，这本书无穷如沙，人们找不到第一页，也找不到最后一页，页数无限，但形式与一般的书又无不同。主人既为这本书兴奋，又感到苦恼。在受尽精神折磨之后，决定把它藏在一个拥有九十万册的图书馆里，因为"隐藏一片树叶，最好的地方是森林"。他是想表现人们渴望无限又无法接受无限的矛盾心理。他有自己的一套观察方式、思维方式，一套理念、词汇、框架结构，全都是独创性的。他为世人留下了玄机，留下了奥秘，留下了符咒，留下了暗码，留下了无穷的魅力。

意大利作家卡尔维诺的《寒冬夜行人》，也极有特点。对于习惯性思维来说，这部作品可说是一个挑战。它是小说中套小说：一位男性读者买来一个叫卡尔维诺的人新出的一本名为《寒冬夜行人》的小说后，急不可待地读起来，读到第三十二页，发现装订有误，无法再读，便到书店去更换，书店老板说，已经接到出版社通知，该书在装订时与《在马尔堡市郊外》一书弄混了，可以更换。此时另有一位叫柳德米拉的女读者也来换书，二人因此相识。故事由此展开，卡尔维诺设置的是一个双线并行的复式叙述结构，一条线是男女主人公每换一本书回来都发现读到一定程度就读不下去了，这样他们一连读了十部小说的开头；另一条线是男女主人公在读书换书探索书的过程中产生了爱情。按照传统的写法，这十部书的开头应该只是故事的引子，其内容不会真正切入文本，但卡尔维诺不是这样处理的，这十部书的开头连同对它的阅读过程作为必不可少的内容，被认真地镶嵌进了两个人的爱情故事，成为《寒冬夜行人》一个有机的组成部分。因为这十个开头连缀起来正是一个有意味的故事，每一篇故事的开局与上一篇故事的结尾是相关的，这样就使该书始终保持着一种悬念。这一独特的构思，使作品充满了活力与张力。

美国的杜鲁门·卡波特的短篇小说《灾星》，运用意识流的手法，写大都市里孑然一身的贫穷女孩西尔维娅，穷得一无所有，只好出卖自己的梦，十元一个，五元一个，除了她，还有人也在做这营生，并且互相妒忌，当她猛然意识到，如果连梦都没有了的话，自己还有什么呢？别人也这样告诉她："梦是心灵的思想，是我们的秘密真情。"于是，她想要回自己的梦，但是失败了。这样，她就什么都没有了，整个是个悲剧。想象力丰富，而且寓意深刻，发人联想、沉思。

西方有些作品，表面看是实写，实际上，饱含象征的意蕴。如狄金森诗句："要造就一片草原，只需一株苜蓿草，一只蜜蜂，再加上白日梦。"它使我们思考许多问题：文学创作中如何在写实性里挽留宝贵的想象力？如何既置身于当下的"生活流"中，又不至于琐屑地"流"下去？如何在对世俗生活的关注和肯定中，恰当地容留艺术的批判向度和审美精神？等等。

苏格拉底说过："没有经过自省检讨的人生是没有价值的。"我在严格自查、自省、自讼的基础上，刻苦钻研西方文史哲典籍，以获取新知，扩展视野，弥补阙漏。通过对自己的人生经验、学术背景进行全面检索、省察，把过去、现在、未来连贯起来，使知识储备得到升华，实现了更新换代。

## 面对历史的苍茫

我的历史文化散文的写作，始于90年代中期。继凭吊过北宋、魏晋和古赵故都开封、洛阳、邯郸之后；接下来，又带着强烈的"问题意识"，有目的地先后叩访了黑龙江的金源故都阿城和囚禁北宋徽钦二帝的五国城，还去了云南武定县的狮子山——传说中的明初建文帝的"龙隐"之地。在白云、黄叶飘飞之际，倾听着历史老人满带着忧思、悲愤与困惑的精神独白，逐渐地，头脑中积淀的印象与诗情、理蕴变得清晰起来。于是，从1996年开始，集中写了《叩问沧桑》《陈桥崖海须臾事》《细语邯郸》《土囊吟》《文明的征服》《狮山史影》等系列散文。凭借着名城胜地这一载体，以诗意的运思和直觉领悟的方式，同似近实远、若明若暗的历史展开超越时空的对话，揭示了一些体现历史必然性的规律性认识，也传递了某种灵光闪烁的哲思、禅趣。

魏晋时期可供后人咀嚼、玩味的东西太多。一方面，那是真正的乱世，统治集团内部斗争激烈，政治腐败，社会动乱，民不聊生，"名士少有存者"。而另一方面，这个时期又是"精神史上极自由、极解放，最富于智慧、最浓于热情的一个时代"，"是中国历史上最有生气、活泼爱美，美的成就极高的一个时代"（宗白华语）。一时诗人、学者辈出，留下了许多辉耀千古的诗文佳作。他们以独特方式迸射的生命光辉，以艺术风度挥洒的诗性人生，给后世的文化发展留下了一笔宝贵的财富，抛出一个千古说不尽的话题，为中华民族造就了一个堪资叹息也值得骄傲的文学时代、美学时代以及生命自由的时代。魏晋文化跨越两汉，直逼老庄，同时，又使生命本体在审美过程中跃动起来，自觉地把对于自由的追寻当作心灵的最高定位，以一种特定的方式实现了生命的飞扬。当我们穿透历史的帷幕，直接与魏晋时代那些自由的灵魂对话时，更感到审美人生的建立，自由心灵的驰骋，是一个多么难以企及的诱惑啊！

与此形成鲜明对照的，是以"八王之乱"为中心的宫廷权力之争，对此，我在《叩问沧桑》中投以蔑视与不屑，给予断然否定。当时，抓住北邙山上星罗棋布的陵寝墓冢这样一个透视点，写道："正是由于这里地脉佳美，那些帝王公侯及其娇妻美妾都齐刷刷、密麻麻地挤了进来，结果就出现了一个特别有趣的现象：无论生前是胜利者、失败者，得意的、失意的，杀人的抑或被杀的，知心人还是死对头，为寿为夭，是爱是仇，最后统统地都在这里碰头了。像元人散曲中讲的，列国周秦齐汉楚，赢，都变做了土；输，都变做了土。纵有千年铁门槛，终归一个土馒头。"文章最后归结到：就在那些王公贵胄、豪强恶棍骸骨成尘的同时，竟有为数可观的诗文杰作流传广远，辉耀千古。这种存在与虚无的尖锐对比，反映了历史的一条铁的规律。

《土囊吟》《文明的征服》两篇散文，所揭示的是征服者与被征服者互换位置这一富有哲学意味、带有规律性的历史现象。空间上，两个古迹所在都处于北国苦寒之地；时间上，讲述的都是宋金两朝的逸闻遗事。

《土囊吟》以五国城为叙事基点，讲述徽钦二帝所谓"北狩"逸闻，用写意的技法，简练勾画了二帝由龙庭端座、锦衣玉食到囚絷青城，最后被羁押到东北苦寒之地，饱遭凌辱以终的故事。有趣的是，过了一百零七年，金人降元，元军亦于开封近郊的青城下寨，并把金宫室后妃皇族五百多人劫掳至此，尔后全部杀死。"兴亡谁识天公意，留着青城阅古今。"（金人元好问诗）历史潜隐着循环、因果的种子和神秘难测的悲剧魔影，历史的公正标尺被埋藏在人类良知的大地里。结尾处，征引唐人杜牧名篇《阿房宫赋》中"灭六国者，六国也，非秦也；族秦者，秦也，非天下也"和"秦人不暇自哀而后人哀之；后人哀之而不鉴之，亦使后人而复哀后人也"的警语，阐发历史奥蕴。

《文明的征服》以"金源故都"上京会宁府为叙事焦点，讲述金代的兴衰史，寻绎历史之谜的答案，渗透着对文明悖论的深度思考。北方少数民族没有太多的文化积淀，自然也不存在着浓重的旧习的因袭和历史的负累。除了野蛮、落后的一面，在文化心理、社群关系上，倒有某些健康成分的底蕴。苦寒的气候，辽阔的原野，艰难的生计，给予女真族以豪勇的性格，强壮的筋骨，质朴的民风冲决一切的蛮劲和蓬勃旺盛的生命活力。他们刻苦耐劳，勇于进取，擅长骑射，能征惯战。因而在完颜阿骨打这个矫健的民族英雄的统驭下，铁骑所至，望风披靡，奇迹般地战胜了军事力量超过自己几倍甚至几十倍的强大对手，十一年间，消灭了立国二百零九年的辽朝，而并吞已有一百六十七年历史的北宋只用了两个年头。但是，与此同时，也同前朝的契丹、身后的元代一样，当他们从漠北的草原跨上奔腾的骏马驰骋中原大地的时候，都在农耕文化与游猎文化的撞击与融合的浪潮中，自觉不自觉地经受着新的文明的洗礼。

金人侵宋是野蛮的、非正义的，它给中原大地带来了一场灾难。而中原文化与北方文化的融合，又主要是在战争过程中实现的，战争的胜利者在征服敌国的过程中接受了新的异质的文明。从这一点来说，却又是文明的征服。诚如马克思所说，野蛮的征服者总是被那些他们所征服的民族的较高文明所征服，这是一条永恒的历史规律。文明征服的结果，是加速了女真封建化的进程，直接推进了金源文明的发展。

透过历史的刀光剑影、狼烟烽燧的表象，总览人情与物理，得出自我的感悟：人类创造的文化，无一不包含着自我相关的价值、功能上的悖谬，并且随着时间的推移，不断地作反向的运动与转化。历史的巨笔画了一个富有玄机禅意的精神怪圈。就中该是演绎了多少令史学家与文学家感慨伤怀的故事，隐喻着多少艺术与审美的意蕴啊！

## 事是风云人是月

创作历史文化散文，离不开两种元素，一个是人，一个是事。我有个说法："事是风云人是月。"人的存在意义、人的命运、人为什么活、怎样活，向来都是史家关注的焦点。整个人文学科都是相通的：哲学思索命运，历史揭示命运，文学表达命运——无往而非人，人是目的，人是核心。

历史写人，重在通心。"未通古人之心，焉知古代之史？"（钱穆语）通心，才可望消除精神障蔽与时空界隔，进入历史深处，直抵古人心源，进行生命与生命的对话。而要通心，首先就应设身处地地加以体察，也就是要把历史人物放在当时当地的历史情境中去进行察核。南宋思想家吕祖谦有言："观史如身在其中，见事之利害，时之祸患，必掩卷自思，使我遇此等事，当作何处之。"借用钱锺书先生的说法，就是"遥体人情，悬想时事，设身局中，潜心腔内，忖之度之，以揣以摩"。

再就是强调感同身受，理解前人。研究历史的朋友都知道，苛责前人，率意做出评判，要比感同身受地理解前人容易得多。而换位思考，理解前人，却是一切治史、写史者所必不可缺的。明末清初的文学家李渔说过："凡读古人之书，论前人之事者，盖当略其迹而原其心。"法国年鉴学派的著名史学家马克·布洛赫在《历史学家的技艺》一书中也曾指出："长期以来，史学家像阎王殿里的判官，对已死的人任情褒贬。这种态度能够满足人们内心的欲望"，而"理解才是历史研究的指路明灯"。其实，"我们对自己、对当今世界也未必十分有把握，难道就这么有把握为前辈判断是非善恶吗"？我体会他的意思，不是说不应该评骘、研判、褒贬——治史、读史、写史本身就意味着评判，而是如何进行评判，亦即按照什么尺度、坚持什么原则、采取什么态度加以评判的问题。

还有，在通心过程中，不仅仅限定在作为客体对象的历史人物身上，同时也应对于作史者进行体察，注意研索其作史的心迹，探其隐衷，察其原委。对此，清初著名文学家金圣叹有十分剀切而深刻的体会。他说："人凡读书，先要晓得作书之人是何心胸。如《史记》，须是太史公一肚皮宿怨发挥出来。所以，他于游侠、货殖传特地着精神，乃至其余诸记传中，凡遇挥金、杀人之事，他便啧啧赏叹不置。一部《史记》只是'缓急人所时有'六个字，是他一生著书旨意。"读史过程中，我也经常着眼于隐蔽在书页后面的潜台词、画外音。研究《周易》有"变爻""变卦"之说，我于历史也往往注意其演进过程中的"变爻""变卦"，从而作出旁解、他说，所谓读书得间，别有会心。

近二十年来，在我的以历史为题材的散文中，人物占了绝大多数，主要集中在文人、女性、政要、君王四类人身上，每一类多者二三十人，少的十几人，都各自组成一个系列。我在北大中文系讲演时，专门谈到这个问题。我说，每个系列里的文章并非"平摆浮搁"式的机械组合，而是一种思想意蕴的步步延伸、层层递进、逐步深化。比如，我写古代士人的人生际遇、命运颠折，没有停留在对本人个性、气质的探求上，而是通过不同的篇章，从更深的层面上挖掘社会、体制方面的种因。我想到，中国封建士子的悲剧，不能只归咎于自身的人性弱点，还有更深远的社会根源。

我在散文《驯心》中揭示：作为国家、民族的感官与神经，知识分子往往左右着社会的发展，人心的向背；但是，由于封建社会并没有先天地为他们提供应有的地位和实际政治权力，为了实现自身的价值，他们必须解褐入仕，并取得君王的信任。而这种获得，却是以丧失一己的独立性、消除心灵的自由度为其代价的。这是一个"二律背反"式的悖论。古代士人的悲剧性在于他们参与社会国家管理的过程，实际上就是驯服于封建统治权力的过程，最后，必然依附于权势，用划一的思维模式思考问题，以钦定的话语方式"代圣贤立言"。如果有谁觉得这样太委屈了自己，不愿意丧失独立人格，想让脑袋长在自己的头上，甚至再"清高"一下，耸耸肩、摆摆谱儿：那就必然要像那个狂放的李太白那样，丢了差事，砸了饭碗，而且，可能比诗仙的下场更惨——丢掉"吃饭的家伙"。

也正是为此吧，对于古代文人，我总是以深沉的悲悯心、同情心，关注着他们的人生命运、身世浮沉、苦乐悲欢。我有一篇讲演，专门阐述中国古代知识分子的历史命运问题。

在系列散文中，我写到了清代首屈一指的天才词人纳兰性德。他出身名门贵族，父亲是权倾朝野的宰相；他本人也是一路春风得意，十八岁中举，二十二岁成了二甲进士，后来做了皇帝的一等侍卫，出入扈从，显赫无比，直到三十一岁去世，一直得到康熙帝的青睐和倚重。而这一切人间富贵、奕世荣华的获得，却是以丧失一己的自由、独立为其惨重代价的。这是他的悲剧生涯、心灵苦闷的根源。我在散文《纳兰心事几曾知》中，专门揭橥了他的这种独具特色的灵魂创伤与人生苦境。

纳兰公子自幼深受儒家学说的浸染，抱定了立德立功、显亲扬名的宏图远志。可是，实际上却事与愿违，"所欲施之才百不一展，所欲建之业百不一副，所欲遂之意百不一酬，所欲言之情百不一吐"（纳兰挚友顾贞观语）。原来，康熙皇帝出于对纳兰公子的赏识，以其出身于勋戚之家，又有超人的姿质，一照面便对他倍垂青盼，把他留在自己身旁，视作心腹，擢为侍卫。而且，一任就是十年，直至公子病逝。对一般人来说，有幸成为天子宠臣，目睹龙颜之近，时亲天语之温，真是无比荣耀，无上尊贵，求之不得；可是，纳兰却大大不以为然。他十分清楚这种职务的实质——努尔哈赤崛起之初，大汗的侍卫由其家丁或奴仆充任，担负保安、警卫事务；后来虽然改由宗室、勋戚子弟担任，但其性质仍是司隶般的听差，在皇帝左右随时听候调遣，直接供皇帝驱使。

在纳兰心目中，当侍卫，入禁廷，实无异于囚禁雕樊、陷身网罟的笼鸟。他的五言律诗《咏笼莺》中，即有"空将云路翼，缄恨在雕笼"之句，可谓凄怆怅惋，寄慨遥深。

当然，这种牢骚、苦闷，也只是说说而已，实际上却是无能为力、无可奈何的。像不能拔着自己的头发离开地球一样，纳兰所面对的同样是无法扭转的命运，在皇帝的长拳利爪之下，他的人生道路以至日常行止的抉择、去取，没有一样是属于自己的。

在历史文化散文的写作中，我在三个方面予以改进、创新：一是从写事到写人，做到了"人的发现"。90年代中期所写的《千古兴亡百年悲笑一时登览》《文明的征服》《陈桥崖海须臾事》《燕赵悲歌》《叩问沧桑》等，从题目上就能看出都是写事，着眼于历史规律的探索，只不过采用文学手法、运用文学语言、进行审美判断。后来悟解到"文学是人学"，应该透过事件、现象，致力于人物特别是心灵的剖析，拓展精神世界的多种可能性空间，发掘出人性、人格、命运抉择、人生价值等深层蕴涵。二是强调灵魂与思想的审美外化，增强主观色彩，注重个性化。三是切入现实问题，关注现实期待。

## 为女性唱赞歌

文学评论界注意到，在我的历史文化散文中，一个特殊的现象，是对女性的关注。王春容教授曾有专文对此加以论述。她说："科学的历史文化观告诉我们，无论正写的大历史，还是作为人类精神史的文学史，如果缺少对女性问题的关注和叙述，那必将是不完整的、不真实的历史。历史的、文化的、审美的视野，不可能置女性（性别）问题于不顾。相反，只要我们正视历史，就会发现正是一系列女性艺术形象构成了一部世界文学史，而创造名垂史册的女性形象的作家，也往往因此成为彪炳史册的经典作家。"

前几年，中国青年出版社曾把我的这一题材的散文收到一起，出了专集。我在序言中谈到，女性是一个优秀的性别群体，起码是丝毫也不比男性逊色。尊重女性，善待女性，这是一个社会健全、进步、成熟的标志。德国教育家福禄培尔说得最为深刻："国民的命运，与其说是操在掌权者手中，倒不如说是握在母亲手中。"写法上，一般都是抓住一个侧面，或者截取一个断面，凸显特点，画龙点睛，而并不刻意求全、求备。说的是史实，是事件，而彰显的却是思想，是人性、人生、性格、命运。正由于它带有鲜明的主观成分，所以说，它是文学，而并非标准的历史。

在我所精心营造的文学世界中，主要是与已逝的女性文学精灵对话。这样，南宋天才词人李清照，就成为我首要关注的一位。散文《终古凝眉》从她的塑像写起。我站在浙江金华的八咏楼前，面对着她的长身玉立、瘦影茕独的雕像，写下了如下两句话："那两弯似蹙非蹙、轻颦不展的凝眉，刀镂斧削一般深深地刻印在我的脑海里。我想象中的易安居士，竟然是这样，其实，也应该是这样。"我似乎渐渐地领悟了，或者说捕捉到了她那饱蕴着凄清之美的喷珠漱玉的词章的精髓。

易安居士从小就生活在一个学术、文艺气息非常浓厚的家庭里，受到过良好的启蒙教育和文化环境的熏陶。她在天真烂漫的少女时代，也像其他女孩子一样，对人生抱着完美的理想。童年的寂寞未必没有，只是由于当时同客观世界尚处于朴素的统一状态，又有父母的悉心呵护和优越的生活条件的保证，整天倒也其乐融融，一干愁闷还都没有展现出来。及至年华渐长，开始接触社会人生，面对政治旋涡中的种种污浊、险恶，就逐渐地感到了迷惘、焦灼。与此同时，爱情这不速之客也开始叩启她的灵扉，撩拨着这颗多情易感的芳心，内心浮现出种种苦闷与骚动。那类"倚楼无语理瑶琴""梨花欲谢恐难禁""醒时空对烛花红"的词句，当是她春情萌动伊始的真实写照。

那种内心的烦闷与骚动，直到与志趣相投的太学生赵明诚结为伉俪，才算稍稍宁静下来。无奈好景不长，由于受到父亲被划入元祐"奸党"的牵连，她被迫离京，生生地与丈夫分开。后来，虽然夫妇屏居青州，相与猜书斗茶，赏花赋诗，搜求金石书画，过上一段鹣鲽相亲、雍容闲适的生活；但随着靖康难起，故土沦亡，宋室南渡，她再次遭受到一系列更为沉重的命运打击。

易安居士的感情生活是极具悲剧色彩的，中年不幸丧偶，再嫁后又遇人不淑，错配"驵侩之下才"；而与丈夫一生辛苦搜求、视同生命的金石文物，在战乱中已经损失殆尽；晚境更是凄凉，孑然一身，伶仃孤苦，颠沛流离。这一切，使她受尽了痛苦的煎熬，终日愁肠百结，精神处于崩溃的边缘。

李清照少历繁华，中经丧乱，晚境凄凉，用她自己的话说："忧患得失，何其多也！"而且，它们具有极为繁杂而丰富的内涵，也像她本人所说的，不是一个"愁"字所能概括得了的。翻开一部渲染愁情尽其能事的《漱玉词》，人们不难感受到布满字里行间的茫茫无际的命运之愁，历史之愁，时代之愁，其中饱蕴着作者的相思之痛、婕妤之怨、悼亡之哀，充溢着颠沛流离之苦，破国亡家之悲。

但严格地说，这只是一个方面。若是抛开家庭、婚姻关系与社会、政治环境，单从人性本身来探究，也即是透视用生命创造的心灵文本，我们就会发现，原来，悲凉愁苦弥漫于易安居士的整个人生领域和全部的生命历程，因为这种悲凉愁苦自始就植根于人的本性之中。这种生命原始的悲哀在天才心灵上的投影，正是人之所以异于一般动物、诗人之所以异于常人的根本所在。

这就是说，易安居士的多愁善感的心理气质，凄清孤寂的情怀，以及孤独、痛苦的悲剧意识的形成，有其必然的因素。即使她没有经历那些家庭、身世的变迁，以及个人情感上的挫折，恐怕也照例会仰天长叹，俯首低回，比常人更多更深更强烈地感受到悲愁与痛苦，经受着感情的折磨：

> 作为一个心性异常敏感，感情十分脆弱且十分复杂的女性词人，她要比一般文人更加渴望理解，渴望交流，渴求知音；而作为一个才华绝代、识见超群、具有丰富的内心世界的女子，她又要比一般女性更加渴求超越人生的有限，不懈地追寻人生的真实意义，以获得一种终极的灵魂安顿。这两方面的特征紧密地结合在一起，相生相长，相得益彰，必然形成一种发酵、沸腾、喷涌、爆裂的热力，生发出独特的灵性超越与不懈的向往、追求。反过来，它对于人性中所固有的深度的苦闷、根本的怅惘，又无疑是一种诱惑，一种呼唤，一种催化与裂解。

我在英伦三岛邂逅了向慕已久的文学精灵勃朗特三姊妹。归来后，写了抒情散文《一夜芳邻》：

> 三姊妹的故居对面就是她们埋骨其间的教堂，我投宿的小客栈坐落在教堂的右侧，抬起头来便能望见故居里一百多年来彻夜长明的灯光。当时，蓦地产生一种奇异的感觉，似乎岁月纷纷敛缩，转眼已成古人，自己被夹在史册的某一页而成了书中角色。睡眼迷离中，仿佛觉得来到一座庄园，一问竟是桑菲尔德府……忽然又往前走，进了一个什么山庄，伴着一阵马蹄声，视线被引向一处峭崖，像有两个人站在那里……翻过两遍身，幡然从梦境中

淡出，再也睡不着了，这时是后半夜三点。我便起身步出
户外，在联结故居与教堂的石径上往复踱步，想象并思索
着。仿佛觉得正在步入19世纪的三四十年代，渐渐地走进
她们的绵邈无际的心灵境域，透过有限时空读解出它的无
尽沧桑；仿佛和她们一道体验着至善至美而又饱蕴酸辛的
艺术人生与审美人生，感受着灵海的翻澜，生命的律动。
相互间产生了心灵的感应，一句话也没有说，却又像是什
么都谈过了。

在心灵体验的基础上，结合天才女作家的书信、传记，看了
她们的生平展览，体验其典型环境、独特心境、情感经历、个性特
征，追踪她们的心路历程，探索这些文学天才的成功路径；并对作
品中的事件、景观、风物作了实地考察，从心理和环境两方面研究
作家心灵的外化，把握作品审美意义生成的深度背景。看来，三姊
妹都属于用情感和想象来代替生活素材的作家。她们经常逸出现实
空间，凭借其丰富的想象力和超常的悟性遨游在梦幻的天地里。她
们的创作激情显然并非全部源于人们的可视境域，许多都出自最深
层、最隐蔽、含蕴最丰富的内心世界。

从这里我认识到，生命体验和情感是相通的。这次亲身体验，
使我对勃朗特三姐妹产生了深厚的感情。对于一个作家来说，如果
说生命体验、人生感悟是根基，是泥土；那么，形而上的思考和深
厚的情感便是它所绽放的两朵绚丽之花。情感对于文学作品绝不是
可有可无的，文学存在的依据就是表现人类情感的需要。罗丹说得
很干脆："艺术就是感情。"尤其是散文作品，如果缺乏情感的灌
注，缺乏良好的艺术感觉，极易流于幽渺、艰深、晦涩的玄谈，以
致丧失应有的诗性魅力和艺术感染力。

如果说，上述关于几位女作家的叙述与描写，都还是意态从
容、平和舒缓的话，那么，在赞颂南宋女词人朱淑真的《泉路何人
说断肠》一文中，笔势则变得昂扬激越，以至情见乎辞，声色俱厉

了。文章一开头，就发了一顿脾气，甚至是骂街了："我国现存的古籍，据说多达六七千万册；单是南宋以降的史书、笔记，即足以'处则充栋宇，出则汗牛马'。可是，翻检开来，怎么关于著名女诗人朱淑真的记载，竟然统付阙如！不妨追问一句：那些连篇累牍、不厌其详地记载的究竟都是些什么物事？怎么就偏偏悭吝于这样一位传世诗词达三四百首的旷代才人！操纵在男性手中的史笔，那些专门为帝王编撰家谱的御用文人们，他们的心全都偏在腋下了。"

文中指出，从"越轨"的角度说，朱淑真同卓文君居于同等层次，可说是登上了爱情圣殿的九重天。这里说的不是际遇，不是命运，而是风致和勇气。作为一位出色的诗人，她不仅肆无忌惮地爱了，而且，还敢于把这神圣不可侵犯的权利张扬在飘展的旗帜上，写进诗词，形诸文字。这样，她的挑战对象就不仅是身边的、并世的亲人、仇人或各种不相干的卫道者，而且要冲击森严的道统和礼教，面对千秋万世的口碑和历史。就这一点来说，朱淑真的勇气与叛逆精神，较之卓文君有过之而无不及。何况，她所处的时代条件（理学昌盛，礼教风行）的恶劣、社会环境的严酷，那要超出西汉不知多少倍。

## 灵魂的拷问

我的历史人物散文，多成系列。在政要系列中，专门选择一批个性复杂、阅历丰富，历来聚讼纷纭、褒贬不一，具有多种可言说性的人物。曾国藩就是十分典型的一位。对于他，我没有简单地从善恶标准出发，或者单纯地从政治功利主义角度加以诠释，而是从人性角度进行剖析。当然，作为一代名臣、晚清社会举足轻重的政要，中国历史上最有影响力的人物之一，曾国藩又不能不与政治相关联。马克思说，人是社会关系的总和。我们可以透过曾国藩这样的个案，看清中国传统政治的结构及其对个人的控制和改造。作为入仕者的标本，他是颇具代表性的。

我在散文《用破一生心》中谈到，曾国藩是一个极为复杂的生命个体，可说是一部内容丰富的"大书"。在解读过程中，我们会发现，他的清醒、成熟、机敏之处实在令人心折，确是通体布满了灵窍，积淀着丰厚的传统文化精神，到处闪现着智者的光芒。当然，这是从文化学、社会学、心理学的角度来研究；如果就人性批评意义上说，却又觉得他的人生道路并不足取。在他的身上，智谋呀，经验呀，知识呀，修养呀，可说应有尽有；唯一缺乏的是本色，天真。其实，一个人只要丧失了本我，也便失去了生命的出发点，迷失了存在的本源，充其量只是一个头脑发达而灵魂猥琐的机器人。

我在文章中，集中讲了曾国藩的苦。我认为他的苦主要是来自过多、过强、过盛、过高的欲望：一方面，他要通过登龙入仕，建立赫赫事功，达到出人头地；一方面要通过内省功夫，跻身圣贤之域，"不愧为天地之完人"，达到名垂万世。结果就心为形役，苦不堪言，最后不免活活地累死。只要把那部《曾文正公全集》浏览一过，你就不难得出结论，他是一个地地道道的悲剧人物。"功德两个字，用破一生心。"

封建王朝一切建立奇功伟业者，都免不了要遭遇忠而见疑，功成身殒的危机，曾国藩自然也不例外，而且，由于他的汉员大臣身份，在种族界隔至为分明的清朝主子面前，这种危机更像一柄"达摩克利斯之剑"时时悬在头上。除了"畏祸之心刻刻不忘"，曾国藩还有另一种心理压力。为了树立高大而完美的形象，他时时处处，一言一行，都是如临深渊、如履薄冰般的小心谨慎。他完全明白，居官愈久，其阙失势必暴露得愈充分，被天下世人耻笑的把柄势必越积越多；而且，人都是有七情六欲的，种种视、听、言、动，未必都合乎圣训，中规中矩。在这么多的"心中的魔鬼"面前，他还能活得真实而自在吗？

我们发现，在曾国藩身上，存在一种异常现象，就是所谓的"分裂性格"。明人有言："名心盛者必作伪。"他以不同凡俗的

"超人"自命，事事求全责备，处处追求圆满，般般都要"毫发无遗憾"，结果必然产生矫情与伪饰，以致不时露出破绽，被人识破其伪君子、假道学的真面目。他在家书中、文章里说得极为动听，可是，做起来却难免形成巨大的反差。我总觉得，在他身上，透过礼教的层层甲胄，散发着一种浓重的表演意识。人们往往难以分辨他究竟是在正常地生活还是逢场作戏，究竟是出自真心去做还是虚应故事；而他自己，时日既久，也就自我认同于这种人格面具的遮蔽，以至忘记了人生毕竟不是舞台，卸妆之后还须进入真实的生活。

在《灵魂的拷问》一文中，我还写了一对官场中的"朋友"。

康熙朝进士、翰林院编修陈梦雷护送老母从京城回原籍福建，被据闽叛清的靖南王耿精忠扣留，强行授予伪职。此刻，他的同乡、同事、挚友李光地也陷入敌手。二人便秘密商议，筹谋应付叛军的对策。商议的结果是李光地设法脱身，向朝廷密报叛军实情；陈梦雷则继续留在叛军之中，做一些了解内情、瓦解士心的工作，待到讨耿清军一到，便做好内应。临别之际，他们相约：他日如能幸见天日，当互以节操鉴证。不料，李光地脱身之后，便把誓约抛到了九霄云外。后来，当陈梦雷遭到审查、置身危境时，已经受到皇帝宠信、重用的他，出于明哲保身的考虑，不仅不澄清真相，加以鉴证，反而落井下石，深致构陷，致使他的这位"挚友"流放关外，给披甲的满洲主子为奴。

我在文章中对于李光地口是心非，表理不一，为了保官保禄，卖友求荣，以大量篇幅进行了尖锐的人性批判。同时指出我们今天需要反思的两个问题：

一是，古往今来，无论是背信弃义、卖友求荣的投机分子，还是"当面装人，背后弄鬼"的伪君子、两面派，之所以经常出现，并且能够得逞，是凭借着一定的文化土壤与社会环境的；而且，同陈梦雷之类的"老实人"，或者说萎缩型人格的包容、姑息有一定的关系。鲁迅先生说过，"犯而不校"是恕道，"以眼还眼，以牙还牙"是中道。中国最多的却是枉道：不打落水狗，反被狗咬了。但是，这其实是老实人自己讨苦吃。俗话说"忠厚是无用的别名"，也许太刻薄一点罢，但仔细想来，却也觉得并非唆人作恶之谈，乃是归纳了许多苦楚的经历之后的警句。我有时想，先生之所以在逝世前一个月，要说："我的怨敌可谓多矣，倘有新式的人问起我来，怎么回答呢？我想了一想，决定的是：让他们怨恨去，我也一个都不宽恕。"确有其深意存焉。

二是，读史，原是一种今人与古人的灵魂的撞击，心灵的对接。它既是今人对于古人的叩访、审视、驳诘、清算，反过来也是逝者对于现今还活着的人的灵魂的拷问，拉着他们站在历史这面镜子前照鉴各自的面目。在这种重新演绎人生的心路历程中，只要每个读者都能做到不仅用大脑，而且还能用心灵，切实深入到人性的深处，灵魂的底层，渗透进生命的体悟，恐怕就不会感到那么超脱，那么轻松，那么从容自在了。

## 悖论话君王

2006年岁杪，我完成了一部以文学手法写就的史学著作：《龙墩上的悖论》。十几篇系列散文，写的都是历史活动中的特殊群体——封建帝王。

由于他们的至高无上的社会地位，予取予夺的政治威权，特别是血火交迸、激烈争夺的严酷环境——那个"犹如火宅，众苦充满，甚可怖畏"（借用佛经上的话）的龙墩宝座，往往造成灵魂扭曲、性格变态、心理畸形，时刻面临着祸福无常、命途多舛的悲惨结局。这就更会引起人们的加倍关注。

举凡有关人性的拷问、命运的思考、生存的焦虑以及生命的悲剧意义的探索，封建帝王都会毫无例外地涉及；而且，往往会深入到哲学的层面，触及一系列不易把握的、没有逻辑的、充满玄机与隐秘的东西，即所谓历史的吊诡，人生的悖论。应该说，这是一个颇具诱惑力与挑战性的话题。写作过程中，对于下列课题我从哲学的视角作了形象的解读。

其一，欲望的无限扩张。

号称"千古一帝"的秦王嬴政是其中的典型代表。应该说，秦始皇的一生，是飞扬跋扈的一生、自我膨胀的一生，也是奔波、困苦、忧思、烦恼的一生。是充满希望的一生，壮丽、饱满的一生，也是遍布着人生缺憾，步步逼近失望以至绝望的一生。他的"人生角斗场"，犹如一片光怪陆离的海洋，金光四溅，浪花朵朵，到处都是奇观，都是诱惑，却又暗礁密布，怒涛翻滚；看似不断地网取"胜利"，实际上，正在一步步地向着船毁人亡、葬身海底的末路逼近。"活无常"在身后不时地吐着舌头，准备伺机把他领走。

在《欲望的神话》中，我写了秦始皇的欲望无限膨胀，既要征服天下，富有四海，又要千秋万世把嬴秦氏的"家天下"传承下去；既要一辈子安富尊荣，尽享人间的快乐，又要长生不老，永远不同死神打交道；即便是死，也要尸身不朽，威灵永在，在阴曹地府继续施行着他的统治，从而制造出了一个举世无与伦比的欲望的神话。

其二，实现欲望的手段。

这一群体的无尽欲望的最高实现，是争天下、坐龙墩、当皇帝。而说到夺天下，打江山，人们当会想到两千年前楚汉争锋的故实。我在《无赖刘三》中写到，在楚强汉弱，实力相差悬殊的情势下，刘邦之所以能够获得胜利，原因是多方面的，诸如坚持了正确的政治主张，得到人民的拥护，符合历史发展的要求；实行成功的战略、策略，特别是善于用人，多谋善断，都是重要因素。但是，应该说，同他善用权术、不择手段、不守信义，不放过任何机会，该出手时就出手，根本不考虑什么形象、什么道义、什么原则、什么是非，一切都以现实的功利为转移，从而能够掌握先机，稳操胜算，也有直接关系。关于这一现象，无以名之，就说成是"道德与功业的背反"吧！不过，这样一来，就跳出了一般史学的范畴，由伦理学而进入了哲学的层面。

正是那种不守信义、六亲不认的卑劣人格与痞子习气，那种政治流氓的惯用手段、欺骗伎俩，那种只求功利、不顾情理，只看现实、不计后果，只讲目的、不择手段的实用主义，多次帮助“无赖刘三”在实力悬殊的战场上、在楚汉纷争的政局中，走出困境，转危为安，化险为夷，直到取得最后胜利。而这种道德与功业完全脱节的情况之所以出现，乃是由于秦汉之际，价值体系紊乱，社会道德沦丧，法家学说盛行，重功利、轻伦理成为一时的风尚，从而使刘邦的肆行无忌，不仅逃脱了社会舆论的谴责，而且，获得了广阔的发展空间。

在政治家刘邦看来，他的一切卑劣伎俩，都是正常的，必要的，符合天经地义的，换句话说，这所有的一切，都是当时的险恶环境使然。政治斗争，有如两军对阵，是一场你死我活的殊死搏斗，白刀子进去红刀子出来，你不吃人就会被人吃掉。如果一味地讲道义、守信誉、重然诺、讲交情，满脑子仁义道德、温良恭俭让，恪守公平竞争原则，而不懂得如何运用政治手腕、策划阴谋阳谋，那就连起码的生存条件都保不住，更何谈斗争的胜利、事业之成功呢！

我们这样说，绝不是认为奸雄有理，都应该照样去做，就是说，不是做价值判断；这里只是揭示历史上统治阶层相互斗争的一种常见现象，甚至带有某种规律性。

其三，夺得天下之后，拼力维护“家天下”。

龙墩坐上，下一步就是苦心孤诣维护这种“家天下”的局面。中国历史上为此而用心最苦、用力最大的有两个皇帝，一个是大宋王朝开国皇帝赵匡胤，一个是大明王朝开国皇帝朱元璋。在《机关算尽》和《宦祸》两章中，分别地叙说了他们。

由于皇权得来不易，加之，皇权的取得不是凭借正常接班，而是靠武力实现的；因而，称帝之后，赵匡胤为了保证大宋王朝的长治久安，赵氏子孙万世一系，在位十七年间，可说是呕心沥血，机关算尽。除了迫于严峻的形势，不得不抓紧铲除南方一些割据政权，剩下来的全部精力，就都放在对内加强中央集权，防范武将造反，消除各种可能危害统一大业的潜在势力上。概括说来，叫做"收兵权，制将权，分相权，集君权"，始终围绕着一个"权"字不放。当然，实际效果也并不理想，甚至可说是事与愿违。

　　这种悖谬，同样体现在朱元璋身上。作为开基创业的老皇帝，他可说是忧危积心，废寝忘食，对足以挑战皇权的所有因素，确是般般想到，无一疏漏。可是，实际上不仅未见收效，而且适得其反。这和皇权专制制度存在着无法化解的根本性矛盾有直接关系。单就老皇帝自身来说，缺乏政治远见，"火烧眉毛顾眼前"，只求现实功利，不计后患重重，乃其招灾致祸之由。许多祸患的发生，似出"天意"，实系人为。从这个意义上说，他种下的本是"跳蚤"，而并非"龙种"。

　　其四，封建继统和历史周期律。

　　西周以来嫡长子王位继承制度的确立，在一定程度上，对于皇权顺利交接、防止皇族内部（主要是皇子之间）因为争夺皇位而同室操戈，起到了一定的保障作用。这里只说一点，在中国两千余年的封建王朝中，从西汉八岁的昭帝到清末三岁的宣统帝，娃娃皇帝至少有三十个。他们之所以大体上还能"稳坐江山"，确实和这种"百王不易之制"有一定的关系。但是，历代王朝中血腥夺位，祸起萧墙，一直没有中断，成为一切封建统治者无法回避的难题。我在《老皇帝的难题》中，从春秋战国时代的赵武灵王，写到隋文帝、唐高祖，写到明太祖，最后写到清朝康熙皇帝，他们都为安排接班人，解决王朝继统问题，绞尽了脑汁，也吃尽了苦头。尤其是康熙皇帝，为皇太子问题，前后折腾了四十余年，一直到最后咽气，也没有处理停当。可说是死不瞑目。

　　应该说，自从皇权世袭这一体制确立以来，就始终潜伏着一种无法克服，甚至是无法预测的矛盾。这是一个根本跳不出去的怪圈，一个不能破解的悖论：要么你就干脆放弃"家天下"的皇位世袭制，"天下为公"，选贤任能；要么就得每时每刻都面临着种种根本无法解决的矛盾，兵连祸结，骨肉相残，朝廷危如累卵，社会动荡不宁，直至政权丧失，国破家亡。放弃前者不可能，因为"家天下"、世袭制是历朝封建皇帝的命根子；这样，就只能永无穷尽地吞咽混乱、败亡的苦果。

其五，封建王朝皇权统治与文化传承问题。

我在《驯心》一文中指出，清朝征服者清醒地认识到，坐天下和取天下不同，八旗兵、绿营兵的铁骑终竟踏平不了民族矛盾和思想方面的歧异。解决人心的向背，归根结底，要靠文明的伟力，要靠广泛吸收知识分子。因此，从一开始就把主要精力放在两件事上：一是不遗余力地处置"夷夏之大防"——采取行之有效的民族政策；二是千方百计使广大汉族知识分子俯首就范，心悦诚服地为新主子效力。他们从过往的历史经验和现实的特殊环境中悟解到，仅仅吸引读书士子科考应试，以收买手段控制其人生道路，使其终身陷入爵禄圈套之中还不够；还必须深入到精神层面，驯化其心灵，扼杀其个性，斫戕其智能，以求彻底消解其反抗民族压迫的意志，死心塌地地作效忠于大清帝国的有声玩偶。

在上述历史文化散文的写作中，我着眼于人的性格、命运、人生困境、生命意义的探寻，而不是满足于事件的讲述和场面的渲染；突破一般的功业成败、道德优劣的复述，大胆引进逻辑学、数学上的悖论范畴，揭示历史进程中关于二律背反、两难选择的无解性；关于道德与功业的背反，事功与人性的背反；关于动机与效果的背反，欲望、愿望、意志与现实的背反；关于所当为与所能为，所能为与所欲为的矛盾；关于必然与偶然、应然与实然的矛盾，从中破译那些充满玄机、变数、偶然性、非理性的东西。通过大量的矛盾事物、微妙细节、异常变故，通过对封建制度、封建帝王荒诞、乖谬的揭露，对欲望无度与权力无限予以否定，呼唤一种自由超拔的生命境界。

### 向内转

我于90年代后期到新世纪之初的散文创作，呈现出一种较为明显的"向内转"的倾向——审美视角、叙述立场、心理定势由外部客观世界向着创作主体内心世界（自身体验和感受）位移，表现为心灵化、主体化、个性化的特征。这期间，先后结集出版了《何处是归程》《淡写流年》《碗花糕》《成功者的劫难》四部散文集。

事实上，我在90年代中期提出挑战自我、深度追求的要求时，就已确切地表明了这一指向。而在实际践行中，也受到了主观与客观，亦即自身情况与整个文学环境的双重因素的影响。我于1993年秋患过一场病，做了肺癌切除手术。因为发现早、部位好，应该说精神上的负担并不是很重的；但是，由于一段时间脱开了工作环境，心整个静了下来，集中思考了许多有关命运、生死、人性等深层次的问题，也阅读了大量这方面的心理、哲学著作，这为"内宇宙"的开拓打开了闸门，为增强生命意识、启发生命自觉提供了有利条件。

回顾当时的创作实践，所谓"向内转"主要反映在两个方面：一是连续写了一批体现生命意识、生命感悟、生命自觉的散文，二是撰写了一部昔梦追怀、皈依童心、守望精神家园的系列文章。从散文集《何处是归程》的题记（两首七绝）中可以略见端倪：

> 世间无缆系流光，今古词人引憾长。
> 且敛飞花存碎影，勉从腕底感苍凉。
>
> 生涯旅寄等飘蓬，浮世嚣烦百感增。
> 为雨为晴浑不觉，小窗心路觅归程。

通过散文创作，我把飞扬的思绪、开启的心智，连同思索与领悟、迷茫与困惑，以艺术形式表现出来；在艰苦的劳作中寻求着思想的重量，同时将深心里的情境展开，以探求与读者交流、沟通的心灵渠道。正是这种知识的储备和智能活动，使心胸豁然开朗，一如浩荡的江河，融汇了自己，也包容了客观世界。我喜欢这种心灵的维度，这种丰满的人生。

而人生之丰满是要靠思想来滋养的。思索使我在世俗生活之外感受到了至高至重的幸福与欢愉。在尘嚣十丈、物欲横流之中，保留一块思索的净土，这是多么不容易，又多么值得庆幸啊！

对文学的执著追求，使我失掉了许多人生享乐的机会，但我坦然无悔。正是在这种沉酣、迷恋中，扩大了生命的内涵，使人生内在的丰富性充分体现出来，这何尝不是对缺失的一种补偿！其实，这样的生活本身也是很有滋味的。一边倾听历史回音壁上的足音，一边思考当下的生活底蕴，生命呈现出一种内在的自由状态，它悠远而阔大，有形接连着无涯，有尽融入无尽，由此走向审美人生，走向一种近乎永恒状态的创化。这种境界，难道还不迷人吗？

散文《收拾雄心归淡泊》中，有这样一段话：

淡泊是一种人生哲学，一种生存方式，也是一种审美文化。它的内涵十分丰富，大体上涵盖了平淡、冲淡、素淡和散淡等多方面的意蕴，反映出一个人内在的襟怀与外在的风貌，但集中地表现为一种人生境界，精神涵养。

"少年心事当拏云"。人在年轻时节，雄心勃勃，豪情四溢，充满了奇思、狂想，敢于藐视权威，勇于冲锋冒险，不主故常，不怕失败；在青年心目中，无事不可为，无事不能为。这是最为难能可贵的。当然，有时也会闯出一点"乱子"，撞下几处伤疤；由于虚荣心作怪，或者历练不足，有的也难免逞强、使气，显示、卖弄。如果"春行秋令"，要求青年人都像老年人那样宁静与淡泊，是不现实的，也是不应该的。及至他们饱经世事的磨炼，阅尽人间春色，历遍世路艰辛，"淡装平步入中年"，那时，便会显得沉着、静穆,不再担心失去或者错过什么,也不肯茫然地赶冲某种喧腾的热浪,便会觉得天高地阔,极目悠然。

这种宁静与淡泊,会使人们显示智慧的灵光、超拔的感悟,以"过来人"的清醒与冷静,对客观事物作静观默察,持超拔心态。平淡不是消沉,乃是修养渐近成熟,返于纯粹自然,而无丝毫做作——因为是自然的表现,不能包装,也无法模拟。

完成于2000、2001年名为《碗花糕》的十二篇童年系列散文(后来在此基础上,扩展到三十八篇,定名为《青灯有味忆儿时》),以乡愁为背景,以亲情为脉络,以心灵回归为灵魂,追忆是其艺术的感性外壳与表现形式,童心则为美学的精神内核,它们共同构成了乡情与亲情这两个互相联结的主题。作品中,渗透着一种澄明的思境和朦胧的诗性,再现了那些属于历史的过往存在,沟通了往昔与当今,联结着自我与他人,使个体的生命存在和深挚情感延伸到永恒和无限的时空。其间既有对皈依童心的呼唤,也有对人过中年的舒缓流水的倾听。呼唤与倾听,交织着作者心灵的独白,寄寓着同往事、故人对话的渴望。

这里的"亲情"是广义的,不仅有父母、兄嫂,也有族叔、堂兄,还包括塾师父女的师友情;"乡情"讲的是故里风情、社会环境、文化氛围。概言之,都可以看作是文学道路上的回归自然母体、生命母体、文化母体之作。以往散文里所常见的史学眼光、哲学蕴涵、美学感悟、人文修养,似乎在这组文章里都悄然退居幕后,读者所感受到的无非是澄明的童心和灼灼的真情,我也正是凭借着它们来抒写自我心灵的体验与随想。

### 爱啃"硬骨头"

近几年,除了为庄子与张学良作传的两部文学传记,还撰写了几篇分量较重的人物散文。期间，访问过德国法兰克福和魏玛的歌德故居与旧游地，写了散文《断念》，以及《未了情》和《爱别离·拟歌德日记》。我还曾前往俄罗斯的亚斯纳亚·波利亚纳瞻仰过列夫·托尔斯泰的墓园，回来后写了散文《解脱》。并且，凭吊过福建长汀瞿秋白烈士的就义地，写了《守护着灵魂上路》。这三位重量级文化名人的共同特点，就是人格高尚、思想深刻、处境矛盾、性格复杂、灵海熬煎。

应该说，我笔下的其他人物，也有许多是历史上有争议、现实中众说纷纭，性格鲜明、个性突出、阅历丰富、思想复杂、命运曲折、形象多面、蕴涵丰富，可以做多种解读的，亦即所谓"说不尽的历史人物"。我喜欢"啃硬骨头"。因为在这些人物身上有驰骋思辨、大做文章的广阔空间。举凡有关人性的拷问、命运的思考、生存的焦虑以及生命的悲剧意义的探索，自由超拔的生命境界的呼唤，都必然会触及哲学的层面，碰到一系列不易把握的、充满玄机与隐秘的东西，即所谓历史的吊诡，人生的悖论。

而在写法上，我欣赏那种"超以象外，得其环中"，"得其精而忘其粗，在其内而忘其外"，赏识于"牝牡骊黄之外"的大写意手法。我平素喜欢看黑白照的人物摄影展。有些是捕捉瞬间形态，作特写式的略带夸张的剪影。记得在一次印度摄影家的个展上，留下印象最深的是英迪拉·甘地和特蕾莎修女的几张类似肖像的照片。那凌厉的眼神、刚毅的嘴角，黄昏时节劲拔的身姿，都迸射着英迪拉·甘地这位存有争议的著名女政治家的性格的火花，难怪时人要说她是"一群妇人内阁中唯一的男子汉"。而作为苦难的亲历者与同情者，特蕾莎修女脸上的皱纹、深陷的眼窝和握在眼前的双手，则无言而雄辩地对凄惶、苦楚作出了最直接、最精彩的宣示。瞬时就是历史，眼角写着沧桑。人生就是这样，小时候喜欢糖球，到老了爱吃苦瓜，因为过来人体验到了苦的真味有胜于甜者。

完成于2007年的历史文化散文《断念》，形象地刻画了歌德这位绝代天才的生命历程（主要是后半期）与精神世界。他讲，人不可能成为上帝，越是具备理想性格的人，就越要历练人生，克制欲望；情感有多丰富，欲望有多炽烈，自制力就需要有多强，二者相辅相成，形成一种稳定发展的张力。若是任性下去，恐怕要粉碎了一切。他从一个用热情支配一切的狂放的人，变成一个比热情更可宝贵的负责任的人、克制的人。他每逢对自己克制一次，便会进入一种新的境界，得到一次新的发展。因而，即使到了暮年，人们仍然看不出他有丝毫的衰飒、颓唐之气。他带给人们一种重新回归本真自我的可能。他之所以被许多人奉为"最好的人的榜样"，就因为他是一个"人"——这是拿破仑对他的评价。唯其是一个"人"，他才被认同有血有肉、有精神、有灵魂；也唯其是一个"人"，才使我们想到，他和其他生物一样，有生长，有变化，有波折，体现出精神的复杂性、丰富性。

与此可以视为姊妹篇的《解脱》，则是另一位绝代天才的生命书写。高尔基说过，列夫·托尔斯泰是"19世纪所有伟大人物中最复杂的人"，他的内心深处升腾着错综而深刻的矛盾，甚至形成了无解的悖论。

人性与神性的纠缠，生活和理想的龃龉，使托尔斯泰陷入了出走、决裂、解脱与留恋家庭、关怀妻子中间依违两难的困境。他一直在家庭之爱与上帝之爱中间徘徊。他对妻子的既怜爱又反感的矛盾心情，笼罩着整个后半生。他们夫妇各自坚守着高过于自己生命的东西——托翁维护他的至高无上的精神、信仰，守护着他的灵魂的圣洁；而作为家庭主妇，夫人索菲娅考虑的则是一家人的生计，孩子们的现时健康与日后前程。

这些错综复杂、难剪难理的矛盾，积聚在心头，如同利刃切割，烈焰炙烤，把托翁折磨得烦躁不堪，连片刻清净都难以得到。而庄园与家庭——这从前的避风港、安乐窝、温馨的爱巢，此时却成了他心灵的牢狱，恨不得立刻就远远离开。不堪痛苦的折磨，在生命的最后三十年，托翁一直在探求着解脱之路。认识到，只有离家出走，才能摆脱上流社会穷奢极侈的生活方式，才能同这个"被疯狂包围"的"老爷们的王国"彻底决裂。为此，他在家里，精神上处于极端孤立状态，而且愈演愈烈。

多年来，我一直想写一篇关于瞿秋白烈士的散文，原因也在于他的思想的深刻性、复杂性，特别是关于《多余的话》争议甚大。恰好，2007年有闽西之行，我特意在长汀住了几天。我想在满是伤痛的沉甸甸的历史记忆中，亲炙烈士的遗泽，体会其独特而凄美的人生况味，对这位内心澎湃着激情，用生命感受着大苦难，灵魂中承担着大悲悯的思想巨人，作一番近距离的探访，走进他的精神深处，体验那种灵海煎熬的心路历程。

众所周知，秋白同志走上党的最高领导岗位，是在斗争环境错综复杂，而共产党正处于幼年的不成熟时期。就其气质、才具与经验而言，他确实不是最理想的领袖人选。但形格势禁，身不由己，最终还是负载着理想的浩茫，"犬代牛耕"，勉为其难。他没有为一己之私而消解庄严的历史使命感。结果演出了一场庄严壮伟的时代悲剧。

不幸被捕之后，他的心境是无比沉重的。想到为之献身的党的事业前路曲折、教训惨重，他忧心忡忡；对于血火交进中的中华民族的重重灾难，他痛彻心扉，深切反思。他以拳拳之心，"担一份中国再生时代思想发展的责任"，感到有许多话要说，如鲠在喉，不吐不快；可是，处于铁窗中不宜公开暴露党内矛盾的特殊境况，又只能采取隐晦、曲折的叙述策略。在语言的迷雾遮蔽下，低调里滚沸着情感的热流，闪烁着充满个性色彩的坚贞。他因承荷重任未能克尽职责而深感内疚；也为自己身处困境，如同一只羸弱的病马负重爬坡，退既不能，进又力不胜任而痛心疾首。这样，心中就蓄积下巨大而深沉的痛苦。

至于一己的成败得失，他从来就未曾看重，当此直面死亡、退守内心之际，更是薄似春云，无足顾惜了。即使是历来为世人所无比珍视的身后声名，他也同样看得很轻，很淡。真，是他的生命底色。他把生命的真实与历史的真实看得高于一切，重于一切，有时达到过于苛刻的程度。为着回归生命的本真，保持灵魂的净洁，不致怀着愧疚告别尘世，他"有不能自已的冲动和需要"，想要"说一些内心的话，彻底暴露内心的真相"。于是，以其独特的心灵体验和诉说方式，留下了一篇《多余的话》，向世人托出了一个真实而完整的自我，对历史作出一份庄严的交代。

他的信仰是坚定的，从来没有说过一句否定革命斗争的话，但也不愿挺胸振臂作英烈状，有意地拔高自己。他要敞开严闭固锁的心扉，显现自己的本来面目。当生命途程濒临终点的时候，他以足够的勇气和真诚，根绝一切犹豫，把赤裸裸、血淋淋的自我放在显微镜下，进行毫不留情的剖析和审判。在敌人与死神面前，他是一条铁骨铮铮的硬汉子；而当直面自己的真实内心时，他同样是一个真正的强者，真正的勇士。

## 为少帅写心

我一向认为，一些有价值的具有永恒魅力的精神产品，解读中往往都具有无限可能性。艺术的魅力在于用艺术手段燃起人们探索未知领域的欲求，有时连艺术家自己也未必说得清楚最终答案。布莱希特在谈到自己的"叙述性戏剧"时说，他不热衷于为戏剧人物裁定种种框范，包括性格框范在内，而把他们当成未知数，吸引观众一起去研究。

张学良就是一位具有无限可言说性的传奇人物。关于他的传记、口述历史、回忆录，很多很多，可是，并没有穷尽其丰富内涵，仍然有着巨大的叙述空间。

其一，他是一个真正的谜团，其间有着谜一般的代码与能指，可予破译，可供探讨，可加辨析。他的人生道路曲折、复杂，生命历程充满了戏剧性、偶然性，带有鲜明的传奇色彩；他的"赤橙黄绿青蓝紫"的人生道路与奇诡瑰异的命运抉择，充满了难于索解的悖论，存在着太大的因变参数，甚至蕴含着某种精神密码。

其二，他是成功的失败者。他的一生始终被尊荣与耻辱、得意和失意、成功与失败纠缠着。他的政治生涯满打满算只有十七八年，而铁窗岁月竟超过半个世纪。政治抱负，百不偿一。为此，他自认是一个失败者；然而，如果从另一个角度看，多少"政治强人""明星大腕"，及其得意，闪电一般照彻天宇，鼓荡起阵阵旋风、滔滔骇浪，可是，不旋踵间便蓦然陨落。一朝风烛，瞬息尘埃。而张学良，作为"千古功臣""民族英雄"，被列入"一百位为新中国成立作出突出贡献的英雄模范人物"，中华民族将千秋铭记他的英名，他的伟绩。这还不是最大的成功吗？

其三，张学良并非完人，更不是一个圣者，以他的本性，即使想"圣"也"圣"不起来。一生中，他做的事不算多，可是，多数都干得有声有色，有光有热，刻下了历久弥新的印记。他的平生可议之处颇多。曾经颂声载道，又背过无数骂名。他抱着"行藏在我，毁誉由人"的超然态度。对于他的举措，人们未必全然赞同；但说起他的为人，他的丰标，他的气度，无不竖起拇指，由衷地赞佩。他的信仰是驳杂的，但对真理的追求，对祖国的热爱，能够终始如一，表里一致，之死靡他。

其四，同历史上的大多悲剧人物一样，张学良也是令人大感伤、大同情、大震撼的。他的百岁光阴，充满了大悲大喜，大起大落，确是一部哀乐相循、歌哭并作、悲欣交集的情感标本与人生型范。在人生舞台上，他作了一次风险投资，扮演了一个不该由他扮演的角色，挑起了一份他无力承担却又只有他才能承担的历史重担。

其五，张学良之成为一个言说不尽、历久弥新的热门话题，在很大程度上，得益于他的独特的人格魅力，他的充满张力的不可复制的自我，他的迥别寻常的特殊的吸引力。他是那种有快乐、有忧伤、有情趣、有血气、个性鲜明、赢得起也输得起的人。而且有一颗平常心，天真得可爱，让人觉得精神互通。他既有青少年时代"不知今夕何夕"的忘我狂欢，像汉代杨恽所说的，"拂衣而喜，奋袖低昂，顿足起舞，诚淫荒无度，不知其不可也"；又有"哀乐中年"的志得意满、纵情欢笑，乐极生悲、忧愤填膺，以及苦中求乐、强颜欢笑；更有晚年的忘怀得失，超脱于苦乐、哀荣之外的红尘了悟，自得通达。作为性灵的展现、情思的外化，这一切，都是意趣盎然、堪资玩味的。

其六，我写他，还有一点特殊原因，就是我们是同乡，所谓"桑梓情缘"。我的故园大荒乡后狐狸岗屯，离张学良将军的出生地桑林子乡詹家窝棚只有十几公里，小时候到那里去过。当地乡亲讲过许多关于他的轶闻趣事；我的族叔和塾师，同东北军有过交往，而且都见过张将军本人。乡关故旧，对他的人格与德政赞佩有加，每当说起他来，都流露出一种深深的怀念之情，亲切地称之为"少帅"，里面夹杂着几分同情，几分惋惜，几分悲愤，几分赞佩。

《成功的失败者——张学良传》的写作，前后历经八年，共分四个阶段：先是用了将近两年时间搜集素材、阅览资料、访察故地、疏理思路；在此基础上，写作五篇文化散文：《张学良读明史》《将军本色是诗人》《不能忘记老朋友（张学良与周恩来的友谊）》《良言美语（张学良与宋美龄）》《尴尬的四重奏（张学良与郭松龄）》，分别发表在《十月》《散文》等文学杂志上，获得散文界的好评；尔后进一步扩大范围，列出提纲，着手策划《张学良：人格图谱》的写作，总共完成十五篇，2009年由东方出版中心出版；最后，又经过几年的沉淀，在听取评论家、出版界和读者反馈意见的基础上，对这部书稿做了较大规模的补充、增订，全书增加了三分之一篇幅，于青岛出版社付梓。

我有一个说法，叫做"为少帅写心"。所谓"写心"，也就是着眼于展现传主及有关人物的个性特征、内在质素、精神风貌、心灵境界。这也就决定了，写法上不可能是须眉毕现，面面俱足，而应是努力追求清人张岱所说的"睛中一画，颊上三毫"的传神效果。如果读者叩问：《成功的失败者》何以区别于其他传记？这可视为主要一点吧。

我的目标是向读者托出一个活灵活现、有血有肉的真实人物，我要挖掘张学良的精神世界，写出一部心灵史。也就是在讲述他的人生轨迹、行藏出处的同时，写出他的个性特征，并且从人格层面上揭橥他之所以具有如此命运、人生遭际的原因。书中，我泼洒大量笔墨书写他的个性、人格。

张学良的性格特征是极其鲜明的，属于情绪型、外向型、独立型。一是活泼，好动，反应灵敏，喜欢与人交往，情绪易于冲动，兴趣、情感、注意力容易转移；二是正直、善良，果敢、豁达，率真、粗犷，人情味浓，重然诺，讲信义，勇于任事，敢作敢为。在他的身上，始终有一种磅礴、喷涌的豪气在；三是胸无城府、无遮拦、无保留、"玻璃人"般的坦诚，有时像个小孩子。而另一面，则不免粗狂、孟浪、轻信、天真、思维简单，而且我行我素，不计后果。

这种性格和气质，有一定的先天因素，而更多的是受一定思想、意识、信仰、世界观等后天因素的影响，它们制约着张学良的行为，影响着他的命运——休咎、穷通、祸福、成败。探索张学良的个性的形成，是读者共同关注的一个话题，我在《成功的失败者》一章中，从他的家庭环境、文化背景、社会交往、人生阅历四个方面加以剖析，四者互为作用，形成一种合力，激荡冲突，揉搓塑抹，最后造就了张学良的多姿多彩、光怪陆离的杂色人生。

写作中，谋篇布局，精心结撰，力求文体出新。我的做法是，以散文形式，集中围绕一个人写出二十篇文章，这在过去还不多见。需要精心策划，使每篇既相互照应，贯通一气，又不致撞车、重复。看来，撰写名人传记，最好办的是线式结构，像串联的电路那样，将传主的一生行止次第展开；而该书属于另一种形式，采用的是扇形结构，类似并联的电路，着眼于内在逻辑，整体构思。这样，人物、事件的铺陈，就未必都能体现时序。

落实到具体篇章，也需要精心谋划。比如，《人生几度秋凉》写的是传主的百年岁月，漫说一万字，即使十万字，怕也难以容纳得下。怎么办？我运用诗歌的写法，设计了三个晚上，通过他的心理活动，回首从前，从功业、爱情、人格魅力三个侧面加以展现。这就比较集中，也容易描写细节了。下面这一段，运用假设、虚拟手法，推演传主的心灵世界：

　　寿命长，阅历就丰富，在一个多世纪的生命历程中，他既有鲜花着锦、烈火烹油般的峥嵘岁月，也苦捱过长达两万日夜的铁窗生涯，在神州大陆和孤岛台湾，光是囚禁地就换了二十来处。他虽然未曾把牢底坐穿，却目送了许许多多政治人物走进坟墓，就中也包括那个囚禁他的独裁者及其两代儿孙。

　　当然，对于政治人物来说，长寿也并非都是幸事，套用一句人们常说的话：它既是一种机缘，也是严峻的挑战。历史上，许多人都没能过好这一关。早年的汪精卫，头上也曾罩过"革命志士"的光环，如果他在刺杀摄政王载沣时侥幸而死，也就不会有后来成为"大汉奸"的那段可耻的历史而遗臭万年了。

　　为此，我们不妨设想——

　　如果二十岁之前，张学良就溘然早逝，那他不过是一个"潇洒美少年"，挥金如土、纸醉金迷的纨绔子弟；可是，造物主偏向了他，使他拥有足够的时间，得以励志图新，从而获得了多次建功立业的机会。

　　如果三十岁之前，他不是顾全大局，坚持东北"易帜"，服从中央统一指挥；而是野心膨胀，迷恋名位，被日本人收买，甘当傀儡"东北王"，或者像他父亲张作霖所期待的，成为现代的"李世民"，那么，在大红大紫、风光旖旎的背后，正有一顶特大号的"汉奸"帽子等待着他。

　　如果四十岁之前，他没有毅然决然发动西安事变，而是甘当蒋介石"剿共""安内"的阵前鹰犬，肯定不会有任何功业可言，即便侥幸得手，最终也难逃"烹狗""藏弓"的可悲下场。

如果五十岁之前，他在羁押途中遭遇战乱风险，被特务、看守干掉；或者在台湾"二二八"事件中，死于营救与劫持的双方"拉锯战"，国人自然不会忘记这位彪炳千秋的杨虎城一样的烈士，但却少了世纪老人那份绝古空今的炫目异彩和生命张力。

如果百岁之前，他在解除监禁、能够向世人昭示心迹的当儿，通过"口述历史"或者"答记者问"，幡然失悔，否定过去，那么，"金刚倒地一摊泥"，他的种种作为也就成了一场闹剧。事实上，出于各种心态与需求，当时正有不少"看客"静候在那里，等着"看戏"，看他在新的时空中邂逅自己的过去时，会以何种方式、何种态度、何种内涵作人生最后的交代。人们欣慰地看到，面对记者的问询，老将军一如既往，镇定而平静地回答："如果再走一遍人生路，还会做西安事变之事。"英雄无悔，终始如一，从而进一步成就了张学良的伟大，使他为自己的壮丽一生画上了圆满的句号。

## 致意《逍遥游》

记得在我就读私塾的第六个年头，"四书五经"、《左传》《史记》《汉书》都读过了，塾师确定要读"诸子"，首先是诵读《庄子》。这样，"可乎可，不可乎不可。道行之而成，物谓之而然。恶乎然？然于然。恶乎不然？不然于不然。物固有所然，物固有所可。无物不然，无物不可"，这些类似"绕口令"的语句，就以稚嫩的童声，飞出室外，伴着檐下的风铃在空中游荡。

于今，半个多世纪过去了，月亮缺了又圆，圆了又缺，花开叶落，说不清多少次了，敬爱的塾师早已骨朽形销；而"口诵心惟"

的绿鬓少年，也已垂垂老矣。沧桑阅尽，但见白发三千；只有那部《庄子》，依然高踞案头，静静地像一件古玩，意态悠闲地朝夕同我对视。至于庄子本人，更是一直活在我的心里；他的思想、修为对我的人生道路抉择、价值取向，曾经产生过深远影响。这样，就如同法国著名文学家、哲学家萨特所说的："他不是一个死去的人，他只是一个缺席者。"长期以来，我就立下志愿要为庄子撰写一部传记。

众所周知，为庄子作传，困难是极大的。如果说，数十年来，我的散文创作手法主要是叙事、描写间杂着抒情、议论，在谋篇布局、立象尽意、文采修辞，亦即文学之所以为文学的基本标志方面着力的话；那么，这部传记的写作，则同时下了义理、考据、辞章等哲学、史学方面的工夫，是真正的做学问。关于庄子的历史记载寥寥无几，最具权威性的司马迁在《史记·老子韩非列传》中记下的一段话，也仅有二百三十四个字。即便是"神龙见首不见尾"吧，在云烟缥缈中，总还可见头角峥嵘，矢矫天半；而庄子，我们却全然不清楚他的先世、远祖的来历，甚至连祖辈、父辈、子孙辈的情况，世人也一无所知。至于本人的生涯、行迹，年寿几何，归宿怎样，治学根脉、后世传承状况，都统付阙如。一切都是"恍兮忽兮"，"芒乎昧乎"，可以说整个就是一个谜团。难怪有的学者说："庄子活在时间之中，而不是置身空间里。"

经过反复酝酿，终于探索出三条路径：首要的、起决定性作用的是潜心解读《庄子》这部书。解铃还须系铃人，归根结底，还要从庄子本人的著作中去找素材、找思想、找观点。为此，读《庄》、解《庄》中，我尝试着应用了两种具体方法，觉得效果很好。一是运用前人倡导的"八面受敌法"——"每次作一意求之"，即读前选定一个视角，有意识地探索、把握某一方面内容，一个课题一个课题地依次推进。时日既久，所获渐多，不仅初步连接起早已模糊不清的传主的身世、行迹、修为，而且从中读出了他的心声、意态、情怀、风貌、价值取向、精神追求，寻索到一些解纽开栓的钥匙与登堂入室的门径。再就是采用对照、比较的方法，在春秋战国这个大时段中，把庄子同前代的老子、孔子，同代的惠子、孟子、公孙龙子等进行分析比较，寻根脉，究同异，辨得失，分高下。其次，我用将近一年时间，收集、披阅、研究古往今来有代表性的关于庄子的学术著作，充分吸收、借鉴前人与时人的研究成果。再次，1997、2005、2012，十五年间，我曾三次前往河南、山东、安徽有关地区，围绕着传主及有关人物足迹所至，进行实地访察，阅览方志，组织座谈，一以搜索第一手素材、资料、实证及乡里轶闻、民间传说，一以广泛听取草根阶层对于庄子及庄学研究的看法、意见，注重现场和民间的取向。

写作过程中，我曾自嘲说，简直像"老母鸡抱窝"一样，不敢随意挪动。因为在那十六个月期间，我把整部《庄子》，还有一两百部古今研究庄子的著作，全部融入到脑子里，使之融会贯通，同时像元帅调兵那样，把长时期的学术积累一齐调动起来，运用综合、分析、联想、想象等各种手段，千丝万缕，千针万线，最后织成完整的织品。

依我个人的创作实践，写庄子与写君王、政要以及其他多数文人不同，也有别于张学良传记的创作。写其他人物，更多是处于认知的层面，清醒、平静、客观地剖析心理、个性，而写庄子，则有赖于灵魂的参与、生命的介入，有赖于心灵与生命的体验。庄子是哲学家，写庄，自然需要有独到的识见、超拔的智慧，但我觉得，只这样还不够，还必须有超越性的人生境界，否则无法理解传主的思想追求、生命底蕴。同样是隐士，他与汉代的严光在"不做牺牛""不为有国者所羁"方面是一致的；但严光彻底地远离俗尘，消极避世，有如禅门衲子，庄子却是"独与天地精神往来，而不傲睨万物，不谴是非，以与世俗处""游于世而不僻，顺人而不失己"，身在其中，却能洁身自好，不与俗辈同流合污，因而称为"游世"，或曰"间世"。他和晋代的嵇康，世界观上大体一致，但不像嵇康那样狂狷，那样激烈，他善于保护自己。在潇洒、从容、人生艺术化方面，他与李太白、苏东坡相像，但他对社会、民生、世务以及生命价值的实现并不热衷，不像那两位还有儒家那一面。如果硬要在历史上为他找个同道，也许陶渊明、曹雪芹庶几近之。

那么，在这种情况下，文学传记又该怎么写呢？具体来说，下述三个难点又怎样解决呢？一，关于传主的不成系统、散漫无归的史料、素材，如何进行连缀、组合？二，面对"三玄之一"的深邃难解、歧义重重的哲学著作《庄子》，怎样使它与文学联姻，从而保证这部传记成为读者所喜爱的可读、可解的文学作品呢？三，如何使这位两千多年前的远古哲人，能够从历史册页中血脉贲张、形象鲜活地站立起来，而且基本上符合其精神原貌？

办法是逼出来的。我思忖着，若要把这些零散、繁杂的素材整合起来，一种比较理想的结构形态，是采用折扇形的形式——以最能体现庄子精神个性的"逍遥游"境界作为圆点、轴心，让笔墨向着传主不同的思想、行迹和人生侧面辐射，以展示其多姿多彩的生命图谱。这一支支扇股式的章节，既统一于传主的思想、个性、精神风貌，相互紧相联结着；又各自独立，各有侧重，互不重复，互不撞车。而且，这二十个专题的排序，也并非随意安置，还是大体上体现了传主生命流程的顺序。比如，第一章为总纲，然后以空间、时间为序次第展开，分别叙述传主的所在、所为、所思、所历，一如劳蛛缀网，联结成篇。相对于因果相连，环环相扣的线型结构，这种富有弹性和张力的扇形结构，显然更适合显现庄子那早已漫漶不清的历史身影。论者认为，这样的结构形态，也正好昭示了当前国内外传记写作的新变化，即传主的精神世界和内心生活更多地由幕后走向前台；传记作家描写传主的艺术重心，亦逐渐由讲述经历而转变为揭示心史。这里既有现代心理学发展对传记文学产生的巨大影响，也有20世纪以来，弗吉尼亚·伍尔芙等作家倡导"新传记"所形成的有力推动。

为了增强传记的可读性，写作过程中对于《庄子》文本，我在关照当时语境、尊重作者原意这两个大前提的基础上，充分借鉴、吸纳前辈与时贤的研究成果，作了尽可能的通俗化解读。单是语译一项，就下了巨大工夫，经常是一句话、一个词，对照古今多家注释，反复推敲、比较，即令没有达到"一名之立，旬月踌躇"的地步，起码是丝毫也不敢马虎。一面是对古代词语以及诸家论述力争有个准确的理解和通俗的表述，一面本着中外文化比较以及传统与时代对话的精神，对庄子的思想和著作，不作孤立的、静止的、封闭的审视，而是坚持将其置于中外历史文化的宏大背景之下，特别是置于现代化和全球化的进程之中，加以立体多面的观照与阐释。

比如"道"，这是庄子从老子那里继承下来的一个带有总体性和本原性的哲学概念。为了使它走出"惟恍惟惚""微妙玄通，深不可识"（老子语）的模糊、混沌状态，呈现其自身的固有和应有之义，我在《庄子传》中专辟一章，集中加以诠释。这种诠释，不是过去那种单纯的概念演绎，而是在对"道"实施整体把握的基础上，以生活化、自然化、社会化、心性化和审美化五种视角（我把它形容为"五张面孔"），搭起了通往"道"之本源的路径。这样，我们耳目所及的，就有许多精妙的对话和议论，大量有趣的场景和故事，既巧妙地对应和再现了庄子特有的发散性和非逻辑性思维，又形象地揭示了庄子心目中"道"在草根、"道"在自然，"道"无处不在的奥义，从而使"道"摆脱了一味虚玄飘渺的形而上气息，具有了可以直观和感触的人间性、生活性与社会性。

作为文学作品，这部传记采用散文形式、写实手法，钩沉传主出处行藏，展现人物精神风貌；凡有细节勾勒、形象刻画，尽量注意出言有据、想象合理；征引寓言故事，取譬设喻，坚持抽象与具象结合；立论采取开放、兼容态度，展列不同观点，择其善者从之。虽然运用的是知性和理性结合的手法，但力避政论式的沉滞与呆板，坚持从明确的思想认识和清晰的逻辑关系出发，尽量浸入作者的感觉，选用清通畅达的性情化、个性化的语言。论者认为，我们读《庄子传》中《困蹶乡园一布衣》《故事大王》《拉圣人做"演员"》《传道授徒》等章，就会觉得庄子是活生生的现实存在，而且是以庄子的手法来描写庄子，因而平添了作品的表现力与可读性。

上述写法也得到了《中国历史文化名人传记》编审委员会学术组、创作组专家的认可。李炳银先生认为，"有关庄子人生经历的史料非常有限，而且不少还只能够从他的言论中去寻觅。所以，以惯常的紧密围绕传主人生经历的写作要求和方式写《庄子传》，几乎不可能实现""作者采用'八面受敌法'，从各个角度辐辏中心的艺术结构形式，对于像庄子这样资料缺乏的传主对象，不失为一个巧妙的靠近方法，渐渐地靠近，不断地显影，最后现其全象。很好"。黄留珠教授指出："长期以来，有关研究庄子思想的论著，可谓汗牛充栋，但关于他本人的传记作品，却不多见。人们转来转去，似乎很难跳出司马迁所撰《史记·庄周列传》的框架，搞出一点新东西来。王充闾先生撰著的《逍遥游·庄子传》一书，可说是彻底打破了这样的局面。该书以全新的视角，生动优美的语言，为我们展现出一个有血有肉、生活于两千多年前的庄老夫子。""应该说，这是一部相当出色、极具个性特点的上乘之作。"

我自认这次所登上的台阶是比较高的。有的知名学者评价：这是一部集大成的代表作，作者过去三十几年的成果全都可以略过，只要有这一部就可以垂之久远了。这里有过誉之词，但在我的创作历程中，确实可以说达到了一个新的制高点。

至于下一步的想法，此刻的心理状态，可以七字"真言"概之："作家，永远在路上。"颇似长篇小说《简·爱》中，罗切斯特对女主人公简·爱所说的："在尘世间，事情就是这样：刚在一个可爱的休息处安定下来，就有一个声音把你叫起来，要你再往前走，因为休息的时间已经过了。"过去我曾说过，如果有哪一天，发现自己再也不能创新了，原地踏步，只能重复别人，重复自己，那就索性停笔，再不要"灾梨祸枣"，浪费纸张，遭人厌弃。当然，耳畔也震响着另外一种声音："脚力尽时山更好，莫将有限趁无穷。"（苏东坡诗句）人生有限，事业无穷；顺其自然，知足知止。这恐怕更符合庄子的本衷。

# 百年散文探索丛书

孙绍振　陈剑晖　主编

## 第一辑

孙绍振《审美、审丑与审智：百年散文理论探微与经典重读》
陈剑晖《诗性想象：百年散文理论体系与文化话语建构》
王兆胜《新时期散文的发展向度》
谢有顺《散文的常道》

## 第二辑

林　非《散文的昨天和今天》
范培松《散文脉络的玄机》
吴周文《散文审美与学理性阐释》
郑明娳《现代散文理论垫脚石》

## 第三辑

张　炜《走得遥远和阔大：张炜谈文论艺》
王充闾《只缘胸次有江湖：王充闾谈散文》
丁晓原《精神的表情：现代散文论》
陈亚丽《文化的截屏：现代散文面面观》